FREDDY D. ASTORGA

Metrópolis VII:
Historias de una Mente Urbana
(Revisión 2013)

Edición Independiente

Astorga, Freddy D.
Metrópolis VII: Historias de una mente urbana.
2da edición, Santiago; Independiente.

ISBN: 978-956-351-924-2
1. Narración de cuentos

Publicado inicialmente en una edición limitada por Arte & Parte
sello de Artnovela Ediciones SRL, Buenos Aires, Argentina.

©2008, Arte & Parte
ISBN: 978-987-1477-38-8
texto al cuidado del autor

©2013, Edición del Autor.
ISBN: 978-956-351-924-2

La primera edición 2008 fue dedicada a mis Padres,
que siempre me han dado su apoyo y ayuda.
En esta revisión 2013 quiero agradecer también a mi querida esposa,
mis hermanos y principalmente a Dios que me da fuerzas cada día

.

Prólogo

Metrópolis VII es una ciudad ficticia en un tiempo y espacio indefinido, donde la vida pasa y las calles son testigos de lo que se esconde tras sus murallas. Desde encuentros románticos y dramas, hasta las más escalofriantes historias de suspenso, acción y terror. Estos relatos abarcan una gama extensa de temas y aventuras que encierran valores y conflictos de sus protagonistas, así como profundas reflexiones aplicadas a la vida diaria. La dinámica envolvente de los relatos, le permite al lector avanzar rápidamente e identificarse con los personajes y sus aventuras.

Metrópolis VII: Historias de una Mente Urbana, fue publicada en el año 2008, y en esta revisión quise entregarles una visión más madura de esas historias de mis inicios como escritor, sin perder en ninguna medida la esencia vital de cada relato.

Los invito a entrar por las puertas de Metrópolis VII y viajar junto a los relatos urbanos que comienzan al girar estas páginas.

"Me miro al espejo y me doy cuenta que soy un cautivo de mi pasado. Sólo quiero mostrar mi alma y que me vean como soy, que mis cadenas se desvanezcan y que mis palabras floten al viento que las vio nacer".

Freddy D. Astorga.

FREDDY D. ASTORGA

Metrópolis VII:
Historias de una Mente Urbana
(Revisión 2013)

Edición Independiente

HISTORIA 1
DESPERTARES

La noche se cubría con un manto de tranquilidad, mientras las estrellas adornaban la cúpula celestial. No había luna que invitara a las bestias de la noche a merodear tras la cálida brisa del verano. Los grillos permanecían dormidos y el croar de las ranas ya no se escuchaba alrededor.

De pronto, un desesperado grito rompió el silencio en el que se sumergía la noche. En la oscuridad de la habitación, su agitada respiración y sus latidos acelerados, parecían hacerse tan fuertes como una estampida de animales.

Él se sentó en la cama y pasó su mano temblorosa por su frente llena de un frío sudor, su cuerpo estaba empapado hasta los huesos a causa de esa pesadilla que lo atormentaba cada noche; los sueños y fantasmas de una vida pasada yacían presentes en la habitación.

Él extendió su mano para encender la luz, procurando esquivar los objetos que permanecían en su velador. Aún se sentía aletargado y exaltado por el miedo. Con lentos y temblorosos movimientos apartó el reloj, pasó a llevar el teléfono y finalmente alcanzó el interruptor de la lámpara.

La luz le obligó a cerrar levemente sus ojos claros aún sumergidos en las penumbras, su boca seca y amarga le instó a buscar el vaso de agua que cada noche llevaba a la habitación. Alzando la mano para alcanzarlo, se dio cuenta que el vaso estaba vacío. Con un dejo de molestia y decepción, se preparó mentalmente para levantarse y dirigirse a la cocina para saciar su sed.

Ese amargor en la boca lo quemaba y la sensación de calor no sofocado, era como un incendio en su mojado y agitado pecho. Se quitó la mojada sudadera con la que estaba durmiendo y empapó su cuerpo bañado en sudor.

Atravesó la alcoba para ponerse una nueva sudadera seca y la bata. Cruzando el umbral de su habitación, se encaminó por el oscuro pasillo directo hacia la cocina. Pero al entrar en ella y encender la luz, se resbaló cayendo de espaldas sobre un líquido viscoso que llenaba el frío piso de baldosas.

El fuerte golpe lo aturdió levemente, el dolor de la caída recorría desde la cadera hasta la base de su cabeza. Su vista estaba algo nublada, en parte por el golpe y en parte porque aún no se acostumbraba a la luz en sus ojos. Al momento de incorporarse ese líquido tomó color y consistencia en sus manos, estaba sumergido en un mar abundante de sangre.

Su corazón se exaltó por la impresión, miraba sus manos y no podía creer lo que estaba palpando. Por más que buscó por todos lados el origen de ese manantial rojizo, en una y otra dirección no encontró nada, sólo veía su cuerpo inmerso en el espeso charco.

Tanta sangre no podía haber aparecido así no más en su cocina, debía haber algún indicio de su origen. ¿Estaría aún soñando? ¿Sería que estaba aún sumergido en su pesadilla?

Mientras miraba de un lado a otro, una gota densa y viscosa cayó pesadamente sobre su cabeza; miró hacia el techo de la cocina y una nueva gota golpeó su cara deslizándose por su mejilla. Con pavor pudo comprender que el líquido provenía desde la habitación superior y se había filtrado hasta acumularse abundantemente en el piso helado.

Sintió un escalofrío estremecedor que congeló su espalda aún húmeda por el sudor, su mente se perturbó al pensar lo que encontraría en la habitación de arriba. Nada bueno podría esperarlo si se había filtrado desde el viejo piso de madera, cruzó el entretecho y tiñó la habitación de su mortal color. Una nueva gota cayó sobre su nariz y antes que resbalara completamente de su cara la secó con el antebrazo de la bata.

Se puso en pie y lavó sus manos en el fregadero, el agua se llevaba lentamente el rojo de su piel. Mojó su cara para despejarse un poco más y darse valor para comenzar a subir las extensas escaleras. Mantuvo sus manos un instante bajo el chorro de agua y llenando sus palmas, mojó también su cabeza para sentirse más fresco y menos agitado.

Se secó con un paño de tela y antes de salir por el umbral de la cocina, tomó consigo un atizador de fierro forjado. Se encaminó por el pasillo encendiendo las luces a su paso. Al pararse al borde de la escalera y mirar hacia arriba, los peldaños se hacían una aventura interminable. A cada paso que daba sobre los viejos tablones, el crujir de la madera a medida que avanzaba hacía más tensa la situación.

Balanceando su peso para evitar al máximo el retumbante sonido, finalmente llegó al borde superior de la escalera. Giró por el corredor y extendió su mano para encender la luz del pasillo. Extrañamente la luz de la última habitación estaba encendida, aunque él recordaba haberla apagado.

Intentó hacer memoria del recorrido realizado antes de bajar a dormir. Habitualmente recorría cada noche la casa entera, cerrando minuciosamente las ventanas y cada una de las cinco puertas de las habitaciones superiores. Luego apagaba las luces y tras llevar un vaso grande de agua a su habitación se acostaba en su cama.

El miedo lo embargó, sus manos temblorosas apenas sujetaban el atizador, sus piernas parecían de lana a punto de cortarse. Ya no sabía si continuar avanzando o devolverse a pedir ayuda a algún vecino. Pero para ser sincero consigo mismo, no tenía buena fama en el vecindario y era conocido por ser ermitaño, poco sociable y distante con la gente.

Mirando hacia el suelo por un instante, tragó un sorbo de su amarga y seca saliva y se propuso acelerar sus pasos. Se armó de valor para enfrentar su destino, lo que tuviera que ver en esa habitación era mejor verlo de inmediato y no alargar más esa tensa situación.

Se encaminó valientemente por el pasillo, cada paso sobre el viejo piso de madera retumbaba pesadamente causando eco en el silencio de la noche. Cuando finalmente llegó frente al umbral, hizo una pausa antes de empujar la puerta entreabierta por donde se filtraba un haz de luz. Su mano temblorosa impulsó la vieja puerta, la que con un chirrido metálico de las secas bisagras, se abrió completamente.

Al instante vio derribada sobre el piso, la antigua vitrina de trofeos de su lejana juventud. Muchos años atrás él había sido un destacado deportista, fue campeón de muchos torneos desde sus tiempos de colegio y al llegar a la universidad continuó dedicado al deporte y a sus estudios.

Fue así como conoció a la que fuera su esposa, ella también era una destacada atleta, juntos compartieron las alegrías de sus logros y llenaron esa vitrina con copas, medallas y recuerdos de todos sus viajes. A su mente llegaron los recuerdos fugaces de aquellos lejanos años, el nacimiento de sus hijos y los días que compartieron en esa casa, hasta la penosa tarde en que murieron en un accidente carretero.

Cada noche que soñaba con los sucesos de ese trágico día, despertaba exaltado envuelto en sudor y con su corazón triste a punto de estallar. Su familia había sido destruida a causa de un estúpido error humano. Su mujer y sus dos hijos murieron al instante en el lugar del accidente, mientras que él sobrevivió tras meses de recuperación.

A pesar de ello jamás quiso vender esa casa y cada día recorría las habitaciones, trayendo los vitales recuerdos de su familia a su memoria. Poco a poco se fue alejando de la gente y escondiéndose más y más en su mundo. Pasaba largas horas frente a esa vitrina observando atónito cada recuerdo y cada viaje compartido.

De pronto los cristales rotos esparcidos por el suelo, reflejaron levemente sobre su cara la luz de la ampolleta obligándolo a dejar atrás sus gratos recuerdos. Al mirar nuevamente a su alrededor, se dio cuenta que no había nadie más que él en la habitación, la ventana estaba cerrada como solía dejarla cada noche.

Avanzó un par de pasos al interior del cuarto y pudo ver que por los contornos del mueble levemente levantado, se filtraba un charco rojo de sangre. Debajo de la pesada estructura se podía ver que yacía el cuerpo de un hombre.

¿Quién era? ¿Por qué estaba allí? ¿Cómo terminó debajo de la vitrina? Intentó levantar el pesado mueble desde el costado sin moverlo ni un centímetro. Al rodear la estructura para ver el rostro de la persona que yacía ahí, se estremeció por completo. Sintió un escalofrío que recorrió su cuerpo, una brisa cálida atravesó la habitación y sus piernas casi se doblan de la impresión.

Al instante reconoció esas facciones tan familiares, la forma de la cara, la inconfundible agudeza de su nariz y ese mentón redondo sembrado por una abundante barba gris. Esas inconfundibles facciones que había visto por años frente al espejo de su habitación, era su propia cara la que estaba ahí bañada en sangre y cristales.

Al mirar sus manos que temblaban de espanto y horror, el atizador que llevaba consigo desde la cocina ya no estaba y su cuerpo paulatinamente tomó un color grisáceo, hasta transparentarse en la luz que lo rodeaba. Totalmente confundido, impactado y sin poder moverse a ningún lado, sintió su cuerpo tornarse tan liviano como una pluma. Dejó de sentir el peso de los años y el dolor de su gastado cuerpo. Su figura que en realidad ya era una fantasmal silueta en la habitación, lentamente desaparecía y se esfumaba definitivamente de esta tierra.

HISTORIA 2
EL PASILLO

El día se mantenía caluroso como toda tarde de verano, pero sabía que a partir de ese punto el calor comenzaría a menguar hasta terminar en una agradable noche. Era viernes y aunque no tenía horario fijo para hacer mi trabajo, me gustaba aprovechar el día hasta la última línea de luz que me lo permitiera.

Lo que hago muchas veces es sencillo, me entregan las llaves de una casa que su dueño quiere vender y debo tomar nota de todo lo que haya en ella para después tasarla. En el caso de que se venda amoblada es más lento el proceso. Pero eso mismo me ha ayudado a saber el valor de lo que contiene cada propiedad. Tan importante como su contenido es el estado en que aquello se encuentra. Pocas veces sin embargo me he encontrado con muebles de estilo o de algún valor exorbitante, pero si he tenido ese placer. Esperaba que ésa fuera una de esas ocasiones ya que aquella casa la vendían a puertas cerradas.

No era de fácil acceso, estaba a unos setenta kilómetros al sur de la ciudad, desviándose por el camino que sigue la antigua carretera. Pensaba que era una propiedad descuidada y antigua, por su lejanía y porque fue construida en el siglo XIX. Pero esa impresión quedó descartada al momento de estacionar mi auto frente a la fachada.

Desde el camino principal había un portón seguido por un sendero demarcado por álamos el cual impedía ver la construcción a la distancia. La enorme casa tenía dos pisos, estaba construida de piedra y madera; su techo de tejas antiguas, con una gran chimenea que se apreciaba desde afuera. El color natural de las piedras y el roble se recortaban sobre el verde de las arboledas alrededor.

Los detalles de los dinteles, las bisagras, las manillas de las ventanas y la puerta principal eran de fierro forjado. Un camino empedrado guiaba a la entrada principal que comenzaba con una escalera con cuatro robustos peldaños de piedra y sobre la cual se apreciaban grandes ventanales que permitirían la entrada del sol a la sala. Yo estaba totalmente sorprendido por los detalles y aún no la había visto en el interior.

Afortunadamente me habían dado instrucciones precisas respecto de las llaves para la puerta de entrada. Había una llave antigua guardando directa relación con el estilo y edad de la casa, para la cual había un cerrojo visible. Pero había una segunda llave para la cual era necesario mover una cubierta metálica con forma de perno que escondía un cerrojo más moderno. Una curiosa manera de ocultar la cerradura para que no desentonara con el estilo dominante de la entrada.

Abrí la pesada puerta que hizo un chirriante y agudo sonido, y crucé el umbral de la rústica entrada. Hacía tres meses que nadie ingresaba en ella y se notaba, tres meses desde la trágica muerte de su dueño. La casa estaba polvorienta, descuidada y dejada a su suerte, afortunadamente no era invierno sino hubiera habido un fuerte olor a humedad envolviendo cada rincón. Los muebles estaban tapados con sábanas blancas para evitar que se estropearan y su hija me solicitó que dejara todo tal cual estaba una vez hecho el recorrido.

Ella ni siquiera vino a ver en qué estado se encontraba todo, con suerte apareció en el funeral de su padre; lo único que ahora deseaba era venderla con todo en su interior y olvidar al que fuera su progenitor.

Era la típica casa polvorienta que ningún agente desea visitar por su lejanía. Pero para mí era lo más interesante. Uno no aprende mucho de las situaciones fáciles de la vida, sino que se aprende más de esas oportunidades para conocer algo diferente. Sin embargo a pesar de la expectación y la emoción de entrar a un lugar así, al ingresar sentí una sensación muy extraña, como un escalofrío que se sumaba a la baja temperatura del lugar. Me apresuré entonces a recorrer cada rincón para mantener mi cuerpo en movimiento y no congelarme.

Después de tres horas revisando y chequeado cada detalle de la propiedad, por fin me senté en la sala frente a la chimenea a descansar un momento. Ahora podía decir que había sido una experiencia como pocas otras. La casa tenía siete habitaciones muy amplias, tres baños con tinas antiguas enlozadas. La cocina poseía su propia chimenea y mesones envidiables para cualquier cocinera.

Había dos habitaciones más que estaban alrededor de un metro bajo el nivel del suelo con ventanillas que permiten ver todo e iluminarlas completamente; algo de lo que no me percaté desde fuera al llegar. Seguramente era su salón estudio ya que había una biblioteca llena de libros y un hermoso escritorio de un tipo de madera que no pude precisar. Unas lámparas de cristal muy fino y muchos archiveros que no venían al caso abrir en ese momento. Todo era de un lujo casi indescriptible, realmente ésa era una casa sólo para verdaderos entendidos.

Y pensar que su dueño murió solo, en ese mismo asiento frente a la chimenea. Yo estaba anonadado sin dejar de observar los detalles tan finos de la decoración. Con la mirada recorrí una vez más de lado a lado la habitación, hasta fijar la mirada en la cornisa de la chimenea. Algo llamó mi atención, había una especie de manilla que sobresalía del costado, pero que era notoriamente distinta a las demás.

El cromado de ésa ya casi no recubría el metal, mientras que el óxido ya había comenzado su labor destructiva. Con curiosidad me levanté del sillón y acercándome lentamente para observarla, me dio la impresión de que más bien se trataba de una palanca. Después de lo experimentado con la puerta de entrada y de las habitaciones en el subsuelo, no me sorprendería si había algún otro secreto en esa casa.

No soporté la curiosidad, tomé la manilla con fuerza y jalé en dirección hacia mi cuerpo, pero para mi decepción no pasó nada. Sin darme por vencido, se me ocurrió girar y tirar, como si fuera la manilla de una puerta común; enseguida sentí como se deslizó y liberó algo que no supe qué era.

Miré al costado de la chimenea y alrededor de ella, por sobre la cornisa, incluso por el costado de los atizadores y nada parecía haber cambiado. Intenté revertir el movimiento y dejar todo como lo había encontrado, pero el mecanismo ya estaba trabado. Mientras intentaba averiguar con mucha curiosidad qué había sucedido, los últimos rayos del sol de la tarde comenzaban a irse, acababa el día, la luz bajaba en intensidad y la casa se tornaba más tenebrosa y fría.

No podía quedarme con la duda e irme a mi casa intrigado. Además era muy largo el viaje como para volver otro día y en realidad mi curiosidad ya estaba al límite. Dispuesto a invertir el tiempo que fuera necesario en descubrir ese misterio, guardé los papeles de registro, la declaración de haberes y ordené rápidamente mi maletín.

Luego saqué la linterna que siempre llevaba conmigo y volví decididamente a la chimenea. Tomé un atizador y me acerqué hasta las cenizas para probar suerte excavando en el único lugar donde aún no había buscado. Al interior de la chimenea.

Una leve abertura me hizo suponer que algo más se ocultaba en ese lugar. Poco a poco fui moviendo las cenizas, mientras se descubría entre la penumbra una pequeña y esperanzadora ranura.

Haciendo palanca con el atizador, empujé levemente y el sonido de mi esforzado aliento fue opacado por el chirrido metálico de una puerta de hierro oxidada. Apliqué una cuota mayor de fuerza para empujarla y se dejó sentir un viento frío y húmedo que venía desde el interior.

Mientras se abría la puertecilla escondida y alumbré con la linterna, descubrí una especie de pequeño túnel con un acceso muy estrecho. Al fin lo había descubierto, un pasadizo escondido que debía llevar a algún lugar misterioso. Al acercarme al interior de la chimenea y afirmar mi primer paso entre las cenizas, resbalé hacia el oscuro interior del pasadizo. La linterna se apagó al golpear el suelo y yo caí fuertemente golpeando mi espalda y mi cabeza. Mi vista se nubló tras puntitos negros que oscilaban de lado a lado en mi retina, hasta perder completamente el conocimiento.

Al volver en mis sentidos no veía nada, estaba sumergido en la total oscuridad. No sabía cuánto tiempo había permanecido inconsciente, pero sabía perfectamente que ya era de noche. Hacía mucho frío y se me dificultaba la respiración, el aire se sentía muy denso dentro de ese pasadizo húmedo, oscuro y mal oliente.

Con las manos a tientas por el suelo, palpando las húmedas piedras que se sentían viscosas, busqué la linterna en todas direcciones hasta encontrarla. Retuve la respiración un momento hasta conseguir prenderla y sentirme aliviado de que el golpe no la hubiese dañado. Al fin levanté mi mano y pude iluminar el estrecho pasadizo por el cual había entrado y caído.

La puertecilla estaba cerrada y no tenía manilla para poder abrirla desde dentro. Un intenso y sofocante olor a humedad y cenizas se mezclaban inundando el pasillo que se extendía tanto, que la luz de la linterna no alcanzaba a recorrerlo por completo. Tampoco se trataba de una gran caverna o un túnel minero, sólo tenía dos metros y medio de altura y aproximadamente un metro y medio de ancho.

Por más que golpeaba la oxidada puerta metálica, no pude hacer que cediera. Una y otra vez retumbaron los secos golpes que hacían eco contra las paredes de piedra. Sentía bajo mis pies como si pisara una resbaladiza alfombra de musgo fangoso. Mientras más embistes daba contra el metal, más sofocado comencé a sentirme. La fatiga fue venciendo mis fuerzas y mi vista comenzó a nublarse. Me dejé caer sobre el húmedo suelo intentando recuperar el aliento. Finalmente ante mis fallidos intentos por abrirme paso de vuelta a la sala y en vista de que no podía salir por el mismo lugar que había entrado; me vi obligado a avanzar hacia el interior del pasadizo.

Estaba encerrado, congelado, aún aturdido y adolorido; ahora sólo tenía que asumir el riesgo de esa disparatada e inesperada aventura. Por un instante quise ver todo por un lado más optimista y pensé —qué bien que no vine con uno de mis trajes elegantes o lo hubiera arruinado acá adentro. O con esos zapatos nuevos de gamuza que tanto me gustan— pero a cada paso que daba, la humedad era más notoria y el frío se intensificaba haciendo temblar mis manos que con dificultad sostenían la linterna.

Aún alumbrando muy de cerca cada paso que iba dando, no conseguía ver mucho hacia delante. Recorrí unos dieciocho metros de manera muy pausada y cautelosa, el túnel comenzó a reducirse paulatinamente en altura hasta que llegué al final de ese corredor. Mis manos tocaron el borde musgoso impregnándose de ese olor putrefacto y su color verde oscuro casi marrón.

El pasadizo dio un giro a la derecha, enangostándose medio metro. Mientras avanzaba otros ocho metros, mis pies comenzaron a humedecerse y el sonido del agua golpeaba el silencio a cada paso que daba. Mi respiración se tornaba más y más pesada, el sonido de las gotas que escurrían desde el techo de piedra producían una sinfonía de pequeños chasquidos.

Un nuevo giro esta vez a la izquierda y el espacio se redujo enormemente, tanto que me obligó a encorvarme para acceder a un nuevo codo. La sensación era cada vez más claustrofóbica, mientras el frío comenzaba a dominar mi cuerpo con pequeños temblores involuntarios. De vez en cuando sentía un hilo de agua helada deslizándose por mi espalda, el estremecimiento y la desesperación ya comenzaban a hacer presa de mis sentidos.

El aire estaba tan denso que se podía cortar con una navaja, se podía saborear un dejo salino que me secaba la boca y una fuerte putrefacción a cloaca invadía el estrecho pasillo. Cinco metros más adelante y un nuevo giro a la derecha terminó en un pequeño muro de un metro y medio de alto. Había unas piedras que habían sido sacadas de su lugar y apiladas a un costado. Ya no podía avanzar de pie y tuve que comenzar a gatear en el piso mojado con más de diez centímetros de agua. Tuve que colocar la linterna en el bolsillo de mi camisa para evitar mojarla. El musgo espeso se enredaba en mis manos, mientras el sonido del agua escurriendo por los muros, parecía como pequeñas cascadas a mí alrededor.

Lentamente el piso iba tomando una notoria inclinación que descendía. El agua resonaba entre las paredes como los remos de un bote golpeando la superficie, con cada centímetro que avanzaba. Una brisa helada con un ligero aire fresco me ayudó a ventilar mis pulmones exhaustos y al borde del colapso. Esa brisa me hizo pensar que me encontraba cerca de alguna salida.

Me detuve un instante para reponer mis fuerzas. De pronto en medio de la oscuridad y el silencio, donde sólo se escuchaba el goteo del agua por los rincones y el agitado vaivén de mi respiración, un lejano alarido como enterrado en la oscuridad se dejó oír. Un desgarrador grito de dolor y desesperación, sumergido en la distancia y seguido de un eco apagado y escalofriante.

Nada de lo escuchado en toda mi vida se asemejaba a tal grito desgarrador. La piel se me erizó de pies a cabeza, sintiendo una corriente helada paralizar mi espalda y mis extremidades. Un aterrador pensamiento cruzó por mi mente —estaba atrapado en ese profundo pasadizo, quién podría descubrir que me encontraba en ese lugar. Recién el día lunes al no regresar a mi trabajo, alguien cuestionaría mi ausencia; pero nadie pensaría en buscarme allí. Moriría lentamente sin comida o quizás cerraría los ojos por el frío y me iría lastimosamente en un profundo y oscuro sueño.

Como los perros mojados, me sacudí el agua en el lomo y con ella las ideas que me invadían. Continué avanzando mientras el piso rocoso tomaba cada vez más pendiente. El agua tomaba velocidad entre mis brazos y se escurría ligera tras una lejana abertura en el muro.

El piso ya tenía unos treinta grados de inclinación cuesta abajo y cuando menos lo esperaba las piedras frente a mí cedieron. Una especie de puerta de hierro se abrió por debajo y me hizo caer unos dos metros al interior de otra habitación seguido de una cascada de agua sobre mí. La portezuela se cerró tras de mí y quedé en el suelo de espaldas, mojado completamente y muy adolorido.

El agua y la caída habían estropeado la linterna sumergiéndome en una silenciosa oscuridad momentánea. Mis ojos se iban acostumbrando lentamente a la penumbra. Un rayo de sol caía a la habitación desde un rincón elevado. Entonces me di cuenta que si había luz entonces era de día y yo había permanecido más de doce horas dando vueltas, atrapado en ese lugar.

Mis ojos comenzaron a ver siluetas mecánicas alrededor, estructuras informes que comenzaban a dilucidarse cada vez más. El piso empedrado de la habitación estaba húmedo y ennegrecido por manchas marrones. Finalmente mis ojos precisaron con horror el escenario más impensado para una mansión tan lujosa y elegante.

La habitación en la que me encontraba era aterradora, estaba llena de aparatos de tortura, cadenas, grilletes y un sin número de herramientas filosas colgadas de la pared, me sentí transportado siglos atrás, al oscuro período de la inquisición. La sangre salpicada, bañaba las paredes secas y olvidadas.

Sin duda esa no era una habitación con aparatos de colección, ese lugar verdaderamente había sido utilizado. Mi corazón estaba totalmente acelerado, pensando que en cualquier momento al mirar hacia un rincón, encontraría el cuerpo de alguien encadenado o mutilado. No había lugar donde mirar sin que me estremeciera de horror.

Cruzando al otro extremo de la pieza polvorienta había una puerta metálica, de la cual inicialmente no me había percatado. Aunque estaba cansado y adolorido por la travesía, corrí hasta ella para intentar salir por allí. Sin embargo estaba cerrada desde fuera y seguramente los interruptores de las lámparas que colgaban del techo también se encendían desde el exterior.

Nuevamente estaba atrapado en una habitación hermética y sofocante, pero al menos no tan putrefacta como el pasadizo por el cual llegué. Por más golpes que le diera a la puerta, no se abriría, mientras el sonido retumbante hacía eco en la distancia.

Dirigí la vista nuevamente al rincón que filtraba ese esperanzador rayo de sol que iluminaba levemente la pieza. Acerqué un pesado y astilloso mesón sobre el cual subirme y tomé un fierro que tenía a la mano para comenzar a roer los bordes de la pared.

Poco a poco comencé a golpear los bloques de piedra hasta que finalmente desprendí el primero. Ni siquiera fue suficiente como para que la luz entrara con mayor fuerza a la habitación, pero eso no me desalentó. Era mi única escapatoria de ese lugar y debía esforzarme al máximo para salir de allí.

Pedazo a pedazo avanzaba hasta que logré ampliar la abertura por la cual se sintió una brisa fresca que silbaba libertad. Luego de desprender una gran cantidad de bloques de piedra, ya estaba en posición de meter mi cuerpo por ahí. Acerqué una silla para poder elevarme hasta el nivel superior y con mucho esfuerzo conseguí pasar mi cuerpo a una nueva habitación.

El piso terroso era lo único de piedra, el resto de la construcción era de madera, muy descuidada; parecía una cabaña olvidada a la intemperie. Tenía una ventana sin vidrio por donde se había filtrado la luz hasta el rincón. Una mesa y dos sillas de madera. Al final de la habitación había una escalera que descendía; por la cual no tenía ninguna intención de bajar; ya suficientes problemas me había traído mi curiosidad.

La puerta estaba cerrada por una senda cadena desde afuera, así que no hubo más remedio que saltar por la ventana. El sol pegó de lleno en mi cara y mis ojos acostumbrados a la penumbra, se demoraron algunos minutos en dejar de arder con la bienvenida luz.

Las sombras acortadas que se proyectaban en el suelo me indicaban que la hora era cercana al mediodía. El aire fresco llenaba mis pulmones contaminados por el olor persistente de la humedad y el moho que aún llevaba en mi cuerpo.

Finalmente fuera de ese lugar pude contemplar con total placer la llanura donde me encontraba. Los abundantes matorrales y la enorme arboleda, mantenían la cabaña oculta, a muchos metros detrás de la mansión. Ni siquiera había un sendero demarcado que ayudara a llegar a la rústica edificación. Ese acceso nunca hubiera sido encontrado de no ser por esa accidentada y agotadora aventura. Por suerte para mí pude escapar para contar tan macabro secreto encerrado tras túneles escondidos.

El gruñido de mi estómago rompió mi contemplativo descanso y me recordó que debía volver a mi realidad. Tras recuperar las fuerzas caminé hasta la casa principal nuevamente y llamé a la policía. Ni siquiera sabía cómo comenzar a relatarles todo lo sucedido. La verdad no recuerdo con precisión qué les dije para que me creyeran y se hicieran presentes en el lugar.

Finalmente con tales sucesos y antecedentes la propiedad nunca se pudo vender; la hija mandó demolerla piedra por piedra y donó todo lo que había en el interior a fundaciones de beneficencia. No guardó nada que le recordara a su padre.

Algunos meses después se supo por la prensa, que en las excavaciones encontraron otros pasadizos secretos a pocos metros de donde conseguí escapar y enterrados en catacumbas, descubrieron muchos cadáveres, aunque ninguno reciente. De los gritos aterradores que escuché aquella noche de horror, nunca se supo.

HISTORIA 3
MÁSCARAS DE TRAICIÓN

Una tarde de primavera yo estaba en la parada de bus cuando lo vi. No sé si fue el color de sus ojos o la manera en que me miraba el asunto es que me gustó mucho y yo le gusté también. Él se me acercó sin quitarme la mirada de encima, conversamos un rato y antes que se marchara, me invitó a salir.

Con dieciséis años, no tenía mucha experiencia en esto de las citas, era tan dulce su manera de ser que comenzó así una relación que marcó mi vida de una manera especial. Primero salíamos como amigos, al menos eso le dije a mis padres; pero luego Carlos me pidió que fuéramos novios.

Él tenía un amigo muy cercano, Juan Pablo con el que siempre compartíamos, ambos tenían diecisiete años y habían sido compañeros de curso. Siempre se nos veía a los tres llegando a todos lados. Al cine, a las fiestas, saliendo de excursión y compartiendo con otros amigos.

Juan Pablo no era de nuestra ciudad, pero viajaba constantemente y se alojaba en la casa de Carlos. El problema es que a mí me gustaba Juan Pablo también y a mi amiga Eliana, que en ocasiones salía con nosotros, se le notaba que le gustaba mi novio. Quizás era por la forma de ser de ellos, siempre amables, siempre preocupados de los detalles y esa comprensión que pocos hombres demuestran.

Después de dos meses de novios, llegó el verano y las cosas comenzaron a tomar otro sentido. Carlos no fumaba, pero su amigo Juan Pablo sí, y cada cierto tiempo nos escapábamos para salir a fumar, mientras mi amiga entretenía a mi novio. Así comenzamos a darnos cuenta que había algo especial entre nosotros. Lazos que sólo se dan a veces en la vida, conexiones espirituales, las miradas, la música, como si todo alrededor fuera para nosotros.

Al final, después de semanas de estar en esa relación a escondidas, no pude soportar más la situación y terminé con Carlos, para seguir viéndome libremente con Juan Pablo. Obviamente su amistad también terminaría a causa de lo sucedido entre nosotros y se haría muy difícil que él se quedara permanentemente en mi casa. De hecho mis padres con suerte aceptaron que me visitara esporádicamente.

Desde ese momento, todo era muy hermoso estando con Juan Pablo; conseguimos que se alojara en la casa de otro amigo por esos meses, pero terminado el verano, él volvió a la ciudad donde vivía. Siguió visitándome cada vez que podía viajar y durante dos años ese romance juvenil perduró a la distancia y con la ilusión de vernos cada vez que él podía viajar.

Por la lejanía y en la situación como nos veíamos, nunca hubo intimidad entre nosotros, eso sería algo que traería problemas. Yo ya había terminado mis estudios y comenzaría la universidad al terminar el verano. Mientras que Juan Pablo ya cursaba su primer año de medicina.

Ese verano cuando vino de visita, Juan Pablo pudo alojarse en mi casa. Por cosas del azar y las vueltas de la vida al salir del cine nos encontramos con Carlos, mi ex novio. El encuentro fue muy complicado; primero hubo un saludo muy seco entre ellos mientras en todo momento la mirada de Carlos estaba sobre mí.

Juan Pablo notó el desaire y la paciencia que siempre lo caracterizaba, en ese momento desapareció. Comenzaron a discutir acaloradamente hasta llegar a pelear por mi causa. Carlos gritaba que quería que volviéramos y me fuera con él, me decía que Juan Pablo no me amaba y que sólo se involucró conmigo para apartarlo de él.

Yo no podía entender su absurdo y airado argumento, así que nos fuimos con Juan Pablo. Una vez que las cosas se calmaron nosotros comenzamos a discutir.

—Jamás ha pasado nada entre nosotros —le dije a Juan Pablo.

Él no replicó y guardó silencio bajando la cabeza. Desde ese punto todo se convirtió en un monólogo, la discusión no tenía fondo ni causa y al ver que nada de lo que dijera tenía efecto en él, me fui sin decir nada más.

Me subí al auto de mi padre, Juan Pablo me siguió y comenzó a golpear la ventana mientras me gritaba muy alterado, parecía un loco psicópata. Yo le gritaba también muy enojada y las cosas se me nublaron. Él se paró frente al auto, encendió un cigarrillo y hacía gestos desde fuera con una cara que jamás le había visto. Yo no sabía qué hacer, gritaba y lloraba sin abrirle la puerta del auto. Sabía que arrancar el motor sería similar a desafiarlo y en medio de mi desesperación, me bajé y comencé a correr.

Llevaba la vista borrosa, sólo corría con todas mis fuerzas, sin darme cuenta de nada, sólo quería escapar de ese lugar y no verlo nunca más. Corrí por la carretera hasta que una pareja en su auto se detuvo y me ayudaron. Les conté todo lo sucedido y ellos me ofrecieron alojamiento por unos días, sólo necesitaba aclarar mi mente y descansar. Llamé a mi madre para contarle todo y que me quedaría en la casa de una amiga.

Cuando volví a mi casa, mi madre me contó que Juan Pablo había llevado el auto a la casa, y había ido varias veces a preguntar por mí, y el día anterior habló con ella dejando un mensaje para mí.

—Te estaré esperando en el terminal de buses, salgo de la ciudad mañana, ojalá te presentes.

Nunca fui a esa cita y lo había olvidado por completo hasta el día de hoy... Hoy, cuando me enteré por alguien que los conoció en ese entonces, que Juan Pablo y Carlos habían sido pareja. Lo habían sido desde los quince años hasta que nos conocimos. Carlos realmente me quería, pero Juan Pablo al enterarse de lo nuestro, me sedujo y me conquistó sólo para vengarse de él y con sus máscaras yo me vi envuelta en una doble traición.

HISTORIA 4
A LA DISTANCIA

Ella me mando un guiño, yo le guiñé también; así se usa en estos tiempos. Ella me escribió un mensaje, yo le respondí. Días, semanas y meses estuvimos así, desde el día aquel que nuestras miradas atravesaron el cristal virtual que nos separaba.

—*Cuando estás ahí siento como si estuvieras a mi lado. Cuando respondes mis e-mails siento que la distancia se acorta. ¿Qué vez por la ventana?* —me preguntó.

—Sólo gente en ropas ligeras —le respondí— aquí el calor es demasiado.

—*Aquí sólo hay nieve y el frío está en 20° bajo cero, pero tu compañía me da calor y fuerzas para levantarme cada día. Adiós, temprano verás mi respuesta, me voy a dormir.*

—Adiós, espero tu respuesta mañana, me voy a trabajar.

Pero la respuesta no llegó esa mañana, ni al día siguiente. Y una semana después cuando ya había perdido las esperanzas, el aviso de e-mail sonó en mi computador.

Era ella, había respondido al fin. Mi estómago se hizo un nudo como presintiendo lo que venía a suceder. Apenas pude tomar el mouse y deslizarlo hacia la barra, no me importó que hubiera gente alrededor, no importaba nada más que ver su carta. Su mensaje, traía fotos como en ocasiones anteriores y un saludo como nunca antes.

—*No sabes lo difícil que ha sido escribir estas líneas, la nieve cubre todo el valle y han cerrado las carreteras, pero aproveché de pasar ahora al café porque no sé cuando volveré a escribirte otra vez... Hace tres meses estoy contigo así y ahora quiero ir a ti.*

—¿Ir a ti? ¿Será lo que pienso?

—*Mi corazón no puede esperar a estar contigo y mis vacaciones se acercan ¿Qué debo hacer para llegar a ti?*

Temblé entero, no se suponía que eso fuera así ¿Qué hago? ¿Qué le digo ahora?

—Llama a la embajada de Chile allá en Rusia y ellos te dirán qué hacer para viajar a mi país.

¿Y ahora qué haré? No creo que sea tan fácil para ella viajar hasta acá..., además apenas nos hemos visto en fotos.

—¿Estás segura? —Pregunté una vez más— ¿Qué pasaría si las cosas cambiaran, si yo encontrara una pareja, igual vendrías?

—*Si* —respondió ella— *Lo que pasará lo sabremos cuando estemos cara a cara... Adiós, el tiempo empeora... Adiós.*

—Adiós —le respondí

Y esa fue la última carta que recibí de Ekaterina, hasta hoy, tres semanas después:

—*Voy a ti en abril, viajo de mi provincia a Moscú y de Moscú a Chile. No importa lo que digas, si Dios me lo permite, pronto te veré.*

—Pero estoy con alguien ahora, lo que más me temía sucedió, prefiero que no vengas, tan largo viaje y no sabemos lo que pasará.

—*Lo que pasará lo sabremos cuando estemos cara a cara... Espera mi respuesta y el día de mi viaje.*

¿Por qué me pasan estas cosas? A Ekaterina no la conozco y a ti te tengo a mi lado, pero no puedo contarte lo que pasa por mi mente. Con ella no tengo nada y contigo lo tengo todo. Hoy te contaré lo que está pasando, debo decírtelo porque te quiero y no puedo partir mi corazón en dos, además ella volverá a Rusia y tu siempre estarás conmigo. Eso haré, te llamaré...

—¿*Aló?*

—Hola ¿cómo estás?

— *Uhm..., bien...*

— Llamaba para saludarte y darte lo buenos días.

—*Uhm...*

—¿Qué pasa?

—*No..., nada...*

—*Uhm..., bueno, eso no más..., sólo quería decirte buenos días y que te quiero mucho...*

—*Espera..., sabes..., es difícil decir esto... pero lo nuestro no puede continuar..., quiero que dejemos esta relación hasta aquí...*

—Pero... ¿Cómo dices eso? Si todo va tan bien...

—*Lo siento pero es mi decisión...*

—Pero... ¿colgó?

Querida Ekaterina, hoy 27 de marzo te escribo por tercera vez, ya que después de una semana no sé nada de ti. Ya antes has dejado de escribir por largo tiempo. El día está nublado y la lluvia no tardará en caer. Ha sido una semana larga y penosa, siento amarga mi boca y oprimido el corazón. Quisiera el dulzor de tus palabras, el calor de tus palabras. Estoy a la espera de que me escribas nuevamente, ahora sólo quiero que vengas..., sólo quiero conocerte..., verte cara a cara... Contigo a la distancia.

HISTORIA 5
NOCHE DEL COMBATIENTE

Son las diez treinta de la noche, las calles permanecen solitarias. Sólo hay focos de fuego y lugares desiertos, esta noche es recomendable no salir. Pero ella tiene un mensaje en su ventana del chat.

—*Ella (conectado): "me siento solita... tengo un poco de miedo..."*

Poco tardaron en ponerse a conversar y aunque ya no estaban saliendo, ese día había una atmósfera especial en el aire. Ella sola en casa, él sin mucho que hacer. Hasta que una frase rompió el silencio en el que habían caído...

—*Ella: ¿Por qué no vienes a verme?*

Él pensó que se trataba de una broma, la verdad no esperaba semejante invitación, pero después de varios intercambios de opiniones y de cuestionarse todo lo que aquello significaba, él se decidió. Subió al auto y partió hacia ella. Mil cosas pasaban por su mente, rutas, desvíos, nadie en las calles y tensión en el aire.

Tomó la ruta rápida y tras unos minutos de conducir, un desvío policial lo sacó de su vía directa y lo obligaba a rodear el lugar. Ahora estaba obligado a pasar por oscuras calles iluminadas sólo con fogatas, que daban cuenta de la noche conflictiva que experimentaba la ciudad.

Un giro inesperado y al doblar en una esquina oscura, su vista vio dos luces que a mucha velocidad casi lo estrellan frontalmente. En una maniobra arriesgada terminó sobre la vereda. Con el corazón palidecido, respiró profundo y recuperó el aliento para continuar atravesando la ciudad.

—No te desconcentres —se dijo.

El viaje se hizo una eternidad, pero tramo a tramo avanzó sin que nada lo detuviera. Llegando a su casa la llamó al teléfono para anunciar su llegada.

Estacionó el auto y ella le abrió la puerta. Sólo alcanzaron a decirse hola y sus bocas desencadenaron una noche de pasión y entrega que los mantuvo unidos como un solo cuerpo y un aliento.

Manos entrelazadas, caricias seductoras y largos suspiros de pasión, rompían el silencio de la noche, mientras sus siluetas adornaban la muralla con movimientos épicos de batallas legendarias. Habían estado así por horas y tomaron un descanso, él esperaba una frase, una palabra para iniciar la conversación. Pero la frase no fue la esperada y la conversación terminó donde había empezado. Estaban ahí sin futuro, sin planes, sin reconciliación, tal como la noche inició.

Sin decir palabra alguna, él coloco sus brazos alrededor de su cintura y desató una tempestad de pasión en ella, que acompañaba el resoplido del viento que comenzó a agitar el ambiente externo. Parecía una tormenta y la noche se extendía por otras horas, en un cuerpo flotante entregado a la pasión ardiente y desenfrenada. No había duda que podría ser su última noche juntos y sin decirlo sólo extendieron el final de la noche en un exhausto suspiro.

Durmieron en un lecho de cansancio y satisfacción, hasta que él tuvo que partir; gentilmente se acercó, la besó en los labios; ella le besó también, le acarició su pelo y en una mirada entre medias luces, sin decir palabras, dijeron adiós.

HISTORIA 6
DULCE LOCURA

Desde el momento de conocerse algo los estremeció, levemente al principio luego era notoria la electricidad entre ellos. Un beso podría significar un viaje sin retorno y una caricia una explosión de pasión envuelta en llamas.

Se miraron, conversaron como no atendiendo esas sensaciones, muchos temas recorrieron, bebieron, comieron y se rieron. Pero en un instante de la noche se miraron fijamente a los ojos y nada pudo evitar el encuentro mágico de sus labios ardientes. Él sujetó su mano, se acercó lentamente, ella lo miraba mientras el corazón se aceleraba y las pulsaciones se elevaban.

Sus labios terminaron uniéndose en uno de los más dulces y apasionados besos para dos personas que recién se conocían. Un temblor entre ambos, las manos de él alcanzaron su cuello y con caricias insinuantes, alargó por mucho ese beso mágico, sin dejar que ese momento único entre ambos se escapara.

Él se alejó levemente de su boca, para ver sus ojos semi abiertos, y volvió a besarla para no dejar inconclusa su tarea romántica. Se rompió el hielo y se produjo una conexión única, jamás habían sentido ninguno de ellos esa sensación y estaban en la incógnita de seguir avanzando o parar esa locura.

Nuevamente ambos se acercaron, esta vez con complicidad en sus ojos, y olvidando la gente a su alrededor, se dejaron llevar por esas sensaciones electrizantes. Él acercó sus labios a su cuello y un suspiro ahogado escapó levemente de la boca de ella. Parecía coincidencia y él repitió la acción con el mismo resultado, comprendió que no había nada más que hacer en ese lugar.

Escaparon como llevados en carruaje de pasión, impacientes, sólo querían llegar donde no hubiera límites para su locura. Una vez solos, cara a cara, con algo de temor en sus corazones, se besaron sin parar mientras caían las prendas de sus ropas y desnudaban su alma el uno al otro sin dar pie a detenciones.

Nada detuvo el lazo de pasión que los ató esa noche, sus bocas recorrían cada centímetro de piel, cada rincón accesible. Una y otra vez sus alientos rompían el silencio de la habitación y sus manos entrelazadas recorrían cada borde de sus cuerpos, mojados en una esencia de amor que los envolvía.

Finalmente sus cuerpos exhaustos quedaron sin movimiento, el lecho fue testigo de la llama consumida y de su reposo. Se miraron a los ojos con temor a decir nada que rompiera la magia, el hechizo continuó al decirle él:

—No te preocupes sé lo que piensas, siento lo mismo que tú, nunca estuve con alguien como contigo... ¿Quieres que esto continúe mañana?

Ella un poco temblorosa dibujó una sonrisa en sus labios y respondió:

—Sí....

Volvieron a besarse y a estirar esa noche hasta que el cansancio los venció y dejó a los dos amantes durmiendo agotados de amor.

De ese primer encuentro ya han pasado varias semanas y cada vez que están juntos todo aumenta en intensidad. No hay límites para su locura, lo que pareció ser aventura de una noche se convirtió en el lenguaje más común para dos personas.

Nada les puede explicar por qué esa electricidad fluye tan fuerte, tan intensa, que les causa miedo perder la conexión que los une. Porque es más que pasión, porque no tiene explicación, porque esa dulce locura electrizó sus cuerpos, sus mentes y hasta se podría asegurar que electrizó sus corazones.

HISTORIA 7
TRES CARTAS SOBRE LA MESA

La mejor historia sin duda comienza en la vida propia, la mejor aventura la tenemos siempre a nuestro lado. El mejor momento y la experiencia más excitante, a veces espera a la vuelta de la esquina. Pero ella prefería buscar su fortuna sobre la mesa del destino. Frente a sus ojos había tres cartas para ella: Espada, Trébol y Corazón.

Ella tomó la primera carta y la tarde se oscureció completamente, el As de Espada cobró vida en sus delicadas manos. Una espada encendida en fuego que le mostró su vida pasada; una vida llena de misterio y dolor, llena de experiencias que la hicieron mirar con amargura cada paso dado en su frágil vida. Cuántas vivencias contenidas en una simple y mágica carta. Que diferente se veía su vida mirada a la distancia, como un espectador desde fuera de su esfera.

Pudo ver sus primeros pasos de niña y las primeras palabras. Contempló las aquellas salidas con amigos y por supuesto sus primeros amores. También estaba obligada a ver la pérdida del ser amado y la conquista de un nuevo amor. Una mujer romántica y apasionada, mirando toda su vida teñida en sepia y añeja por los años que habían pasado. Ella estaba sumergida en la nostalgia y las lágrimas de alegría se mezclaban con penas de cada visión y cada recuerdo.

Algunas imágenes la sumergieron en una intensa amargura, esa impotencia de ver escaparse cada momento en la rueda del tiempo. La embargaba la tristeza de ver irse de sus manos muchos instantes especiales hasta que todo se nubló y volvió en sí.

Tomó la segunda carta, el As de Trébol abrió una puerta iluminada que le mostró su futuro condicionado, ese instante sujeto a las decisiones del presente. Ella decidió avanzar por esa puerta y vio dos caminos ante sus ojos; uno recto y sencillo que parecía apacible y el otro con curvas y algo escabroso.

Sintió en su pereza que debía avanzar por el pasillo sencillo. Era lo más lógico y el que demandaba menos riesgos.

Al poco de avanzar, le sobrevino un miedo terrible y quiso regresar, pero las decisiones tomadas forjan sus propias líneas y el segundo camino ya no estaba, había desaparecido. Sólo le quedaba avanzar y hacer suyo cada paso soportando las aventuras que estuvieran en él. Todo lo que ese camino le deparaba era tan vacío que a causa del temor, no quiso continuar. Cerró los ojos sabiendo que cada decisión trae consecuencias que asumir, pero también sabiendo que la vida siempre le entregó dos caminos para elegir.

Abrió los ojos nuevamente y tomó la última carta, el As de Corazón Esa carta le mostró su vida actual y sintió paz porque al recorrer su pasado y también su futuro, sabía que todo lo sucedido en su vida siempre le dio fuerzas. Todo el porvenir dependía de las decisiones que hoy tendría que tomar. Decisiones difíciles a veces, pero que sin duda marcarían su futuro, debía tomar esa carta y pesar los caminos que hoy estaban frente a ella.

Hay tres cartas sobre la mesa... ¿Qué carta quieres elegir....?

HISTORIA 8
UN FANTASMA EN TU RECUERDO

Caminaste lejos de mí como escapando de este amor, no volviste a llamar y olvidaste mi nombre gritando al viento. Pero cada vez que duermes, me sientes recostado junto a ti. Cada vez que despiertas en las noches, abrazas a tu costado y buscas el perfume de mi piel que quedó en tu habitación. Te desvela la sensación de volverte hacia la muralla y ver la silueta de mi cuerpo dibujada frente a ti.

Sueñas por las noches los recuerdos de esos días; buscas sin encontrar entre tus sábanas mis brazos abiertos. Despiertas cada mañana con el anhelo de ver mi cara frente a ti, con mis ojos observándote dormir, arrullándote y cobijándote. Recuerdas en las noches el toque de mi mano cálida que cubría con sábanas de seda, tu espalda destapada; y suspiras mi nombre en la oscuridad mientras me sueñas.

Estoy lejos de tu cuerpo, porque lejos de ti pusiste mis pasos; sin embargo permanezco en ti, porque dentro de ti colocaste mi recuerdo. A cada paso que avanzas por tu mundo extraño y sin sentido, mis besos te acompañan y mis caricias siguen rozando tu piel. Soy como el viento que nunca para de soplar y pasea por tu lado. Soy la imagen que atormenta tus recuerdos y tu corazón, apareciendo en cada rincón de tu vida aunque desees estar sola.

Intentas tomar mi mano, pero mi imagen escapa de tus dedos; cierras los ojos para ver mi cara dibujada en tu mente. En medio del silencio de la noche escuchas mis labios susurrando tu nombre dulcemente, invitándote a despertar; mientras tu piel necesita el calor de mi cuerpo cobijándote. Nunca me olvidarás porque siempre estaré cerca de ti, oculto en el reflejo de tus ojos o flotando en el perfume de tu piel, porque siempre seré un fantasma en tu recuerdo.

HISTORIA 9
EL EXTRAÑO TESTIGO

Estaba solo aquella noche cálida y oscura, el ambiente alrededor me incomodaba. Una penumbra tenebrosa me envolvía y el aire seco se hacía más denso e irrespirable. Mi cuerpo flotaba contenido en una nube informe y relampagueante. Necesitaba encontrar las respuestas a los extraños sueños que había tenido. Era como una sensación subconsciente, profunda y oculta. Una relajada vivencia inconsciente. Como si fuera una placentera pesadilla a la que deseaba regresar una y otra vez.

Al cerrar mis ojos se desenmascaró una nueva sorpresa entre las imágenes latentes, otro misterio esperando ser revelado se liberó de sus ataduras y voló directo a mis recuerdos. Capítulos inconclusos de mi vida, incompletos y ocultos tras mis párpados cansados, esperando ser descubiertos.

Mientras dormía intranquilamente, escuché los gritos de ella perdidos tras un velo de incertidumbre. Permanecí inmóvil un momento sin saber de donde provenían sus agudos chillidos. Luego empujé una vieja puerta de madera, que explotó en un gran resplandor, marcando el umbral de un viaje que me transportaría mágicamente a otro lugar distante.

En ese lugar conocí a un anciano que estaba solo y oculto en la oscuridad. Se mecía tranquilamente sentado en una silla con sus manos entrelazadas. Sus ojos grises reflejaron levemente la luz del entorno sólo por un instante, luego se perdieron tras la penumbra en que se encontraba. Me pareció extraño pero confiable y me acerque a hablarle, pero antes de abrir mi boca él me dijo:

— ¿Sabes que una mujer fue asesinada aquí?...

Me quedé estático y sin respuesta. Quizá negué sin darme cuenta con mi cabeza, no lo recuerdo, porque él prosiguió su relato después de una breve pausa.

—Esto pasó hace muchos años atrás. Ella era muy joven. Sólo algunos recordamos como era y lo que realmente le pasó...

Con asombro me acerqué más aún y me dispuse a escuchar su relato atentamente.

—Fue una doble tragedia —prosiguió el anciano— la mujer fue fríamente asesinada y el eco sordo de un disparo perdido, encontró el punto final de su viaje en su pecho. El asesino también moriría... Evidentemente suicidio dijeron. Un testigo escuchó los aterradores sucesos y corrió a ver lo sucedido. Encontró a la mujer muerta, tirada en el pasto húmedo de la madrugada. Al costado estaba el hombre de rodillas mirándola, con el arma en su mano; nervioso y temblando. Llevó rápidamente el cañón a su cabeza y antes que el testigo lo detuviera, haló el gatillo cayendo sobre la mujer. El testigo corrió por ayuda... fue un horrible drama pasional.

Pero algo en su relato no me convenció del todo. Una sensación interior me hizo dudar de sus palabras.

— ¿Sabes que una mujer fue asesinada aquí?... —repitió el anciano.

Nuevamente relataba todo lo anterior, como una grabación repetitiva y sin sentido, cada detalle estaba contado de memoria, tal vez lo había narrado muchísimas veces.

Escuché un susurro perdido en la inmensidad del cielo. Giré mi cabeza hacia un costado y en segundos vi una silueta oscura aparecer tras de mí. Al volver la vista al frente, el anciano ya no estaba. Giré mi cabeza nuevamente y también la silueta se había esfumado entre las sombras.

Me incorporé sin poder comprender lo que me había relatado el anciano. De alguna manera nada concordaba con lo que personalmente conocía de aquellos hechos. No dijo nada de la carta de suicidio que fue encontrada en el bolsillo del hombre y los detalles de la posición de los cuerpos no estaban bien narrados.

¿Por qué el testigo desapareció y nadie supo quien era realmente? De cierta manera lo que contaba el anciano era lo que todos conocían de lo sucedido. Palabra por palabra era el relato que el extraño testigo se había encargado de pregonar a los cuatro vientos. Pero para mí nada tenía sentido en ese trágico final pasional. Algo parecía extraviado.

De pronto una luz me envolvió, una voz me hablaba a la distancia y me transportó en un abrir y cerrar de ojos a la casa de ella. Estaba parado frente a su puerta siguiendo rumores y reviviendo lo sucedido aquella noche. El tiempo había confundido mis recuerdos, por mucho tiempo perseguí pistas sospechosas y escuché a todos los que hablaban de ello.

Pero al llegar allí esa noche, tenía la certeza que descubriría la verdad de lo que había acontecido; ese sueño me había sumergido en un mundo de recuerdos tan profundamente, que se sentía demasiado real.

La casa había cobrado vida y las luces iluminaban mis manos mientras abría la puerta, caminaba por el pasillo hasta la habitación donde ella estaba. Sus recuerdos permanecían allí y un viento frío recorría mi espalda. Mi piel sentía las corrientes de ansiedad a través de cada poro. De manera muy extraña todas las murallas que nos rodeaban desaparecieron y volví a escuchar el grito desesperado de la mujer.

Sentí que el clamor venía de muy cerca y al darme vuelta me encontré cara a cara con ella, la observé tomar un objeto cercano y me lo arrojó con fuerza. Ella comenzó a correr por el cuarto lanzándome desesperadamente todas las cosas a su alcance. Esquivando sus impulsos desenfrenados. Intenté detenerla. La empujé sobre la cama y sostuve sus manos mientras su agitada respiración zumbaba en mis oídos, ella hizo una pausa y casi llorando me dijo:

—Él lo sabe todo..., siempre lo ha sabido...

Las lágrimas brotaron surcando el rosado color de sus mejillas. Sin darme cuenta aflojé las manos y sin alcanzar a responder a sus palabras, ella se soltó de mis brazos que la contenían y salió corriendo de la casa. No lograba comprender nada de lo que estaba pasando. No recordaba haberla visto llorar tan amargamente antes, ni haber tenido esa discusión tan apasionada, sólo sabía que esos recuerdos se volvían cada vez más y más reales.

Mi única certeza es que la vida es muy corta para detenerse a observar el ayer; el aquí y el ahora cobraban fuerzas infinitas. Miles de pensamientos extraños invadían mi cabeza y mi aliento se volvía cada vez más denso, caminé hacia la puerta mientras las paredes del pasillo desaparecían a cada paso que yo daba.

Me apresuré a seguirla pero perdí su rastro en el húmedo y solitario jardín. No podía ver nada a través de la oscuridad, pero sentía el susurro inquietante del viento que me guiaba paso a paso por los callejones de la noche.

Una voz lejana sumergida en mi mente, me invitaba a despertar diciendo:

—*Verás una fuerte luz que te rodea, sigue esa luz hasta llegar a una puerta; entrarás por esa puerta y una vez dentro despertarás cuando cuente desde cinco y mencione tu nombre. Despertarás suavemente y sentirás paz, abrirás los ojos y recordarás todo lo que has visto en este viaje a tu pasado, regresarás al presente en paz... Cinco... Estás relajado...*

En medio de las tinieblas apareció un resplandor, tal como lo había dicho la lejana voz y comencé a seguirlo. Pero antes de encontrar la puerta, vi que ella cruzaba el patio corriendo nuevamente en dirección al jardín. Se veía triste y angustiada, sus ojos vidriosos por el llanto se perdieron de mi vista por un instante. De pronto apareció él y la contuvo con un gran abrazo. Algo me parecía familiar en su cara, aunque no recordaba haberlo visto antes, mi corazón comenzó a latir fuertemente y una sensación extraña me invadía.

Ahora iban juntos caminando despreocupadamente; yo los seguí a cierta distancia sin que me vieran, para saciar mi curiosidad. Luego llegaron hasta un parque y se pararon al borde del camino tomados de la mano. Se miraban a los ojos fijamente. Se besaron con mucha pasión, mientras yo me acercaba silenciosamente amparado en las sombras de la noche.

Ella, al abrir los ojos nuevamente, se sorprendió al verme frente a ellos y comenzó a gritar desesperadamente, yo no podía oír lo que ella me decía. Sólo veía sus lágrimas caer mientras él hacía gestos con sus manos levantadas. Yo no comprendía de qué se trataba todo ese alboroto.

—*Cuatro... Debes acercarte a la luz...*

La luz estaba muy lejana y yo no quería volver hacia ella hasta comprender lo que estaba sucediendo. Extendí mi mano hacia la mujer para sujetarla y vi el reflejo metálico del arma que yo cargaba en mi mano derecha. La sorpresa me invadió de golpe; hasta donde recordaba yo no traía nada en mis manos. Él se colocó delante de ella protegiéndola con ambas manos en alto, mientras el murmullo de sus voces invadía mis oídos, sin poder entender nada de lo que ambos me decían. Parecía como un enjambre de abejas protegiendo el panal de manera desesperada y agónica.

En un instante de confusión máxima, ella volvió a colocarse delante de él. En ese momento mi dedo índice se desplazó ligeramente por el frío metal y un tiro salió surcando el viento, atravesando el pecho de ella mientras gritaba. Sus párpados pestañaron levemente acusando el impacto del proyectil. Luego sus labios se detuvieron, su vista se perdía en el horizonte oscuro. Los ojos aterrados de ambos se abrían casi a punto de abandonar las cuencas de sus caras. Un silencio aterrador inundó el lugar tras el disparo, yo creo que nadie esperaba que eso pasara.

—*Tres... La luz se hace cada vez más intensa...*

La voz se me hacía cada vez más molesta y lejana. No me interesaba seguir ninguna luz, ni entrar por ninguna puerta, sin antes comprender lo que sucedía. Sentía que por primera vez en mucho tiempo tenía la verdad muy cerca de mí.

Él la sujetó por la cintura para que no cayera al suelo. La sangre brotaba a mares manchando su vestido blanco y cubriendo la hierba de rojo. Nuevamente el silencio daba paso a un segundo tiro que salió desde el arma, silbando por el aire y golpeando directamente la cabeza de él. El movimiento repentino de su testa hacia atrás, impulsó a ambos cuerpos a caer en esa dirección...

— ¡Qué hice? ¡Oh, Dios! ¡Qué hice?

Corrí hasta ellos desesperado e incrédulo aún por lo sucedido. Permanecí de pie frente a ellos sin saber como auxiliarlos. Llevé mis manos a mi bolsillo para sacar el pañuelo que siempre llevo conmigo, pero sólo encontré un papel doblado en él. Lo abrí rápidamente y lo leí con estupor e incredulidad.

—Pido perdón por lo que hice, pero no puedo vivir sin ella y no permitiré que nadie más esté a su lado. Dejo este mundo junto a ella para encontrarnos en la otra vida o en la muerte...

Entonces comprendí todo el misterio oculto en mis recuerdos. Las aguas turbias como el lodo comenzaban a esclarecerse y mis visiones pasajeras ahora tenían el sentido de la verdad. El asesino en este relato soy yo y el extraño testigo también. Mi corazón se aceleraba y mi respiración agitada me hizo perder el aliento por un momento.

—*Dos... Entra por la puerta de regreso a casa...*

Muy en mi interior sabía los fríos pasos que venían después de seguirlos y darle muerte a ambos. El secreto me era revelado como una visión aterradora en mi memoria y mi respiración regresaba a su normalidad antes de volver a ser yo mismo.

Ubiqué los cuerpos en la hierba de manera que pareciera que sólo ellos estuvieron allí esa noche. Coloqué el arma en la mano de él y la nota suicida cuidadosamente en su bolsillo. Me arrodillé frente a ella y me despedí con un frío beso, mientras mis manos se teñían con su sangre aún tibia. Luego me levanté y escapé del lugar.

—*Uno... Tu viaje ha llegado a su fin...*

Regresé a la casa de ella y dejé todo en orden, me llevé todo indicio de que yo la hubiera conocido alguna vez. Volví rápidamente a mi patrulla y me senté pacientemente a esperar el llamado policial que daría cuenta del tiroteo. Respondí a la llamada fingiendo estar muy cerca del lugar de los hechos. Esperé unos minutos más, respiré hondo y manejé la patrulla con la sirena encendida. Al regresar al lugar de los hechos, ya era el segundo oficial en llegar a la escena del crimen y nadie descubriría jamás que yo estaba involucrado en todo ese drama.

Ahora está todo claro para mí. Tanto tiempo luchando con esos extraños sueños, pensando que sólo era una pesadilla. Y ahora este secreto revelado quedará escondido en mi conciencia y atrapado tras mis labios...

— *¡Despierta Sebastián!...*

"Inspirada en el disco de Dream Theater: Scenes from a Memory"

HISTORIA 10
TRAS BAMBALINAS

Había sido un largo viaje para llegar a ser la elegida esa noche, mucho ensayo y esfuerzo para aprender cada paso de la coreografía, todo estaba listo para ese debut de bailarina, la hora, la ropa y el maquillaje. Comenzaba la música y era mi turno para subir al escenario; con algo de temor al principio, pero con mucho desplante después, jamás pensé que entre la multitud vería tu cara tan conocida por la gente.

Siempre te vi desde lejos, apoyado en tu guitarra, tras luces y bambalinas, cantando a todo corazón canciones de multitudes que hablaban de amor. Siempre te vi desde lejos, siempre te escuché anhelando conocerte. Conocer al romántico trovador que le canta al amor y a los sucesos de la vida, que cuando sube al escenario todo el mundo lo admira y corea sus temas.

Cada canción que cantabas, llenaba siempre mi corazón de alegría, cada verso proveniente de tus labios endulzaba mi alma sedienta de ti, esperando escuchar una y otra vez tu voz melodiosa cargada de amor. Esa noche tu no eras el rey del escenario, ni tu poesía era el centro de atención, tu guitarra no derramaba notas de amor al viento, ni tu voz se oyó.

Jamás pensé tenerte así de cerca y mucho menos bailar para ti esa noche, ante tu mirada, la reina absoluta del escenario era yo, danzando entre luces de colores dejando caer mis prendas para ti. Cada movimiento cautivaba tus ojos brillantes y todos tus sentidos, mis manos te seducían y mis piernas reflejaban la luz de tu mirada.

Fue el momento más completo de mi vida sobre un escenario, fueron los minutos más largos que había vivido y ni siquiera me imaginaba lo que a continuación pasaría. En mi solitario camerino, mientras me vestía pensando aún en los segundos que habían transcurrido; sentí tu perfume entrar en la habitación. Tus pasos firmes se acercaron y me estremecieron por completo, sentí tu mano tocando mi hombro aun desnudo y vulnerable.

Me giraste hacia ti y tus ojos reflejaron mis ojos temerosos con la luz, tus manos acariciaron mi cara con la delicadeza que acaricias tu guitarra. Rendida a tu imponente presencia, mis labios besaron tus labios y nuestros cuerpos formaron una melodía nueva con notas apasionadas, dulces y seductoras. Una canción como nunca se había oído antes tras bambalinas.

Tu boca recorrió mi cuerpo entero y tus manos me sujetaban con ternura, seducías con encantos mis piernas y mi pecho también se entregó a ti. Escribías versos en mi piel y mi cuerpo fue instrumento de tu deseo, ejecutaste esa balada con destreza y romanticismo inigualable, hasta que la canción terminó y dejaste ir mi aliento cansado sobre ti.

Nadie creerá que estuve tan cerca de ti y cada canción ya no es la misma desde ese día. Ahora siento que me abrazas junto a tu guitarra ante la multitud, que me cantas cada frase de tus poesías suavemente al oído y escribes para mí cada verso que se escucha melodioso en todos lados. Ahora te miraré en el escenario, recordando lo que esa noche pasó tras bambalinas.

HISTORIA 11
EL NOVELISTA

Una noche mientras escribía mi tercera novela romántica, me sentí saturado, poco inspirado y decidí tomar un descanso para poder despejar mis ideas. Puede que hayan sido cerca de las diez de la noche, en realidad no siempre miro el reloj cuando escribo. En todo el día sólo había conseguido avanzar unas pocas y mediocres páginas, tras borrar falsos comienzos e intentos fallidos de frases sin sentido. Como siempre lo he dicho.

—Si no me gusta a mí, no le gustará a quien lo lea.

Bajé a la cocina a prepararme algo de comer, porque mi estómago con sus gruñidos ya estaba reclamando. Luego de saciar mi hambre, ordené todo en la cocina antes de sentarme en el sillón a disfrutar una película. Era increíble la cantidad de loza sucia que acumulé en pocas horas, si parecía que un batallón había desayunado y almorzado en mi casa.

La temperatura había bajado bastante y me vi obligado a prender la chimenea. Cuando estaba listo para disfrutar las siguientes dos horas frente al televisor. De pronto la luz se cortó sin explicación y mis planes para esa noche se arruinaban. Llamé a Víctor de la parcela vecina y tenía el mismo inconveniente.

—Al parecer es problema en la planta eléctrica —dijo con mucha seguridad.

Qué noche más decepcionante y aburrida me esperaba, y aún no me sentía cansado como para ir a dormir. Encendí un par de velas en el comedor y recorrí la casa asegurándome que las ventanas estaban correctamente cerradas. No es muy inteligente prender la chimenea y que el calor se escape por algún torpe descuido.

Subí a mi habitación a escuchar algo de música sobre mi cama. Aún no perdía la esperanza de que el apagón no durara toda la noche. De todas maneras, dejé encendido el interruptor de mi pieza para que la luz prendiera en cuanto regresara la energía.

Ya llevaba más de media hora tendido en la cama, con los audífonos en mis oídos, cuando la habitación se iluminó nuevamente. Me acordé entonces de las velas en el comedor y bajé a apagarlas. Mientras bajaba las escaleras, la luz comenzó a parpadear y tras unos segundos de indecisa incandescencia, se volvió a apagar.

Por un momento había pensado que podría retomar mis planes para esa noche, pero ese segundo apagón terminó por convencerme de hacer otra cosa. De todas maneras ya me había hecho a la idea de apagar las velas del comedor, así que continué bajando entre las sombras y penumbras. Antes de llegar a ellas, golpearon a la puerta de manera suave, muy sutilmente, casi sin fuerzas.

El estremecimiento inicial del golpecito en medio de la oscuridad, pronto se matizó con la rabia de tener que atender a quien anduviera afuera a esas horas de la noche. Me acerqué intranquilo a la puerta con una de las velas en la mano.

— ¿Quién es? —pregunté con tono molesto y seco.

—Me llamo Sandra y estoy perdida —respondió la voz tímida de una niña.

Entreabrí la puerta sin quitar la cadena y un rayo de luz iluminó su cara dejando ver su silueta entre las sombras.

—Mi hermanito y yo estamos perdidos ¿Nos puede ayudar?

No podía negar que la situación me incomodó bastante; pero qué podía hacer, esa noche nada estaba saliendo según lo esperado y, ahora debía atender la urgencia de esos niños perdidos. Saqué la cadena y abrí la puerta invitándolos a entrar en mi casa. Un viento gélido cruzó el umbral estremeciéndome. La temperatura era extrañamente más baja de lo habitual.

Cerré la puerta y me estremecí otra vez, al ver que ambos niños iban con delgadas chaquetas que seguramente no cobijaban mucho. Nunca había visto a esos niños en los alrededores.

— ¿De dónde son? —pregunté mientras los alumbraba con la vela.

—De la ciudad —dijo ella— fuimos a ver a mi abuelo, salimos a jugar un rato y nos alejamos un poco de la casa. Luego se cortó la luz y no encontrábamos el camino de vuelta y ahora que vimos la luz volver corrimos hasta llegar a tu puerta.

Ella tenía mucho desplante a pesar de tener unos once años y el pequeño con no más de cinco, permanecía en silencio a la sombra de su hermana. Ambos se veían bien vestidos, con sus zapatos llenos de lodo y un intenso olor a humedad que emanaba de sus ropas poco comunes.

— ¿Cómo se llama tu abuelo? ¿Te acuerdas en cuál parcela vive?

—Se llama Alberto y vive al pie del cerro, pero no recuerdo exactamente la ruta.

Yo no conocía a nadie con ese nombre por los alrededores, aunque yo sólo iba por esos lados cuando necesitaba paz para escribir. Así que fui a llamar a mi vecino Víctor por teléfono, posiblemente él sabría quién era. Pero el teléfono estaba como muerto, sin tono. Se estaba convirtiendo en la noche más patética de toda mi vida. No podía echarlos a la calle, así estaba obligado a alojarlos por algunas horas.

Aunque yo ya había comido, los hice pasar a la cocina para prepararles algo caliente, tal vez una sopa. Me parecía lo más acertado para que entraran en calor. Ellos se sentaron en la mesa de la cocina y se mantuvieron en silencio mientras yo les preparaba una sopa en sobre. En cuanto la coloqué en la mesa ambos comenzaron a comer como si no hubieran comido en días. Sólo el leve golpeteo de las cucharas al rozar el plato y los suaves sorbetes al llegar el líquido a la boca se lograban escuchar en el silencio.

— ¿Quieren un poco más? —Pregunté, al mismo tiempo que recordaba las palabras de mi madre— Se sirve sin preguntar, los viajeros siempre llevan hambre.

Ambos asintieron con la cabeza mientras aún tomaban las últimas cucharadas del primer plato. El pequeño no hablaba nada, era muy tímido para su edad. Eran cerca de las doce de la noche y la luz aún no volvía. Ambos habían terminado su segundo plato de sopa, pero seguían tan pálidos como pollos congelados. Resignado a que tendría que alojarlos toda la noche, coloqué un par de leños más en la chimenea para avivar el fuego y fui a buscar mantas para los dos.

—Voy por una frazadas, mientras pueden acomodarse en el sillón —les dije esperanzado que la luz volviera.

Cuando volví con las mantas quedé totalmente petrificado con la imagen que tenía frente a mí. Los pequeños a los que les abrí mi puerta, se habían transformado en dos jóvenes de unos quince años él y veinte años ella. Sus rasgos eran los mismos, sus ropas las mismas, sólo parecía que yo me hubiera demorado años en volver a la habitación.

Mi corazón estaba acelerado al máximo, jamás en la vida había experimentado algo tan sobrenatural como en ese instante. La visión me había dejado perplejo y me costaba trabajo acercarme a ellos. Por más que los miraba no lograba convencerme de que eran ellos, aunque sabía que no estaba soñando.

Con mucho temor me limité a preguntarles si estaban bien. Ellos asintieron con la cabeza. Mi corazón parecía escaparse de mi pecho. Me acordé entonces de una vieja película, donde unas amables criaturas se convertían en grotescos monstruos al darles de comer después de medianoche.

Me acerqué a ellos mientras permanecían sentados. El olor a humedad se volvió más intenso y putrefacto como aguas estancadas. El lodo que en un principio sólo cubría sus zapatos, ahora les llegaba hasta las rodillas. Yo ya no podía pensar con claridad, sólo intentaba no evidenciar el pánico que me envolvía de pies a cabeza. Por mi mente pasaban miles de pensamientos y no tenía respuestas para nada de lo que sucedía.

La escena era espantosa y sólo podía fingir que todo era natural, mientras evitaba que se notara mi cara de espanto y mis manos temblorosas. Les pasé las mantas y me acomodé en el sillón frente a ellos, estaba decidido a no quitarles los ojos de encima en toda la noche. Ella se sentó al borde del sofá y él se estiró horizontalmente acomodando su cabeza sobre las piernas de su hermana.

Permanecimos largas horas en silencio. Coloqué una de las velas sobre la cornisa de la chimenea y las otras dos en la mesa de centro entre nosotros. Eso era lo único que me mantenía alerta y sin cerrar los ojos. El vaivén de sus cuerpos, me hizo comprender que ya estaban en un profundo sueño, mientras yo luchaba por no cerrar los ojos y perderme en la oscuridad.

Cada minuto era interminable, estaba desesperado, horrorizado, no podía ni por un momento permitirme dormir. Las horas habían pasado lentas, la leña aún estaba consumiéndose y el calor era agradable pero no me sentía tranquilo. Me acomodé nuevamente en el sillón para estirar mis retraídas piernas y miré el reloj por enésima vez. Eran las tres de la mañana y había logrado permanecer despierto una hora más.

Mis ojos parecían como dos bloques de cemento y el aire tibio se hacía cada vez más pesado, todo confabulaba para hacerme claudicar. El olor a lodo podrido era insoportable, hasta respirar se hacía tedioso. A duras penas podía permanecer despierto y mi cabeza se balanceaba hacia delante cada cierto tiempo. Mis párpados cansados se cerraban de vez en cuando oscureciendo todo, necesitaba pararme y hacer algo para vencer el sueño.

Me levanté del sillón con tan poca sutileza que al retirar la manta, la brisa apagó las velas sobre mesa. La oscuridad se apoderó de la habitación. Mi reacción fue tal que en dos tiempos, ya tenía la caja de fósforos en la mano para encender nuevamente las velas. Mis manos temblaban y con mucha dificultad conseguí abrir la caja. Los delgados palitos cayeron por todos lados; tomé el primero y comencé a rasparlo al borde de la caja hasta quebrarlo. Uno, dos, tres intentos fallidos y no conseguía que el fuego encendiera. Finalmente la negra cabeza se prendió y pude prender las dos velas sobre la mesa.

Mi respiración estaba muy agitada y la adrenalina corría al máximo por mis venas, eso consiguió quitarme el sueño por largos minutos y permanecer despierto una hora más.

Al pasar las horas y antes que las dos velas se consumieran por completo, esas pequeñas llamas me habían mantenido despierto y luchando contra todo. Pero mis ojos se desplomaban y sin darme cuenta, entre los últimos brillos de las velas frente a mí, sucumbí ante la adversidad.

Las sombras se estiraron hasta cubrir mis ojos, de pronto un torbellino de polvo blanco comenzó a perseguirme y por más que intentaba correr, el torbellino me envolvía. También atraía las nubes del cielo oscuro y las mezclaba con el polvo creando una espesa masa de lodo.

En medio de esa masa de barro comencé a ver las caras superpuestas de los niños que se alternaban. Ellos me miraban con sus ojos oscuros y su presencia maléfica. Yo intentaba escapar de ellos pero la oscuridad comenzaba a hacerse infinita.

A lo lejos podía ver un leve y diminuto punto de luz que se perdía en la infinidad de un campo marchito. Comencé a correr hacia él, pero mis pies se pegaban al piso en un lodo fangoso que me rodeaba. Con cada paso que daba mis pies más se hundían en el negro fango, poco a poco comenzaba a hundirme tratando de avanzar hacia la luz.

Ya tenía medio cuerpo enterrado cuando aparecieron frente a mí los niños y me abrazaban con sus manos llenas de lodo. Pero no era un abrazo de cariño, sino más bien me empujaban hacia abajo llevando mi cuerpo cada vez más profundo. Apenas podía sostener la cabeza levantada intentando respirar con mi boca alzada hacia el cielo oscuro. Casi podía saborear el barro entrando por mi boca.

De un salto volví en mis sentidos dejando atrás esa angustiosa pesadilla. Las velas estaban totalmente apagadas y en la chimenea poco quedaba de las cenizas humeantes. En medio de la oscuridad podía ver sus siluetas inmóviles. Mientras despertaba mi entumecido cuerpo, lentamente la habitación comenzó a aclararse.

El olor putrefacto ya era totalmente insoportable, peor que cualquier cosa que hubiera sentido antes. Me tapé la nariz intentando respirar poco profundo, pero hacía arcadas involuntarias cada cierto tiempo.

Me incorporé con las manos heladas y los dedos de los pies entumecidos. Me acerqué a ellos para despertarlos; primero hablándoles suavemente. Luego los moví, pero mi mano quedó envuelta en un barro negro. La piel se me puso de gallina y la garganta se me cerró sin poder decir palabra. Los jóvenes ahora eran sólo dos cadáveres putrefactos recostados en mi sillón. Estaban cubiertos de ese lodo negro y podrido, llenos de gusanos como si hubieran estado allí por días descomponiéndose. Sus ropas estaban gastadas y malolientes, rasgadas a pedazos y apolilladas. Sus huesudas manos estaban entrelazadas en un tierno signo de afecto.

No soporté la impresión de todo eso y vomité en el mismo lugar. Vacié mi estómago de lo poco que había comido y corrí hasta la puerta para salir a tomar aire fresco. Sentía que el olor estaba impregnado en todo mi cuerpo, de hecho sentí ese maldito olor impregnado en toda la casa por semanas. El sol despuntaba tras los cerros y el calor de los primeros rayos me dio el valor para volver nuevamente a la casa. La putrefacción permanecía en el aire, pero en mi sillón sólo quedaba una masa fangosa descomponiéndose lentamente. Lo que haya sido que alojé en mi casa esa noche había desaparecido dejando su rastro inolvidable en mi mente.

— ¿Quiénes eran? ¿De dónde venían? ¿Por qué se convirtieron en lodo?

Esas preguntas me atormentan hasta el día de hoy, cada vez que cierro los ojos veo sus caras convirtiéndose en estatuas de fango. Ni siquiera fui capaz de volver a escribir novelas románticas y las pocas hojas que escribí ese día fueron también mis últimas en ese género.

HISTORIA 12
REFLEJO DE MUERTE

Todos esos recuerdos permanecen en mi memoria, como si nunca hubiera estado encerrado aquí. Cada imagen reflejada en mi espejo, es la huella de la experiencia desgarrando mi piel, colocando un velo en mis ojos para no ver mi triste realidad. Mis manos están llenas de historias y mis brazos están cansados de levantar el peso de los años. Quiero descansar mi cuerpo exhausto en un lecho de cenizas eternas, quiero colocar mis huesos medio metro bajo tierra y ver caer el mundo sobre mí. Quiero saber que todo lo que he hecho tuvo una razón para ser recordado por siempre.

Espejo de mis recuerdos cuéntame ahora la verdad de mis pasos perdidos, donde cada pisada corrompió mi corazón moribundo, haciéndolo fuerte, cruel y despiadado; haciéndolo impenetrable y sin dudas para luchar por mí mismo. Quiero ver esos caminos torcidos delante de mí y reconocer mis errores, quiero saborear la amargura del engaño y la decepción de la mentira. Quiero ver mis pecados en la hora de mi muerte y partir mi corazón en dos.

Cuántos años caminando de noche en medio de la profunda oscuridad, para terminar en este lugar, lúgubre, húmedo y sin poder dormir en paz. Por las noches me despierto espantado en mis pesadillas, angustiado por mi pasado, aterrado de los horrores que he vivido; con gritos de dolor y llantos desesperados que afligen mi alma.

Cuánto tiempo más resistirá mi cuerpo el embate de los años y cuánto más mis piernas recorrerán caminos corruptos y maltrechos. Quisiera ver un nuevo amanecer lejos de estos barrotes que me matan y contemplar por un instante una puesta de sol al borde de una playa, sintiendo la textura de la arena entre mis dedos y la suave brisa en mi cara.

Cuánto daría por un instante junto a mi amada perdida, junto a la que fuera el amor de mi vida. Rompería mis cadenas si tuviera la esperanza de recomenzar, si pudiera ver la sencillez de las cosas que he perdido y de los años olvidados. Cada instante dejado atrás no volverá a mi lado y cada palabra escondida, se perderá en mi pensamiento. Mientras mi lengua oculta mis verdaderos sentimientos, la diversidad de mis palabras me hacen delirar frente a ti.

Espejo de mi vida me has enseñado lo extraviado de mi vida, pero no me enseñaste como olvidar. Me has abandonado a mi triste suerte y pusiste mi cuello ante el verdugo. Mientras la muerte viene por mí cabalgando con su hoz en la mano, para llevar mi alma cautiva con grilletes de fuego. Mi alma perdida será devastada, azotada y reducida a cenizas frente a los abismos oscuros que nublan mis ojos. En esta hora fría, solitaria y perdida, con un principio olvidado y un final cada vez más cerca. No tengo esperanzas de nada, mientras lentamente se apaga mi flama.

HISTORIA 13
DEJA VU (MEMORIAS DE UN TERCERO)

Víctor se levantó temprano, antes que ella despertara y sin hacer ruido se vistió; ordenó sus cosas, le dio un beso en la mejilla y se fue muy apurado. Subió a su auto y condujo por muchas cuadras sin rumbo, hasta que finalmente se detuvo a un costado del camino. Apagó el motor, bajó la mirada al piso y mientras sentía los vehículos pasar por su lado, respiró profundamente.

Había sido una noche muy apasionada pero se sentía vacío y confundido. Por semanas ellos se habían visto de esa manera; compartiendo una linda velada, para luego dar paso a extenuantes noches de pasión. Ella no estaba sola sentimentalmente, ella tenía su pareja y Víctor ya no sabía cuál era su lugar en esta situación. Cuántas veces habían conversado sinceramente al respecto y el resultado siempre era el mismo, él seguía siendo el tercero en esa extraña pero fuerte relación.

El sol aún no se levantaba sobre las montañas y Víctor decidió retomar su camino, esta vez con rumbo a su casa. Al llegar se metió en la ducha y permaneció inmóvil pensando en todo aquello, mientras el agua caliente corría por su cara. Luego acabar su ducha, se fue a la cama para ver si conseguía dormir unas pocas horas. Necesitaba descansar su cuerpo y animarse a hacer cosas para distraer su mente.

Recostado sobre la cama, miraba al techo recordando los sucesos de esa noche; cada instante, cada beso, el éxtasis y la pasión de sus encuentros. Todo lo estaba consumiendo por dentro, lo destrozaba. Hubiera sido fácil sacarla de su vida al principio, pero ahora estaba en su piel, en sus recuerdos y él en ella.

Pasaron varios días sin verse, aunque siempre conversaban por teléfono, hasta que nuevamente organizaron salir juntos. La velada era magnífica, la conversación amena y divertida como siempre. El tiempo pasaba lento para ellos, hasta que la hora que marcaba el reloj les indicaba que ya debían retirarse para estar juntos como siempre.

Víctor quiso hacer algo distinto y la llevó a un lugar diferente, más atrevido. A ella le gusto mucho ese nuevo lugar, de hecho aumentó su excitación. La noche estaba más prendida que de costumbre y se besaron largamente con mucha entrega. Esta vez él retrasó lo que más pudo cada una de las situaciones, apaciguando el exceso de pasión para no avanzar tan rápido como acostumbraba.

Lentamente besaban cada parte de sus cuerpos que quedaba al desnudo, se veían a los ojos y aunque ella quería avanzar muy rápido, él la contenía. La giró de espaldas a él y comenzó a besar la parte trasera de su cuello, luego recorrió su espalda con sus labios, mientras sus manos rozaban sus muslos y sus caderas subiendo lentamente.

Recorría su estómago, sus pechos ya desnudos y en un inesperado acto, ella lo giró empujándolo sobre la cama y subiéndose sobre él aprisionando sus manos fuertemente. Víctor le besó su pecho desnudo, jugaba subiendo y bajando para aumentar el calor del momento, él la giró nuevamente colocándola de espaldas sobre la cama.

Comenzó a besar sus pies, alternando constantemente, entre pie izquierdo y derecho, besando sus dedos delicadamente, sus tobillos, el talón, las pantorrillas. Se acercó levemente a sus rodillas haciendo una pausa, subía los muslos de ella y veía como se excitaba más y más; saltó desde el borde de la ingle a su estómago y continuó subiendo hasta llegar a sus pechos, todo estaba muy agitado.

Ella quería que prosiguiera avanzando y él comenzó a bajar lentamente desde su pecho pasando por su estómago hasta llegar directamente a la fuente de sus deseos, invadiendo completamente su húmeda pasión. Lentamente continuó excitándola más y más hasta que ella explotara y consiguiera un orgasmo sin aún estar completamente con él.

Ella le pidió que siguiera y lentamente se unieron, haciendo ese momento la experiencia más recordada e irrepetible que habían tenido. Una experiencia que sólo esa noche podría grabar en su memoria, él usó todas las técnicas que sabía y la llevaba a tener constantes orgasmos, uno tras otro casi sin pausas.

Experimentaron todas las posiciones más intensas hasta que luego de largas horas, cuando ella pensaba que ya tenía su último suspiro, él la sostuvo con fuerza. La colocó en una nueva posición, y con movimientos suaves al principio e intensos después, comenzó a llevarla al más largo e intenso orgasmo que jamás ella había experimentado. Ella no pudo contener sus labios y se expresó con libertad por la intensidad de esa increíble experiencia hasta terminar rendida como nunca antes.

—Has sobrepasado todos mis límites —dijo ella exhausta— jamás pensé que sería capaz de llegar tan lejos con un hombre.

Y en medio de su cansancio, sus cuerpos húmedos reposaron sobre la cama y durmieron rendidos.

Víctor se levantó temprano, antes que ella despertara y sin hacer ruido se vistió; ordenó sus cosas, le dio un beso en la mejilla y se fue muy apurado...

HISTORIA 14
AMOR CAUTIVO

Los sonidos lejanos de puertas abriéndose y cerrándose retumbaron en sus oídos despertándola de su largo sueño. Luego el silencio envolvía nuevamente sus sentidos y suaves murmullos de voces distantes recorrían la habitación. La oscuridad era dueña de sus ojos que permanecían cubiertos por una improvisada venda.

El aire se sentía denso y saturado por el calor de su respiración. Sus pies y manos estaban atados y parecía estar recostada sobre un duro colchón. Por más que intentaba traer a su memoria las imágenes previas a ese momento, seguía sin recordar cómo había llegado a ese lugar. Sólo tenía lejanas luces de lo último que hacía antes de despertar allí.

Recordaba que iba caminando por la calle, era una noche fría de invierno y llevaba un largo abrigo negro que le cubría hasta más abajo de sus rodillas, el cual no sentía tener puesto en ese momento. Su elegante sombrero y unos zapatos negros de tacón alto, le daban un toque de elegancia y distinción.

El taconeo de sus pasos hacía eco en la brumosa noche, mientras la niebla húmeda mojaba sutilmente las calles vacías. Al llegar a la parada de taxis, extrañamente esa noche no había ninguno, seguramente porque el gélido aire que golpeaba la piel hacía que la gente deseara estar a resguardo y no caminando por las calles.

A lo lejos vio las luces de un vehículo que se aproximaba, mientras más cerca estaba notó que se trataba de un taxi que venía ocupado. El vehículo se detuvo precisamente frente a ella y el pasajero abrió la puerta para bajar. El hombre descendió dejando la puerta abierta para que ella subiera.

Apenas alcanzó a acercarse a la puerta, cuando sintió una mano fuerte que la sujetó por la cintura y otra que le tapaba la boca con un paño. Su vista comenzó a nublarse y por más que luchó por zafarse de esos brazos fornidos, se desvaneció en la oscuridad de la noche. Luego de eso despertó en aquel lugar húmedo y frío, sin poder moverse, con la vista vendada y con una mordaza que le impedía gritar.

De pronto la puerta de la habitación se abrió con un chirrido metálico que la hizo sobresaltarse. Su cuerpo se estremeció por el miedo y levemente se escuchaban sus gemidos y sollozos. Un aroma inconfundible a estofado inundó la habitación y su boca sintió la grata sensación de estar cercana a probar bocado.

Su estómago ya gruñía hace largo rato y tenía la boca seca y amarga. Sintió el peso de alguien que se sentó a su lado y le decía con voz firme:

—Te voy a desatar y a quitarte la mordaza para que puedas comer; pero la venda se queda en tus ojos. Si gritas o intentas escapar te mueres, si intentas sacarte la venda, te amarraré nuevamente y no comerás en tres días... ¿Entendiste?

Ella asintió con su cabeza y permaneciendo quieta como oveja en el matadero, él hizo de acuerdo a lo conversado y comenzó a llevar cucharadas de estofado a su boca. Así ella saboreaba el primer bocado después de muchas horas cautiva. Sin importar que estuviera algo falta de sal, devoraba cada cucharada como si fuera su última comida. Y antes que se le ocurriera mencionar palabra, él le dijo:

—Disfrútala y no hagas preguntas por ahora; todo saldrá bien para ti y para nosotros, sólo estamos esperando que tu marido nos pague por tu rescate.

Ella hizo una pausa después de terminada la frase y dio un largo suspiro reteniendo la bola de comida en la boca. Luego continuó comiendo hasta acabarse todo.

— ¿Deseas ir al baño?... Aprovecha ahora porque debo atarte nuevamente y no sé por cuánto tiempo será.

Ella aceptó la propuesta y él la encaminó con la venda puesta hasta el baño.

—Entrarás, cerrarás la puerta y podrás sacarte la venda; a tu izquierda encontrarás el interruptor de la luz. Cuando termines, sacarás el cerrojo de la puerta y te colocarás la venda primero, luego abrirás la puerta... ¿entendido?

Aunque no respondió a lo dicho, ella hizo según las indicaciones que se le habían dado. Al volver se sentía cansada y somnolienta, él la amarró otra vez a la cama tendiendo sus piernas como antes y lentamente ella se durmió por el somnífero que él había puesto en su comida.

Horas después despertó asustada al escuchar una discusión que había afuera de la habitación. La oscuridad tenía cautivos sus ojos y sus piernas estaban entumecidas tras horas sin moverlas. El viento frío se calaba por la rendija de la puerta silbando suavemente hasta su cara. Sentía su garganta apretada y la nariz húmeda y congelada. Apenas lograba enroscar los dedos de las manos por el frío.

Mientras tras la puerta de la habitación, los dos hombres seguían discutiendo acaloradamente, ambos se culpaban mutuamente porque todo había salido mal. Al parecer sus planes se complicaban y tenían que tomar decisiones radicales respecto de la mujer, pero no lograban ponerse de acuerdo.

Ella se mantenía expectante, intentando escuchar lo que ellos decían a través de la puerta. La discusión terminó abruptamente con la frase.

—Sólo hazlo— seguida de un fuerte portazo que estremeció las paredes.

Los pasos de uno de los sujetos se alejaban por el corredor, mientras el otro seguía murmurando muy molesto. Luego se escucharon los golpes airados contra lo que parecían ser tambores metálicos y otras cosas.

La puerta de la habitación se abrió nuevamente dejando escuchar el terrible ruido de las bisagras faltas de aceite y a los segundos alguien se sentó en su cama. El silencio la mantenía expectante y temerosa, tan sepulcral era el momento que podía escuchar el latido de su propio corazón. El sujeto en la cama se movía incómodo, sin emitir palabra alguna, pero soltando leves sonidos como gruñidos acallados.

El silencio se rompió abruptamente con un singular ruido metálico, al parecer el sujeto estaba manipulando un arma. No sabía si la estaba cargando o la limpiaba, pero el sonido la atemorizaba.

Ella estaba impaciente, temblaba del miedo y movía levemente los dedos de sus frías y nerviosas manos. Suspiraba profundo, ahogada por la angustia y la presión de la mordaza en su boca. La adrenalina fluía por su cuerpo y cada sonido la sobresaltaba más aún. Los nerviosos movimientos del sujeto sólo conseguían apretar su estómago y exaltar su angustiado corazón.

Él se ponía en pie nuevamente y daba vueltas en la habitación. Tras unos pasos ansiosos se sentaba otra vez y manipulaba el arma, la cargaba, la descargaba, suspiraba y murmuraba casi imperceptiblemente. Así se mantuvo varios minutos mientras ella tragaba saliva de amargura sin saber su incierto destino.

A la distancia se escuchó un fuerte y resonante portazo metálico, luego unos pasos acercándose por el pasillo. El sujeto a su lado se levantó de la cama y salió rápidamente de la habitación. Unos segundos después tres disparos se escucharon seguidos por los gritos apretados de los sujetos, luego un silencio sostenido y aterrador invadió la atmósfera haciéndose dueño de la situación.

La mujer permanecía sobre la cama inmóvil, llorando del pánico, amarrada y amordazada sin saber lo que había sucedido afuera. Después de unos instantes de total silencio, intentó soltarse las amarras sin conseguirlo. Los fuertes nudos no aflojaban y sus muñecas ya sentían el escozor del forcejeo.

Los minutos se hacían interminables y la incertidumbre la consumía viva. Intentó balancearse en la cama, pero no se pudo mover ni un centímetro, luego trató de correr la mordaza de su boca y de sacarse la venda de los ojos, pero en nada prosperaba.

De pronto un ruido la hizo quedarse quieta y en silencio nuevamente. Escuchó el leve chirrido que produjo la puerta de la habitación al abrirse. Tal fue el silencio producido, que ella pudo escuchar la respiración y los quejidos de quien se arrastraba hacia ella; la cama se hundió con el peso del sujeto que se arrimaba dificultosamente a su lado.

Sintió en su cara la mano fría y húmeda que lentamente corrió la venda de sus ojos y luego desató la mordaza diciendo en voz muy baja y dolorida:

—No grites... nnn...

Al quedar descubiertos sus ojos, la luz impactó su vista que lentamente comenzó a salir de las tinieblas y vio al hombre ensangrentado sentado a su lado, debatiéndose entre la vida y la muerte.

—Nadaaa resultó bien... paaa... —le dijo con voz moribunda.

Después de unos segundos para tomar aire y acomodarse nuevamente en la cama, prosiguió su relato. Sus ojos parecían perdidos en el horizonte, mientras con su mano derecha se apretaba el estómago.

—Nada resultó bien para nosotros... tu marido no quiso pagar el rescate que pedíamos... nos dijo —quédense con ella, ni siquiera daré aviso a la policía— y se limitó a desatender todos nuestros llamados... Ya no podíamos retenerte aquí así que mi socio decidió que sería mejor matarte y hacerte desaparecer... claro que él no se ensuciaría las manos y quería que yo me encargara de eso...

El dolor le obligó a hacer una pausa mientras intentaba recuperar el aliento, no había posición posible que mitigara su sufrimiento.

—Esto tenía que ser sencillo... sólo debíamos conseguir que nos diera el dinero y soltarte en algún lugar alejado... pero nunca el trato fue matar a alguien.

Los ojos de ella se llenaron de lágrimas y desde lo más profundo, dejó escapar un grito de angustia desgarrador que hizo eco en la habitación. Fue un grito de dolor tan triste y desconsolador que partía el alma verla sufrir de esa manera. Él se sintió conmovido y culpable a la vez de tanto dolor.

Entre sollozos y con la voz quebrada de la amargura, ella dijo:

—Él tiene otra mujer desde hace años, hemos mantenido nuestras vidas aparentando como si nada pasara. Pero nunca pensé que esto sucedería y que él encontraría la excusa perfecta para deshacerse de mí para siempre.

Él la miró con ojos compasivos y llenos de culpa, mientras la sangre continuaba fluyendo de su vientre y sentía que su aliento cada vez le faltaba más.

—Mi herida no es superficial —dijo con mucha dificultad— y mi socio está muerto allá afuera, si no te desato ahora no podrás escapar... Déjame alcanzar las amarras para soltarte y dejar que te vayas de aquí.

Estiró sus brazos para desatar la cuerda, lentamente le ayudó a extender sus dormidas piernas y sus brazos, y con gran esfuerzo le ayudó a colocarse bien sobre la cama.

— ¿Fuiste tú el que me dio de comer? —preguntó ella mientras se enderezaba.

Él asintió con la cabeza mientras resistía el aún más intenso dolor y medio cerraba los ojos en una mueca de notorio malestar... Ella no se alejó de él, sino que le sostuvo su cabeza y examinó su herida. Él sangraba profusamente y su cuerpo comenzaba enfriarse como un témpano de hielo. Su cara cada vez más pálida apenas sostenía los colores en su semblante. Ahora era ella quien le ayudaba a estirarse en la cama, acomodando la almohada en su cabeza y permaneciendo a su lado.

— ¿Dónde estamos? —preguntó otra vez ella, descargando todas las consultas que había retenido por horas— ¿tienen algún teléfono aquí?... ¿qué tan lejos está la ciudad?... ¿podrás resistir hasta que pida ayuda?...

Él negó cada una de las preguntas con su cabeza, mientras apretaba su mano y resistía el intenso dolor. Ella sintió una extraña cercanía por su raptor, una mezcla entre agradecimiento por liberarla y compasión por su estado moribundo. En esa situación desvalida ese extraño había logrado cautivar su corazón dolido y desamparado. Pero las vueltas de la vida lo tenían ahí en sus brazos a punto de morir, ella intentó levantarse pero él le sujetó la mano pidiéndole que se quedara un instante.

—Eres mi ángel protector —le dijo casi susurrando— perdóname por todo lo sucedido, siento que me quedan pocos minutos y no quiero morir solo.

De algún modo ella comenzó a admirar su valentía, si bien seguramente la vida lo había empujado a tomar caminos torcidos, él respetaba la vida de una inocente mujer y se enfrentó a su propio cómplice por defender lo que creía correcto. Sin mediar palabras, sin explicar nada, ella se acercó y le besó los labios en una completa e inexplicable entrega de afecto. Él correspondió ese beso único y agónico, lleno de complicidad y entrega; sabiendo que no se verían nunca más y que además la muerte estaba pronta a separarlos.

Ella estaba en libertad de irse, pero su corazón estaba cautivo en sus brazos y así permanecieron algunos minutos más. Ella lo miró a los ojos, mientras su vista se nublaba y sus manos heladas sostenían las de ella firmemente, hasta el instante agónico de su último respiro, cuando exhalando suavemente le dijo:

—Gracias por no abandonarme...

HISTORIA 15
NOCHE DE LLUVIA

Una a una las cajas se acumulaban en la sala de su nuevo hogar, mientras tanto los hombres de la mudanza seguían bajando muebles y otras cosas del camión. Lentamente todos los rincones de su casa eran ocupados hasta no quedar ninguna habitación vacía.

—Es impresionante —pensó Andrés— ver la cantidad de cosas que se pueden acumular al pasar los años.

Ya la tarde del sábado había avanzado mientras el oscuro día se acercaba a su fin. La lluvia intermitente había caído durante todo el día, esa era la primera gran lluvia del invierno y el frío comenzaba a anunciar que esa sería una noche muy helada. A él sólo le importaba dejar armada la cama, ya que el resto de las cosas podían permanecer en las cajas, al menos por ahora.

Había sido un día muy agotador y finalmente tenía un pequeño descanso, se preparó un café, encendió la estufa y se acomodó en el sillón a pensar un rato. Ese cambio era un giro muy importante en su vida. Atrás dejaba un pasado lleno de sin sabores y dificultades, esa era la ansiada oportunidad que estaba esperando para un nuevo comienzo, una vida con nuevos desafíos. Su mayor anhelo era encontrar nuevamente aquello fundamental en su existencia, aquello que lo hiciera pensar nuevamente en el futuro, aún cuando llegar a ese momento le había costado dejar atrás muchas experiencias.

Sentado a la luz de una lámpara, Andrés miraba a su alrededor dando suspiros de cansancio y de nostalgia; mientras afuera la lluvia, que por un momento había parado, volvía a golpear copiosamente la ventana. Una vez recuperadas las fuerzas y el ánimo, él se levantó de su asiento, abrió algunas cajas y colocó algunas cosas en orden en su nueva habitación. Se apresuró a armar y preparar su cama, después de todo el esfuerzo realizado durante todo el día, eso era lo primordial para intentar dormir con tranquilidad.

Por mucho tiempo Andrés había soñado con ese momento y ahora todo era una realidad. Había luchado mucho para estar en su nuevo hogar, había trabajado duro para conseguir armar su nueva vida. Pero sentía la ausencia de la persona a quien más amaba en la vida, su ex novia a quien siempre recordaba y que sabía que nunca olvidaría.

—Hay momentos que no tienen el mismo sabor cuando se está solo —pensaba él en la soledad de su habitación— cuando uno quisiera que esa persona importante compartiera estos momentos.

Eso era lo único que no lo tenía contento, era una ausencia que lo marcaba profundamente y sobre todo porque esa lejanía en sus vidas, pudo haberse evitado en algún momento. Ambos querían volver a estar juntos pero las circunstancias, las diferencias de opinión y el orgullo principalmente se los impedía. Al final cada uno vivía su vida esperando que el otro diera el primer paso.

Ya eran las tres de la madrugada y Andrés despertaba a intervalos, la noche estaba más fría y húmeda que nunca. Hacía pocos minutos que había parado de llover dando una pausa a esa tempestuosa noche. El vaho de su boca tomaba forma con cada aliento de su respiración y se estiraba en la oscuridad de la habitación con sus largos suspiros.

Mientras los pensamientos atormentaban sus sueños, el teléfono sonó como un estruendo rompiendo el silencio de la noche, él despertó sobresaltado, nada hacía suponer que tras largos meses de no estar en contacto con ella, en ese momento volvería a tener noticias de ella. Lamentablemente la llamada no era nada alentadora. Ella había tenido un terrible accidente de tránsito y había sido trasladada a una clínica de urgencia. El nombre de Andrés estaba en la agenda de ella como el número al cual llamar en caso de emergencias.

Respondiendo al llamado él se vistió lo más rápido que pudo y se mojó la cara para despertar de su somnolencia; tomó las llaves, su celular y salió al tiempo que la lluvia volvía a caer sobre la ciudad. Su corazón estaba totalmente agitado, sus manos sudaban como si estuviera tendido al sol del verano, pero el frío penetrante le recordaba que estaba en medio del invierno. Su mente estaba muy confundida, después de tantos meses de distancia él sólo esperaba poder verla una vez más con vida.

A pocas cuadras de camino, la ventisca y el aguacero le nublaban la visión, los goterones de lluvia se acumulaban sobre el parabrisas haciéndole muy dificultoso manejar correctamente. Pero Andrés, en su loca carrera por llegar pronto a su destino, comenzó a desatender las señales de tránsito, sólo le importaba estar lo antes posible a su lado. Sólo media hora los separaba de estar juntos otra vez, media hora para verse cara a cara nuevamente o al menos esa era la esperanza que él llevaba en su corazón.

Pero a la mitad de su recorrido, al llegar a una curva muy cerrada; el vehículo perdió agarre por el pavimento mojado y comenzó a derrapar de costado. Mientras él hacía su mayor esfuerzo por mantener firme la dirección y enderezar el vehículo; el auto sin control continuó girando y se volcó a un costado del camino. Andrés estaba aturdido, mirando la lluvia caer a su alrededor, mientras en su mente sólo estaba la imagen de ella, de su hermosa y dulce cara, con ese recuerdo finalmente perdió el conocimiento.

La ambulancia lo trasladó coincidentemente a la misma clínica donde ella estaba interna. La camilla era conducida a través de los pasillos directamente a la sala de urgencias. Mientras los gritos del personal se mezclaban con los ruidos de las máquinas, todo estaba listo para asistirlo, todo estaba preparado para intentar salvarle la vida a ese imprudente enamorado.

Quizás ella nunca sabría lo que él había hecho esa noche para intentar llegar a su lado, ya que sólo dos pisos más arriba, ella aún se encontraba debatiéndose entre la vida y la muerte. Mientras en la sala de urgencia los médicos, anestesistas y enfermeras estaban preparados para comenzar a operarlo. Andrés había perdido demasiada sangre en el accidente y la baja presión arterial era el gran problema en la mesa de operación. Los minutos avanzaban y los instrumentos quirúrgicos pasaban de mano en mano. Cortaban y suturaban su piel; drenaban la sangre de las heridas, limpiaban y suturaban nuevamente.

Los minutos pasaban mientras su pulso se mantenía muy inestable, aunque todo parecía normal y los cirujanos continuaban con la operación. Irónicamente en ese momento él estaba en la misma sala de urgencias donde había estado ella. De improviso el pitido ensordecedor de los instrumentos comenzó a sonar alertando a los doctores y al personal que su estado empeoraba; su respiración y su pulso se detenían por completo. Ellos hacían todos los esfuerzos para revivirlo pero nada lo traía de vuelta. Trajeron el desfibrilador para intentar reanimarlo.

—Uno, dos, tres..., despejen..., otra vez...

Dos, tres choques eléctricos y nada daba resultado. Mientras Andrés a lo lejos lograba escuchar todo ese ruido a su alrededor, como si estuviera en un viaje lejano o un sueño muy profundo. Creyendo que al fin despertaba abrió los ojos y se vio ahí postrado, tendido en esa ensangrentada camilla, mientras a su alrededor los médicos y enfermeras continuaban haciendo todos los esfuerzos posibles por salvarle la vida.

De pronto sintió su cuerpo flotar hasta llegar al techo, la sensación era increíble; se sentía muy a gusto, libre del peso de su cuerpo, lejos del intenso dolor que sentía y de las ataduras de la carne. Hasta ese momento no lo había asimilado, pero poco a poco comenzó a darse cuenta de lo que realmente sucedía; eso no era un sueño, su alma flotaba en la habitación y su cuerpo yacía tendido en esa camilla.

En ese momento, algo que era totalmente absurdo en esa situación sucedió, Andrés comenzó a sentir el grato aroma de su amada. Ese dulce perfume con el que tantas veces despertó abrazado a ella, ahora invadía toda la habitación. Sin duda que ese inconfundible aroma sólo podía ser de su fragancia. Todos los gratos recuerdos junto a su amada venían a su mente como un torbellino, en ese momento de desesperación.

Si al instante de la muerte, dicen que la vida pasa frente a los ojos, en ese momento ella era lo único que venía a sus recuerdos; ella era toda su vida. La intensidad de la fragancia se hacía cada vez más fuerte en sus sentidos, era como un lazo irrompible que lo sujetaba a la vida. Mientras más aumentaba el agradable aroma, más imágenes de sus inolvidables y especiales momentos juntos llegaban a él.

Con una sorpresiva sensación de vértigo sintió su forma flotante que estaba a la altura del techo, caer raudamente hacia su inerte cuerpo que estaba postrado en la camilla y abriendo los ojos gritó:

— ¡Mi amor...!

Su corazón estaba en extremo agitado, su cuerpo estaba totalmente mojado en sudor, la oscuridad invadía la habitación y sus ojos. Mientras Andrés recobraba el aliento, poco a poco comenzó a darse cuenta de que todo había sido un sueño. Una tétrica y macabra pesadilla en la cual se había envuelto. Encendió la luz y sus ojos entre abiertos desconocieron su nueva habitación, pronto la agitación comenzó a diluirse y recobró el sentido de su realidad. Por largos minutos se quedó contemplando el techo de la habitación, pensando sólo en ella, mientras afuera el viento silbaba agitando fuertemente las ramas de los árboles. Al fin el sueño comenzó a pesar sobre sus ojos nuevamente y se durmió con el pensamiento de su amada presente.

Al día siguiente Andrés despertó muy animoso, aunque al ver tal desorden alrededor, decidió salir y postergar las largas horas de desempacar y ordenar. El día estaba oscuro y las nubes amenazantes dejaban caer sus gotas intermitentes cada cierto tiempo. Pero eso no lo desanimaba, sólo llevaba una idea fija en su mente, necesitaba encontrar la manera de invitar a su ex novia a cenar. Él se preguntaba cómo comenzar a reconstruir aquella relación nuevamente después de meses de separación. Para Andrés ese extraño sueño la había traído de vuelta a su vida y estaba más presente que nunca en sus pensamientos, estaba más profunda en su corazón de lo que jamás antes estuvo.

— ¿Qué pasaría si le mando un mensaje a su celular?

A esa altura él no tenía nada que perder, si había algún mínimo interés de parte de ella seguramente le contestaría, si no había respuesta, simplemente él seguiría adelante con su nueva vida. Tan inesperada fue para Andrés la respuesta de ella, como debió haber sido para ella el mensaje de él. Y de esa manera, con la simpleza de las palabras, ya estaban comunicados nuevamente.

—Estoy inaugurando mi casa nueva ¿aceptarías cenar conmigo esta noche?

Ella aceptó su invitación a los pocos minutos y con algunos mensajes más, ya estaban de acuerdo en la hora en que Andrés la pasaría a buscar. Él pensaba que ese sería el momento propicio para reconciliarse, la instancia para volver a estar juntos como antes, dejando atrás todas sus diferencias. Desde ese momento su corazón anhelaba con todas sus fuerzas que el día pasara rápido para estar con ella.

Él dedicó el día completo a ordenar y desempacar lo que le faltaba, mientras cada detalle y cada instante de la futura velada pasaba mil veces por su mente. Las horas corrieron rápido y sabía que algunas cosas no las alcanzaría a ordenar. Mientras movía todo lo que estaba aún embalado para apilarlo en un rincón de la habitación, se encontró con una caja muy especial. Él sabía perfectamente lo que había colocado en ella. Sabía que contenía las fotos y recuerdos que por tanto tiempo compartieron juntos.

Su corazón palpitaba con más fuerza de sólo sostenerla en sus manos; la abrió con mucho cuidado y comenzó a traer a su memoria cada instante compartido con ella. Cada día que habían vivido juntos, cada momento de felicidad estaba impregnado en todo lo que había en su interior. Su corazón se llenó de alegría al pensar que estaba a sólo pocas de poder verla nuevamente. Los minutos pasaron de manera infinita, mientras él permanecía viajando en el tiempo a lugares lejanos y sentimientos renacientes.

Al ver que la hora se acercaba, Andrés cerró la caja nuevamente y escribió con un plumón en el exterior, el nombre de su amada. Tras terminar de arreglar algunos detalles, darse una ducha y vestirse para la ocasión, lo último que quedaba por hacer era ir por ella.

Salió en su auto rumbo a su casa, la lluvia había comenzado a bañar nuevamente las calles de la ciudad. Sin duda que esa sería una velada al son de las gotas danzantes. Sólo esperaba que en esa noche helada y húmeda se mantuviera el fuego encendido en sus corazones. Mientras conducía por las calles, sentía nuevamente los mismos nervios de su primera cita con ella. Era como si el tiempo hubiera vuelto atrás y trajera de regreso a su piel todas esas sensaciones que se mantenían latentes, guardadas en el baúl de los recuerdos inolvidables.

Por los parlantes de su auto se escuchaba música romántica, tal como lo ameritaba esa velada soñada junto a ella. Sobre el parabrisas caía una lluvia cada vez más intensa que le levantaba una suave bruma que nublaba el camino. Sus manos estaban heladas por los nervios, ni siquiera la calefacción del auto lograba subirle la temperatura. Sólo esperaba llegar luego y estrecharlas en sus brazos. Sabía que al cruzar sus miradas nuevamente, todo sería como un sueño, como si nunca hubieran estado lejos. Mientras sus pensamientos volaban lejos, recibió un mensaje de ella en su teléfono.

—Por favor no te enojes pero surgió un inconveniente, dejémoslo para otro día, te quiero mucho.

Él sintió un pálpito de desconcierto en su corazón, como si la helada noche se le viniera encima. Pero Andrés sabía que ella no era de las mujeres que inventaban excusas, si en verdad necesitaba retrasar ese encuentro es porque realmente había algo que se los impedía esa noche. Con la urgencia de responderle lo antes posible para que ella supiera que estaba de acuerdo en aplazarlo unos días, Andrés comenzó a escribirle un mensaje a su celular. Tan concentrado estaba en escribir una amable respuesta, que descuidó toda señal en su camino.

Las gotas de lluvia golpeaban el parabrisas mientras las luces de la calle y otros vehículos se multiplicaban en los reflejos acuosos de la noche. La luz roja cayó frente a sus desprevenidos ojos y Andrés se atravesó delante de una camioneta. Por más que intentó esquivarla ya era demasiado tarde. Los neumáticos patinaron en el pavimento y la camioneta golpeó su auto directamente en el costado. Con la velocidad que llevaba, su vehículo salió despedido hacia un costado y volcó sin control dando vueltas por varios metros hasta detenerse.

En esos instantes toda su vida pasó frente a sus ojos en cámara lenta. La sensación era muy similar a la que había experimentado en su pesadilla, sólo que esta vez estaba seguro de estar despierto. Andrés estaba atrapado entre los fierros retorcidos, mientras el dolor de su cuerpo se extendía desde su cabeza hasta sus piernas; él sentía como fluía la adrenalina por todo su ser y la falta de aire al respirar. El auto estaba con el techo hacia el pavimento con los vidrios totalmente destrozados. Sus piernas estaban atrapadas por la carrocería, sentía sus costillas aprisionadas contra el volante y la bolsa de aire había golpeado su cara fracturando su nariz.

Andrés sentía el sabor de la sangre tibia pasar por su garganta, mientras aún tenía la vista nublada por el golpe. Miraba a todas partes intentando enfocar la mirada para poder encontrar su teléfono; en ese instante de desesperación sólo quería llamarla y escuchar su voz una vez más, o al menos terminar de enviar el mensaje que le había escrito. Pero sus esfuerzos infructíferos se desvanecían con su conciencia. Sus fuerzas se empequeñecían, sus ojos se nublaban cada vez más y a la distancia la lluvia se confundía con el murmullo de las personas a su alrededor que intentaban socorrerlo. Ni siquiera tenía fuerzas para pedir ayuda.

Sentía en el extremo de sus dedos, la textura viscosa de la sangre goteando por su mano hasta caer al pavimento mojado; allí se diluía su rojizo tinte hasta perderse entre los charcos de agua de la calle. Mientras las imágenes reales a su alrededor se desvanecían paulatinamente, la silueta de su amada aparecía ante sus ojos hablándole y dándole ánimo para salir adelante. En medio de la oscuridad de la noche la imagen resplandeciente de ella lo mantenía aún con vida, a pesar de su gravedad. Poco a poco el peso de su cuerpo se hacía cada vez más liviano; recordó en ese momento aquella misma sensación de su sueño, cuando su alma se desprendía de su ser.

—No quiero morir ahora —se decía con dolor y angustia— no ahora que estábamos más cerca otra vez.

Andrés ya no sentía nada en su cuerpo y la visión de su amada lentamente comenzó a esfumarse y le daba la espalda. Sus palabras lentamente se alejaban y el resplandor de su silueta desaparecía en el oscuro horizonte. Todo cuanto pudo querer recobrar era ahora una fantasía inalcanzable. Sólo segundos de distracción, unos instantes de desconcentración cobraban en ese momento la cuenta de una vida plena y esforzada.

Dicen que uno sabe cuando el alma esta pronta a partir y al parecer esa era la sensación que él sentía. Las lágrimas más amargas cayeron por su cara hasta perderse en la lluvia y su corazón lentamente desfallecía. Su respiración se adelgazaba mientras sus ojos comenzaron a navegar en un mar profundo y sin retorno.

—Hubiera querido una vez más haber escuchado su dulce voz, haber estrechado sus brazos y haberla besarla en los labios como siempre lo hacía.

Aunque realizaron todos los esfuerzos por sacarlo con vida de entre los fierros aplastados, su luz se había ido fugazmente esa noche oscura y lluviosa de invierno.

Por algunos días el teléfono de Andrés recibió varios mensajes de ella; hasta que finalmente al no haber respuestas, ella pensó que él ya no le respondería. Quizás era mejor dejar las cosas como estaban, aunque no perdía la ilusión de que pronto se le pasara la molestia de no haberse juntado ese día y volvieran a intentarlo otra vez.

No fue hasta una semana después de lo sucedido, que ella se enteró de la trágica noticia. La familia de Andrés que había recibido sus pertenencias después del accidente, la contactó para entregarle aquella caja que llevaba su nombre escrita con plumón. Ella no podía dar crédito a lo sucedido, su corazón se partía en mil pedazos y no había llanto capaz de sacar de su ser tanta amargura. Ahora sólo le quedaban esas fotos y esos recuerdos que él había guardado para ella. Tesoros perdidos en el tiempo, imágenes lejanas de una felicidad eterna que se esfumaba para permanecer viva solamente en la memoria y en el corazón.

HISTORIA 16
MALVADA INOCENCIA

Se encontraron en el lugar concertado a media tarde, para él era la manera habitual de conocer chicas jóvenes; para ella era toda una aventura conocer a un hombre mayor por Internet. Él traía la sudadera azul como había dicho, ella una boina roja para que la reconociera. Ella con sus dieciséis y un cuerpo menudo; él con sus treinta, cuerpo fornido y bien cuidado para su edad.

El calor de la tarde invitaba a tomar algo refrescante, ella pidió un helado y él sólo una bebida. Tras conversar unos minutos y habiendo terminado de comer se fueron en su camioneta. Ella se sentía cómoda y segura, mientras él parecía todo un misterio al llevar sus lentes oscuros puestos. Llegaron a su casa estudio, para esa sesión fotográfica que le había prometido.

—¿Traigo un jugo helado que tengo en el refrigerador?

—*Dime dónde está* —dijo ella con su voz cándida— *y yo lo sirvo, mientras tú instalas todo para las fotos.*

Él le indico donde estaba la cocina y fue a traer un par de focos, la cámara y un trípode; mientras ella llevaba los jugos a la mesa. Ambos se sentaron en el sillón. Él tomó el jugo de su vaso de un sorbo. Tenía mucha sed o simplemente tenía mucha prisa de realizar aquella sesión.

—Bueno —le dijo él— quiero que seas lo más natural posible, convérsame mientras voy sacando las fotos, tú sólo muévete y yo voy capturando tu mejor lado.

Así lo hacía ella, como niña inocente colocando poses tiernas, carita de ángel, y sonrisas tímidas de adolescente. Hasta que comenzó a ser más coqueta y sensual, al punto que él comenzó a sentirse abrumado, la verdad, no esperaba tanta sensualidad en esas fotos. Así que decidió tomar un descanso y servirse otro vaso con jugo. Mientras él tomaba el segundo vaso de un trago, ella comenzó a hacerle preguntas:

—*¿Por qué estas solo a esta edad?... ¿Tienes novia?... ¿Tienes hijos?.. ¿Por qué te gusta contactar a niñas de mi edad?...*

El interrogatorio lo colocó nervioso, como si en cada pregunta estuviera siendo descubierto y puesto en evidencia; algo tensó comenzó a servirse un tercer vaso, y tras beberlo completamente, permaneció en silencio un instante.

—Sigamos —dijo él levantándose.

Ella se colocó en el sillón frente a él y siguió posando muy sensual.

— *¿Me harías fotos desnuda como a mi amiga Cristina?*

La pregunta cruzó la sala como una flecha venenosa certera al corazón. La cara de él cambió totalmente, dejó de mirar a través de la cámara y se puso muy serio.

— ¿De qué Cristina me hablas? Jamás le he sacado fotos desnuda a nadie... Sabes jovencita, dejemos esto hasta aquí.

Acabó de decir esas palabras cuando sintió un gran mareo, todo le daba vueltas, a penas pudo dejar la cámara sobre la mesita de centro.

— *¿Te sorprende que sepa lo de Cristina?...* —dijo ella— *¿Estás mareado? ¿No te enseñó tu mamá a no recibir tragos de extraños?*

Su visión se nublaba cada vez más y trató de alcanzarla pero sus párpados estaban pesados como bloques de cemento y el vértigo lo tumbaba de lado a lado.

—Vete de mi casa... ¡Déjame solo! —gritaba él con desesperación.

Pero ella se burlaba y se reía de él, lo que lo puso muy agresivo, intentaba alcanzarla pero sus torpes pasos sólo le hacían tropezar una y otra vez.

— *¿Qué te pasa? ¿Te hizo efecto el calmante que coloqué en tu juguito galán pervertido?*

Recién en ese momento se dio cuenta que el vaso de ella, permanecía lleno. Ahora sólo escuchaba el murmullo de lo que ella decía y con el cuerpo pesado, se desplomó sobre la alfombra quedando inconsciente por casi una hora.

Despertó amarrado a una silla, con la joven sentado frente a él mirándolo fijamente.

—*Ya no eres tan seductor, ahora quizás puedas recordar quién es mi amiga Cristina y me expliques cómo murió.*

—No conozco a ninguna Cristina.

Una y otra vez ella repetía las mismas preguntas, pero él negaba todo sobre el tema. Y cuando parecía que la tarde se iría en preguntas sin respuestas, ella dibujó una sonrisa maliciosa en su cara y se levantó de su asiento. De la mochila que llevaba sacó un instrumento quirúrgico y un libro, que procedió a leer en voz alta.

—*El método de castración para animales...* —hizo una pausa, lo miró y dijo— *sé que no es tu culpa, el problema lo tienes ahí abajo.*

Se le acercó mostrándole el elastrador de manera segura y amenazante, él nunca había sentido tanto miedo de una niña tan joven y tan dulce. Desabrochó su pantalón y le hizo sentir el frío instrumento en su piel, mientras con ojos dulces le preguntaba por enésima vez sobre su amiga. Él dio un grito de rabia y espanto, mientras intentaba desatarse.

En un movimiento que ella no esperaba, él liberó su mano izquierda y tomó a la muchacha con fuerza por el cuello, con rabia y desesperación la movía de un lado a otro. Ella intentaba soltarse sin conseguirlo y cuando ya sentía que sus fuerzas se iban, empujó con todo su cuerpo, volcando la silla de espaldas. Al caer él se golpeó la cabeza, quedando inconsciente por largos minutos.

Cuando despertó, estaba amarrado sobre el mesón de la cocina totalmente desnudo y con una pequeña manta que cubría su zona media. Mientras ella lo miraba y jugaba con el elastrador en sus manos; luego abrió un frasco...

—*Esto es anestesia, debo frotarte mucho para que no te duela..., al menos, eso dice en este libro. Ah, por cierto, tuve que afeitarte ahí abajo.*

Desnudó su virilidad ya sin vellos, se puso unos guantes de látex y frotó con una mota de algodón empapada en anestesia mientras él gritaba y se movía sin conseguir soltarse.

—*No te dolerá* —dijo al terminar de frotarlo.

—Por favor suéltame, no te haré año, sólo déjame en paz y no sabrás nunca más de mí... Me mudaré de ciudad si así lo quieres, pero por favor no lo hagas.

Definitivamente, estaba convencido que ella no estaba bromeando. Ella tomó el bisturí y antes de hacer otra cosa, lo hizo mirar hacia abajo, donde estratégicamente había colocado un espejo para que él viera todo. Eso lo envolvió en pánico, sudaba frío, estaba histérico, lloraba y gritaba como un niño. Mientras ella procedió a hacer el primer corte y tomando el instrumento lo castró sin temblor, como si hubiera sido toda una experta en el tema. Cosió la herida sin que él sintiera dolor, luego colocó ambas gónadas ensangrentadas en un frasco transparente.

—Esto es una broma, no son de verdad...

—*Aún se pueden volver a colocar en su lugar, pero si piensas que son de mentira, se las doy a tus perros.*

Ella inclinó el espejo para que él viera la veracidad de la situación, en ese momento él dio un grito inexplicable entre llantos, una mezcla de rabia y desesperación, angustia total e impotencia sin igual.

—*He llamado a tu ex novia* —dijo ella, mientras tiraba las gónadas lejos hasta donde estaban los perros— *quiero que ella se dé cuenta la clase de persona que eres.*

Él seguía llorando y gimiendo sin sentir dolor aún.

—*Te desataré sólo una mano y tú te soltarás, sígueme al techo de la casa y sabrás qué hacer.*

Lo desató de un brazo y se le adelantó, mientras él consiguió liberarse y con un dolor creciente, se encaminó a la escalera que ella había instalado para subir. Peldaño a peldaño pudo subir lentamente llevando consigo un cuchillo y con un afán de venganza casi justificable. Llorando se acercó al borde de la cornisa, donde encontró una soga anudada en forma de horca y una carta de suicidio. Luego de leerla dijo:

—Yo no maté a tu amiga, fue un accidente, fue algo que pasó entre ella y otra persona. Además nadie creerá que fui capaz de hacer todo esto sólo.

—*Esa persona dijo lo mismo que tú antes de morir...* —gritó ella desde donde él no podía verla— *Es lo único que te queda por hacer..., tu novia debe estar por llegar ¿Cómo le explicarás todo esto?*

Él vio desde su privilegiada posición, como a lo lejos se acercaba el auto de su ex novia, estaba a no más de quinientos metros de su casa y la joven lo provocaba con sus palabras. Tomó la cuerda, la colocó en su cuello, leyó la nota una vez más entre lágrimas y tragó su amarga saliva. Luego dio un grito y corrió por el borde para dejarse caer y quitarse la vida.

La muchacha ordenó todo con rapidez e hizo desaparecer pulcramente las únicas evidencias de que ella había estado en ese lugar. Se fue con una expresión en su cara entre satisfacción y remordimiento, con su mochila a cuestas y su boina roja. Quien pensaría que esa frágil figura, ocultaba a una despiadada vengadora.

"Inspirada en el guión de la película Hard Candy"

HISTORIA 17
JUGADA MAESTRA

El tiempo corre y mi rival mueve su pieza por enésima vez, luego para su reloj y los segundos pasan nuevamente en mi contra. Esta jugada que ha hecho es muy buena; mi rival es muy estratégico, piensa rápido y es muy hábil para esconder sus intenciones.

Ahí voy de nuevo, muevo una pieza cerca de su más preciada arma; lo acorralo, lo presiono, casi logro escuchar su respiración cortando el aire. Pero son imágenes que sólo existen en mi mente, porque él aún parece calmado y sin tensión. En cambio yo, sudo entero, muevo mis manos nerviosamente y se me acelera el corazón.

Sé que si mueve la pieza equivocada el juego termina y gano la partida. Pero él vuelve a jugar correctamente y toda la tensión vuelve a mis manos. Ahora mi decisión es trascendental, no puedo demostrar miedo ni dudas. Coloco mi pieza en posición de ataque, él se defiende y yo lo ataco nuevamente casi sin pausas. Él se esconde hábilmente sabiendo que su final está cerca.

Coloco mis piezas avanzando y atacando mientras mi mano para el reloj en cada movida. Él muestra una leve sonrisa sin mirar a mis ojos, creo que algo no debe estar bien. Mueve desde el fondo del tablero una pieza que tenía esperando pacientemente por mucho rato, no sé cómo no me di cuenta.

En una jugada magistral, ahora coloca su ataque contra mí. El juego se da vuelta completamente; toda la energía que impuse para acorralarlo, ahora viene de vuelta sin compasión. Ahora soy yo el que corre por el tablero para salvar mi juego y las piezas de mi defensa caen. Una a una toda mi línea sucumbe ante su arremetida despiadada y pierdo la partida.

Su facilidad para resolver jugadas en la adversidad era increíble. Me tomo la cabeza a dos manos tratando de comprender qué ha pasado. Le doy la mano agradeciendo el juego, pero me llevo ese amargo recuerdo de la derrota.

Cada una de las jugadas permanece en mi mente y me atormenta, cada movimiento está presente en mi recuerdo. Es como ver mi vida representada en el tablero, cada vez que movía las piezas, era ver un espejo de mi vida ordenada en cuadros blancos y negros.

Mi vida es un juego —me dije— debo aprender a mover cada pieza, no precipitarme en ningún momento o perderé todo como en esta ocasión. Me despido de mi oponente con un sentimiento de alivio, ya que el juego me reveló el trasfondo de lo que pasa en mi propio juego.

En el tablero proteges la vida del Rey y buscas vencer estratégicamente a tu oponente. En la vida real es mi persona la que protejo y los que me rodean me ayudan, fortalecen mis objetivos y son fieles colaboradores para mí. Son amigos, familia o una pareja, son piezas fundamentales en el tablero de mi vida. En ocasiones algunos ya no estarán más, pero estuvieron allí algún día. Vuelvo a repasar los movimientos de mi vida y las decisiones que he tomado. Evalúo cómo está mi tablero, y me pregunto ¿Cuál será mi próxima jugada maestra?

HISTORIA 18
SUEÑO ALADO

El canto de las hadas cubría todo el Valle de los Unicornios, mientras la luz de la tarde reflejaba sus rayos cálidos y armoniosos sobre el Río de las Melodías. El viento danzaba entre los árboles llevando los suaves sonidos y el aroma de las flores recién traídas por la primavera a través del bosque. A la distancia su reflejo se proyectó al pasar junto a la fuente de plata, Verika se sentó triste a orillas del río, después de haber recorrido el bosque ese radiante día.

En medio del valle todo era tan perfecto, atrás habían quedado los fríos días del invierno, la nieve ya se había retirado y el verde fulguroso se multiplicaba en todos sus tonos en la profundidad del bosque de Melheim. Sin embargo en su interior algo no estaba bien. Su corazón parecía vacío, desencantado y sin esperanzas. Esa paz aparente le parecía tan extraña, el valle iluminado era tan ideal que la incomodaba demasiado. Ella siempre buscaba a quien ayudar, pero ese día nadie necesitaba de su ayuda, ese día nadie requería de sus dulces palabras.

Su canto siempre melodioso tenía un toque de melancolía. Estaba sentada en medio del bosque y no quería escuchar nada de lo acostumbrado a diario, ella quería escuchar voces nuevas. Recuerdos de historias que sucedieron hace cientos de años o las sabias palabras de algún anciano del valle, pero el bosque mantenía su silencio y ella no encontraba respuestas en él.

Caminando pensativa llegó a la orilla de la fuente donde los unicornios se reunían en las noches de luna. Vio su reflejo en el agua con cara triste y se sorprendió al descubrir que sus alas una vez brillantes y vigorosas, habían ido desapareciendo lentamente. Ya no tenía los mismos deseos de volar y su magia luminosa se apagaba. Tan triste estaba que no vio a Khan, el guardián del bosque, llegar junto a ella. Con voz calma y armoniosa le preguntó:

— ¿Por qué estás tan triste pequeña?

Ella no tenía explicación para lo que estaba sintiendo, así que sólo bajó la cabeza y guardó silencio.

—Veo que no es un buen día para ti, pero no necesitas contármelo, sé exactamente lo que te está pasando y también donde está la solución.

Aunque Khan era uno de los principales ancianos y uno de los más sabios del valle, ella no reaccionó ante sus alentadoras palabras. Así que él tomó su mano y con su báculo tocó el agua en la orilla golpeando directamente sobre su reflejo. La luz iluminó toda la fuente y una nube radiante la envolvió en un sueño mágico.

—Desde el día de tu nacimiento —le dijo Khan— siempre has sido muy especial Verika, tienes el don de ver en los demás lo que otras hadas no ven y tienes capacidades que otras no tienen. Pero tu desesperanza tiene un motivo más profundo, veamos qué pasa en tu interior y descubrirás donde comenzó esa angustia.

Las imágenes aparecieron frente a ella como un torbellino de recuerdos. Podía ver todas las vivencias de su vida diaria, sus días buenos y los malos. De pronto entre las imágenes que flotaban, un instante particular de su vida se detuvo frente a sus ojos. Una mañana de verano ella recorría otros parajes en la rivera oriental del río. Escondida entre los árboles, danzando con las hojas verdes y cantando entre los remolinos de viento.

Sin planearlo ella descubrió a un hombre en su caballo que pasaba por esas tierras. Al verlo a la distancia, primeramente se escondió. Pero la curiosidad la venció y se acercó silenciosamente sin que él la viera. Ella nunca había visto alguien de la raza de los hombres personalmente, sólo había escuchado de ellos y de sus guerras que nunca acababan.

Pero él, acostumbrado a la soledad del bosque, sintió inmediatamente su presencia oculta, el aroma de su piel era llevado por el viento hipnotizando sus sentidos y con voz calma y suave le dijo sin mirarla:

— ¿Quién es la dueña de tan dulce perfume?

Con sobresalto y con vergüenza al sentirse descubierta, ella se acercó lentamente hasta él respondiendo:

—Soy Verika. ¡Y tú?

—Yo soy Franco —respondió él— y viajo en dirección al sur.

Él se giró hacia ella y al instante sus ojos unieron sus almas solitarias y sonrieron mutuamente. Ambos dominados por la curiosidad conversaron por largas horas y compartieron en la calidez de ese día. Franco estaba maravillado por su hermosa cara y sus ojos brillantes y luminosos. Por su parte Verika estaba cautivada por él, sus manos fuertes y su porte de príncipe, su caminar pausado y su mirada llenaban un espacio en su corazón que latía aceleradamente.

Ya avanzada la tarde él dijo:

—Pronto anochecerá y debo buscar refugio y encender una fogata. ¿Seguramente tú también debes partir?

—No te preocupes por mí, estaré bien, te acompañaré un poco más.

Nada parecía separarlos, caminaron largos minutos hasta que el sol comenzaba a perderse en el horizonte. Finalmente se detuvieron en una zona propicia para refugiarse. Franco colocó sus cosas en una planicie apartada y acomodó su equipaje. Ella lo observaba sin decir nada y con sus manos encendió una luz que iluminó levemente sus caras; al mirarse fijamente a los ojos no pudieron resistir sus encantos y se besaron sin decir nada más. Aquella noche de verano a la luz de la luna, simplemente se enamoraron.

Mientras el sueño desaparecía ante sus ojos, Khan dijo:

—Eso es pequeña, has conocido el amor y estar lejos de él ha opacado tu alegría, búscalo hasta encontrarlo y verás tu corazón latir con pasión nuevamente.

Su cara se iluminó por completo y sus latidos tomaron un ritmo muy agitado, nunca había sentido algo así y las sabias palabras de Khan la animaron nuevamente. La esperanza volvió a su vida y sus alas casi perdidas renacían otra vez. Desde ese día ella volaba cada mañana al lugar donde conoció a Franco con la esperanza de encontrarlo nuevamente.

Verika cantaba y danzaba cada día con el recuerdo de su primer encuentro mágico con Franco. Sabía que cuando lo viera nada la apartaría de él, ni las diferencias, ni las circunstancias, nada los alejaría. Sólo él llenaba su vida, sólo él alegraba sus pensamientos y la inspiraba. Ella había descubierto el motivo de su pena y ahora era motivo de su eterna alegría.

Por otro lado para Franco todo cambió el día que conoció a la mágica hada Verika; su viaje al sur había adquirido un sentido por el cual volver con vida. La aventura era peligrosa y el camino muy difícil, pero él debía cumplir su misión.

Franco debía llevar un poderoso talismán mágico hasta el reino de Atos, por encargo del Mago Barel. Ese talismán era un objeto de suma importancia y debía entregarlo intacto aún si en eso se le iba la vida. Sólo su caballo y su espada eran sus compañeros en esa aventura tan peligrosa.

Cuando él inició su viaje jamás pensó que sería una aventura de ida y vuelta, sabía que si sobrevivía a la travesía era muy probable que debiera permanecer en Atos. Pero ahora todo era diferente, ahora sentía con más fuerzas que nunca que debía sobrevivir a cualquier peligro y regresar a los brazos de su amada. Alrededor de dos meses le tomaría llegar a su destino y el camino de regreso al bosque de Melheim, en medio del invierno y con la nieve cubriendo los caminos, podría hacer el retorno más largo aún. Pero Franco guardaba en su corazón el dulce recuerdo de Verika y eso le daba fuerzas cada día.

Los días habían transcurrido rápidamente y no había encontrado grandes dificultades en su viaje hasta el momento. Había avanzado hacia el sur cruzando entre los milenarios bosques y siguiendo la orilla de los ríos, desviándose sólo de ser necesario y manteniéndose alejado de los caminos y sus peligros.

Pero una noche al inicio del otoño mientras Franco dormía a la luz y el calor de la fogata, despertó por el inquietante relincho de su caballo. De pronto le sobrevino un escalofrío que recorrió todo su cuerpo y un inesperado temor al ver al animal tan intranquilo. Se puso en pie rápidamente, con una mano empuñó su espada y en la otra levantó un madero encendido para ver alrededor.

La brisa fría de la noche rozaba su cara humedeciendo sus ojos, él esperó atento y paciente pero no veía nada moverse entre las sombras. Sin embargo algo en su interior lo mantenía intranquilo. Contuvo la respiración por un instante, pero no escuchaba nada extraño en el entorno. A lo lejos se escuchaba el silbido del viento y el movimiento de las hojas cayendo al suelo del bosque. Pero sentía una presencia oculta que lo vigilaba en la oscuridad de la noche.

Franco intentó enfocar su vista en los borrosos detalles, observó cuidadosamente entre las penumbras hasta descubrir algo muy perturbador. Un leve brillo yacía escondido tras unos matorrales y permanecía al acecho. Sin despegar la vista de ese pequeño punto luminoso, dio dos pasos al frente rodeando la fogata. Su espíritu valeroso siempre lo llevaba a enfrentar cualquier dificultad. Franco arrojó el madero encendido hacia el lugar donde se encontraba la amenaza y en el acto una criatura de pelaje negro, similar a un lobo pero mucho más grande, se lanzó contra él velozmente.

Las poderosas patas del animal lo conducían raudo contra él. Por un instante sus pies se quedaron anclados al suelo y en el último instante, con un brinco a su costado esquivó el feroz ataque. Rápidamente Franco se incorporó, pero la bestia se le puso en frente nuevamente dispuesta a un nuevo embate. Al ver que el encuentro con la bestia sería a muerte, Franco se preparó para enfrentarlo con su espada. Se paró firme frente a ella escuchando los gruñidos terroríficos que hacía. Su mano dejó escapar un notorio crujido al empuñar su espada con todas sus fuerzas.

El animal comenzó a correr directamente hacia él. Franco esperaba poder esquivarla nuevamente, pero esta vez la bestia saltó sobre él empujándolo de espaldas y con las garras hirió su brazo izquierdo. Franco soltó la espada al caer, la que quedó atrapada entre unas rocas cercanas; él se apresuró a recogerla, pero para hacerlo le dio la espalda a la bestia. Un pensamiento fugaz pasó por su mente.

—Jamás le des la espalda a tu enemigo.

Comprendió que había cometido un fatal error que le traería graves consecuencias. Al ver que Franco estaba vulnerable, la bestia se abalanzó sobre su espalda, mordiéndolo a la altura de su hombro izquierdo. Mientras tenía al animal sobre él clavando sus garras y sus mandíbulas en su espalda, con la punta de los dedos, Franco intentó alcanzar su espada sin resultados. Sólo necesitaba unos pocos centímetros para alcanzarla, el intenso dolor comenzaba a recorrer todas sus extremidades, pero él se estiraba cada vez más hasta conseguir empuñarla. Con toda la fuerza que le quedaba, hizo un ágil movimiento y se giró clavando la espada directo al corazón del animal. El gruñido lastimero pero desafiante de la bestia se escuchaba cada vez más débil, el golpe certero finalmente había acabado con ella.

El peso del animal estaba sobre su cuerpo y el insoportable dolor dejó a Franco casi inconsciente, la sangre manaba por sus heridas y cada instante era una eternidad tortuosa en esa condición. Con lo que le quedaba de fuerzas consiguió salir de debajo de la bestia, su vista se nublaba. En su confundida mente sólo el recuerdo de Verika estaba presente como si ella estuviera a su lado en ese momento.

Franco se arrastró hasta apoyar su espalda contra una roca, apenas podía mover su brazo derecho. Un gran pesar se hizo presente en su corazón, el remordimiento por no haberle contado a Verika los detalles de su peligroso viaje comenzaban a atormentarlo profundamente. Se sentía casi sin fuerzas, a punto de morir, sólo pensaba que quizás jamás volverían a encontrarse.

Durante toda su travesía, mientras más lejos de ella se encontraba, más fuerte eran sus sentimientos por estar a su lado. Cada peligro que enfrentó, cada valle o río que atravesó, lo llevaron lejos de su amada. Ahora necesitaba sus caricias, sus besos, necesitaba escuchar su melodiosa voz una vez más.

En su delirio y desesperación, una luz angelical iluminó su cara pálida, era la visión de su amada que aparecía a su lado. Él oía su voz muy clara dándole ánimo, fortaleciendo su espíritu y elevando sus fuerzas hasta volver a levantarse. Pero Franco no podía dar crédito a lo que estaba sucediendo, sus sentidos estaban desvaneciéndose, seguramente todo eso eran sólo alucinaciones al borde de la muerte.

Sin darse cuenta cómo, Franco consiguió ponerse en pie y montarse en su caballo nuevamente. El dolor de sus heridas lo mantenía al límite de la inconsciencia y la sangre caía por sus manos en largos goterones rojizos. El sol casi despuntaba y su caballo continuaba avanzando guiado por la magia de su amada hada. Tras largas y extenuantes horas de camino y poco antes del atardecer, Franco se desvaneció. Por largas horas su caballo continuó avanzando hasta que lo llevó a su destino sangrando y moribundo.

Los centinelas de Atos vieron de lejos cuando el caballo se acercaba a la muralla cargando algo en su lomo. Al cruzar por las puertas de la gran ciudad su misión al fin estaba cumplida y su promesa saldada, ahora sólo le quedaba recuperarse y regresar.

Luego de seis semanas de recuperación en las tierras de Atos, al cuidado de los mejores sirvientes, Franco ya estaba en condiciones de emprender su viaje de vuelta. El retorno sería fácil y ligero, ya que no estaba obligado a ser sigiloso ni a viajar oculto alejado de los caminos habituales. El invierno estaba por terminar y la nieve ya había comenzado su retroceso de los bosques. La hierba verde ganaba terreno cada día y los brotes en los árboles estaban a días de explotar en mares de colores.

Franco cabalgó durante semanas por los valles y bosques, hasta que se internó en el luminoso bosque de Melheim. Sabía que estaba a pocos minutos de llegar al lugar donde se conocieron con Verika. La primavera ya había teñido los árboles de sus más hermosos colores y el aroma a flores silvestres se movía con el viento por doquier. Caminó por las orillas del río pasando por el lugar de su mágico primer encuentro, hasta llegar a la fuente de los unicornios. Desde lejos vio a Verika peinándose en el río. Su hermosa cabellera resplandecía con los brillos del sol sobre el agua. Su piel invernal se matizaba con el rojo collar de flores que ella llevaba.

Él avanzó sigilosamente hasta llegar cerca de ella, su hidalga silueta se reflejó en el agua y ella lo reconoció de inmediato. Alegre y sin palabras Verika se levantó de un salto y lo abrazó; Franco mirando sus ojos de cristal, pensaba en todas las aventuras que había pasado para estrecharla en sus brazos y con un apasionado beso sellaron su reencuentro.

Aunque ninguno de los dos sabía lo vivido por el otro en ese largo tiempo, los esfuerzos y los problemas que cada uno superaron no habían sido en vano. La magia de los recuerdos los transportó al día de su primer encuentro, su primer beso y sus primeras caricias; esa noche mágica donde nació esa aventura que los unió.

Desde ese día Franco permaneció junto a ella en Melheim. Los meses pasaban rápido y los colores del otoño ya pintaban el Valle de los Unicornios que permanecía en paz; Verika y Franco disfrutaban de las tardes en el bosque y del entorno de su fantasía. La suave brisa los envolvía y la figura de Khan el guardián del bosque, se dirigía hacia ellos con la vista agacha. Khan había recibido noticias del Mago Barel, el mismo que había encomendado a Franco su viaje anterior. El mensaje no daba mayores detalles, sólo que le comunicara a Franco que debía volver con suma urgencia.

La preocupante noticia llevó a Franco a vestir su olvidada armadura y a empuñar su espada nuevamente. Casi había olvidado lo que era vestir para la batalla, por un momento llegó a pensar que nunca más sería necesario. Pero ahí estaba otra vez, listo para atender el llamado de su ciudad natal.

Tras despedirse de su amada Verika, comenzó su larga travesía de tres días hasta Verdel, su tierra de origen. Al arribar después de agotadoras jornadas, el Mago Barel lo recibió con un gran banquete para recuperar fuerzas y sin perder tiempo le indicó cual era el motivo de su llamado.

—El comandante de las fuerzas del reino de Atos fue emboscado por los darkkianos y el talismán que tanto te costó llevar a esas tierras, ha caído en sus manos. Ese objeto tiene poderosa facultades y en manos de los darkkianos sólo servirá para destruir. La ciudad de Atos ha sido sitiada por ellos y un pequeño escuadrón de soldados fue enviado a Verdel en busca de ayuda.

Mientras Franco comía ansioso por escuchar cuando partiría a la batalla, Barel prosiguió su relato.

—Pero lo peor es que el ejército de Darkkas avanza en gran número hacia Verdel hace largas jornadas y viene arrasando todo a su paso.

El corazón de Franco se estremeció al comprender que Verika y el valle en que ella habitaba, estarían en medio de tal desastre y nada podría impedir la desgracia que se acercaba. Su apetito se vio obligadamente interrumpido y se levantó de su asiento.

—No podemos perder más tiempo debemos partir ahora.

—Ya está todo listo y tus hombres esperan tu señal para partir —respondió Barel.

Franco salió con prontitud comandando a los jinetes del ejército de Atos y a un centenar de los mejores guerreros de Verdel. Faltaban pocas horas para el anochecer, pero no podía demorar su viaje, sabía que el destino estaba en marcha y que quizás debería dar su vida para salvar a su amada. Cabalgaban a todo galope, el sol se puso sin que se detuvieran y bajo la luz de la luna continuaron su camino. Las estrellas acompañaban su frenético avance. La noche pasó sin darse cuenta y atrás quedaban las sombras; el sol al fin se levantaba nuevamente en el horizonte. Habían cabalgado sin parar hasta encontrarse con el enemigo frente a frente. Las espadas rompieron el monótono sonido de los cascos al galope y la sangre teñía el prado en una brutal lucha de gritos y horror.

Franco espada en mano daba muerte a diestra y siniestra a sus enemigos, tenía la urgencia de acabar pronto esa contienda y saber noticias de su amada. Golpe tras golpe sus fuerzas no flaqueaban, su corazón estaba entregado por completo en la batalla y la visión de su amada lo mantenía firme y sin vacilar.

Una lanza pasó muy cerca de su cabeza obligándolo a bajar de su caballo. Pero aún sin estar sobre él, seguía dándoles muerte a sus enemigos. Uno a uno caían ante el poder de su espada, manchando de sangre darkkiana todo alrededor. Las horas seguían avanzando y la balanza se inclinaba cada vez más a su favor; la victoria ya se sentía en el aire. A esas alturas las fuerzas de todos los guerreros flaqueaban, pero los valientes de Verdel seguían sin dar tregua a sus enemigos. Después de cuatro horas de intensa y sangrienta lucha, finalmente la victoria era de ellos. Las manos en alto con las espadas empuñadas hacia el cielo y los gritos de júbilo, gobernaron la planicie por largos minutos.

Franco dio órdenes a sus soldados de acampar en un claro para recuperar fuerzas y atender a sus heridos, pero él subió a su caballo y se encaminó hacia el Valle de los Unicornios que aún estaba a medio día de camino. Ni el sueño, ni el agotamiento de la batalla impedirían que continuara su viaje en busca de su amada. El viento rozaba suavemente su manchada cara, sus manos aún ensangrentadas, comenzaban a sentir el calor de la tarde. Su mente estaba fija en el camino y sus pensamientos volaban más rápido que su caballo esperando ver pronto la última colina que daba inicio al valle.

Finalmente ya estaba frente a él, subiendo ese centenar de metros, vería en su plenitud aquel bosque que por largos meses lo cobijó junto a Verika. Desde la cima pudo apreciar las fumarolas grises que subían entre los árboles. Su corazón se partió en pedazos al ver que el bosque de Melheim y todo el entorno del valle, estaba destruido y desolado. Una pena amarga lo acongojó, sus miedos más profundos estaban ante sus ojos, el temor de perder a su amada Verika estaba consumado. Ni la lucha incansable con su espada, ni el coraje desatado en la batalla, ni la larga distancia recorrida, nada había impedido la nefasta catástrofe. El sabor de la victoria se tornaba amargo y agónico.

A la vista, las extensas praderas habían sido arrasadas por el fuego y por la espada de los darkkianos. Las imágenes devastadoras entraban por sus ojos, pero su mente no daba crédito a lo que estaba viendo. No podía resignarse a aceptar tan cruenta realidad. Franco descendió de su caballo y buscó durante horas entre los cuerpos sin vida de los habitantes del valle y entre las cenizas del bosque. Pero no encontró nada, ni un sobreviviente y lo más angustiante, tampoco encontró señales de su amada.

Franco cayó de rodillas, las lágrimas brotaban sin parar, sus manos estaban bañadas en sangre y cenizas; su corazón estaba destrozado, pero él seguía buscando sin resignarse aún hasta no encontrar al menos el cuerpo de Verika. Horas después el ejército de Verdel, que tan fieramente luchó a su lado horas antes, le daba alcance y se le unía en el valle del desastre.

Tras días de incansable búsqueda, las pilas de cuerpos se acumulaban por cientos en una conmovedora imagen de una matanza sin precedentes. Tanta gente inocente muerta y toda la magia de esos parajes se habían esfumado en cosa de horas. Ni los niños habían escapado a la maldad y furia del ejército de Darkkas. Franco se sentó sumido en la amargura de ver toda esa hermosura destruida sin piedad.

Una semana después, Franco cabalgó de vuelta a su querida ciudad Verdel, aunque no pudo dar con algún indicio del paradero de Verika, se sabía que ellos no tomaban prisioneros en sus campañas del terror. Tras algunas semanas de congoja y resignada cada día más a la pérdida de su amada, se embarcó hacia las costas de Atos. Nuevamente había sido encomendado en una misión, esta vez estaría a cargo de las tropas reales en la ciudad de Atos. Su ferocidad en la lucha y sus victorias le precedían y le otorgaban ese privilegio de alcanzar nuevas metas y reiniciar su vida con nuevos horizontes. Su corazón ardía intensamente por venganza y justicia, sabía que en Atos tendría la oportunidad de enfrentar cara a cara a los darkkianos nuevamente.

Antes de partir, subió a un monte cercano para ver desde lejos el nuevo paisaje y contemplar por última vez ese paraje después de la tragedia. La fuerza de la naturaleza recobraba poco a poco la belleza arrebatada con tal ferocidad. Los ríos cristalinos retomaban sus antiguos brillos y hasta las aves volvían a anidar en los alrededores. Su corazón quedaba sepultado en ese valle, pero su cuerpo debía continuar viviendo para defender su tierra contra los enemigos. Algún día el tiempo curaría sus profundas heridas, pero las cicatrices siempre le recordarían su dolorosa pérdida.

Semanas después de la travesía al mando de los ejércitos reales, la ciudad de Atos lo recibía a la distancia al tiempo que la luz del día se iba escondiendo en el horizonte. Frente al mar apacible y la brisa, el sol bajaba lentamente llevándose los malos recuerdos y recibiendo al frío invierno. Pero Franco esperaba que los colores de la primavera pintaran pronto un nuevo amanecer. Ahora debía ver hacia ese nuevo futuro y avanzar lentamente hasta conseguir olvidar el dolor.

Los fríos meses de intensa lucha, mantuvieron sitiada la fortaleza en las costas de Atos. Las lluvias, el frío y la nieve eran fieles aliados alejando cada cierto tiempo a los enemigos del frente de batalla. Muchos de sus guerreros habían perdido la vida defendiendo la ciudad, pero mucho más eran los caídos del ejército de Darkkas. Franco había optimizado los pocos recursos que guardaba la ciudad y cada día soportaban los fieros embates del enemigo que insistía en atacarlos sin resultados. Verdel ya había enviado toda la ayuda posible en esos meses, sólo de las tierras orientales de Hettermian podrían llegar nuevos refuerzos y provisiones; pero había sido imposible darles aviso de su angustiosa situación.

Los días de batalla pasaban muy rápido, nuevamente el invierno declinaba y la cercanía del buen clima, vaticinaba jornadas más duras y difíciles. Ya no habría días fríos o de intensa nevazón que los alejara de las puertas de la ciudad. Cada día las luchas eran más intensas y el horizonte no se vislumbraba mejor. Hasta que Franco ideó un plan que les permitiría dar aviso a sus aliados.

—Necesitaré la ayuda y coraje de cada uno de ustedes para tener éxito en esta nueva tarea. Como bien saben las provisiones que nos quedan durarán sólo algunas semanas y Hettermian es la ciudad más próxima para conseguir ayuda.

Todos estaban expectantes escuchando en silencio a Franco, sabiendo que los caminos para conseguir la ayuda estaban bajo el dominio del enemigo.

—Nuestra única alternativa para ganar tiempo en busca de la ayuda, es cruzar a través del Pantano Negro que se encuentra al costado de nuestra fortaleza. Recorrerlo sólo toma un día de camino para llegar a Hettermian.

Muchos comenzaron a murmurar sabiendo que no era un lugar fácil de recorrer; en primer lugar era imposible cabalgar por esos parajes. Había que cruzar caminando los pozos humeantes de brea ardiente y luego internarse en un tupido bosque, donde muy pocos habían sobrevivido para contarlo. Pero Franco confiado de su vigor continuó relatándoles su astuto plan.

—Deberán atacar el campamento darkkiano al amanecer para crear una distracción que me permita internarme en el pantano sin ser visto. De esa manera tendré un día de luz para alcanzar Hettermian y luego cabalgaré de noche trayendo la ayuda. Deberán resistir casi dos días de intensa lucha, pero al fin destruiremos a nuestro enemigo.

La confianza que proyectaba Franco terminó por silenciar toda duda, llevando a sus fieles guerreros a vitorearlo al finalizar su discurso.

A la mañana siguiente todo estaba listo para el ataque sorpresa; la avanzada la hicieron los arqueros derribando sigilosamente a los centinelas enemigos. Luego el resto de las tropas de Atos entró sorpresivamente en el campamento darkkiano, arrasando a la mitad del ejército enemigo. Sabiendo que aún eran suficientes para acabarlos, el cuerno de la retirada sonó y los guerreros volvieron rápidamente a la fortaleza. La distracción había dado resultados, se había cumplido el objetivo y Franco se encontraba a la entrada del pantano listo para comenzar su peligrosa travesía. Mientras tanto, las puertas de Atos se cerraban nuevamente tras el último guerrero que volvía de la batalla. Desde lejos Franco miró la ciudad por última vez esperando tener éxito en su peligrosa aventura, esa era la última esperanza para vencer de una vez la maldad de Darkkas.

Los primeros kilómetros del recorrido fueron muy agotadores, el calor era muy insoportable y lo obligaba a beber constantemente agua de una bota de cuero que él cargaba. El más mínimo error lo haría caer en la brea ardiente, causándole la muerte instantánea. Mientras recorría los desoladores parajes y rodeaba los pozos humeantes, se acercaba cada vez más al bosque más húmedo y tupido que alguien hubiera recorrido alguna vez. Pocos lo habían logrado, no existían senderos para los viajeros y era muy fácil comenzar a dar vueltas en círculos hasta perder el rumbo.

Franco se detuvo un momento para descansar y beber algo más de agua. El calor circundante era espantoso y una vez que recuperó el aliento, se apresuró a continuar adentrándose en el bosque con mucha cautela. A diferencia de los pozos que ya había dejado atrás, donde no habitaba nada por lo inhóspito del paraje, el bosque prácticamente era un laberinto de vegetación y peligros desconocidos. Ahora avanzaba entre árboles gigantescos, con cientos de años de historia que se alzaban imponentes. La poca luz que lograba penetrar sus frondosos follajes, no era suficiente para elevar la temperatura húmeda y fría alrededor.

Pero él continuaba avanzando cautelosamente. Sólo el sonido de sus pasos rompía la serenidad del bosque. Franco se detuvo un instante, cuando escuchó el crujir de ramas a sólo metros de él. Se agachó permaneciendo en silencio y alerta, desenvainó su espada sin bajar la mirada de su entorno. De pronto se vino sobre él un darkkiano que había conseguido seguirlo. Con un movimiento de su espada frenó el ataque y con el siguiente le dio muerte. Tras él apareció otro guerrero y luego otro, en total aparecieron diez enemigos armados, que lo habían seguido desde que entró por el pantano.

Franco se desplazaba de un lado a otro defendiéndose valientemente y cada cierto tiempo lograba deshacerse de otro enemigo con la habilidad de su espada. Sorpresivamente dos de ellos le atacaron al mismo tiempo; él consiguió esquivar a uno con un rápido movimiento a la derecha, pero el otro consiguió herirlo en el muslo haciéndolo caer entre la hierba. Franco empuñó nuevamente la espada y soportando el dolor de su herida, mató a ambos con ataques certeros y veloces. Sus ojos estaban encendidos de furia y sed de venganza y sabía que debía sobrevivir hasta llegar a su destino.

Después de largos y extenuantes minutos luchando contra el escuadrón que lo había seguido, sólo quedaba uno contra quien luchar. El que comandaba esa emboscada y que había permanecido como mero espectador hasta ese momento, finalmente desenfundó su espada. Era más corpulento que Franco y golpeaba con tal fuerza con su espada, que más bien parecía como si se tratara de un hacha cuyo objetivo era liquidarlo. Cada golpe entre las espadas sacaba chispas y hacían un sonoro eco en el bosque. Mientras que los golpes fallidos zumbaban surcando el aire.

Con un movimiento inesperado, el enemigo golpeó la armadura del pecho de Franco con tal fuerza que lo derribó; su pierna herida sangraba y el dolor era cada vez mayor. Con mucha dificultad consiguió ponerse en pie nuevamente; él sabía que esa lucha a muerte no la ganaría por fuerza sino con habilidad. Su armadura estaba abollada y le oprimía el pecho, también tenía otras heridas en el brazo que sangraban hasta llegar a sus manos.

Franco cayó de rodillas su pierna herida hacía que el dolor fuera insoportable. El comandante darkkiano esbozaba una enorme sonrisa en su cara dando por hecho que ya tenía ganada la pelea. Se acercaba paso a paso y confiadamente para dar el golpe final. Pero cuando levantó su espada con ambas manos para dar su siguiente golpe con todas sus fuerzas, Franco le lanzó la espada hiriéndolo en una pierna tumbándolo a tierra. Luego rodó por el suelo hasta tenerlo enfrente y le atravesó la garganta descubierta con una daga, dándole muerte instantánea. Los ojos del enemigo permanecían fijos en él, con una mezcla de dolor ira y asombro. Franco retiró la daga ensangrentada y el comandante cayó de espaldas frente a él.

Franco estaba exhausto y la feroz lucha lo había dejado muy mal herido; le faltaba el aliento y sentía que se desvanecía. Sus fuerzas lo abandonaban poco a poco, se recostó un momento sobre la hierba y tras vendar su pierna y su brazo, se puso en pie para continuar su recorrido por el espeso bosque. Cada paso era un esfuerzo sobre humano, sus ojos se nublaban, el frío y la humedad mantenían su cuerpo al borde de la hipotermia, y finalmente cayó a tierra sin fuerzas para levantarse. Con mucha dificultad se quitó la armadura que le oprimía el pecho y se tendió de espaldas sobre la hierba húmeda.

Por un instante sus pensamientos volvieron a aquellos días junto a su amada, a esos recorridos por el bosque y a las largas tardes que pasaron juntos. Luego la visión desértica y humeante del bosque incendiado y la cara lejana de Verika que se perdía en el gris horizonte. Luego recordó el propósito de su misión, sabiendo que él era la última esperanza de llegar con refuerzos a Atos. Pero las fuerzas no volvían a su cuerpo, las manos le temblaban y su mente permanecía perdida en el infinito.

Cuando ya pensaba que fallaría en su misión y su vista se tornaba borrosa, desde lo profundo del bosque una s¬ilueta brillante se acercó a él. Sin tocarlo lo levantó flotando hasta colocarlo suavemente a orillas de un riachuelo. Le hizo beber un líquido dulce como la miel, que lentamente fue cerrando sus heridas y dándole nuevas fuerzas. Franco se sorprendió al ver el angelical rostro. ¿Era su amada Verika?

—Si —respondió ella— pero he tomado una nueva forma, fue la única manera que algunas hadas pudimos escapar del desastre. Lamentablemente no todos lograron escapar de la muerte. La magia de Khan nos mantiene con vida hasta encontrar la forma de volver a nuestro bosque.

Verika, se acercó a él y le colgó en su cuello un pendiente de plata con forma de hojas, las mismas que sólo se encuentran en el bosque de Melheim.

—Ahora continúa tu camino mi amado, que te falta poco para llegar, este pendiente te alumbrará en las horas más oscuras y te dará fuerzas para vencer al enemigo.

En realidad aún le faltaban unas cuatro horas hasta alcanzar su objetivo, pero ya había sido curado por la mano mágica de su amada y los enemigos que lo habían seguido estaban todos muertos. Ella lo besó dulcemente y comenzó a alejarse diciéndole:

—No desmayes, ni desesperes, yo volveré a ti cuando Darkkas sea destruido y la paz sea restaurada en nuestra tierra, hasta entonces lucha incansablemente y espera mi regreso.

La luz que la envolvía comenzó lentamente a desvanecerse y la silueta de Verika se perdió en la espesura del bosque. Un sentimiento de paz y nuevas esperanzas llenó el corazón de Franco, después de haberla creído muerta, ahora sabía que en algún futuro cercano volverían a estar juntos.

El resto del camino tenía un sentido diferente en su vida, no sólo lucharía por liberar a su pueblo del enemigo, sino también por recuperar a su amada Verika. Al anochecer Franco consiguió llegar a Hettermian y rápidamente se organizaron las tropas para emprender el viaje de regreso a Atos. Centenares de guerreros se unieron a él con un sólo fin, derrotar la tiranía de Darkkas en una gran y épica batalla final. Después de cabalgar incansablemente durante toda la noche, al amanecer del segundo día las tropas aliadas llegaban a enfrentar a las hordas darkkianas.

El cuerno de la ciudad sonó largamente para anunciar que los que aún resistían al enemigo en la fortaleza, se unieran a la batalla encerrando a los darkkianos por los dos flancos. Las flechas surcaban el cielo, las espadas chocaban en el fulgor de la batalla. Los gritos de centenares de hombres zumbaban hasta el horizonte. Tras largas horas de sangrienta lucha, el destino colocaba frente a frente a Franco y a Darkkas, quien exhibía desafiante el talismán colgado al cuello. Pero Franco no le temía a nada, había enfrentado a la muerte cara a cara y había salido victorioso; su amor por Verika era su talismán y daría la vida por defender su ciudad y a su amada.

Mientras alrededor las tropas del mal eran arrasadas completamente, el duelo personal entre ambos líderes daba comienzo con toda la fuerza de sus brazos. Sus espadas chocaban con gran estruendo llenando el aire de tensión y coraje. Ninguno de los dos daba tregua, la destreza y fuerza de ambos era notable. En reiteradas ocasiones ambos habían conseguido herirse con sus espadas, pero el dolor y el cansancio paraban a un segundo plano; de esa pelea sólo uno podría salir victorioso. Ambos estaban heridos y cansados mientras la sangre de los guerreros de ambos bandos teñía de rojo los campos de Atos.

Franco tomó distancia y bajó la cabeza un momento como intentando encontrar algo de aliento antes del siguiente ataque. A su memoria volvían los recuerdos de Verika, la primera mañana que la conoció y todos esos momentos que compartieron juntos. En el aire podía sentir el perfume de su piel rodeándolo y el pendiente que ella le había dado comenzó a brillar de manera intensa. La luz inundaba su pecho haciéndolo sentir una energía renovadora que lo llenaba de fuerzas para pelear.

Franco arremetió contra Darkkas con esas nuevas fuerzas que lo impulsaban. Golpe tras golpe y decidido a acabar con esa lucha, lo hizo retroceder. Paso a paso avanzaba batiendo su espada con todas sus fuerzas hasta botar la espada de manos de su agotado enemigo. Con un certero golpe al pecho y otro en las piernas hizo caer a Darkkas de rodillas. Franco alzó su espada iluminado por el resplandor del pendiente, mientras su enemigo tomaba con ambas manos el poderoso talismán. Pero antes que conjurara algún maleficio, le cortó la cabeza despojándolo de su vida.

El enemigo había sido derrotado tras largos años de batallas y sangrientos enfrentamientos, finalmente el poderoso talismán era recuperado. No hubo guerrero darkkiano que permaneciese en pie, el día había avanzado largas horas y el campo de batalla se bañaba en un mar de sangre. El brillo de las armaduras al sol resplandecía mientras el murmullo de la batalla daba paso a los gritos de victoria de los guerreros de Atos. El sitio al reino llegaba a su fin y la paz retornaba de manos de los valientes guerreros que se unieron por restaurarla. A partir de ese día desde las costas de Atos, los valles orientales de Hettermian y hasta las tierras de Verdel, todos escucharían las historias heroicas de Franco.

Al pasar de los días y las estaciones, el Valle de los Unicornios recuperó su belleza de antaño. Franco se retiró dejando atrás los días de lucha y abandonando su preciada armadura, para llegar a la espesura del bosque de Melheim donde cuenta la leyenda, que al fin se reencontró con su amada Verika.

HISTORIA 19
ÁNGEL CAÍDO

No recuerdo cómo he llegado a este lugar apacible, pero sí recuerdo tu cara iluminando mi camino. Yo nunca miraba a la gente a mí alrededor, hasta que vi tus ojos esa primera vez. Después de ese día, cada vez que descendía a esta tierra, buscaba en las calles tu perfume; buscaba el reflejo y la luz de tu mirada.

Ahora sé que fue un error, porque no puedo evitar que mi naturaleza se sienta perdida ante ti. Sabiendo que no soy como tú y que mis alas me llevan por lugares diferentes cada día. He caído cautivo en tus brazos sin que sepas que yo existo, porque no soy humano, sólo soy un ángel protector que ahora se siente perdido. He caído de mi cielo intentando ser igual a ti, pero la distancia me quema y me corroe. Jamás pensé ver mi alma consumirse en vida mientras tus ojos indiferentes, sólo miran el día a día.

Estoy perdido, envuelto en sentimientos confusos, rodeado de mucha gente que no puede ver mis alas al pasar porque no tiene fe. Ellos no ven que la vida es más que riquezas, más que trabajo, más que los quehaceres diarios, la vida es más que sólo vivir.

Y ahora estoy aquí frente a ti, mientras caminas y respiras, mientras tus pasos te llevan por sendas de decepción y mentiras, caminos de risas y diversión, sendas amargas de llanto y hasta esas ganas de morir que a veces te consumen.

Siempre he estado aquí a tu lado y negaría lo que soy sólo para tomar tu mano en este instante, dejaría de ser yo para llevarte lejos de esa miseria que te envuelve. Puedo volar tan alto como el cielo, pero de nada me sirve porque no me puedes ver. Puedo viajar alrededor del mundo, pero no te sorprenderías de nada; estás tan consumida en tu vida que no puedes ver el amor oculto a tu lado.

Suspiras por las noches antes de dormir, cansada de las tareas diarias. Miras el techo desnudo y cierras los ojos pensando en ángeles; como si alguna vez hubieras visto uno, como si me conocieras.

¿Qué pasaría si yo fuera como tú? ¿Suspirarías de esa manera tan especial?

Me miro, miro mis manos y mi piel luminosa, y me pregunto si alguna vez tu me amaras ¿Me amarías por ser un ángel, diferente a todos los que te rodean o por ser yo? ¿Me amarías por iluminar y proteger tu vida o porque mi corazón realmente te cautivó?

Mientras estaba pensando esas cosas con mi mirada fija en ti; tú te diste vuelta hacia el rincón donde yo me encontraba y m miraste.

Una paz inexplicable te envolvió. Sólo por ese instante fue como si supieras que yo estaba allí. Me acerqué suavemente y acerqué mi boca a tu boca, tú cerraste los ojos y aunque no sentiste mis labios, sé que sentiste el calor de mi corazón.

Me aparté de tu lado y me fui para no volver nunca más, porque tenerte cerca me consume; pero que estés lejos de mi realidad me hace caer cada día sin retorno. Soy un ángel y siempre lo seré y tú serás siempre mi recuerdo estés donde estés.

HISTORIA 20
RELOJ DE ARENA

Ella se sentó en el parque como todas las tardes a dibujar; no hacía frío a pesar que ya era otoño y los árboles se teñían de naranjos, violetas y verdes amarillentos. Ella llevaba su bloc de dibujo, varios grafitos y un reloj de arena. Su querido reloj era un regalo que le había hecho su abuelo antes de morir; y aunque al principio no le había encontrado utilidad, le gustaba jugar con él y recordarlo. En cada vuelta que le daba, la arena caía constantemente hasta marcar que treinta minutos habían transcurrido.

Un día ella se propuso hacer algo más que sólo admirar la arena caer, desde ese día cada dibujo que ella hacía era un desafío contra el tiempo. Colocaba el reloj a un costado suyo y trataba de plasmar sobre la hoja en blanco, lo que más pudiera del objeto o paisaje a dibujar. Con toda rapidez y con la mayor cantidad de detalles posibles, se esmeraba al máximo hasta ver caer el último granito de arena.

Esa tarde el viento botaba las hojas ya enrojecidas y vio a un joven muchacho que estaba sentado en una banca frente a ella. Se veía normal, pero a la distancia tenía un dejo de melancolía en su mirada. Era misterioso e interesante para dibujarlo, ella colocó el reloj a su lado y comenzó su dibujo. Pero sin darse cuenta, en esta ocasión comenzó a captar muchos más detalles de lo acostumbrado y coincidentemente al acabarse el tiempo, él se levantó de su asiento y se marchó.

Ella no lo podía creer, jamás antes había dejado un retrato inconcluso.

—¿Qué haré ahora?... ¿Volverá a venir mañana?... ¿Tendré la oportunidad de terminar su retrato?

Llena de esperanzas, ella volvió al día siguiente a la misma hora y lo encontró allí sentado en la misma banca. Se apresuró a reiniciar el dibujo donde lo había dejado el día anterior, colocó el reloj nuevamente y tiraba líneas rápidamente. Cada detalle que quería registrar le tomaba mucho tiempo. Capturó con mucho talento el pliegue de las ropas, la posición de los pies, la caída de su pantalón y antes de concluirlo, al caer el último grano de arena, él se había ido otra vez.

Decepcionada nuevamente, y sabiendo que él había estado en ese lugar desde antes que ella llegara, se propuso llegar mucho antes al día siguiente y así poder concluir con éxito su retrato.

Tal cual lo había planeado, al otro día llegó una hora antes de lo habitual. Abrió su bloc y se acomodó en el mismo lugar. Hasta ese momento sólo había avanzado en la parte inferior de su cuerpo y algunas zonas de la banca donde él se sentaba. Mientras que del fondo sólo tenía algunas líneas referenciales.

Como él no llegaba aún, se concentró en avanzar los detalles del entorno. Colocaba el reloj y dibujaba laboriosamente; tres vueltas le dio pero él aún no había llegado.

—¿Qué lo habrá retrasado? —pensaba ella mientras seguía dibujando.

Cayó el último granito de arena y se marchó decepcionada.

—Quizás no lo vuelva a ver... —pensaba mientras caminaba— ojalá tenga la oportunidad de terminarlo mañana.

Miraba el dibujo lleno de detalles, sombras, brillos y sólo faltaba él, su cara melancólica, sus ojos solitarios y esa presencia misteriosa que la cautivó. Dos veces lo había dejado ir y tenía claro que ahora no podía avanzar sin él. Al cuarto día nuevamente llegó más temprano que de costumbre y se preocupó de terminar cada detalle faltante

Todo el entorno estaba listo cuando lo vio venir, su corazón se exaltó. Él se sentó donde siempre y ella muy emocionada comenzó a tirar líneas nuevamente. Capturó cada detalle de su cara a la perfección, sus labios y su barbilla; pero por más que lo intentaba, no lograba capturar su mirada penetrante, melancólica y pensativa.

Inesperadamente él se levantó del asiento y caminó hacia ella. Sin decir nada, sólo acercó su cara para que lo observara bien. Ella comprendió que le prestaba sus ojos para terminar el retrato. Su corazón latía fuertemente y hasta podía sentir su perfume invadiendo el aire que ella respiraba. Pero por más que intentaba sujetar con firmeza el grafito y dibujarlo correctamente, se sentía perdida en sus ojos melancólicos.

La adrenalina fluía inconteniblemente y no conseguía calmarse. Sentía sus labios secos y se los humedecía de vez en cuando. Sus manos temblaban sin control al verlo tan cerca. El reloj dejó caer su último granito de arena. Él se acercó un poco más y la besó en los labios, luego se alejó de la misma manera misteriosa que apareció en su vida. Ella nunca terminó el retrato, pero lleva esa mirada grabada dentro de su corazón.

HISTORIA 21
NOCHE EN LLAMAS

En medio del silencio absoluto, sus pasos sigilosos cruzaban la entrada norte de la gran caverna. Khaff era conocido por sus aventuras en busca de tesoros y misterios, no paraba hasta conseguir aquello por lo que otros quedaban en el camino.

Ese era el día preciso para esa aventura, según contaba la leyenda, ese era el día y la hora de un gran suceso. Fénix se había escondido en esa cueva por semanas; famosa por sus facultades mágicas y también porque al morir se consumía en llamas para renacer de sus cenizas. Pero lo que pocos sabían, es que en ese preciso momento aquel que capturaba a la criatura la podía retener con él. Esa era una búsqueda de años, que demandaba paciencia y ser muy astuto para lograrlo.

Él llegó al refugio en el momento que Fénix aún no se transformaba y con paciencia esperaba oculto tras unos riscos. Sin darse cuenta, pasó a llevar unas piedras que al caer risco abajo hicieron gran eco en la caverna. Fénix levantó el vuelo y se dirigió hacia el costado opuesto alejándose lo más posible de él.

Khaff salió de su escondite para apreciar dónde se había posado el ave, en ese instante ella extendió sus alas en llamas y alzó el vuelo nuevamente. Dando un par de vueltas se vino velozmente y en picada contra él. La figura de fuego se acercaba más y más, pero él e ningún momento se echó a correr, sino que se mantuve de pie esperando a ver qué sucedería. Fénix siguió descendiendo hacia él con más velocidad, hasta estrellarse contra su cuerpo lanzándolo a dos metros de distancia. Khaff quedó inconsciente y herido por el fuego.

Después de muchas horas, despertó al alba con el cuerpo adolorido. Sus ropas estaban quemadas, pero su piel no presentaba marcas de quemaduras.

Khaff volvió a casa sin éxito en su tarea. Un día de viaje tomaba el regreso y al anochecer ya estaba cansado tras el largo recorrido.

Se encontraba muy cerca de la aldea donde vivían su madre y su hermana. Las siempre concurridas calles, ahora estaban muy silenciosas; y estando a pasos de llegar lo sorprendieron hombres armados de Arking. Derribándolo, lo ataron y entre golpes y golpes le preguntaban por Fénix, de alguna manera el rumor de su cacería se había expandido.

Khaff no tenía nada que ocultarles y les relató los detalles de lo sucedido allá en la gran caverna. Pero no le creyeron su verdad y sólo se ganó una paliza descomunal. Le trajeron a su madre y hermana atadas, golpeadas y gritando. La ira se apoderó de él, mientras intentaba soltarse de sus despiadados captores. Una y otra vez lo golpeaban sin obtener otra respuesta que la relatada anteriormente. Luego de torturarlo lo suficiente, tomaron a las mujeres y las arrojaron dentro de la cabaña. Las encerraron y luego encendieron antorchas amenazándolo.

—Nos dices que has hecho con la maldita ave o prendemos fuego a la cabaña con ellas dentro.

Entre los gritos de las mujeres y los de los hombres de Arking el ambiente se encendió. Por más que Khaff insistía en no tener a Fénix, los despiadados asesinos prendieron fuego a la cabaña mientras él observaba. Con impotencia veía las llamas consumir todo y los gritos de su familia se dejaban escuchar, él intentaba soltarse pero lo golpeaban cada vez con más furia.

Ya los gritos de ellas no se escuchaban; y entre burlas y golpes lo soltaron, para alejarse sin obtener lo buscado pero demostrando toda su maldad. Khaff se levantó aventurándose a entrar a la construcción en llamas, con la esperanza de poder salvarlas aún.

El fuego prendía sus ropas ensangrentadas mientras él buscaba sin poder encontrarlas entre las maderas encendidas. Finalmente dio con el cuerpo sin vida de su hermana frente a uno de los pasillos. Con rapidez sacó su cuerpo de la cabaña y regresó en busca de su madre. Sus ojos llenos de ira y dolor se adentraron en las llamas e instintivamente caminó por el fuego hasta sacar de allí el cuerpo muerto de su madre.

Khaff cayó de rodillas contemplando el horror frente a sus ojos. En ese instante algo incomprensible sucedió; una fuerza descomunal lo invadió y un calor sofocante lo rodeaba. Vio cómo de sus manos comenzaron a fluir grandes flamas, su cuerpo prendió como el Fénix y una sed de venganza incontenible se apoderó de él. Como un fantasma corrió por el camino hasta dar captura a sus agresores. Todos caían frente a su espada encendida. Sin mostrar misericordia y con bravía, se hizo cargo de cada uno de los verdugos de Arking.

Pero su sed de venganza aún no se saciaba y se levantó para ir en busca del que había ordenado su captura, ahora iba contra el mismísimo Arking. No descansó en su búsqueda hasta encontrarlo, él iba montado en su caballo cruzando el bosque, bien escoltado por una docena de sus mejores hombres.

Khaff trepó por la ramas quedando por sobre ellos. Esperó el momento propicio y se dejó caer como un ave de presa. Sorpresivamente y casi sin mediar lucha lo atacó; de un certero golpe con su espada encendida en llamas le cortó la cabeza, matándolo frente a sus guerreros.

Ante semejante espectáculo, no les quedó más que soltar sus armas y huir para salvar sus vidas. Al fin su venganza estaba completa y ya no era necesario derramar más sangre. Desde esa noche él se apartó a las montañas y las leyendas crecieron divulgándose por toda la campiña y más allá de las tierras montañosas. Muchos dicen haber visto su espada encendida, otros hablan de cómo desciende de vez en cuando a defender su antigua aldea. Pero todos concuerdan que en lo profundo de las cavernas del norte, habita Khaff, el hombre Fénix.

HISTORIA 22
UMBRALES

Obscureció en mi corazón al verte pasar por esa puerta, al verte cerrarla, al sentir tus pasos alejándose de mí por la calle y que no mirabas atrás. Muchos pensamientos rondaban mi cabeza, pero sólo uno permanecía. Sabía que ya no te volvería a ver y que sólo tu recuerdo estaría aquí, sabía que mi mente y mi corazón algún día dirían basta y te dejarían ir también. Me tomó sólo unos segundos darme cuenta que tu reloj estaba ahí sobre el velador de mi habitación.

—¿Sería una excusa tuya para volver por él? ¿Para vernos otra vez?

La tarde helaba y ya oscurecía, rápidamente tome el reloj, agarré una chaqueta y salí corriendo tras de ti. Corrí por la calle pensando que te alcanzaría al llegar a la parada de buses; pero sólo pude ver tu espalda al subir a uno de ellos y luego contemplé incrédulo cómo las puertas se cerraban tras de ti.

Un oportuno taxi me salvó de volver a mi casa decepcionado. El vehículo paró justo frente a mí y comenzó la alocada persecución. Cada vez que la luz roja nos detenía, tu bus alcanzaba a cruzar la calle dejándome allí, esperando impaciente la luz verde del semáforo.

Por varias cuadras sucedió exactamente lo mismo hasta que en una parada, tu bus se detuvo y mi taxi lo adelantó; al voltear para mirar hacia atrás, vi tu figura descendiendo lentamente.

—¿Por qué aquí? ¿Por qué en ese lugar alejado de su casa? ¿Por qué en esa esquina si no era ese tu supuesto destino final?

Sin pensarlo detuve el taxi y después de pagarle al chofer, seguí corriendo tras de ti. Sólo media cuadra de distancia nos separaba y nuevamente sólo tu espalda pude ver, mientras la luz roja me volvía a detener.

Esperando impaciente a cruzar la calle, vi tu distinguido caminar entrando a un lugar con una amplia mampara.

—¿Una galería de arte? Pero visitar galerías no es algo que tú acostumbres.

Sin esperar más a que la luz cambiara, me aventuré a cruzar entre autos y bocinazos. Mi corazón estaba lleno de inquietud, desesperado por saber cómo acabaría esta aventura, hasta dónde me llevaría esta persecución.

Cruzando el umbral de la amplia recepción, no alcancé a ver la dirección que tomaron tus pasos y la inmensidad de la galería me hizo sentir perdido y sin rumbo claro para encontrarte. Sólo veía siluetas rectangulares iluminadas por lámparas, sin distinguir detalle alguno; la gente se agrupaba frente a ellas observando con detenimiento y asombro cosas que yo no veía.

Mi mente sólo deseaba encontrarte, nada más importaba en ese instante. Hasta que finalmente en una de las salas, un cuadro impactante, tamaño real, lleno de colores me sorprendió. Era una escena de película; romántica para algunos, de horror para mí.

Sus brazos estaban totalmente rodeando tu contorneada y dulce cintura, tu cuerpo levemente alzado quería despegar del suelo y volar con él. Tus labios húmedos junto a sus labios, se mantenían unidos en un apasionado beso. Cada pincelada de esa obra de arte era un puñal atravesado en mi corazón.

Mi mente nublada y atónita no precisaba qué hacer, cómo reaccionar. Tal vez nadie hubiera tenido mi reacción, pero procedí con valentía; me acerqué con mis ojos pasivos llenos de aparente tranquilidad.

—Señorita, dejó caer su reloj —te dije con voz firme.

Eso te estremeció completamente. No sólo por el hecho de escuchar una voz conocida dirigirse a ti, sino que esa voz fuera yo. Aquel que siempre te decía amor o cariño, hoy tomaba una fría distancia de ti.

Con prontitud miraste tu mano izquierda para disimular tu olvido y para esconder la realidad de aquel que estaba contigo. Tomaste el reloj y con voz cínica fingiste un enorme agradecimiento, cuando en realidad, sólo querías que no dijera nada más y para olvidar la vergüenza de tu traición.

No dijimos nada más y al pasar el reloj de mi mano a tu mano, ese último roce entre nosotros sólo me hizo sentir vacío y perdido. Mis ojos lejanos y húmedos decidieron dejarte ir por fin, y sin decir más nada, salí de la galería lleno de una sensación de angustia y melancolía.

Sabía que esta vez serías tú quien viera mi espalda salir por el umbral, para perderme entre la gente, y que mi último recuerdo de ti sería más doloroso e inesperado que verte partir de mi casa esa tarde.

HISTORIA 23
TRAN TRAN TRANSANTIAGO

Hoy me subí por primera vez en el nuevo transporte público, no entendía por qué ahora los buses eran de diferentes colores, ni qué eran los paraderos diferidos, por qué algunos eran buses de acercamiento y otros los llamaban troncales, mucho menos que ahora se pagara con una tarjetita.

¿Qué era este nuevo concepto de transporte que me estaban imponiendo? De primera todo iba bien, pasé la tarjeta por el visor de la máquina y sonó Bip; a la señora de atrás le sonó Bip Bip, pobre señora le cobró doble y se puso a discutir.

—*¡Avance señora!*

Gritó un pelado en el pasillo y la señora enojada avanzó. Yo iba a medio pasillo, estrecho y además sin manillas donde sujetarse. Parecía una pelota de taca taca, intentando esquivar a las personas ingenuas, que creen que por ir adelante en el bus llegarán primero. Al final sólo hacen taco y nadie avanza. No faltaban los típicos sinvergüenzas que se subían por las puertas de atrás sin pagar. Se creen muy inteligentes, seguramente cuatrocientos pesos los harán más ricos o menos pobres.

Con dificultad conseguí llegar a la mitad del bus entre empujones y todas las complicaciones. Señoras gordas atravesadas en el pasillo, estudiantes que nacieron con algo pegado en la espalda llamada mochila. Otras personas mirando hacia afuera con cara de —*chofer apúrate*—y otros con sus personal, mp3 o Ipod, cada cual con su estilo musical, parecía la Babilonia de los sonidos.

Al fin llegué atrás pero ya me tocaba bajar. Estábamos llegando al metro

Las Rejas y eso fue muy insólito. ¿Quién había visto un semáforo a las puertas del metro? Había luz roja y las puertas permanecían cerradas. Más de cien personas esperando bajar y mirando a los guardias con cara de —*abre la puerta mierda.* Sólo se encargaban de hacernos perder tiempo.

Me devolví para tomar otro bus y elegí un color al azar, total daba lo mismo. Me subo a un bus llamado —*clon de metro*— ¿quién inventará semejante estupidez de nombre? Eran buses destartalados a punto de darlos de baja, que los pintaron como si fueran modernos, eso era horrible. Bueno arriba señores y allí recibí más apretones, más empujones y más de todo.

Todo era muy lento nuevamente, a penas avanzaba algunas cuadras y me di cuenta que no llegaría a ningún lado. Así que me bajé en una estación de metro que estuviera más vacía y así avanzaría más rápido, estos buses parecen tortugas con ruedas y hediondas.

Llegué a la estación de metro Los Héroes al menos las puertas estaban abiertas y la gente avanzaba por las escaleras. Pero me equivoqué en grande. Había unas quinientas personas esperando en el andén y yo sólo quería entrar al vagón. Pasaron los minutos, pasaron cinco, seis, siete trenes y finalmente entré al siguiente. La gente del vagón gritaba:

—*¡Me bajo, me bajo!* —y otros— *¡No me empujen, que yo no me bajo!*

¿Quién entendía todo eso? Me paré frente a un tipo con aliento a mierda. Para mejor me di vuelta hacia el otro lado, pero al hacerlo le pasé a llevar el trasero a una señora, ella se dio vuelta y me miró con odio, yo me quedé tranquilito para que no pensara que me pasaba películas con ella, la vieja fea.

Al fin llegué a mi estación e intenté bajar entre la gente, costaba muchísimo, la gente se agolpaba en las puertas queriendo subir. Cuando finalmente estaba abajo, los empujones me llevaban nuevamente hacia adentro, resistiendo la estampida conseguí bajar; pero no sin llevarme un par de manotones y hasta un agarrón en el trasero.

Llegué a mi oficina después de dos horas de lucha intensa, porque a eso no se le puede llamar viaje. Mis zapatos estaban pisados y polvorientos, cuando salí con ellos lustrados. Mi chaqueta desordenada, el pelo despeinado y sudoroso como si hubiera corrido una maratón, la corbata corrida y lleno de nervios por llegar tan atrasado.

Mi jefe esperaba con su cara de ogro, seguro pensando que venía de una fiesta o un carnaval. Entré rapidito y me coloqué a trabajar y a pensar, si serían los demás días como aquel. ¿Por qué me demoré el doble, si ese plan de modernidad era para mejor?

"Aunque parezca un chiste, lamentablemente es nuestra triste realidad. Saludos a los que NO viven en Santiago de Chile porque no tienen que vivir este tormento"

HISTORIA 24
CINCO MINUTOS

Un ruido extraño despertó a Alonso abruptamente, apenas había dormido algunas horas y el viento afuera soplaba con fuerza batiendo las ramas de los árboles que golpeaban su ventana. Guardó silencio un instante y se dio cuenta que la lluvia, que había caído intensamente durante el día, al fin había cesado. Era una noche helada y el viento recio presagiaba que la tormenta continuaría en algunas horas.

Aunque estaba cansado por el viaje que había hecho durante la tarde, se levantó, se colocó su bata y fue a dar una vuelta de rutina por la casa. Primero revisó las habitaciones del segundo piso y las ventanas permanecían cerradas.

Luego bajó al primer piso y recorrió los cuartos con total normalidad, todo estaba en orden y tranquilo. Al pasar desde la cocina a la sala principal volvió a escuchar ese extraño sonido que lo había inquietado antes, pero esta vez estaba casi seguro que no había sido el viento. Sin encender la luz de la habitación, caminó por el comedor mirando detenidamente todos los rincones iluminados por la tenue y lejana luz del pasillo; y fijando su vista en el ventanal que daba a la terraza, notó que las cortinas estaban levemente corridas.

Era su paranoica costumbre de cada noche, dejar todo bien cerrado incluyendo las gruesas cortinas verdes que daban al patio. En su mente tenía una imagen precisa de cómo quedaba todo antes de dormir y sabía que algo no estaba bien.

Se acercó sigilosamente y con todos sus sentidos alertas hacia el ventanal, hasta que vio en el pasillo marcas de pisadas y barro. Por un momento se estremeció, su corazón sintió un extraño pálpito entre miedo y coraje; pero rápidamente se hizo a la idea de que si alguien había entrado en la casa, necesitaría algo con qué defenderse.

Hizo una pausa pensando en las posibilidades que tenía a la mano. La cocina estaba demasiado lejos como para ir en busca de un cuchillo, ni pensar en subir nuevamente a su habitación, así que lo más cercano en ese momento era el atizador de fierro forjado que estaba en la chimenea de la sala.

Respirando profundo, se acercó lentamente en la oscuridad hacia la esquina de la chimenea, pero al estar a pocos pasos de alcanzarlo recibió un fuerte golpe en la cabeza que lo aturdió. Un sonido agudo en sus oídos invadió el silencio de la noche, su vista comenzó a nublarse, su respiración se desvanecía pesadamente y todo se fue a negro.

Lentamente los ojos de Alonso se abrían, tras permanecer largos minutos inconsciente. Estaba en medio de la sala, atado a la silla que usaba en su despacho. Sus manos estaban amarradas a los brazos de ella, mientras que sus pies lo estaban por detrás del eje del asiento y otra cuerda cruzaba su pecho hasta el respaldo de la silla.

La incómoda y dolorosa posición lo mantenía totalmente inmóvil. Una tenue luz del pasillo cercano iluminaba levemente la habitación. Frente a él, a contraluz, pudo distinguir la silueta de un hombre alto y fornido que se le acercaba.

El hombre, al darse cuenta que comenzaba a despertar, le arrojó el agua que traía en un vaso a la cara, diciendo:

—Eso es para que despiertes más rápido... ahora conversaremos un rato... yo te haré algunas preguntas y tú me responderás.

Enérgicamente pero en vano, Alonso intentó soltar sus manos o mover los pies, que permanecieron fijos en su posición, mientras el agua aún caía por su cara hasta mojar su pecho.

— ¿Quién eres? —preguntó Alonso.

—Nadie que te interese conocer —respondió el hombre— sólo contesta mis preguntas y vivirás... ¿Dónde guardas los planos del proyecto en que has estado trabajando?

Esa pregunta era fácil de responder para él, pero estaba intrigado por el interés que el hombre mostraba en los planos. Sabía que grupos opositores al proyecto habían hecho hasta lo imposible para impedir que se terminara con éxito. Sin embargo la construcción no se detuvo y en pocas horas sería la gran inauguración.

—No los tengo en la casa —respondió algo dubitativo.

Apenas alcanzó a terminar la frase cuando recibió un fuerte puñetazo en plena cara, el golpe seco tuvo en respuesta una leve queja y luego sólo silencio.

—Lo preguntaré nuevamente. ¿Dónde guardas los planos del proyecto?

—Yo no soy el encargado de guardarlos, para eso están los jefes de proyecto.

Un nuevo golpe cayó sobre su cara con similar fuerza, sin conseguir que Alonso revelara nada sobre los planos. La sangre le comenzaba a caer por la boca y ya sentía el sabor salino de sus labios hinchados.

El hombre sacó una especie de cilindro de su cinturón, que se extendió al apretar un botón. El cilindro ahora era una vara metálica y maciza. Sin mediar palabras, el sujeto lanzó un golpe directo a su brazo izquierdo con la vara de acero. El grito hizo eco en la sala, mientras afuera el viento que no había bajado en intensidad, daba paso a relámpagos y truenos. La noche gris se iluminaba de vez en cuando en centellantes luces azuladas seguidas de estruendos como de mil caballos al galope.

Una y otra vez Alonso negó la tenencia de los planos o de saber algo sobre ellos, mientras los golpes caían uno tras otro cada vez que terminaba de responder.

—No nos estamos entendiendo, así que pasaremos a otro tipo de interrogatorio.

El hombre encendió la luz de la sala y miró alrededor de la habitación. Detuvo su mirada en el piano que estaba a un costado de la sala. Se acercó a él, se sentó en el taburete y comenzó a presionar las teclas demostrando que no tenía la más mínima idea de ejecutar tan bello instrumento.

—Nunca aprendí —dijo— pero seguro es un bonito pasa tiempo.

Dejando de lado el instrumento, se aproximó nuevamente a su víctima. Sujetó fuertemente su mano derecha en el brazo de la silla y sacó un enorme cuchillo para intimidarlo. El reflejo del acero brilló sobre su cara y la silueta aserrada del filo se contorneó frente a sus ojos.

— ¿Podrás tocar sólo con nueve dedos? ¿No creo que te moleste? —dijo con tono irónico, mientras colocaba el cuchillo sobre la uña del dedo meñique.

Lo miró fijamente a los ojos esperando que el miedo creciera en su víctima, pero Alonso no parecía reaccionar con sus palabras. Para él era sólo una amenaza de un hombre desesperado por respuestas. El hombre notó la falta de miedo en sus ojos y ejerció presión con el cuchillo, haciéndole sentir que la amenaza era más seria de lo que parecía.

Al ver que la expresión temeraria de su rostro no cambió, retiró el cuchillo por un instante y lo amordazó para evitar que se escucharan sus gritos. Pronto cambió esa leve sonrisa amenazante de su cara y con mucho odio, cortó su dedo dejando escapar un grito de dolor desgarrador, que se apagó tras la mordaza que tapaba su boca. La sangre manaba como una cascada roja, mientras su cuerpo se retorcía de dolor amarrado a la silla. El hombre dejó de lado el cuchillo y colocó un pedazo de tela que tapó la dolorosa herida.

— ¿Pensabas que bromeaba?... ahora quiero saber dónde está lo que hace media hora te estoy pidiendo. Quiero los planos del proyecto y los quiero ahora o tocarás el piano con ocho dedos... eso sería divertido verlo... ¿Me dirás dónde están?

Los ojos de Alonso que habían permanecido apretados del dolor, ahora se abrían casi al punto de salirse de su cara, mientras las lágrimas corrían a raudales por sus mejillas. Ante tal amenaza y viendo la decisión de su captor, asintió con la cabeza dándole a entender que esta vez hablaría. El hombre sacó la mordaza de su boca y se quedó esperando la respuesta, Alonso bajó la mirada un instante aferrándose con su mano izquierda al brazo de la silla y tras respirar profundamente, le lanzó un escupitajo directo a la cara.

— ¡Púdrete!... yo no los tengo y si los tuviera no te los daría.

Eso hizo enfurecer al hombre de tal manera, que acertó un fuerte puñetazo en su cara y le colocó nuevamente la mordaza en la boca. Sujetó su mano a la silla, mientras Alonso forcejeaba sin parar y con un rápido movimiento cortó su dedo anular. Tanto fue el dolor que sintió esta vez, que Alonso se desmayó.

Mientras permanecía inconsciente, el sujeto le vendó los muñones en la mano para detener el flujo de sangre y colocó a la vista los trozos de dedos hábilmente cortados en las junturas.

Tras algunos minutos, volvió a mojarle la cara con agua para despertarlo. Los ojos de Alonso se abrían con dificultad y con muestras de gran dolor. Sentía el fuerte impulso de empuñar su mano mutilada queriendo sobar los fantasmas de los dedos faltantes pero el dolor le recordaba que ya no estaban en ese lugar. Sólo quedaban unos ensangrentados trapos.

— ¿Sabes? Me estás impacientando de verdad, creo que no razonas. Tal vez estás dormido aún —y volvió a lanzarle agua a la cara— quiero que entiendas que sólo quiero los planos del proyecto y te dejaré en paz.

Nuevamente asintió con la cabeza, aunque esta vez con ánimo resignado.

El sujeto le retiró la mordaza de la boca y Alonso preguntó entre gemidos de dolor y el temblor de su cuerpo.

— ¿Para qué quieres esos planos? El proyecto se inaugurará mañana y no puedes hacer nada para evitarlo.

Una risa burlona salió de boca de su captor:

—Para qué querría evitarlo. No es eso lo que buscamos, sólo necesito saber cuáles son los pilares que sostienen el edificio, saber las debilidades de tu hermoso rascacielos.

El sujeto tomó el cuchillo nuevamente y lo colocó en otro dedo mirándolo a los ojos decididamente.

— ¿Dónde están los planos? —repitió lentamente pero con voz autoritaria.

—Te lo diré, pero primero debes contarme qué harás con ellos.

Volvió a reír antes de responderle.

—No estás en condiciones de hacer preguntas o de exigir explicaciones, pero te daré una respuesta si eso te deja tranquilo y me dices lo que quiero saber.

Alonso tenía su mirada perdida esperando las palabras del sujeto e intentando desprenderse del dolor intenso y punzante.

—Hace siete años en esos terrenos mi padre tenía su restaurante, cuando un inversionista vino a ofrecerle la oportunidad de su vida. Le contó del nuevo proyecto y le ofreció tener su restaurante totalmente moderno en uno de los pisos de la torre. Mi padre accedió a vender confiado en las promesas hechas, así como el resto de los dueños de esos terrenos. El proyecto se demoró y se demoró hasta que esa empresa se declaró en quiebra y los contratos quedaron sin validez.

Alonso que se había involucrado en ese proyecto hacía un par de años, desconocía por completo lo que el hombre decía.

—Mi padre comenzó a deprimirse y a ser presa de las deudas. Hasta que un día decidió ponerle fin a su vida. Cuatro años más tarde cuando todo se había olvidado, comenzaron la edificación del nuevo proyecto. Entonces descubrí que los empresarios del nuevo proyecto, eran los mismos inversionistas que habían estafado a los dueños anteriores.

El sujeto hizo una pausa reflexiva que inundó de silencio la habitación. A la distancia Alonso pudo oír cómo la lluvia caía afuera antes que continuara su relato.

—Ahora después de tanto tiempo de larga espera, es el momento de concretar nuestros planes. Todo está perfectamente planificado; ninguna pista los llevará a nosotros y nada nos liga a todo lo que pasará. No necesitas saber más detalles. Ahora haz tu parte y no quiero más mentiras si quieres salir de esto con vida.

Todo comenzaba a tener sentido para Alonso. El proyecto se inauguraba en algunas horas. Si obtenía esos planos y sus intenciones de un gran atentado se concretaban, nadie podría enterarse de esa conspiración a tiempo y todo lo inculparía a él. Así que debía hacer algo para impedir que los obtuvieran.

La presión del cuchillo comenzaba a herir su dedo, él ya sabía de lo que el sujeto era capaz y no necesitaba ponerlo a prueba otra vez.

—Los planos están en una caja fuerte escondida tras un cuadro en mi despacho —dijo resuelto.

El hombre fue hasta el despacho para corroborar lo que Alonso le había señalado, movió el cuadro y ahí estaba la caja fuerte, sólo necesitaba la combinación. Regresó a la sala y empujando la silla por el pasillo, el sujeto trasladó a Alonso hasta la habitación señalada y digitó la combinación que resignadamente le dijo. Sólo había un problema, además de los números necesitaba su huella digital para abrirla.

—Bien..., ¿A qué dedo corresponde la huella para la caja? —preguntó el sujeto.

—El dedo índice de la mano que me estas mutilando..., pero no lo cortes, por favor..., yo te ayudo a abrirla, pero no lo cortes, no lo soportaría.

—No intentes nada estúpido... la abres, me entregas lo que vine a buscar y te ato nuevamente antes de irme.

El sujeto le desató ambas manos y los pies permitiéndole sacarse la cuerda de encima y levantarse. Alonso estiró sus adormecidas piernas y sus adoloridos brazos. El intenso dolor de su mano recorría desde los dedos hasta lo más profundo de su espalda. Con dificultad se acercó a la caja fuerte, colocó su dedo índice en el lector y un sonido electrónico precedió el cambió de la luz del indicador de rojo a verde. Aunque no podía ver al sujeto que se encontraba a su espalda y levemente inclinado a su izquierda, sintió el aire del suspiro que exhaló al cambiar la luz. Alonso abrió lentamente la caja debido al dolor que sentía en su mano.

La habitación se iluminó con la luz de un relámpago que cruzó el cielo y al tiempo que el trueno resonó en la distancia, Alonso empujó a su captor hacia atrás con todas sus fuerzas. El sujeto tropezó con la silla y cayó de espaldas sobre el piso. Mientras yacía en el suelo, Alonso intentó tomar un arma que mantenía escondida en la caja fuerte. Pero a pesar de sostenerla con ambas manos, el intenso dolor y la ausencia de dos dedos le impidieron jalar el gatillo.

Su captor se levantó rápidamente y se abalanzó sobre él con mucha rabia, de un golpe voló el arma de sus manos y comenzó a golpearlo. Alonso se defendía intentando bloquear los golpes del sujeto. Recibió un par de golpes en las costillas que le quitaron el aliento, y siguió recibiendo golpes hasta caer al suelo y quedar tendido sin movimiento.

El sujeto lo arrastró hasta la cocina y tomó un cuchillo tipo machete. Afirmó con fuerza la mano de Alonso que permanecía casi inconsciente. Alzó el machete y de un certero golpe le mutiló los tres dedos restantes de la mano. El metálico sonido de la hoja contra el piso, se escuchó seguido por un grito retumbante que se apagó con un nuevo estruendo de truenos que provenía de afuera. El hombre volvió a golpearlo en la cara repetidas veces hasta noquearlo…

El agua en la cara lo despertó nuevamente, sus ojos lentamente se abrieron; estaba atado y amordazado, mientras intentaba reconocer en donde se encontraba. Su ojo derecho apenas se abría mientras aún sentía la hinchazón en los labios y el escozor de la parte interior de sus mejillas al rozar con los dientes. Escuchó varias voces a su alrededor y una de ellas era la de su conocido captor, pero su borrosa vista le impedía distinguir sus rasgos.

—Despiertas a tiempo para la celebración… —le dijo con tono irónico— Hoy es el gran día y gracias a ti ya tenemos todo listo para el espectáculo… te agradecemos tu vital ayuda… jajajajaja.

Cuando el agua de sus ojos terminó de caer y su vista se fue acostumbrando a salir de las penumbras, pudo darse cuenta que lo tenían al interior de una camioneta. Estaba rodeado de unos tambores que seguramente eran explosivos. Habían pasado varias horas desde que fue aprisionado y torturado en su propia casa. Pero no había nada a su alrededor que le indicara cuan avanzado estaba el día.

A la esperada inauguración asistirían cientos de personas; también empresarios e importantes autoridades. Se suponía que nadie que no estuviera autorizado debería estar en el edificio en esos momentos. Pero ellos portaban credenciales especiales de acceso, y estaban disfrazados como técnicos de mantención, supuestamente trabajando en los detalles finales de la obra. Tenían todo perfectamente planificado. Alonso intentaba desatarse sin poder conseguirlo, tenía todo su cuerpo adolorido y el frío del subterráneo se sentía hasta los huesos. La luz que entraba por las ventanas del vehículo era escasa y no lograba distinguir cuantos hombres eran los que hablaban afuera.

Al mirar su mano derecha recién pudo apreciar que el sujeto le había mutilado todos los dedos y ahora llevaba una ensangrentada envoltura de tela cubriendo los muñones, tristes vestigios de lo que alguna vez fue una mano. La sangre seca se había endurecido en la tela, pero cuando Alonso intentó palpar los fantasmas de sus falanges, el dolor surgió intenso y profundo hasta el tuétano de los huesos.

Se estremeció por completo encogiendo instintivamente los codos y apretando la mandíbula, la cual también le infringió un punzante dolor. Todo su cuerpo era un campo de batalla que había sido azotado por un bombardeo de golpes la noche anterior.

El sujeto abrió la puerta lateral de la camioneta apuntando con una linterna la cara de Alonso, la luz cegó por un instante el único ojo que podía mantener abierto y luego cambió de dirección.

—Estamos listos para irnos... Perdón por no ofrecerte nada para comer pero al lugar que vas no lo necesitarás.

El hombre activó un dispositivo y finalmente se despidió de él cerrando las puertas de la camioneta devolviéndole a las sombras su sitial. Los pasos de los sujetos se alejaban lentamente haciendo eco en las paredes del estacionamiento; luego se escuchó el ruido de otras puertas cerrándose y el motor de un vehículo que se alejaba.

Un silencio absoluto se apoderó del lugar y la desesperación de Alonso por salir comenzó a crecer. Él se movía de un lado a otro intentando soltarse las amarras con mucho dolor. Después de un gran esfuerzo, finalmente consiguió soltar sólo una de sus manos, la que tenía mutilada y herida. Como pudo se arrastró hasta donde su captor había activado los explosivos. Doblando las rodillas, apoyó su espalda contra el costado de la camioneta y empujando con todas sus fuerzas logró ponerse en pie.

El panel del dispositivo tenía muchos cables, unas perillas, botones y un marcador digital con luminosos números rojos que indicaba ciento cinco minutos y bajando. Poco menos de dos horas para la explosión, tiempo suficiente para intentar escapar. Pero por más que lo intentaba, Alonso no conseguía soltar su otra mano, ni sus pies, ni siquiera logró aflojar la mordaza en su boca. Tampoco pudo abrir la puerta de la camioneta a pesar de sus esforzados intentos.

Con resignación y con el dolor de su mano mutilada intentó mover las perillas en el panel para ver qué resultaba. Las telas se humedecieron nuevamente con la sangre nueva que comenzó a empapar los trapos. Con el borde de la palma sólo pudo presionar un par de botones y el reloj digital saltó de noventa y siete a sesenta minutos y bajando. Su corazón se exaltó al máximo y su desesperación crecía más y más. Todo lo que consiguió con su estúpida maniobra fue acelerar el proceso y ahora no sabía qué más hacer. Aún amordazado, intentaba gritar con todas sus fuerzas sin conseguir que alguien lo escuchara.

Alonso balanceaba su cuerpo golpeando con el hombro los laterales de la camioneta, intentando hacer el mayor ruido posible; quizás así alguien lo escucharía. Ya estaba exhausto, totalmente agotado y con el hombro adolorido. Alonso se dejó caer en el piso de la camioneta. Una cuota de culpabilidad lo embargó y también el dolor de saber que cientos de personas morirían si esa bomba finalmente estallaba.

Recordando los movimientos que hizo anteriormente; pensó que si realizaba los mismos pasos a la inversa posiblemente el tiempo aumentaría. Se incorporó nuevamente y se dirigió al panel. Lo intentó con mucha dedicación, pero nuevamente el reloj acortó el tiempo, de cincuenta y cinco a treinta minutos.

Un grito desesperado y angustiado se apagó tras la mordaza, perdido en el silencio de ese oscuro estacionamiento. La sangre comenzaba a gotear abundantemente por su mano y el dolor se intensificaba por el esfuerzo realizado. Sentía como si el brazo entero le estuviera siendo arrancado, su estómago se revolvía entero por la agonía y sentía que en cualquier momento se desplomaría al suelo.

Por un instante permaneció tranquilo intentando dejar atrás su aflicción, a ratos respiraba corto y en rápidas repeticiones, luego hacía largas pausas conteniendo el aliento hasta exhalar nuevamente y volver a llenar sus pulmones del viciado y frío aire.

Después de tantos intentos inútiles por zafarse y casi resignado a que esto sucedería sin remedio; un pensamiento llenó su mente en un acto desinteresado y valiente. Si estaba destinado a concretarse, era preferible que la explosión aconteciera antes de lo que ellos habían planeado; al menos de esa manera no moriría tanta gente inocente. Alonso estaba resignado a que nada lo salvaría de su fatal destino y a convertirse en mártir anónimo, ya que seguramente nunca encontrarían su cuerpo entre los escombros.

Irguió su cuerpo adolorido una vez más afirmándose en los tambores y balanceándose con los pies juntos y firmes. Apretó los botones nuevamente consiguiendo que el reloj bajara de veintinueve a cinco minutos. Con ello había sentenciado definitivamente su vida por salvar la de cientos y comenzaba la cuenta regresiva de sus últimos momentos.

Cuatro minutos se encendieron en el reloj digital y las imágenes de su familia y sus amigos comenzaron a desfilar por sus lúgubres ojos. Las cosas buenas que hizo en la vida le traían el dulce sabor de la realización, mientras aquellas que no pudo concretar apretaban su garganta con amargura.

Tres minutos y cerró los ojos meditando profundamente en lo que había más allá de este umbral que estaba por atravesar, comenzó a orar aunque no era muy dado a esas cosas e intentaba ponerse a cuenta con su vida aún joven; un arquitecto exitoso de sólo treinta y cinco años.

Un minuto restaba para enfrentarse a su destino y los últimos segundos lo hicieron llorar amargamente, sus alaridos cansados y apagados por la mordaza, hacían un eco ahogado en la soledad del subterráneo.

Treinta segundos y Alonso comenzó a estrellar su cuerpo contra las paredes de la camioneta empujando los tambores y haciendo los últimos esfuerzos por soltarse en un arrebato desesperado en busca de que un milagro ocurriera a última hora.

Quince segundos y cerró los ojos tragando su ira, su impotencia y su dolor. Las últimas gotas de sangre caían desde su mano cercenada tiñendo el piso de la camioneta que lo aprisionaba. Respiraba profundamente contando para sí los últimos instantes de su vida: —cinco, cuatro, tres, dos... y todo terminó.

HISTORIA 25
ESPEJO DIMENSIONAL

Alex se despertó con una extraña sensación, como si en todo momento estuviera siendo observado. Miró la hora y eran las nueve de la mañana. Fue a tomar una ducha para poder despejarse, pero esa inquietud se mantenía. Al terminar de vestirse y pararse frente al espejo, sintió que algo no estaba bien con su reflejo. Se acercó a él y un viento helado sopló directamente en su cara.

—¿Viene desde dentro? —se preguntó extrañado.

Alex tocó la superficie del espejo y al instante fue absorbido hacia el interior y trasladado a una dimensión misteriosa. Desde ese lugar podía observar todo el entorno; la decoración era la misma. Pero al verse a sí mismo entrar a la habitación con un anillo de matrimonio en su mano izquierda, se dio cuenta que esa era una especie de realidad paralela.

Salió del espejo y su otro yo no lo podía ver. Se apresuró a recorrer toda la casa y se dio cuenta que muchos aspecto de su vida eran mucho mejor. Al parecer en esa realidad él era muy feliz y tenía cosas que en la suya no. Entrando por la puerta vio a una mujer bellísima, seguramente su esposa. Al verla de cerca se dio cuenta que ella era su antigua compañera de universidad. No podía creer lo que estaba viendo, la mujer que siempre amó en la universidad estaba allí.

—¿En qué momento habré tenido la valentía de hablarle y ella de aceptarme?

Esa realidad le gustaba mucho más que su actual vida. Tenía un lujoso auto, una hermosa casa y una buena vida. Sin embargo, cuando ella entró en la habitación la discusión no se dejó esperar.

—¡Aún aquí! —replicó ella.

—Sí, ya me iba

Él apagó su computador personal y salió de la habitación. Sólo se despidieron de palabras y con un frío gesto. Era demasiado bueno para ser verdad, todo era una triste fantasía. Se quedó un momento para ver que hacía ella, la vio tomar el teléfono y hacer una llamada cortita.

—Ya va saliendo, dame unos veinte minutos y te vienes amor.

Fue muy fuerte y traumático, o que acababa de escuchar. Definitivamente esa realidad no era tan completa como él creía. Se apresuró a salir para alcanzar a su otro yo en el auto, se subió a su lado, él arrancó el auto y mientras iba por la avenida, también hizo un llamado.

—Ya amor acabo de salir, nos vemos donde siempre, un beso — y colgó.

Triste realidad la que estaba viendo, ya no quería permanecer un minuto más en ese lugar. Cerró los ojos pensando en su habitación y se transportó hasta ella, nuevamente estaba en su casa, en medio de esa realidad misteriosa.

Se acercó al espejo para intentar entrar en él y revertir su viaje, pensando que podría volver a su realidad de la misma manera como llegó. Entró al espejo y apareció en otra vida paralela muy diferente a la anterior. La habitación estaba oscura, todo estaba desordenado, era un ambiente totalmente lúgubre y depresivo.

Al recorrer la descuidada casa, encontró jeringas sobre varios muebles, latas de cerveza y botellas vacías. En el living había personas intoxicadas durmiendo en el piso de la sala. Sin duda había habido una fiesta la noche anterior o esa realidad era una fiesta sin límites. Veía ante sus ojos lo que algún momento de su juventud pensó como filosofía de vida. Pero ya había recorrido casi toda la casa y aún no se veía por ningún lado, tampoco veía alguna cara conocida.

—¿Será realmente mi casa aún?

Finalmente se encontró, estaba metido en la tina de baño drogado a más no poder, con la mirada perdida y los sentidos dormidos.

—Amor, levántate debemos irnos o llegaremos tarde.

Escuchó desde el pasillo que una mujer le decía. Su cara le parecía familiar y tras un momento de observarla se dio cuenta que era su antigua vecina. Eso sí que era increíble. Ella por mucho tiempo lo persiguió y al parecer, en esa realidad, había conseguido tenerlo para ella. Pero qué clase de vida llevaban, sinceramente ni en sus peores pesadillas soñó con llegar a estar en esa condición. Alex se sentó a meditar en todo lo que había visto en ese viaje fantástico.

Lo que estaba viviendo en esas realidades era resultado de las decisiones de su vida y de sus acciones. Desesperado por toda la situación se acercó al espejo una vez más, esperando que esta vez lo llevara a su vida verdadera. Respiró profundamente, acercó su mano a la superficie mientras cerraba los ojos y traspasó al interior. Al abrir los ojos, todo hacía suponer que había regresado a su verdadera realidad.

Recorrió toda su casa para cerciorarse que no se trataba de otro viaje extraño, miró los muebles y apreció todo lo que tenía. Su novia entró por la puerta del frente y Alex se apresuró a ayudarle con sus cosas.

—¿Y a ti qué te pasó? —preguntó ella— estás pálido y helado.

—Nada amor, sólo tuve un mal sueño.

Él la abrazó fuerte y cariñosamente.

—¿Sabes que te amo cierto?

Ella lo miró y lo abrazó también.

—Si sé que me amas y yo también te amo mucho. Pero ordenemos pronto, que son las dos de la tarde y las visitas no tardan en llegar.

HISTORIA 26
SILENCIO ABSOLUTO

Gonzalo estaba sentado al borde del bote, los remos estaban adentro de la embarcación y el ancla estaba echada. Su tanque de oxígeno tenía carga para una hora y media, y el mar estaba calmo a pesar que estaba nublado a punto de llover. Él estaba acostumbrado a bucear sin compañía; esa era su pasión y su adicción. Estaba a unos doscientos metros del arrecife y se sumergió hasta llegar a los cuarenta metros de profundidad.

Podía ver fácilmente los cardúmenes de peces a su alrededor, el coral y todas las variedades de algas que daban vida al fondo. Como siempre, llevaba su cámara submarina para fotografiar la belleza de ese cuadro de la creación. El tiempo pasaba volando mientras recorría las profundidades, Gonzalo subió a cambiar su tanque por otro que estuviera lleno y descendió nuevamente.

En medio de su actividad, una corriente de agua helada se dejó sentir entre sus piernas; rápidamente se vio arrastrado por un remolino y llevado cada vez más a lo profundo. Sorprendido de lo que estaba sucediendo y sabiendo que no sacaba nada en luchar contra esa corriente, se dejó llevar hasta saber donde pararía este torbellino.

Al ver que se acercaba a una caverna submarina que lo succionaba, sintió un miedo aterrador. Sus esfuerzos por cambiar de dirección fueron en vano y sólo le hicieron perder oxígeno vital; la corriente lo llevaba finalmente a esa caverna. Gonzalo estaba atrapado en una burbuja de aire dentro de la cueva. Miraba a su alrededor para orientarse mientras flotaba y pudo ver una orilla a la cual subir.

Se sacó el tanque y se dio cuenta que no se trataba de una cueva ordinaria, algo en las paredes iluminaba levemente el interior como velas encendidas. Él recorrió sigilosamente los límites de ese capricho de la naturaleza y descubrió una riesgosa forma de subir, pero que seguramente lo llevaría hacia una salida.

Comenzó a escalar cuidadosamente, poco a poco su distancia del piso se incrementaba; miraba hacia arriba buscando el techo de la cueva, pero ni siquiera se encontraba cerca. Continuó subiendo, hasta encontrar una especie de pasillo estrecho por el que sólo podía avanzar gateando, dónde más iría en esas circunstancias. Ingresó al pasadizo y las paredes se mantenían luminosas.

Siguió avanzando hasta llegar a una nueva caverna, más amplia y con varios túneles que convergían en ella. Decidió marcar el camino por el cual llegó hasta ahí y también el túnel por el cual seguiría su camino. Continuó nuevamente la travesía pasando entre espacios dificultosos y muy estrechos. Sorpresivamente volvió a la caverna de los túneles; en otras palabras, de alguna manera insólita dio una vuelta en círculos. Pero aún le quedaban tres túneles más por recorrer.

Marcó la entrada del siguiente y realizó el recorrido con la esperanza de que ese fuera el correcto. Pero nuevamente su recorrido terminó allí. Ya sólo le quedaba un túnel por recorrer. Entró en él y la llegada volvió a ser la misma caverna de los túneles, eso era inexplicable e insólito. Había entrado por diferentes accesos y el punto final siempre era el mismo.

Decidió borrar todas las marcas para hacer el recorrido nuevamente, dejando sólo el primero por el que había llegado a ese lugar. Recorrió una y otra vez las entradas y siempre volvía allí, había perdido la noción del tiempo y estaba agotado. Se sentó a descansar un momento y tras recuperar sus fuerzas decidió volver por donde había llegado. Supuestamente ese pasillo lo levaría a la pared por donde escaló desde el agua. Pero llegó a una nueva caverna también llena de túneles.

Cada vez que entraba y salía de un pasillo dejaba marcas para recordar su recorrido. Comenzó a ver las marcas repetidas e las murallas, todo se había convertido en un laberinto de confusión y espanto. Las horas pasaban y Gonzalo no conseguía llegar a ningún lado, sólo daba vueltas y vueltas sin sentido. El hambre, la humedad y el frío comenzaron a consumir su ánimo y sus fuerzas. Exhausto, se sentó para meditar un momento sumergido en el silencio más absoluto.

En medio de esa paz, escuchó un ruido extraño proveniente de los túneles. Puso mucha atención a ese murmullo que parecía el ruido de caídas de agua; comenzó a avanzar y sólo paraba para escuchar de dónde venía ese sonido que cada vez se sentía más cerca. Pasó por alto todas las marcas que había hecho y avanzó hasta llegar a la fuente de ese sonido. Era una pequeña cascada que fluía de la roca y con ella se formaba un pequeño río que avanzaba entre los peñascos.

Siguió la corriente de agua con la lógica de saber que en algún momento, ese riachuelo debería salir fuera de las cavernas y llevarlo a la superficie. Por largos minutos avanzó siguiendo su curso, hasta llegar a una laguna subterránea. Desde lejos se apreciaba una abertura subacuática por donde entraba luz.

Gonzalo estaba seguro que esa era su ruta de escape; así que se sumergió a pesar del cansancio y consiguió con mucho esfuerzo salir fuera a pocos metros de la orilla. Ya era casi la hora del atardecer, todo el día había estado allí atrapado y desorientado; el aire de mar le devolvía el alma al cuerpo. Cuando pensó que todo estaba perdido y en medio del silencio absoluto, escuchó las señales del entorno adverso e interpretó los signos que lo llevarían a un nuevo camino, a una nueva vida.

HISTORIA 27
CARTAS LEJANAS

Ricardo abrió las ventanas para ventilar la cabaña e inmediatamente la brisa del valle inundó la habitación. Estaba muy contento con su nueva adquisición, rodeado de un hermoso paraje y alejado del ruido de la ciudad. Pudo contemplar la espectacular vista al lago, ideal para distraerse y relajarse. Al momento de entregarle las llaves, el dueño anterior le dijo que todo lo que hubiese al interior de la cabaña podía conservarlo si le agradaba. Él no deseaba llevarse nada de lo que había quedado allí.

Él comenzó a recorrer los pasillos y las habitaciones. Había algunos adornos rústicos en las murallas acordes al lugar, pero nada de lujos. Una de las habitaciones tenía una cama y un ropero viejo. Pero no se detuvo a revisar nada, porque mayor era su curiosidad por conocer todo el interior de la cabaña. Una vez que visitó cada rincón, salió al patio para admirar el bello paraje sacado de una postal de ensueño.

El lago dominaba la mayor parte del paisaje, a lo lejos se podía apreciar la otra orilla rodeada de un tupido bosque. Los álamos cobijaban la cabaña con su sombra, mientras las flores silvestres coloreaban el entorno. En medio del patio, vio un tótem de piedra con una pequeña placa metálica, la que tampoco se detuvo a ver.

Tras recorrerlo todo y sentirse muy cómodo, regresó a la habitación a tenderse en la cama. No estuvo ni cinco minutos, cuando la curiosidad por saber qué cosas habían quedado en el interior lo asaltó. Se levantó y al abrir sus gastadas puertas, encontró un pequeño cofre de madera al interior. Era sencillo y estaba bien cuidado.

Se recostó en la cama y lo abrió. Al abrirlo sólo encontró en su interior un ato de cartas muy antiguas, cada una de ellas adornadas por una cinta roja y lo más extraño, es que estaban sin abrir. Estaban ordenadas de acuerdo a las fechas que aparecían en el sello postal, siendo la primera de hace sesenta años atrás. Por un momento dudó en abrirlas, pero recordó las palabras del dueño anterior.

—Todo lo que hay en la casa lo puede conservar si le agrada.

Sin demorarse más abrió la primera carta y mientras lo hacía un perfume de mujer inundó la habitación. Por años había permanecido allí retenido y ahora al fin era libre para flotar por la habitación. La fragancia, lo dejó pensando por un momento en cómo pudo haber sido ella. La delicadeza y la hermosura de la letra, demostraban que era muy detallista y ordenada, y sin duda esas cartas estaban dedicadas a la persona que ella amaba. Comenzó a leer las palabras de esa primera carta:

—Esta lejanía me está matando, no quisiera permanecer aquí lejos de tu lado, pero sé que debo cumplir con esta tarea que me impuse a mí misma. Ayudar a la gente que lo ha perdido todo producto de la guerra ha sido una decisión difícil de afrontar. Mi vocación por ayudar me pone contra mi gran amor por ti, pero sé que podrás comprenderme y esperarme hasta volver a tus brazos...

Sintió que un nudo se le armaba en la garganta y necesitó hacer varias pausas para continuar. Ella le contaba cómo era Francia y cómo los pueblos habían sido arrasados con el paso de los meses. A él le pareció muy romántica toda la situación; que ella estando en medio de una guerra, tuviera la delicadeza de usar una linda esquela, una cinta especial y su perfume para escribirle a su amor.

Ricardo leyó sin parar cada una de las cartas y todas relataban hechos muy similares sobre la cruda guerra, las aventuras en pueblos devastados y una triste miseria que se extendía día a día. Palabra tras palabra todos sus relatos eran muy tristes y conmovedores, y al final ella siempre se despedía con estas palabras:

—Te quiero mucho, te prometo que pronto estaremos juntos nuevamente.

Así fueron sus relatos durante ocho meses seguidos, dos cartas mensuales; dieciséis en total. Pero al llegar a la carta diecisiete, se dio cuenta que ya había sido abierta. Por la fecha en el frente, esa carta se había demorado más tiempo que las otras en llegar. Muy emocionado y ansioso por leer esa última carta, sacó la hoja del sobre y extendió la esquela de papel.

—No he recibido respuesta a ninguna de mis cartas, sólo espero que las estés recibiendo, porque con esta guerra todo es incierto. Te extraño mucho mi amor y quería darte la gran noticia que próximamente viajaré para reencontrarnos. No sabes cuánto anhelo abrazarte y estar contigo nuevamente. Sólo espero que todo vuelva a ser como antes y que todo el mundo sea sólo para nosotros otra vez. Ojalá aún sientas lo mismo por mí, aunque lo entenderé si no es así, lamento haberme atrasado esta vez en escribirte, pero te prometo que pronto estaremos juntos...

Por un momento Ricardo quedó pensando en cómo debió ser ese reencuentro, por su mente pasaban imágenes de películas románticas con finales de antología. Al ordenar nuevamente todas las cartas perfumadas, se dio cuenta que al fondo del cofre había algo más. Doblado y arrugado, casi imperceptible había un papel amarillento. Ricardo lo estiró y comenzó a leerlo:

—Lamentamos comunicarle el sensible fallecimiento...

Sólo leer esa línea bastaba para comprender qué había sucedido finalmente en esa romántica historia. La carta explicaba que ella jamás había vuelto con vida a casa y que sus restos fueron traídos desde el extranjero. Aquella triste historia de amor había encontrado su final en la distancia y esas cartas llenas de sentimientos jamás habían encontrado su destino. Ricardo recordó entonces el tótem con la placa metálica que había en el patio; aquel que sin interés había mirado desde lejos. Se levantó de la cama y volvió corriendo allá para leer la inscripción que estaba tristemente dedicada a ella:

—Te esperé por mucho tiempo, pero el tiempo corre sin detenerse y esa promesa tan esperada, al final fue la única que no pudiste cumplir.

Ricardo enterró el cofre junto al tótem y mientras lo hacía, meditaba detenidamente en aquellas promesas o esos planes que algún día fueron importantes y que por algún motivo dejó de lado durante años o quizás olvidados en el camino.

HISTORIA 28
ÁNIMA ERRANTE

La hierba verde cubría la pendiente donde se había refugiado, estaba solo, escapando de las multitudes que deambulan por las calles. Desde lo alto de esa loma se podía contemplar toda la ciudad. Los edificios más altos se veían como palitos de fósforo enterrados en la tierra, las personas no eran más que partículas de polvo diminutas e invisibles a sus ojos. El viento soplaba suavemente meciendo las hojas de los árboles pero él no lo sentía. El sol de la tarde dejaba caer el calor envolvente del verano, pero él no lo podía percibir. Su mirada estaba perdida en el horizonte, entre las nubes blancas que adornaban el intenso azul del cielo, mientras él permanecía lejano imaginando todas esas cosas que ya nunca experimentaría.

De algún modo, no lograba recordar en qué momento había sucedido todo eso. Como si viviera en un sueño interminable o una pesadilla eterna, cargaba con esa maldición desde el amanecer hasta la salida de un nuevo sol. No tenían relevancia las estaciones, las horas, el lugar, nada en su entorno cambiaba lo que estaba viviendo. Sólo recordaba que un día despertó fuera de su cuerpo, suspendido en el aire, flotando sobre la hierba de esa colina.

No tenía recuerdos claros de nada como si todo fuera un sueño interminable. Podía flotar por donde quisiera. Podía atravesar muros y viajar de un lugar a otro sin problemas. Lo que al principio se veía como un milagro o un gran privilegio, pronto se convirtió en una tortuosa maldición. Quién podría soportar una eternidad en esa condición, sin ser visto por la gente, sin conversar con alguien, sin poder tocar lo que está alrededor, sin poder saborear o deleitarse con las cosas comunes y corrientes del día a día.

— ¿Qué habrá pasado con mi cuerpo? —Era la pregunta que se hacía a diario— ¿Qué soy en este espacio flotante y sin rumbo? ¿Cuál es mi destino ahora?

Siempre volvía a ese lugar y permanecía allí durante horas después de haber recorrido la salvaje ciudad en busca de respuestas, en busca de una cara familiar o un recuerdo latente. Éste era el único lugar que tenía sentido para él. Ni siquiera sabía si ésta había sido alguna vez su ciudad, sólo vagaba por las calles sin tener una luz de su pasado.

Pero algo lo impulsaba cada día a buscar esas respuestas. No tenía sentido seguir sumergido en la incertidumbre, debía averiguar qué había sucedido con su vida. ¿Estaba muerto o estaba vivo? Debía saber dónde estaba su cuerpo.

Las horas habían pasado sin retorno una vez más y se dio cuenta que ya estaba atardeciendo. Las sombras se alargaban infinitas, mientras el sol se alejaba poco a poco huyendo tras las empinadas lomas del oeste. Poco a poco era envuelto por la rojiza y tenue luz del crepúsculo, sumergiéndose en la oscuridad profunda de la noche.

Comenzó a dar vueltas como un trompo, sólo por hacer algo distinto que rompiera su diaria rutina y con la esperanza que alguna señal guiara su errante destino. No podía sentir vértigo o mareo, las sensaciones físicas ya no eran parte de su esencia. Las luces de la ciudad comenzaban a iluminar las calles. El sol ya se había ido y el cielo se adornó con centelleantes estrellas.

Descendió de lo alto con una idea en la cabeza, esa noche sus pasos serían guiados por la suerte o el destino. Comenzó a girar sobre sí mismo hasta detenerse en algún punto y emprendió la marcha en esa dirección. Avanzaba algunos metros y volvía a darse vueltas sin ninguna lógica y cambiaba de rumbo según la posición se lo indicara.

Pasó gran parte de la noche haciendo lo mismo. Pero en algún momento de su alocada aventura sintió algo extraño e inexplicable, como un pálpito diferente y electrizante que lo estremeció. Había pasado mucho tiempo desde la última vez que su ser era protagonista de alguna sensación. El frío y el calor eran experiencias que sólo permanecían en un recuerdo lejano. El roce de su piel sobre las diferentes texturas estaba vedado. Lo suave, áspero o pegajoso, eran meros conceptos perdidos en el universo de las palabras.

Giró nuevamente buscando experimentar esa sensación otra vez y así estar seguro de lo que estaba ocurriendo en su interior. Era como un magnetismo, un impulso que quizás podía llevarlo a las respuestas que buscaba. Comenzó a avanzar en esa dirección con mucha determinación. La noche no significaba nada para él, no necesitaba descansar, ni dormir, ni comer, tampoco cuidarse de los peligros de la ciudad, simplemente existía atrapado en el infinito.

Tras recorrer un largo trecho a la luz de las calles, se dio cuenta que esa sensación se hacía cada vez más fuerte. Estaba aprendiendo a descifrar ese impulso que guiaba su rumbo con una claridad impresionante. Continuó avanzando por calles poco iluminadas que nunca antes había recorrido, avanzaba entre la gente sin ser visto. Era un espectro invisible de incorpórea presencia y esencia perdida.

Se había alejado completamente de todo lo conocido en su diario deambular por las calles. A medida que avanzaba se sentía más cerca de algo importante, como una certeza escondida en su interior. Estaba sorprendido que después de tanto tiempo, en la misma ciudad, aún había lugares totalmente desconocidos.

Al fin llegó frente a un gran edificio completamente iluminado, al cual sintió la imperiosa necesidad de entrar. Atravesó los muros sin dificultad y se encontró en un largo pasillo por el que circulaba mucha gente. Inmediatamente se dio cuenta que se trataba de un hospital. Las instalaciones, las enfermeras, los médicos y las camillas eran inconfundibles.

Comenzó un minucioso deambular por los rincones, por las escaleras y los extensos corredores iluminados. Cruzó los pasillos en un recorrido vertiginoso y acelerado. La curiosidad lo guiaba. Jamás había entrado a lugares similares; generalmente buscaba estar en soledad ya que los rostros de la gente no le traían ningún recuerdo.

De pronto escuchó una voz desde un rincón que le sonó más clara y diferente a los sonidos a su alrededor.

— ¿Qué te ha traído a este lugar?

Se giró buscando el origen de esas palabras y se encontró con la figura de un hombre sentado en uno de los pasillos. El hombre tenía el pelo gris y las marcas de los años registradas en su cara. Por un momento pensó que se dirigía a alguien más.

—A ti te hablo —le dijo cuando se volteó a ver si había otra persona atrás de él.

— ¿Cómo has llegado a parar aquí? ¿También estás perdido?

—Si lo estaba, pero creo que he llegado al lugar indicado.

— ¿Eso crees?..., ja, ja, ja..., —rió burlonamente— todos dicen lo mismo al llegar aquí, pero se quedan poco tiempo y luego continúan su camino.

Tanto había pasado después de la última charla que entabló con alguien, que lejos de sentirse contento o sorprendido, se sintió incómodo e ignorante. Al parecer a quien tenía enfrente, el tiempo en esa esfera fantasmal le hacía hablar con propiedad y sabiduría.

— ¿Cuánto tiempo lleva usted en este lugar?

—Ya perdí la noción de los días hace mucho —respondió el anciano— yo aparecí en estos pasillos una noche de invierno, la recuerdo porque era la primera lluvia de la temporada. Muchos vienen y se van porque encuentran lo que buscan. Otros simplemente están de paso y continúan su viaje sin retorno. Pero yo me he mantenido en los alrededores desde entonces, porque en una de esas habitaciones está mi cuerpo.

Por mucho tiempo se había preguntado si habría alguien en la misma situación que él y al fin la interrogante era contestada. Otro errante del destino atrapado en esa esfera fantasmal. Dejó atrás ese encuentro extraño sin preguntarle más detalles, necesitaba continuar avanzando sin saber hacia dónde, pero sintiendo con urgencia que debía seguir adelante. Ahora más que nunca tenía la esperanza de encontrar sus propias respuestas.

Avanzó piso a piso por todos los pasillos y todas las habitaciones; entrando y saliendo con la imagen de decenas de rostros. De pronto ese impulso que lo movía se hizo muy fuerte y especial. Por un instante hizo una pausa hasta que finalmente cruzó la puerta de la habitación 405 en el ala norte del hospital. Una luz tenue envolvía el cuarto mientras algo en su interior aumentó ese impulso desesperante que lo guiaba. Había fotos familiares sobre el velador junto a un jarrón con flores y lo más impactante fue ver ese cuerpo recostado en la cama. En su mente no tenía un recuerdo de sí mismo, pero su interior clamaba la incontenible necesidad de retornar a él.

Esa increíble sensación de estar frente a ese cuerpo perdido y reclamarlo como suyo, mezclada con la impotencia de no poder tocarlo; no poder decirle a ese ser en reposo que despertara de su largo sueño. Sólo quería decirle que ya había regresado y que era tiempo de volver a casa. No hay palabras para describir sus sentimientos, si existieran las lágrimas espirituales él hubiera llorado de la emoción.

Había conseguido llegar hasta a ese lugar después de meses vagando por la ciudad, casi desesperanzado y confundido. Y ahora al contemplarse recostado en ese lecho con cables conectados a su cuerpo, no sabía qué hacer para volver a entrar en él y despertar de esa larga pesadilla. Cómo regresar finalmente a su extraviada vida después de ser un alma errante y sin destino por tanto tiempo.

Su mente se encontraba cautiva en la distancia, sólo podía verse sin llegar a descubrir sus olvidados pensamientos. No tenía ningún recuerdo de su vida anterior, no sabía si era buena o mala, o si realmente le gustaría estar de vuelta en esa realidad. Tan distante estaba en su camino que nunca había pensado realmente en quién era él. De dónde venía y hacia dónde iba en su vida. ¿Era necesario volver? ¿Estaba seguro de que eso era lo mejor en su vida?

La respuesta estaba en su interior, lo único que deseaba era poder recobrar el tiempo perdido. Recobrar lo que le pertenecía, fuera bueno o malo, ese cuerpo le pertenecía y quería recuperar su lugar en el otro mundo, en el mundo de los vivos.

Tras largos minutos de meditar en las tinieblas, salió de la habitación y recorrió los largos corredores para encontrar al hombre del pasillo. Tal vez él tendría respuestas a ese enigma que comenzó a atormentarle. Caminó por varios minutos sin poder encontrarlo, tenía muy clara la situación en la que se encontraba, más que ningún día desde la primera vez que se encontró vagando informe por la ciudad.

Era primordial saber qué hacer ahora que había encontrado su cuerpo. ¿Era ese el final del camino? Recorrió de punta a punta todo el lugar hasta encontrarlo dando vueltas sin destino.

—Otro de muchos que no encontró lo que buscaba... —dijo el hombre irónicamente.

—Se equivoca —respondió el errante— encontré lo que buscaba unos pisos más arriba, pero ahora no sé qué debo hacer para volver a mi vida.

Sorprendido de la respuesta, el anciano guardó silencio un momento con la cabeza baja, tratando de recordar algo. Luego lo miró nuevamente.

—Es muy extraño que alguien consiga encontrar su cuerpo, pero cuando eso sucede el problema es decidir qué camino tomar. Este estado intermedio es de cierta forma muy cómodo. No hay dolor, ni hambre, ni es necesario dormir para continuar existiendo un día más. Por algún motivo quedamos atrapados aquí, sin estar muertos, pero tampoco vivos, la elección de volver es difícil, pero es sólo tuya.

— ¿Pero cómo consigo regresar a mi cuerpo? —fue la réplica inmediata.

—Algo te mantiene atado a la vida y no te deja partir, algo muy importante. Debes encontrar esa respuesta y decidir si es motivo suficiente para quedarse, para volver con los tuyos a tu vida o finalmente dejarla ir y resignarte a partir. Sé que no es fácil, pero hasta que no sepas esa respuesta seguirás aquí, perdido en este fantasmal lugar...

—Yo aún estoy en esa disyuntiva —prosiguió el anciano— si alguien entrara a mi habitación a visitarme, si alguien me extrañara, quizás volvería y tomaría mi decisión. Pero hasta hoy nunca nadie ha venido a verme. Quiero pensar que tengo una familia que me ha buscado en todos lados, pero nadie sabe que estoy aquí. Pero permanezco cerca, solo y esperanzado de algo que quizás nunca suceda, en algún momento desconectarán esa máquina y no seré nada.

Tras esas palabras duras pero muy sinceras el hombre volvió a la habitación donde yacía su cuerpo. La claridad del amanecer se hacía presente a través de las ventanas. El sol lentamente comenzaba a despertar y las luces de la ciudad se apagaban como la caída de un dominó.

Él esperó varias horas en la habitación contemplando las calles cercanas y observando la habitación a la luz del día. Comenzó a fijarse en las fotos que había cerca de la cama. Un retrato con sus dos hijas y su esposa o al menos eso es lo que él creía, ya que aún no tenía ningún recuerdo en su memoria.

Las horas pasaban rápido sin que él quisiera alejarse de la habitación. El sol ya estaba en su punto más alto y sus cálidos rayos entraban por la ventana; aún cuando él no los pudiera sentir.

En ese momento, de frente a él, entraron al cuarto las dos pequeñas de la foto, acompañadas de cerca por su madre. Eran dos niñas encantadoras, muy risueñas y hermosas, más hermosas que en el retrato. Ellas se arrimaron a la cama para besarlo, una a cada lado, apretadamente. Al contemplar esa escena le dieron ganas de poder sentir esos besos en su piel, de poder palpar el calor de las niñas y tener la facultad recíproca de besarlas también.

Luego se acercó la mujer y acarició su cara.

—Hola amor, vinimos más temprano hoy. Las niñas te trajeron unos dibujos que hicieron para ti y luego saldrán con los abuelos, así que pasarán el resto de la tarde con tus padres, pero yo estaré aquí para cuidarte.

Un toque de melancolía, más bien amargura se dejó sentir en su voz y luego calló para esconder las lágrimas que estuvieron al borde de caer. Evidentemente ella no quería llorar delante de las niñas.

—Vayan con los abuelos —dijo apretando nuevamente la voz.

Sus hijas se despidieron con muchos besos, dejándola sola en la habitación por un momento. Ella tomó su mano firme y delicadamente, le besó los labios y acercando una silla suavemente le dijo:

—Todo ha sido tan difícil estas últimas semanas... —su voz se apretó unos instantes— Los médicos dicen que han comenzado a haber complicaciones... Si todo continúa decayendo pronto tu situación será irreversible y que deberemos decidir si mantenerte conectado o no. Pero yo no pierdo la esperanza de que vuelvas a nuestras vidas... —hizo una pausa con los ojos llenos de lágrimas— no pierdo las esperanzas de que todo sea sólo un sueño para ti, porque para nosotros se ha convertido en una pesadilla.

Ella apretó su mano, secó las lágrimas de su cara y lo besó otra vez en los labios, recostando luego su cabeza en su pecho, mientras las lágrimas volvían a brotar como cascadas. Una electrizante sensación comenzó a incrementarse en él, lentamente comenzó a sentir una cercanía tan fuerte con la mujer, que comprendió el gran amor que debe haber sentido por ella y sus hijas.

Ahora estaba claro lo que él quería hacer; tenía que encontrar la manera de concretar ese ansiado retorno y volver a estar con su familia. Salió de la habitación para encontrar al anciano y le contó lo sucedido con lujo de detalles esperando una sabia respuesta.

—La verdad es que conozco sólo en teoría lo que debes hacer, pero obviamente nunca lo he intentado ya que a diferencia de ti, yo no he encontrado mis respuestas... Recuéstate al costado de tu cuerpo —prosiguió el anciano— y sólo cuando sientas que estás listo para regresar, gírate sobre él para estar nuevamente unido y completo. Si no resulta la primera vez, sigue intentándolo hasta conseguirlo.

—Muchas gracias, lo intentaré... —hizo una pausa antes de alejarse y dijo— espero que este recuerdo no se pierda al pasar nuevamente al otro lado, si lo recordara volveré a visitarle...

—Sé que te irá bien en tu viaje de regreso, suerte y adiós.

Ese adiós sonó triste, seguramente el anciano sabía que no lo volvería a ver nuevamente. Muchos habían cruzado esas paredes y los mismos se habían ido por donde vinieron, de vuelta a las calles solitarias. Pasaría tiempo hasta que volviera a toparse con otra alma errante buscando las mismas respuestas, con la misma incertidumbre. Lo extraño fue despedirse de él sin poder abrazarlo o sin estrechar su mano. Sólo esperaba que sus consejos le ayudaran y poder retribuirle alguna vez su ayuda.

De vuelta en la habitación, la mujer permanecía sentada a su lado leyendo y haciéndole compañía. Él se recostó al costado de la cama y esperó un instante hasta sentir que estaba listo para volver. Luego de un primer intento fallido, volvió a repetir la acción casi una docena de veces. No entendía por qué no estaba resultando.

—Quizás el modo de hacerlo es diferente para cada uno.

Se levantó nuevamente y comenzó a dar vueltas por la habitación, miraba los ojos de la mujer mientras leía. Pero no tenía ningún recuerdo vivo de ella, ni siquiera recordaba su nombre. Poco a poco dejó de lado su afán apresurado por retornar tan y se concentró en traer de vuelta a su memoria el nombre de su amada esposa. Si habría de volver al menos debía recordar al lado de quien. Los minutos pasaron, pero el tiempo parecía detenerse en la habitación, hasta que desde lo más lejano una fugaz palabra nació en su recuerdo.

—Angélica... su nombre es Angélica...

Al instante su informe cuerpo comenzó a flotar sin poder controlarlo, la habitación se oscurecía a plena luz del día. Su conciencia cayó en unas sombras impenetrables. Luego las tinieblas comenzaron a transformarse en un blanco luminoso que lentamente comenzó a inundar su entorno. Ya no había paredes, ni habitación ni nada a su alrededor; sólo estaba él y el infinito luminoso.

Una sensación de vértigo lo invadió y sentía su ser descender de manera muy rápida pero sólo había luz a su alrededor. De pronto esas sensaciones cesaron y quedó sumergido en una total oscuridad, mientras una paz absoluta llenaba su ser. A lo lejos escuchaba sonidos y susurros de voces a su alrededor. Lentamente y con dificultad sus ojos comenzaban a ver una la luz que lo encandilaba. Las siluetas borrosas, poco a poco iban tomando forma, mientras sus fatigados párpados se resistían a abrirse por completo. Finalmente sus ojos se abrieron hasta conseguir ver con claridad la cara de su amada esposa, que permanecía de pie frente a su cama. A su lado estaban las enfermeras revisando los aparatos a los que él estaba conectado.

Ella lo abrazó y lo besó con una alegría inmensa, las lágrimas en sus ojos evidenciaban lo sufrido y esperado de ese retorno. Después de tanta espera, de tanto buscar las respuestas, al fin encontraba de regreso. Su mente había retenido cada uno de los recuerdos de su fantasmal viaje y se sentía en deuda con aquel hombre que lo ayudó a volver a su realidad.

Al pasar los días y con más fuerzas para incorporarse, les pidió a su esposa y a la enfermera, que lo sentaran en una silla de ruedas y lo llevaran abajo a visitar a un hombre que estaba postrado al igual que él hasta hace unos días. Guardó en secreto que él había sido quien lo ayudó en su retorno, ya que nadie realmente comprendería sus palabras. Entraron en la habitación 202, él se acercó a su cama, tomó su mano y le dijo:

—Sé que buscabas algún motivo para regresar, sólo te puedo decir, que aunque no lo encuentres aún, vale la pena estar acá de vuelta. Espero que me estés escuchando en este momento y que tomes la decisión correcta. Siempre estarás en mis recuerdos, adiós amigo donde quiera que estés y gracias por ayudarme a volver a casa.

HISTORIA 29
TEATRO DEL TERROR

El día había llegado, el momento esperado por todo actor debutante se acercaba más y más. Tras horas y días de arduo ensayo, el fruto a su esfuerzo sería expuesto frente a su primer público formal. Era la culminación de un proceso de aprendizaje y el inicio de una trayectoria sobre las tablas, como se le dice al teatro. La noche anterior no había sido una compañera agradable, los nervios le habían impedido dormir bien. Una y otra vez pasaban los textos por su cabeza recordando los parlamentos y las escenas de la obra.

Después de levantarse, desayunó como de costumbre e intentó hacer del día un momento pasajero. Mientras más cosas hiciera durante el día, más despreocupado se sentiría y podría darle descanso a su cabeza. La hora del almuerzo llegó rápido, pero casi no tenía hambre. Sólo hizo de ese instante una acción rutinaria y pasajera. El cansancio de una noche de mal dormir lo venció tras la liviana comida y decidió tomar una siesta. Colocó la alarma del reloj; un par de horas sería suficiente para recobrar fuerzas.

Después de algunas horas despertó sobresaltado sin recordar lo que estaba soñando, ya que para él fue como si hubiera cerrado los ojos sólo por unos minutos. Había dormido agotado, profunda y placenteramente. Pero despertó con su cuerpo helado, sus manos estaban agarrotadas y sus pies parecían de piedra. Apenas mantenía el calor como si hubiera sido envuelto en un manto de nieve.

A esa altura de nada le serviría arroparse y dormir unos minutos más, así que decidió dejar su lecho y tomar una ducha caliente. El agua tibia cayó por su cabeza masajeando su cuero cabelludo y causando unas agradables cosquillas a medida que recorría todo su cuerpo. En la medida que el agua caía sobre él, se llevaba sus preocupaciones y le permitía parafrasear sus diálogos bajo una cascada de agua tibia.

Las últimas horas pasaron muy rápido y sin darse cuenta ya se encontraba en el camerino a la espera de que pasaran los últimos minutos antes de subir al escenario. Sus manos se mantenían heladas, seguramente por los nervios. Al rato Alejandra, una de las actrices, entraba al camerino; venía muy acelerada y atrasada, pero afortunadamente ella no entraba al escenario hasta el segundo acto.

— ¿Nervioso? —le preguntó ella mientras se cambiaba de ropa.

Víctor sólo asintió con la cabeza intentando no pensar en todo lo que venía.

—No hay como la primera vez en el escenario, este será un día que recordarás toda la vida —le dijo ella con entusiasmo— mira yo, ya llevó siete años haciendo esto y nunca olvidaré mi debut, fue una de las noches más maravillosas de mi carrera. Pero no estés más nervioso de lo normal, todo saldrá bien. Sólo sube y disfruta estar ahí.

Víctor esbozó una sonrisa y a medida que lo nervios pasaban, poco a poco comenzó a sentir que el calor retornaba a su cuerpo. El coordinador de la obra se asomó a los camerinos para indicarles que comenzarían en cinco minutos. Ya estaban listos para dar inicio a la obra, las luces comenzaron a bajar y todos los actores se colocaron en sus ubicaciones tras el telón. La oscuridad comenzó a reinar en el auditorio y las voces claras de la gente comenzaron a menguar hasta convertirse en un murmullo ahogado que continuaba apagándose.

Eran las nueve de la noche y finalmente se levantó el telón. Las luces iluminaron su cara, el teatro estaba lleno hasta los pasillos y los nervios habituales se hacían presentes en la piel erizando todos los pelos de su cuerpo. Respiró hondo e inició sus líneas con una voz fuerte y firme. Había otros actores en el escenario junto a él y todo salía perfectamente tal como en el ensayo general. Todo estaba sincronizado, el ambiente, la música, la iluminación, incluso el público estaba muy concentrado en la obra.

Víctor ya tenía total confianza en lo que hacía. Habían pasado veinte minutos desde el inicio, veinte minutos de entradas y salidas del escenario, cambios de luces y los matices habituales de un drama escénico. Era su turno nuevamente de abandonar el escenario, dijo las líneas finales de su personaje y tomó rumbo a la salida lateral que estaba cubierta por una cortina negra y gruesa.

Con su mano izquierda rozó la gruesa tela para abrirse paso y un estremecimiento se produjo al momento de traspasar los límites del escenario. Una sensación vacía lo invadió por completo. En un abrir y cerrar de ojos un miedo profundo se apoderó de él. Un frío extremo recorrió su cuerpo desde la cabeza a los pies y lo dejó paralizado de terror.

Tras bambalinas no había nada. No estaban los otros actores, no había tramoyas ni accesorios, todo estaba oscuro, era una pieza lúgubre y abandonada. Todo era muy confuso, sus latidos se volvían más lentos y su aliento le faltaba, por un momento pensó que se desmayaría, pero logró afirmarse del mismo telón.

Echó pie atrás y miró a través de la cortina hacia el escenario, pero no había nada, todo estaba en completa oscuridad. No había actores, ni público, ni música, sólo una lúgubre y tenue claridad que se filtraba desde algún lado, dejaba ver las siluetas de todo alrededor.

Aún incrédulo de lo que estaba viendo, Víctor corrió la cortina completamente y entró al escenario otra vez. Desde algún lado una suave luz como la claridad del día filtrándose por una ventana le permitía ver con dificultad el entorno. Estaba algo confundido, no podía ser de día, ya que sabía que al momento de subir al escenario ya había oscurecido.

A los primeros pasos que dio, tropezó con unas tablas carcomidas sobre el escenario y su pie cayó en un agujero que había en el piso. Se quedó unos segundos quieto sin dar crédito a lo que estaba viviendo. Volvió a incorporarse cuando su vista se acostumbró a la penumbra.

Miró a su alrededor y se dio cuenta que las maderas estaban deterioradas, las cortinas apolilladas, el polvo acumulado sobre el piso se levantaba a cada paso que él daba. Las butacas del público estaban destrozadas y cubiertas de un manto grisáceo. La alfombra de los pasillos estaba gastada por los años, era como si el tiempo hubiera pasado sin medida y él estuviera atrapado en un futuro lejano por muchos años.

Recorrió cada rincón del teatro buscando algún indicio de lo que estaba sucediendo en ese lugar, pero sólo encontraba ruina en todos lados. Luego se dirigió a las salidas, pero las puertas, ventanas y todos los accesos estaban bloqueados, algunos con gruesas maderas, otros con muros de ladrillos infranqueables.

En algunos muros se apreciaban viejos afiches de antiguas presentaciones. Los colores palidecidos por el tiempo y los bordes de los marcos metálicos llenos de óxido. Cada puerta que abrió en las oficinas de las boleterías resonaba con un chirrido retumbante que hacía eco en la soledad. Estaba atrapado en una dimensión olvidada por el tiempo.

Luego de largos minutos de recorrido, deambulando sin encontrar respuestas, decidió volver por donde había venido. Se encontraba a la entrada del pasillo, cuando se encendió la luz principal del escenario y un estruendo se dejó oír haciendo eco en rededor; parecían cadenas o metales golpeando el suelo justo detrás del gran telón. Su corazón se exaltó por el inesperado sonido, él se mantuvo en silencio y expectante sin moverse por unos segundos. Finalmente la luz se apagó y al mismo tiempo los ruidos dejaron de oírse, todo volvía a estar en silencio.

Sus pies parecían estar pegados al piso, no sabía si acercarse a ver lo que había tras el telón o si mantener la incógnita de lo que había sucedido. Al ver que todo se mantenía calmado, Víctor subió al segundo nivel, a la zona de palcos. Comenzó a recorrerlos uno a uno sin encontrar absolutamente nada.

Mientras recorría los pasillos, un viento frío que congelaba hasta los huesos se dejó sentir. Fue como la brisa pasajera que fluye cuando se abre una puerta en el invierno. Al llegar al palco principal, contempló la amplia vista frente al escenario, caminó hasta la baranda para mirar hacia abajo. Las butacas se dibujaban suavemente en la penumbra.

De pronto una escalofriante imagen se apareció frente a él, las luces laterales se encendieron e iluminaron la silueta de una mujer de largos cabellos, delgada y vestida con ropas como túnicas. Ella permanecía de pie en medio del escenario. Víctor sentía su cuerpo clavado al suelo, petrificado como estatua. La mujer levantó una de sus manos señalándolo y aunque no podía verle la cara, sintió su mirada sobre él. Otro estruendo se dejó oír en rededor y la silueta de la mujer se elevó más de un metro sobre el suelo. Ella comenzó a avanzar flotando sobre las tablas sin dejar de apuntarlo, las luces parpadeaban y el ruido se hacía ensordecedor. Era como un crujir de maderas, sonidos de metales golpeándose y una quebrazón de cristales todo al mismo tiempo.

Víctor se llevó las manos a los oídos, por un instante agachó la cabeza y cerró los ojos, la luz se apagó de improviso y todo desapareció. Por unos segundos él permaneció paralizado con la cabeza agacha, afligido por la tétrica visión. Su corazón estaba envuelto en pánico, sus manos temblorosas, la boca abierta y los ojos desorbitados; estaba pálido como papel y frío como un témpano de hielo. Sólo quería cerrar los ojos nuevamente y aparecer ante el público como si nada de esto hubiera sucedido, escuchar los aplausos y ver a la gente pararse de sus asientos extasiados en una ovación; quería despertar de esa pesadilla que lo tenía cautivo sin poder regresar a la realidad.

Después de un instante recobró el aliento y comenzó a bajar por las escaleras hacia la platea, su ánimo decaía cada vez más, esa visión y ese espantoso lugar le quitaban las fuerzas, no sabía qué hacer ni cómo librarse de esa pesadilla.

Una vez más en la planta baja, miró nuevamente hacia el escenario con miedo de acercarse. Paso a paso y sigilosamente, avanzó por la desgastada alfombra, hasta llegar al borde de la tarima. Subió al escenario y después de permanecer un instante en silencio, comenzó a susurrar las líneas de su personaje. Víctor sabía todos los parlamentos de la obra, los de él y los de sus compañeros así que pronunciaba los diálogos completos para tranquilizarse. Cada palabra que pronunciaba le daba más fuerzas, así que comenzó a elevar cada vez más la voz. Algunos minutos transcurrieron, ya había sacado de su mente lo sucedido rato atrás y estaba muy concentrado en la actuación solitaria que hacía.

De pronto la entrada a la platea, que antes era un hermoso portal adornado con cortinas blancas, resplandeció en la oscuridad. El pórtico comenzó a deformarse tomando la forma de una boca con dientes afilados. La terrorífica figura daba aullidos, mientras el pasillo serpenteaba como flotando y las butacas se movían de un lado a otro. Los sonidos se intensificaban más y más; las maderas crujientes, los cristales rotos y los metales resonantes, se unían a los guturales alaridos de ultratumba.

Las luces de todo el teatro se encendían y apagaban. Víctor intentó continuar sus parlamentos entregando más de sí en cada frase, a pesar que el pánico le hacía temblar la voz y todo su ser. Frente a él la mujer de túnicas largas hacía su aparición nuevamente, flotaba por el pasillo entre las butacas y un remolino de viento apartaba todo a su paso. Un viento recio y gélido que escarchaba todo bajo su cuerpo, comenzó a cubrir la sala con un manto blanco y helado.

Víctor continuaba con su rutina pero el terror se iba apoderando cada vez más de él, al ver que la fantasmal y escalofriante presencia se aproximaba, pensó que cerrando los ojos podría evitar entrar en pánico y que todo desaparecería, como había sucedido minutos antes en los palcos.

Pero el frío intenso le hizo sentir que ella estaba cada vez más cerca y que casi podría tocarla. Con la voz temblorosa intentaba con mucho esfuerzo continuar las frases de su personaje, pero su mente distraída olvidaba las palabras correctas. Finalmente abrió los ojos, para ver que ella se encontraba a no más de dos metros de él. Su corazón latía fuertemente, su garganta permaneció en silencio unos segundos apretada por el pánico.

Con un grito de espanto se echó hacia atrás preguntándole, sin pensar ni por un momento que el espectro le respondería:

— ¿Qué quieres conmigo?

— ¡Abrázame! —le respondió la mujer con una voz gutural.

Ella extendió sus brazos hacia él y Víctor aterrorizado completamente, cayó al suelo e intentaba levantarse sin poder conseguirlo. Gateaba hacia atrás intentando escapar hacia el telón. Él estaba desesperado y sus piernas no le respondían, así que rodó tras las cortinas y cayó por la tarima tras bambalinas, consiguiendo al fin tomar distancia de la mujer.

Los ruidos seguían escuchándose alrededor, la voz de la mujer hacía eco en su mente una y otra vez. Él se incorporó y recorrió el pasillo lateral que conecta los camerinos con el hall de entrada, pensando que tendría el tiempo suficiente de alejarse. Pero casi llegando a la salida, el espectro apareció frente a él parando su avance y obligándolo a volver.

Víctor ya desfallecía de la desesperación y tropezaba con todo lo que se le cruzaba a su paso; su corazón estaba agitado al máximo y la adrenalina fluía como un río. Volvió nuevamente al escenario y las luces dejaron de parpadear. Miró a todos lados sin encontrar a la mujer, giró sobre sus pies completamente y cuando pensaba que todo estaba bien, se giró hacia las butacas al tiempo que se dejó oír la voz tenebrosa.

— ¡Abrázame!

La mujer apareció repentinamente frente a él y lo sujetó con fuerza de los brazos sin dejarlo escapar. El frío de su cuerpo lo paralizó por completo; su aliento gélido e invernal lo envolvía completamente y se dejaba sentir hasta los huesos. Víctor no podía moverse y sentía como se congelaban sus extremidades, su pecho parecía apretarse cada vez más y sus ojos se volvían muy pesados.

Él estaba envuelto en un torbellino blanquecino que le impedía ver a la distancia, como si una neblina espesa hubiera llenado el teatro y lo elevara por los aires. Lo último que vio antes de perder el conocimiento, fue la luz central del escenario que le encandilaba la vista y la silueta a contraluz de la mujer que le robaba lenta y totalmente su calor...

Desde lejos escuchaba una voz dulce que lo despertó, él se sobresaltó dando un grito de espanto. Estaba totalmente empapado en un sudor frío y sus ojos estaban llenos de miedo.

— ¿Te encuentras bien? —Preguntó Alejandra parada a su lado.

—Si —respondió él, aún consternado por todo— sólo me quedé dormido un momento... Creo que tuve una extraña y horrible pesadilla que parecía tan real... Una mujer fantasma que rondaba en el teatro me perseguía por todos lados... Su cuerpo helado congelaba todo alrededor y unas ventiscas polares la envolvían completamente...

¿Era tan helada como tus manos? —preguntó ella con una sonrisa en la boca.

Víctor miró sus dedos amoratados por el frío, intentó doblarlos pero parecían agarrotados, casi no sentía la yema de sus dedos. Se incorporó levemente y sintió un fuerte dolor en sus brazos, justo donde la mujer lo había sujetado firmemente. Uno de los asistentes les grito desde el pasillo:

— ¡Vamos, estamos listos para subir el telón!

Víctor reaccionó frotándose las manos y se levantó rápidamente para ir hacia el escenario. Su esperado momento al fin había llegado. Alejandra se giró hacia él antes de salir del camerino y le dijo:

— ¡Abrázame!

Él se acercó a su compañera, pero al momento de abrazarla sintió sus gélidas manos transportarlo de vuelta a la fría oscuridad del teatro. Estaba atrapado en los brazos polares del espectro, rodeado de un torbellino blanquecino, sintiendo como centímetro a centímetro su cuerpo se congelaba y el calor de su ser era absorbido por la mujer. Sus ojos pesados se abrían con mucha dificultad mientras su aliento cada vez le faltaba más.

Un ruido agudo, punzante y ensordecedor se escuchaba a la distancia mezclándose con el sonido de las cadenas y los cristales rompiéndose. Desde la oscuridad en un suspiro profundo finalmente Víctor despertó... sonaba el despertador, la ventana estaba abierta dejando entrar una ventisca helada que lo congelaba. Sus manos estaban agarrotadas por el frío y un sudor helado envolvía todo su cuerpo. Se sentó en la cama y poco a poco recobró el aliento y su respiración se fue normalizando.

Víctor miró hacia todos lados en la habitación, deseando que esta vez realmente hubiera despertado de esa pesadilla. Se incorporó rápidamente y fue a tomar una ducha caliente que se llevara ese mal recuerdo. Pero mientras se jabonaba, pudo ver en sus brazos las marcas de las manos que lo habían sujetado en el sueño. La pesadilla había terminado, pero el recuerdo de ese momento angustioso permanecería con él por siempre, junto a las marcas de las manos gélidas de esa mujer.

HISTORIA 30
PRINCESA INVERNAL

Hoy desperté sabiendo que al anochecer llegaré a tus brazos, hoy te veré después de un largo viaje para encontrarte, para entrar en tu palacio y besarte. Este día espero ser el regalo que toque tu puerta y alegre el final de tu día. Mi carta llegará antes anunciando mi retorno, avisándote que estoy cerca. Muchas noches frías han pasado y siento la ausencia de tu calor. Muchos días han transcurrido y necesito ver tus ojos y abrazarte amor.

Celebrando tu día, el otoño teñido en rojos y anaranjados, hace una reverencia para recibir al invierno. Hoy el mismo día en que tu naciste, las estrellas se han puesto de acuerdo para dejar en tus ojos la última luz de Géminis; constelación tan lejana en el cielo y tan cerca en el centro de mi corazón.

Princesa invernal, blanca como nieve y cristalina como lago congelado, llevas tu calor oculto encendiendo mis sentidos que buscan tu llama fugaz. Mis manos ausentes tocarán tu piel y mis labios buscarán tu boca de miel; tus ojos luminosos reflejarán mis ojos y tu perfume invadirá mi ser. En tu lecho abrigaré mi cansado cuerpo y junto a ti soñaré un nuevo amanecer.

Tan larga espera está llegando a su fin y el camino se acorta a cada paso. Las aves cantaban temprano en tu ventana anunciando el comienzo de tu día, mientras recorro escarpados senderos anhelando pronto llegar a tu valle. Del occidente traigo en mis manos mi corazón, joyas valiosas que adornan tu cuello y visten tu pecho de rojo carmesí.

Traigo manjares de mi tierra para deleitar tu paladar de mi dulzor, la noche anunciará mi llegada y las estrellas guiarán mi camino. La guardia abrirá las puertas como viajero conocido en su corcel y las luces se encenderán para festejar que has avanzado un año más.

Miro al horizonte y el sol lentamente sube al cielo iluminando mi ruta; a la distancia veo el reflejo de tu ventana y los caminos que nos separan. Las horas caminan a mi favor y sé que nada impedirá que llegue a tiempo a tu lado. Cuando la noche cae y el frío obliga al caminante a buscar refugio, yo seguiré adelante hasta alcanzarte junto al fuego de tu adornado salón.

Copas de cristal y trono de marfil, todo ha sido preparado para el festín. Princesa invernal el día ha llegado y se siente en el aire un año más, nuevos sueños adornan tus noches y nuevas esperanzas tus mañanas. La música de los valles te llevan alto, reinando tus dominios con sabiduría, mientras el sol y las estrellas iluminan tu vida de día y de noche.

Si tus fuerzas desfallecieran estaré a tu lado para sostenerte y guiarte, cuando estés cansada dormirás en mis brazos para recuperar el aliento. Despertarás en lechos de rosas y avanzarás confiada sin ningún tropiezo. Con oro adornarás tus manos y tu cuello, y tu copa nunca estará vacía.

Hoy desperté sabiendo que llegaré a tus brazos y que nunca te dejaré.

HISTORIA 31
NIEBLA EN EL CAMINO

A veces la vida rutinaria nos lleva a pensar que los caminos que día a día recorremos tendrán el mismo destino una y otra vez. Pero un instante en la vida puede cambiar el futuro, así como un acontecimiento insignificante puede llegar a definir el curso de una guerra. Nadie conoce lo que depara el futuro y ése es el misterio más emocionante de vivir la vida. Pero ese no era el pensamiento de Ignacio, él siempre daba por hecho que las cosas sucedían porque tenemos el control sobre nuestras vidas. Que si nos ceñimos a las reglas de nuestras acciones, somos capaces de manejar todas las variantes incluso los imprevistos. Una noche descubrió que estaba equivocado.

Mientras conducía su auto, la brisa fresca de la primavera le permitía llevar las ventanas abiertas y disfrutar de la velocidad en esa apacible noche estrellada. La carretera estaba sin mucho tránsito y las ganas increíbles de ver a Lorena lo llevaban a acelerar lo más que podía para estar pronto a su lado.

Los momentos junto a ella eran perfectos y prefería pasar la noche en su compañía que hacer cualquier otra cosa. En su mundo calculador y equilibrado, ella era un cohete al espacio que lo llevaba por viajes de locura. Con ella dejaba de lado su rutina y podía romper las reglas que había establecido. Aunque no dejaría su libertad por estar con una mujer por mucho que la amara.

Sólo una hora de viaje lo separaba de su destino. Una hora más de camino antes de disfrutar de su compañía. Pero mientras avanzaba a la distancia vio un cúmulo blanquecino que formaba una línea en el horizonte. Poco a poco parecía acercarse a una muralla pálida e informe que atravesaba el camino. Una niebla delgada y sutil al principio, se hacía presente alrededor. De improviso esa sutileza inicial se volvió poco a poco tan densa como una mota de algodón.

La brisa húmeda golpeaba su cara mojando su piel y obligándolo a cerrar las ventanas del vehículo. No podía ver con claridad a más de diez metros de distancia, las luces frontales dibujaban sus rayos a través del aire contra esa muralla blanca, mientras el pavimento se volvía cada vez más jabonoso y la humedad mojaba el parabrisas como si estuviera lloviendo.

Como Ignacio conocía muy bien ese camino decidió seguir conduciendo sin reducir la velocidad, no quería retrasarse esa noche tan especial. Si había algo que lo caracterizaba era su exagerada puntualidad y no permitiría que nada estropeara esa reputación bien ganada. Además él era un convencido que no hay excusas en la vida para llegar atrasado y que siempre es posible revertir cualquier adversidad.

Tomó el carril izquierdo de la carretera y uno a uno dejaba atrás los autos que venían a menor velocidad por su derecha. Las luces pálidas parecían detenidas en el espacio, mientras él continuaba su viaje. Las condiciones no eran para nada favorables, así que mantenía la mayor concentración posible en las luces y en las líneas de la carretera. Cada kilómetro que avanzaba se hacía interminable, a pesar que conocía de memoria cada una de las curvas, las salidas y las entradas del camino. Pero conducir con esa niebla era casi como manejar a ciegas.

Después de varios kilómetros, le pareció llegar a la salida lateral que lo conduciría directamente a la casa de Lorena. Señalizó hacia la derecha, reduciendo levemente la velocidad y tomando la curva con mucha cautela. Desde ese punto ya no faltaba más de media hora de viaje a su destino. Pero la niebla se intensificó bastante al salir de la carretera, seguramente a causa de la humedad del bosque que cercaba el camino lateral.

Ignacio mantuvo la velocidad del vehículo por algún tramo, pero lo que menos esperaba sucedió. Un animal, posiblemente un potrillo o un asno raquítico, cruzó en medio del camino por la pista derecha. En una reacción felina, desvió el auto hacia un costado eludiendo al despistado animal, ni siquiera tuvo tiempo de hacer sonar la bocina, sólo sujetó el volante con ambas manos y maniobró.

Pero al querer volver nuevamente a su carril, el auto se deslizó de cola por el pavimento resbaladizo. El vehículo bajó a la berma izquierda y se fue de frente contra un banco de arena al costado opuesto del camino. La velocidad que llevaba y lo compacta de la arena húmeda, hicieron que el vehículo subiera la pequeña pendiente y se elevara más de un metro por sobre la alambrada, cayendo por una ladera hasta parar en unos arbustos a seis metros más abajo, fuera del camino.

La bolsa de aire explotó en su cara y su cabeza quedó pegada a la tela por unos segundos. Sus brazos habían soltado el volante, buscando hacia delante algo sólido a lo que aferrarse, afortunadamente sin encontrar nada o se hubieran partido con la violencia del choque. La brisa húmeda dejaba caer su rocío en el parabrisas mientras las luces del vehículo se perdían contra un banco blanquecino y pálido de niebla. Ignacio descendió del auto lentamente, una vez que se quitó de encima el aturdimiento del golpe; se encontraba absolutamente atascado y sin la posibilidad de volver a subir el auto al camino.

Poco a poco la adrenalina y la conmoción bajaban de intensidad y aparecían los primeros dolores posteriores al accidente. Sus brazos temblaban, su pecho ardía por el golpe con el cinturón, sus piernas parecían como de lana y se doblaban levemente al caminar. Pero afortunadamente no tenía heridas visibles. Lo que más lamentaba, sin embargo, era que ahora tendría que caminar largas horas hasta llegar a su destino.

Intentó llamar desde su celular a Lorena, pero fue imposible comunicarse con ella o con cualquier otro número, seguramente la distancia del camino bloqueaba la señal del aparato. Sacó de la guantera una linterna mediana, cerró bien las puertas del auto y subió la ladera hasta volver a la ruta desde donde había caído, pero el indicador en el visor del teléfono seguía mostrando sin señal. Resignadamente comenzó a caminar sin saber cuánto exactamente le tomaría llegar a la casa de Lorena o a algún lugar donde poder pedir ayuda.

Eran un poco menos de las once de la noche, la oscuridad impenetrable del bosque se veía perturbada por los cúmulos blanquecinos y húmedos que lo rodeaban. La luz de la linterna apenas sobrevivía unos pocos metros hasta encontrarse con la enorme muralla de niebla. Las gotas de agua bajaban copiosamente desde su pelo hasta mojar su cara y su ropa. El frío de la brisa húmeda golpeaba sus oídos y su cara. A cada paso que daba se sentía más empapado y perdido. Al menos caminar era mejor que quedarse allí sentado en el auto, atascado en ese lugar y fuera de la vista de cualquiera que pasara por esa poco transitada ruta.

Mientras avanzaba, insistía en llamar por su teléfono a quien fuera; pero no conseguía señal para comunicarse. La carretera estaba vacía y el bosque parecía dormido. Hasta podía escuchar el sonido de sus pasos en la soledad. Los helechos al borde de la berma se mecían suavemente por la brisa y los árboles del bosque se desdibujaban como sombras informes perdidos en la distancia.

Su cuerpo estaba totalmente mojado por la bruma y sus manos congeladas de frío y humedad. Dentro de su mundo perfecto, no había considerado que esa noche mantener una chaqueta más gruesa en el auto, le hubiera sido de gran utilidad.

Caminó varios minutos hasta llegar a un pequeño puente sobre el estero. El murmullo del agua se dejaba oír claro cortando el silencio de la noche. Sin hacer pausas, recorrió los cincuenta metros que tenía el puente de un extremo a otro. Pero al llegar a la otra orilla todo era diferente a lo que recordaba; nada tenía el mismo aspecto. Los árboles que se recortaban entre la bruma eran distintos, parecían más altos y densos. La berma parecía desaparecer entre los helechos de la orilla y el costado del camino estaba más cerca y más denso de lo que recordaba. Cada detalle a su alrededor parecía un paraje totalmente desconocido y extraño.

Pensó por un momento que de tanto recorrer esa ruta en auto, quizás había olvidado cómo era realmente todo el entorno, pero aún así se sentía confundido. Siguió avanzando hasta que el camino pavimentado se acabó completamente. Poco a poco la ruta se convertía en un pequeño sendero rodeado del espesor del bosque. Ignacio sabía perfectamente que después del puente el camino continuaba por varios kilómetros más, así que la única explicación era que se había desviado al salir de la carretera.

—Seguramente salí por un desvío muy parecido al que debía tomar —pensó.

Continuó caminando hasta llegar a una zona donde el sendero se dividía en dos. No había duda que ese no era el camino correcto y debía regresar. Se giró en ciento ochenta grados y caminó de vuelta por el sendero mientras intentaba recordar cuál había sido la salida lateral que lo había traído hasta allí. Las siluetas de los árboles se estrechaban en el camino, el bosque se cerraba poco a poco; y por más que caminaba no conseguía volver al puente. Finalmente después de varios minutos de agotadora caminata llegó otra vez a la zona donde el sendero se dividía en dos.

Su corazón entró en pánico, todo parecía tan confuso y escalofriante. Era imposible que caminara en círculo nuevamente hasta la bifurcación. Lo que estuviera pasando parecía muy sobrenatural y la niebla cubría todo alrededor con su manto blanquecino, denso e infranqueable.

No eran más de las doce de la noche y quedarse atrapado en esos desolados parajes era totalmente impensable. A medida que los minutos pasaban la situación iba de mal en peor. El viento comenzaba a mecer los árboles y la ventisca traía consigo susurros de voces en la penumbra. Pensando que eran personas que caminaban cerca, Ignacio comenzó a gritar por ayuda, pero sus palabras hacían eco en el espeso bosque. Nadie respondía a sus gritos aunque los susurros permanecían en la inmensidad de la niebla.

El silbido del viento rozaba sus oídos y el frío quemaba sus ojos y su piel. La niebla se hacía tan densa que apenas podía ver sus pies. Poco a poco se sumergía en un torbellino blanco, la espesura era más y más. La vegetación lentamente le ganaba terreno al sendero, hasta que sin darse cuenta, comenzó a caminar sobre la hierba húmeda. Ya casi no veía donde pisaba y sus pasos ligeros y descuidados tropezaron con unas raíces haciéndolo caer hacia el costado del camino. Su cuerpo golpeó contra unas enormes piedras y comenzó a caer por una ladera. Rodaba sin parar. Incontables veces intentó sujetarse de ramas, rocas salientes, de lo que fuera; pero nada detenía su descenso.

La caída se volvía cada vez más vertiginosa, ya no sentía sus manos, ni sus piernas mientras daba vueltas. No supo cuantos metros cayó, hasta rebotar por última vez contra una pared de tierra, el golpe lo aturdió dejándolo desmayado por largos minutos.

La noche avanzaba lentamente, las estrellas tintineaban a la distancia por sobre la densa niebla que se mantenía alrededor. Ignacio escuchaba a lo lejos un sonido peculiar como el crujido de las papas fritas. Sin noción del tiempo que había transcurrido, comenzó a abrir los ojos poco a poco. Frente a él una fogata iluminaba la cueva húmeda y mal oliente donde me encontraba. Sus párpados dejaron su ocioso estado pasivo y se abrieron completamente a la luz radiante del fuego que lo alumbraba.

Ignacio vio desde el suelo los pies de alguien que se encontraba frente a él, al otro lado del fuego. Recorrió con la mirada desde los pies hasta la cara sin hacer ningún movimiento brusco. El hombre llevaba unos zapatos negros polvorientos pero elegantes. Más arriba el manchado pantalón de tela se plegaba a la altura de las rodillas. Finalmente una camisa celeste a rayas cerraba la silueta del extraño personaje que lo miraba fijamente, como queriendo preguntar algo, pero sin poder encontrar las palabras para hacerlo. Ignacio se sobresaltó y se incorporó levemente quedando sentado con la espalda pegada a la pared de la caverna.

— ¿Dónde estoy? —fue su primera pregunta.

El hombre levantó la cabeza y sonrió diciendo:

—Eso quisiera saber yo también... Hace varias horas que estoy aquí dando vueltas y vueltas recorriéndolo todo en todas direcciones, pero con esa niebla tan densa no he podido encontrar el camino y finalmente decidí buscar refugio en esta cueva... Hacía pocos minutos que había encendido el fuego, cuando sentí tu escandalosa caída unos metros más allá. Al verte ahí tendido primero pensé que habías muerto, luego al asegurarme que estabas vivo y que no tenías nada roto, te traje aquí.

—Gracias —respondió Ignacio sintiendo el intenso dolor en la espalda, piernas y manos— es increíble que no tenga más que rasguños y golpes.

El hombre bajó la mirada esbozando una sonrisa mientras con una vara de madera atizaba el fuego. Su vista se quedaba perdida en algún lugar fijo entre las llamas y las cenizas. Hasta que levantó nuevamente la cabeza mirando hacia la entrada de la cueva y diciendo.

—Al menos ya somos dos los atrapados en este lugar.

Ignacio se puso en pie totalmente adolorido sus brazos estaban magullados y su ropa cubierta de tierra y manchas verdes por el roce con la hierba. Mientras hablaba se llevó la mano a los bolsillos, encontró las llaves del auto, las pocas monedas que cargaba, pero no pudo encontrar su teléfono. Aún se sentía conmocionado y miró su reloj para saber qué hora era.

—Las tres de la mañana —dijo con sorpresa.

—Parece que los minutos no avanzan y esa niebla maldita sigue cubriéndolo todo en todas direcciones —dijo el hombre mirando el fuego nuevamente.

Tras conversar algunos minutos, decidieron buscar una solución para salir de ese lugar. El hombre le mostró con simples dibujos en la tierra, los posibles lugares que ya había recorrido antes de encontrar esa cueva. En realidad no estaba seguro completamente de las distancias que había caminado a causa de la densidad de la niebla que le impedía ver el entorno con detalles. Por eso prefirió encender el fuego, resignado a pasar la noche allí.

Pero el hombre no había subido hacia el sendero por el cual Ignacio había caído, así que esperaba a que él despertara para recorrer juntos ese camino. Apagaron el fuego y se encaminaron en medio de la oscuridad hasta el lugar donde Ignacio cayó. La pendiente era complicada y la poca visibilidad les dificultaba aún más desplazarse cuesta arriba. Sólo tenían la tenue luz del celular del hombre que les alumbraba a pocos centímetros de sus pies. Uniendo los cinturones y amarrando sus camisetas, improvisaron una cuerda y comenzaron a subir lentamente. La hierba verde y húmeda hacía que el suelo estuviera resbaladizo, mientras las protuberantes raíces les impedían encontrar piso firme donde apoyar los pies.

A lo lejos vieron un punto luminoso que parecía perderse en la espesura del bosque, ambos comenzaron a gritar por ayuda, pero la luz se mantenía inmóvil, escondida de cuando en vez por el mecer de la hierba. A medida que subían sus torsos desnudos y mojados comenzaron a sentir el frío intenso de la noche. A cada paso dudaban más si esa aventura era el camino correcto para salvar la noche. Al menos sabían que abajo había una amplia cueva que los podía cobijar el resto de la noche hasta que volviera la claridad, si decidían volver.

El punto luminoso se encontraba cada vez más cerca, hasta que Ignacio fue el primero en llegar a él. Estiró la mano y se dio cuenta que era su linterna que había sobrevivido a la larga caída. Ignacio esbozó una sonrisa y se levantó optimista mostrándole la linterna al hombre, él no había perdido las esperanzas de que todo fuera mejor. Aunque a la luz de todo lo sucedido habían sido horas interminables y agotadoras. Luego prosiguieron su dificultoso ascenso, mientras Ignacio no despegaba los ojos del suelo buscando en todas direcciones su teléfono perdido. Después de mucho esfuerzo lograron llegar hasta el borde superior de la quebrada.

Descansaron unos minutos para recuperar el aliento y las fuerzas. Volvieron a colocarse las arrugadas y sucias camisetas para abrigar sus torsos. La niebla era persistente y no menguaba con el pasar de las horas. Todo estaba húmedo y las siluetas oscuras del bosque se desdibujaban a la distancia tras ese velo grisáceo.

—Por ese camino llegué hasta aquí —dijo Ignacio señalando a su derecha.

—Creo que esa es la dirección que yo traía también —respondió el hombre algo desorientado— pero yo bajé en algún lado del sendero hasta llegar a la orilla del río, luego perdí el rumbo y comencé a oír ruidos extraños. Parecían como animales salvajes merodeando, así que intenté volver al camino sin conseguirlo. Después de muchas vueltas encontré esa cueva y decidí esperar allí el amanecer para reanudar mi búsqueda con la luz del sol.

Luego de decidir la dirección que tomarían y esperando que los llevara a sus destinos, cruzaron el bosque intentando encontrar el sendero nuevamente. Finalmente llegaron otra vez a la bifurcación donde el camino se dividía en dos.

—Esto lo recuerdo bien —dijo Ignacio— por ese camino venía y hacía allá debería estar el puente y unos kilómetros más allá la salida a la carretera.

El hombre siguió los pasos de Ignacio sin cuestionar la dirección que habían de tomar, después de todo era más fácil devolverse que intentar descubrir otra ruta. Ya eran las cuatro de la madrugada y aún faltaban varias horas para el amanecer. El camino se ampliaba frente a ellos dejando ver nuevamente la berma y los helechos a un lado del camino.

Poco a poco la ruta se dibujaba hasta llevarlos directo al puente. Ambos recordaban haber llegado allí de distintas maneras, pero los dos coincidían en que después de haber recorrido esos cincuenta metros, todo frente a sus ojos se transformó. Mientras avanzaban por la vieja estructura se escuchaban susurros escalofriantes y guturales que se unían al crujir de la madera.

—Debe ser el viento o el agua del río —dijo el hombre.

Ignacio guardó silencio. La niebla parecía formar siluetas oscuras e imágenes difusas frente a sus ojos. Pronto lo que creían ser producto de su imaginación se convirtió en una realidad compartida.

— ¿Ves esas sombras en la orilla? —preguntó Ignacio con tono temeroso.

—Si las veo, pero pensé que eran ideas mías.

Formas similares a espectros con rostros desdibujados y cuerpos oscuros comenzaron a aparecer alrededor del puente, a ambos lados. Parecían acercarse cada vez más, mientras los sonidos guturales comenzaban a escucharse nuevamente rompiendo el silencio del bosque.

— ¡Corre! —gritó Ignacio envuelto en pánico.

Y sin pensarlo dos veces ambos emprendieron una desenfrenada carrera. Los susurros a su alrededor se hacían más fuertes a cada paso y las imágenes cada vez más nítidas se acercaban hacia ellos. Pasado la mitad del puente y producto de la desesperación, el hombre tropezó hacia delante golpeando la espalda de Ignacio y ambos cayeron al suelo.

La brisa cada vez más fuerte envolvía sus cuerpos con el rocío de la niebla, desde el suelo sólo veían un muro gris que los rodeaba. Ni siquiera podían ver el extremo del puente en la distancia y las sombras oscuras y espectrales se acercaban cada vez más. Ambos estaban pegados al piso, petrificados de miedo. Los dos hicieron un esfuerzo sobrehumano para incorporarse y seguir huyendo. Las piernas les flaqueaban y a los pocos metros de avanzar, el hombre cayó al suelo nuevamente.

— ¡Ayúdame! —gritó desde el suelo.

El golpe sordo y los gritos desesperados, alertaron a Ignacio; el cual se detuvo y regresó a ayudarlo. Una de las figuras tomó de las piernas del hombre y comenzó a arrastrarlo. Ignacio lo sujetó de las manos con todas sus fuerzas, pero sentía que no era suficiente. Inclinando todo el peso de su cuerpo hacia atrás e intentando anclar sus pies al suelo, sentía la fuerza con que la oscura silueta jalaba de ambos.

Pronto eran dos las figuras que lo sujetaban y luego tres, ya no podía sostenerlo por más tiempo. La humedad hacía que sus manos se resbalaran y sus pies se desplazaban varios centímetros con cada jalada de las sombras. Ignacio sintió como uno de los espectros lo tomaba del brazo a él también e instintivamente soltó al hombre intentando liberarse de las garras que lo sujetaban. Tristemente vio como el sujeto era llevado hasta internarse en lo profundo del bosque. Sus gritos de horror se apagaban en la inmensidad de las sombras.

Aterrado, con los latidos a mil y la adrenalina fluyendo por sus venas, se incorporó y siguió corriendo hasta pasar los límites del puente. Continuó corriendo hasta que el aliento y las fuerzas le faltaron y finalmente se desplomó en el suelo húmedo y barroso del camino. Sabía que no debía detenerse hasta que estuviera totalmente a salvo, cuando eso sucediera recién podría volver en busca del hombre que lo acompañaba.

Se incorporó nuevamente y corrió mucho más hasta alcanzar la calle principal, allí se dio cuenta que la salida que había tomado estaba muchos kilómetros antes del camino que lo conducía a casa de Lorena. La noche ya se iba, la bruma se levantaba dejando paso a la cálida brisa de la primavera y él se sentó al borde de la carretera. El cielo comenzaba a aclarar, aunque pasaron largos minutos antes que un vehículo se detuviera para ayudarlo.

— ¿Qué le sucedió? —preguntó el conductor al verlo lleno de barro y herido.

Ignacio sabía bien que nadie lo ayudaría si contaba lo que realmente había sucedido en el bosque esa noche.

—Tuve un accidente en mi auto unos kilómetros más allá —respondió señalando el camino que se adentraba en el bosque. Le agradecería si me presta su celular para hacer un par de llamadas.

El sujeto accedió y al fin Ignacio pudo contactar a Lorena que lo había estado llamando toda la noche preocupada por su desaparición. Sin dar muchos detalles, él le indicó dónde se encontraba para que lo fuese a buscar. Al principio estaba molesta e incrédula, pero al oír lo del accidente y conociendo que él no inventaría excusas de ese tipo, Lorena accedió a ir por él.

A los minutos después llegó en su auto a ese lugar y al verlo una risa nerviosa se apoderó de ella, él estaba cubierto de barro con el semblante notoriamente cansado y varias heridas en los brazos y en la cara. Ella lo llevó a su casa mientras le preguntaba detalles de lo sucedido aquella noche. Ignacio le contó sólo en parte lo sucedido, sin poder sacarse las imágenes aterradoras que rondaban su memoria y los sonidos fantasmales que hacían eco en su mente. Él sólo quería darse una ducha caliente, cambiarse la ropa y dejar atrás todo mal recuerdo.

Durante ese día y sin la espesa neblina de la noche anterior, ambos volvieron con una grúa para intentar recoger el auto accidentado. Era increíble ver como el vehículo había saltado la cerca y caído tantos metros por la ladera sin volcarse. Tan difícil era el acceso que a la gente de la grúa le tomaría mucho tiempo y esfuerzo sacarlo de donde se encontraba.

Aprovechando eso Ignacio invitó a Lorena a dar un paseo por los alrededores. Él tenía una idea fija en la mente, encontrar pistas del paradero de aquel hombre perdido. Pero a cada paso que daba no lograba encontrar indicios de lo sucedido esa noche. El sol iluminaba todo alrededor y no había huellas visibles en la tierra húmeda.

Juntos recorrieron todo el sendero hasta llegar al puente y aunque avanzaron mucho una vez que lo atravesaron, nunca llegaron a la bifurcación en el camino. Por más que Ignacio buscaba incansablemente por la orilla del sendero, tampoco pudo dar con la ladera por donde cayó.

— ¿Qué buscas? —preguntó Lorena al darse cuenta de su actitud.

Algo había sucedido en su interior, algo que le hizo darse cuenta que si respondía esa simple pregunta, estaría obligado a relatarle todo lo sucedido.

Tenía un nudo en la garganta de pensar que jamás podría decirlo, que toda esa experiencia increíble debía callarla para siempre, pero nunca olvidarla. Que no podría sacar de sus oídos esos susurros fantasmales, ni apartar de su mente la cara del hombre perdiéndose en la espesa niebla. El terror de lo vivido se apoderó de él nuevamente y sin poder soportar más la presión de los recuerdos Ignacio cayó al suelo de rodillas.

Lorena corrió a ayudarlo, pero él la abrazó fuertemente de la cintura. Él temblaba por completo y sin darle más vueltas al asunto, le contó los detalles de todo lo vivido esa noche de terror. Cómo se extravió en el camino y al hombre que conoció durante la madrugada; también lo acontecido en el puente y cómo logró escapar de allí.

Lorena estaba estupefacta, sabía muy bien que él era incapaz de inventar algo semejante. Su pensamiento racional y calculador siempre tenía una respuesta para todo y ahora lo veía ahí aterrado y desorientado.

—No hay nada que tú puedas hacer —le dijo ella con voz suave y sujetando su mano.

En ese momento Ignacio se dio cuenta que algunas cosas habían cambiado radicalmente en su interior. Comprendió que los azares de la vida no siempre son situaciones de la que se puede escapar. Que a pesar de lo que él pensaba de las relaciones, había encontrado en Lorena alguien que lo conocía y que creía ciegamente en él. Ese era el inicio de una nueva forma de ver la vida para él.

Mucho más aliviado decidieron volver y dejar atrás todo lo sucedido. Al llegar nuevamente al puente junto al bosque, a Ignacio le pareció escuchar un grito apagado en la inmensidad de las siluetas pidiendo ayuda. No supo si Lorena lo había oído también o si eran sólo ideas de él, pero su corazón se aceleró al recorrer esos cincuenta metros. En su mente aún escuchaba los susurros de aquella madrugada y en su recuerdo llevaba la cara aterrada del hombre mientras las sombras que los rodearon, se lo llevaban en la espesa niebla del bosque.

HISTORIA 32
EN MEMORIA

Daniela no pensaba pasar por allí esa noche, pero la llamada de su novio la llevó a desviarse de su destino. Él trabajaba en una oficina alejada del centro; una calle poco transitada pero muy tranquila. Muchas veces lo había esperado ahí, pero esa noche fría de invierno, ella sólo deseaba irse a casa.

Se sentó en la parada de buses que había cruzando la calle; desde allí podía ver con toda claridad a cada persona que salía del edificio. Estaba muy atenta a la mampara de vidrio, ya que se acercaba la hora de salida.

Sentado junto a ella había un joven de unos quince años, que estaba ahí desde mucho antes. Ambos permanecían callados observando los vehículos y la poca gente que circulaba por el lugar. Al cabo de unos cinco minutos el prolongado silencio se volvió inquietante, y Daniela se sobresalto al escuchar:

—Me llamo Andrés, estoy esperando que pase mi madre... —dijo el joven rompiendo el silencio— ¿Y tú a quién esperas?

Ella lo miró de costado, la verdad es que no quería entablar una conversación con él, pero tampoco quería ser grosera.

—Espero a mi novio —respondió sin dar más detalles y volviendo la mirada al frente.

— ¿Los buses que vienen desde Santiago pasan por aquí cierto? —Preguntó el joven— porque en uno de esos viene mi madre.

Daniela se colocó algo molesta, pero resignada a que tendría que seguir conversando con él.

—Pero han pasado muchas de esas... ¿A qué hora llega tu madre?

—Como a las siete.

Daniela miró su reloj sabiendo que era mucho más tarde, ya que su novio salía a las nueve de su oficina.

—Pero son casi las nueve de la noche... ¿y aún no pasa?

—Es que no siempre se baja para verme, sólo algunos días puede venir, pero yo siempre la veo y siempre la espero aunque se demore en llegar. Ella trabaja mucho y ahora no nos vemos tan seguido como antes, pero sé que siempre me lleva con ella en sus pensamientos.

Daniela no comprendió lo que el joven le intentaba decir, pero sin duda le pareció muy extraña la situación. ¿Qué clase de madre era que no se preocupaba por su hijo?

Ambos guardaron silencio nuevamente, Daniela se cerró el abrigo ya que la temperatura seguía bajando y sentía los pies como hielo.

—¿Vez la grutita en la otra vereda? —Habló nuevamente el joven— Ahí murió un niño. Bueno en realidad no fue exactamente en ese lugar; el accidente fue varios metros más a la derecha. Su madre siempre trae flores y enciende unas velas, pero nunca ha puesto una foto de él.

Un escalofrío recorrió la espalda de Daniela, no le gustaba hablar de esos temas; ni de muertos, ni vivencias sobrenaturales; mientras más pudiera evitar escuchar de ello más tranquila se sentiría. Pero sintió curiosidad por los detalles que el joven contaba.

—¿Cómo sabes que no fue ahí exactamente? ¿Viste el accidente?

—No —respondió él— pero era amigo mío y teníamos la misma edad.

En medio de la conversación las puertas de la oficina se abrieron y comenzó a salir la gente que allí trabajaba; Daniela se levantó ansiosa para ver si veía a su novio.

—¿A quién dijiste que esperabas? —preguntó él mientras ella buscaba entre la multitud.

—A mi nov... —Pero al darse vuelta él ya no estaba, había desaparecido.

Ella miró alrededor, hacia ambos lados de la calle pero no había ninguna señal de él, una extraña sensación la invadió y no se fue tranquila aquella noche. Un pálpito extraño se había anidado en su corazón, como un mal presentimiento.

Volvió al día siguiente más temprano, eran casi las siete de la tarde, supuestamente la hora en que el joven estaría esperando a su madre pasar. No había nadie en la parada de buses y al mirar la vereda de enfrente, la grutita ya no estaba, había sido arrasada por unos trabajos viales y sólo quedaban los escombros.

Daniela se acercó a los restos junto a la vereda y de los pedazos pudo reunir partes del epitafio de ese lugar memorial.

—*Cada día dejaré una flor y encenderé tu luz por las noches, nunca te olvidaré, tu madre... En memoria de mi hijo.*

Recordó entonces lo sucedido con el joven misterioso. Inmediatamente su corazón le hizo sentir con certeza, que él había venido a despedirse de su madre por última vez.

HISTORIA 33
GUARDIÁN NOCTURNO

Cada día llegaba tan cansado de trabajar, que apenas veía un momento la televisión y comenzaba a quedarme dormido en el sillón. Me iba a acostar temprano pensando que así podría recuperar fuerzas para el otro día, pero no conseguía descansar lo suficiente. Despertaba todas las mañanas como si no hubiera dormido nada, con el cuerpo adolorido y mal humorado.

Extrañamente todos esos malestares terminaron cuando mi novia me regaló un peluche. Era un perrito no muy grande, tierno, suave y lleno de su perfume. Al principio pensé que el olor de su fragancia me hacía dormir tranquilo. Quizás mi mente sentía que estaba acompañado por ella y eso me hacía despertar mejor.

Al pasar los días, me di cuenta que yo acostumbraba dejar el peluche a los pies de la cama antes de dormir, pero cuando despertaba tenía la impresión que no estaba donde lo había dejado. Era un presentimiento extraño, en verdad nadie se preocupa por esas cosas, pero con lo ordenado que yo soy, esos detalles no los dejo pasar.

Varias veces desperté con esa duda, hasta que una noche decidí dejar una marca que me ayudara a descartar cualquier cosa extraña. Esa noche dejé el perro arriba de la televisión, con mi bufanda sobre él y al despertar a la mañana siguiente la bufanda estaba en el suelo y el perrito a un costado de la tele. Eso vino a confirmar mis sospechas. Algo pasaba por las noches en mi habitación y debía descubrir de qué se trataba.

A la noche siguiente me dispuse a permanecer despierto para ser testigo presencial, para ser un espectador de las extrañas situaciones que pasaban. Me acosté a la misma hora de siempre, apagué las luces y me acomodé tratando de no quedarme dormido. Los párpados se me cerraban, pero lograba mantener los ojos entreabiertos, observando con paciencia en la penumbra.

Ya había perdido la noción del tiempo, cuando en algún momento de la madrugada aparecieron unos pequeños seres en la habitación. Ellos no medían más de unos quince o veinte centímetros y corrían como niños por el pasillo en dirección a mi cama. Debo reconocer que un miedo terrible se apoderó de mí, pero el pánico me mantenía petrificado agarrado a las sábanas.

De improviso el perrito tierno y menudo se levantó de su lugar y comenzó a seguirlos por la habitación. Uno a uno los agarraba con el hocico y los lanzaba contra la muralla, ellos al golpearse con esa fuerza desaparecían. Algunos se subían en su lomo y le tomaban las orejas como domándolo; pero el perro corría girando en círculos y sacudiéndoselos de encima. Luego se sentaba encima de ellos y los aplastaba.

En ocasiones también pasaba de largo y se resbalaba por el piso; pero a veces con un sólo movimiento se sacaba dos o tres seres que intentaban sujetar sus patas traseras. Con cada golpe hacía desaparecer a esas pequeñas criaturas juguetonas, las que volaban por los aires o caían estrepitosamente. Algunos pocos alcanzaron a llegar a mi cama; yo esperé tranquilamente para ver lo que hacían. Se subieron sobre mí y comenzaron a saltar en mi espalda, mientras que yo permanecía estático.

El perro se dio vuelta y correteó a todas las criaturas que estaban sobre mí; como un cachorro jugueteando con un trapo, los sacudía en su hocico y los lanzaba contra la muralla. A otros los ponía bajo sus patas y los mordía hasta que se desvanecían, era como un juego entre ellos, claro que para mí eso no parecía un juego. De cierta manera eso era aterrador.

Tras desaparecer cada uno de los duendecillos, él volvió al lugar de donde había salido. Intentaba acomodarse en la misma posición en la que lo había, pero no lo lograba. Lo único natural era su cara tierna y sus simpáticos ojos caídos, dejando a un lado lo fantasioso y extraño de la situación, era muy chistoso verlo. Pero como nadie me lo hubiera creído, ni me esforcé por contarlo, ese era mi secreto y él era mi peluche regalón, mi guardián nocturno.

HISTORIA 34
CAMINO A LA RESIGNACIÓN

Virginia era una mujer moderna con sus metas muy claras en la vida, siempre privilegió el éxito profesional por sobre la familia y siempre postergó sus aspiraciones personales por consolidarse como una mujer exitosa e independiente. Pero después de un largo día de trabajo, al llegar la noche, estaba sola y con sus anhelos sumergidos en el laborioso día por venir. Los fines de semana eran casi un castigo para ella, tanto tiempo libre y las ganas vivas de que llegara pronto el lunes; y si tenía la oportunidad de realizar algún viaje de negocios, era la mujer más feliz del mundo. Su trabajo era casi una obsesión enfermiza y descontrolada.

Ese martes de febrero no sería la excepción. Después de un agotador día de trabajo, apenas se dio tiempo de pasar por su departamento, darse una ducha y recoger la maleta que ya tenía lista desde el fin de semana. Sería un largo viaje de negocios a otra ciudad y estaba ansiosa de salir y cambiar de aire.

Ya era de noche cuando se la escuchó cerrar la puerta de su departamento y encaminarse por el pasillo hasta su auto. El tic toc de sus tacones hacía eco en el pasillo antes de subir al ascensor. Un zumbido apagado recorría de extremo a extremo el corredor hasta la recepción; eran las ruedas de su cara maleta siendo conducida por el pasillo hasta salir por el umbral del edificio.

Mientras la gente común y corriente ya se encontraba en sus casas para descansar, ella comenzaba su largo viaje. Eran las nueve de la noche y le darían la una o quizás las dos de la madrugada cuando arribara al hotel que había reservado. Por supuesto que no era nada por debajo de las cuatro estrellas, con un buen servicio de habitación y todas las comodidades que ella exigía.

Si bien parecía algo descabellado manejar de noche para una reunión que recién tendría al día siguiente; era muy práctico trasladarse de noche evitando el stress de la mañana y llegar a descansar lo suficiente para recuperar fuerzas. Así también podía comenzar temprano sus labores y no estar con la mente sumergida en un viaje matutino.

Ella conducía su vehículo por la carretera, en la radio tocaban una agradable música y en su mente repasaba su agenda de trabajo para el día siguiente. Las reuniones y los compromisos financieros que debía cubrir, los cheques por pagar y cada actividad a desarrollar estaban muy bien organizadas.

Luego de tres horas de viaje, sintió la fatiga de un largo día de trabajo. Poco a poco el cansancio le jugaría una mala pasada. Varias veces su cabeza dio contra su pecho en un peligroso vaivén, sus ojos se colocaban pesados y somnolientos. La monotonía del camino iluminado levemente por las luces de su vehículo, hacía del viaje una aventura poco agradable.

Ya eran más de las doce de la noche y aún le quedaba poco menos de la mitad del recorrido por avanzar. La señal de radio ya no era tan buena, la altura de los cerros por los que atravesaba la carretera bloqueaban a intervalos la señal. Sacó de la guantera del auto un CD con música variada para amenizar el viaje y subió el volumen esperando ahuyentar el sueño persistente que la envolvía.

La fórmula dio resultado por algunos minutos, pero sin darse cuenta, comenzó nuevamente a caer en ese peligroso letargo. Sus párpados caían pesadamente y le costaba trabajo volver a abrirlos. Su cabeza se balanceaba con un ritmo oscilante, inesperado y aletargado, mientras los músculos de sus brazos se tensaban de vez en cuando al sentir que la cabeza se iba hacia delante.

Finalmente sin darse cuenta, se durmió mientras manejaba. Por suerte al desvanecerse sus brazos permanecieron rígidos levemente inclinados hacia la derecha, en ningún momento aceleró, sino que sacó los pies de los pedales y el vehículo se fue inclinando lentamente hacia la berma. El auto se apegó a un costado del camino y con la inercia del movimiento siguió avanzando, botó la alambrada que cercaba una parcela de girasoles; y lentamente se internó en el plantío hasta detenerse y quedar cubierto por completo por las varas de más de metro y medio de alto.

Toda la noche estuvo allí en medio de la plantación, afortunadamente no era invierno ni era un lugar frío, sino hubiera muerto congelada en la madrugada. Lentamente comenzó a aclarar, el sol iniciaba su ascenso vertical tras las montañas y los capullos de girasoles levantaban sus cabezas para mirar hacia el resplandeciente astro que comenzaba a iluminar la mañana. El desfile de miradas amarillas lentamente se enfilaba hacia el este e iría en ascenso hasta muy entrada la mañana.

Virginia despertó muy sobresaltada rodeada de tallos verdes en todas direcciones y tardó un buen rato en darse cuenta de lo sucedido. Intentó arrancar el auto pero ya no tenía batería. Abrió la puerta del auto con dificultad, empujando con todas sus fuerzas hacia fuera para hacerse un espacio por donde salir. Al primer paso en la tierra, sus zapatos caros de tacón se hundieron en el barro del plantío. Seguramente habían regado el día anterior.

Con mucha dificultad salió a la carretera siguiendo las huellas dejadas por el vehículo al internarse al plantío. Su celular también estaba descargado y con el apuro por salir de allí olvidó sacar su cartera del auto. Eran alrededor de las nueve de la mañana y su mayor preocupación era los compromisos de negocios para ese día.

La carretera era muy solitaria y transcurrió mucho tiempo sin que pasara ningún vehículo. Entonces decidió caminar hasta encontrar alguna casa o algún lugar donde conseguir ayuda. Al fin una patrulla caminera apareció en la ruta, los dos policías la encontraron caminando por la berma con los zapatos en la mano.

El más gordo de los dos era quien conducía el vehículo, tenía unos treinta y cinco años y era el de mayor rango. El otro parecía recién salido de la academia y se veía delgado y enclenque, al menos mucho más delgado de lo normal. Ambos descendieron del auto y Virginia les contó inmediatamente lo sucedido; ellos la hicieron subir en la parte trasera del vehículo para llevarla a la tenencia.

Mientras iban de camino, ella continuaba relatándoles todo lo acontecido; ellos la escuchaban sin decir palabra y sin mostrar sorpresa por lo que ella las relataba. Llegando a la tenencia amablemente la hicieron pasar a una sala solitaria; sin muebles, sin ventanas, ni siquiera alguna revista para entretenerse, sólo había un sofá de espera que decoraba la habitación. Ella tomó asiento pensando que pronto volverían para ayudarla.

Los minutos pasaban y pasaban mientras ella esperaba sola en ese cuarto y comenzó a inquietarse bastante, miró su reloj y ya eran las once de la mañana. Había perdido su primera reunión y luego debía ir al banco porque tenía cheques que depositar. Fue en ese momento recién que se dio cuenta que no había bajado su cartera del auto. El pánico la embargó, sus manos comenzaron a sudar, el estómago se le apretó y sintió que por un instante se desmayaría.

Rápidamente se acercó a la puerta para ver si alguien podía venir a atenderla, pero al girar la perilla para abrirla e intentar salir al pasillo, se dio cuenta que la puerta estaba cerrada. Comenzó a golpear y a gritar para llamar la atención de alguien que la escuchara, pero nadie vino a verla. Sus manos ya le dolían de tanto golpear la puerta de madera y su agotada paciencia ya estaba a punto del colapso nervioso. Estaba perdiendo tiempo valioso de su agenda de trabajo y ni siquiera había podido avisar a alguien donde se encontraba.

Al fin se escuchó el cerrojo deslizarse y la puerta se abrió. El policía obeso que la había traído desde la carretera entró primero, seguido de dos hombres vestidos como enfermeros.

—Ella es —dijo el policía, señalándola con su dedo regordete.

Los hombres entraron y la guiaron hacia fuera llevándola del brazo a través del pasillo, algo confundida pero sin oponer resistencia ella los siguió. Todo era muy extraño, Virginia les hablaba de sus reuniones y de como se había quedado dormida conduciendo, pero ellos se miraban sin responder y sonreían. Finalmente llegaron al estacionamiento a una camioneta blanca.

—Suba señora —le dijo uno de ellos mientras abría la puerta.

—Pero dónde vamos —replicó ella asustada.

—Sólo suba...

Ella presintiendo que algo no andaba bien, comenzó a gritar desesperadamente e intentó alejarse de ellos. Uno de los sujetos la abrazó firmemente mientras Virginia forcejeaba y daba de patadas al aire intentando liberarse. El otro hombre se acercó con una jeringa en la mano y eludiendo hábilmente los elegantes zapatos negros de ella, le inyectó un sedante que la durmió.

Más de media hora permaneció sedada y comenzó a despertar sobre una cama en el suelo. Mirando alrededor pudo darse cuenta que la habitación de paredes blancas no poseía ningún mueble. El techo era alto como de unos tres metros de altura y al mirar hacia arriba, pudo ver una pequeña ventana cerrada que dejaba entrar algo de sol. Luego se miró la ropa y su elegante tenida había sido reemplazada por unos trapos anaranjados, similar a un overol de obrero, estaba sola y confundida en aquel cuarto sin saber dónde.

Virginia comenzó a gritar con todas sus fuerzas para que alguien viniera; su histeria y su desesperación iban en aumento, hasta que comenzó a golpear la puerta. No podía entender nada de lo que estaba pasando, nadie le decía nada, simplemente la levaron allí sin explicaciones. Más y más fuerte eran sus gritos y golpeaba las murallas, la cama y por todos lados.

Nuevamente entraron los dos enfermeros para intentar controlarla.

—Por favor cálmese o tendremos que sedarla nuevamente.

Esto debe ser un error, yo no he hecho nada malo, sólo me quedé dormida mientras manejaba... Por favor déjenme llamar a mi jefe para que le explique que sólo vine en viaje de negocios.

Al ver que uno de ellos traía una inyección en la mano para sedarla, apegó la espalda contra la muralla y comenzó a llorar histérica. Sus brazos se movían en todas direcciones mientras sus lágrimas caían por sus blancas mejillas. Mientras, gritaba y forcejeaba con ellos pidiendo una explicación; vio en sus uniformes una insignia. Seguramente era del lugar donde la tenían: H.P.S.A, Hospital Psiquiátrico San Alfonso. Virginia abrió unos ojos como si se le fueran a escapar de la cara, el pánico se apoderó de ella. Intentaba soltarse mientras les insistía que era un error, que ella no debería estar allí; entonces la inyectaron y lentamente el sedante hizo efecto hasta quedar completamente dormida.

Eran cerca de las dos de la tarde cuando Virginia despertó nuevamente recostada en la cama y aún mareada por el sedante. A la habitación entró una doctora.

—Estoy aquí para ayudarte —dijo con voz suave y mirada confiable.

La doctora de unos cuarenta y cinco años, llevaba una ficha médica en las manos y vestía una bata blanca con los dos primeros botones desabrochados, que permitían ver un suéter delgado color verde pistacho. En el bolsillo del lado derecho llevaba la insignia del hospital que ya había visto anteriormente en los auxiliares y del lado izquierdo venía bordado su nombre: A. Valencia.

—Necesito que me respondas algunas cosas sobre ti para conocerte —dijo la mujer antes que Virginia dijera algo.

Virginia asintió con la cabeza y se acomodó levemente sobre la cama, aún se sentía mareada por el sedante.

— ¿Cómo te llamas?

—Virginia Opazo.

— ¿Qué edad tienes?

—Veintiocho años.

— ¿Soltera, casada... con hijos?

—Soltera, sin hijos y si quiere saber más, tampoco tengo novio por ahora, no tengo tiempo para una relación en este momento... —ya comenzaba a molestarse.

— ¿En qué trabajas?

—Soy asesora financiera para grandes empresas.

Virginia contestaba todas las preguntas con mucha convicción.

— ¿Por qué estás aquí?

Se quedó en silencio un momento sin saber si responder cual era el motivo de su viaje o por qué creía que la habían llevado a ese lugar. Virginia miró a la doctora con molestia y respondió:

—Creo que me han confundido con alguien más, yo iba a una reunión de negocios y me quedé dormida mientras manejaba, salí a pedir ayuda...

Pero antes que prosiguiera con el relato la doctora la interrumpió.

—Si lo sé... Sé toda la historia de cómo llegaste aquí, lo que te pregunto es, ¿Por qué estás aquí, en este hospital y no en otro lugar?

Ella la miró confundida, no entendía el sentido de la pregunta.

—Mira te lo preguntaré de otra manera ¿Tienes algo que certifique que eres quien dices ser? ¿Alguna persona que pueda venir a verte? ¿Algún número de teléfono que nos ayude a contactar a alguien que te conozca?

De una manera extraña, Virginia sintió que en su mente ninguna de esas preguntas tenía respuesta, que realmente no era capaz de darle un número telefónico.

—En este momento no recuerdo ningún número, pero mi cartera quedó en el auto y allí está mi identificación, mis tarjetas de crédito, mi agenda y mi teléfono...

Virginia se quedó en blanco un momento, por algún motivo extraño no recordaba direcciones, ni nombres de conocidos, ni números telefónicos. Todo lo que ella afirmaba con tanto ímpetu momentos antes, en un instante ya no lo sentía tan real. Se inclinó en la cama y apretando los puños comenzó a llorar.

—Quiero descansar —dijo ella entre llantos— Quiero tener paz para encontrar las respuestas que necesito.

Desde ese día Virginia permaneció recluida en ese centro hospitalario. Habían pasado cuatro meses desde su ingreso y las respuestas que anhelaba encontrar, ya no tenían ninguna importancia para ella. Comenzó a perder el interés por saber de dónde venía y quién era realmente. Ya no le importaba saber si lo que ella creía, era como lo sentía en su corazón o verdaderamente tenía un problema mental por el que estaba allí encerrada.

Cada día pretendía vivir esos momentos de su vida y disfrutar de su estadía en ese lugar. Ya no tenía sentido buscar las respuestas, para qué, si no sabría qué hacer con ellas, no sabría qué decir o cómo asimilarlo todo. Ese día al cumplir los cuatro meses, en la evaluación periódica que le realizaba la doctora Valencia, dijo:

—No quiero buscar más respuestas para mí, sólo quiero disfrutar mi vida aquí.

— ¿Estás segura Virginia?

—Si doctora, creo que es una pérdida de tiempo intentar encontrar algo en mi mente cuando no tengo ninguna certeza de que llegue a lograrlo, para mí es muy difícil asumir que soy alguien sin pasado, pero creo que es lo mejor para sentirme bien cada día y avanzar.

La doctora la miró con compasión, pero aún extrañada por su modo de querer enfrentar su situación. Esa fue la última vez que la vio llorar tan amargamente al hablar de su pasado perdido. A partir de ese día fue otra mujer la que vía en los pasillos; una mujer alegre, presta a ayudar a los demás pacientes y siempre sonriendo. Quien la viera no hubiera pensado que se trataba de una paciente sino de una enfermera más.

El tiempo pasó rápidamente y las cosas siguieron de la misma manera en la vida de Virginia. Como no conocían su verdadera fecha de cumpleaños, a ella y a cualquiera en su situación, les celebraban el día de su ingreso al hospital. Ese día Virginia cumplía dos años de estadía en ese lugar y lo celebraron cantándole y con torta para el desayuno y uno que otro regalo del personal del hospital.

Ella se había ganado el cariño y la confianza de todos, la doctora entraba a su habitación sin tener que cerrar la puerta. Era una paciente modelo que jamás había dado problemas; era muy tranquila y nunca había sido violenta. Mostraba una total resignación a su situación, una total entrega a no saber nada de su vida pasada y no pretendía irse jamás de ese lugar.

Todos esos factores, más su conducta solidaria con el resto de los pacientes, le otorgaron privilegios que otros no tenían. Ella podía moverse por todas las instalaciones con toda libertad y sin que nadie se lo impidiese. Incluso en varias ocasiones la doctora Valencia había presentado su caso ante la comisión aludiendo que lo de ella era un severo caso de amnesia y no un trastorno mental. Pero mientras no se encontraran familiares o se supiera su verdadera identidad, ella debía seguir recluida allí.

Cuando todo comenzó la policía encontró su auto en el lugar que ella les había indicado, pero no encontraron ningún bolso, cartera o documento que les indicara que ella era la dueña del vehículo. Por el número de patente se supo que el auto estaba a nombre de Benjamín Opazo, pero en la dirección que indicaba el registro del vehículo nadie lo conocía a él o a ella.

Su foto fue publicada en los medios de prensa pero nadie dio pistas o indicios de quien era realmente ella. Todo esfuerzo cesó el día que Virginia solicitó no buscar más respuestas en su pasado.

Ese día de noviembre transcurrió normalmente como cualquier otro. Al llegar la noche, la doctora Valencia hacía el recorrido habitual de la última ronda antes de irse a su casa. Normalmente ese recorrido se realiza en pareja, pero ese día dos de las enfermeras habían faltado, así que se vio obligada a hacerlo sola. Avanzó por el pasillo asomándose por la ventanilla de cada paciente y anotando en la ficha. Pasó frente a la puerta de Virginia y al verla dormida prosiguió revisando las otras habitaciones. Casi al llegar al final del pasillo frente a la penúltima puerta, recibió un fuerte golpe en la cabeza y cayó al suelo aturdida.

El golpe seco se apagó en la oscuridad del largo pasillo y la doctora era arrastrada por el piso hasta la habitación de Virginia. Sin encender la luz de la habitación, le quitó el delantal blanco y las llaves que le darían acceso a la oficina de la doctora. Virginia asomó la cabeza sigilosamente fuera de su habitación por el pasillo y al ver que no había nadie, salió caminando presurosa en dirección a las oficinas. Primeramente debía sortear la puerta del ala norte, de la que llevaba la llave en la mano.

Una vez traspasada la puerta, volvió a cerrarla y se encaminó hacia las oficinas, afortunadamente cada puerta tenía una placa exterior que indicaba el nombre del doctor a quien pertenecía. Llegó frente a la oficina de la doctora y giró la perilla de la puerta para verificar que estaba cerrada y que no hubiera nadie más allí. Giró la llave y entró en la habitación buscando a oscuras la ubicación del interruptor. Encendió la luz y cerró la puerta de la oficina. En los cajones del escritorio encontró una agenda, la cartera y las llaves del auto de la doctora, tomó del perchero un largo abrigo negro, que aunque no era de temporada, le ayudaba a cubrir el vistoso uniforme anaranjado del hospital.

Salió de la habitación con mucho cuidado y se encaminó por el pasillo hacia una puerta trasera que daba directo al estacionamiento. La puerta estaba abierta y al salir al patio sintió la agradable brisa de noviembre que acariciaba su cara. Después de dos largos años nuevamente podía sentir el aire rozando suavemente su cara fuera de las instalaciones del hospital. Por más confianza que le hubieran tenido, estaba estrictamente prohibido que los pacientes salieran al patio ya que no contaban con un sector acondicionado para ellos.

Poco pudo disfrutar esa sensación de libertad porque sabía que tenía poco tiempo para escapar sin ser descubierta. Apretó el botón de la alarma del auto para saber cuál de todos era el de la doctora. El sonido agudo se escuchó claramente a mitad del estacionamiento, Virginia se apresuró a subir y arrancó el motor sin problemas. Tomó aire profundamente y emprendió su fuga. Sólo debía pasar el control de la entrada y estaría afuera. Aceleró suavemente por la calle, y antes de llegar a la caseta de control, la barrera se levantaba dejándole el camino despejado. La confiada rutina diaria de todos en ese hospital, nuevamente le facilitaban la huída; tanto la doctora, como las enfermeras y ahora los guardias hacían sus funciones tan mecánicamente que nadie pudo predecir que Virginia se escaparía en algún momento.

El auto cruzó la línea imaginaria que lindaba el hospital con la calle, Virginia era libre al fin, ya no era parte de ese lugar que le había quitado dos años de su vida. Mientras avanzaba por las calles colindantes, a lo lejos se escuchó el sonido de la alarma de las instalaciones, pero ella no las pudo escuchar, estaba muy emocionada como para poner atención a otras cosas. Sólo intentaba orientarse para saber qué dirección tomar, aceleró y condujo el vehículo con dirección a la carretera. No volvería a la ciudad de donde venía hace dos años y tampoco permanecería aquí, había decidido continuar hacia el norte.

Mientras tanto en el hospital todo había sido descubierto. La enfermera encargada de recibir el turno de la doctora Valencia, extrañada por la demora en la entrega de las llaves, se aventuró a recorrer los pasillos en su búsqueda. Al llegar frente a la habitación de Virginia, encontró la puerta entre abierta. Al encender la luz encontró a la doctora tendida en el suelo. Si hubiera sido una cárcel se activaría la alarma de fuga y se desplegarían los escuadrones para detener a los presos que se escapaban. Pero esto era un hospital y la enfermera corrió a activar la alarma de incendio para alertar a los guardias que algo estaba sucediendo.

Si bien Virginia no llevaba muchos minutos de ventaja desde su escape hasta que sonara la alarma, la pregunta era ¿serían capaces de capturarla? Lo primero que hicieron junto con atender a la doctora fue verificar que su vehículo había sido robado desde el estacionamiento. El guardia de la caseta recordó haber abierto la barrera pensando que era la doctora quien se retiraba. A los pocos minutos la policía ya estaba en el lugar y estaba al corriente de los detalles de la fuga. Por radio se alertó de lo sucedido compartiendo las características del auto robado y de la persona que lo conducía.

Virginia por su parte manejaba despreocupada como ajena a todo lo hecho los minutos anteriores. Por varios kilómetros avanzó sin encontrar obstáculos y se detuvo en una gasolinera para cargar combustible. Rápidamente revisó la cartera de la doctora en busca de dinero, llenó el estanque del vehículo y luego pasó a comer algo al casino que existía allí. Actuaba de la manera más normal del mundo, como si su mente se hubiera desconectado por dos años y ahora volviera a la noche aquella en que emprendía su viaje.

Con una tranquilidad increíble, pidió un café cortado y un sándwich con pasta de ave con pimiento. Consumió lo pedido pausadamente y luego pagó la cuenta para dirigirse nuevamente al auto. Apenas alcanzó a llegar a él sin subirse, cuando de la nada aparecieron dos policías que la tomaron por los brazos como si fuera un criminal peligroso.

— ¡Suéltenme! debo llegar al hotel donde hice mi reserva... mañana tengo una importante reunión de negocios y no puedo faltar...

Ella continuaba gritando sin parar, la esposaron y la llevaron de los brazos hasta que la subieron a la patrulla policial. Mientras era llevada de vuelta al hospital ella no paraba de gritar y llorar, repitiendo constantemente cada palabra dicha hace dos años atrás, como si en su mente el tiempo se hubiera detenido.

—Yo no he hecho nada malo, sólo salí a tomar algo de aire y a comer algo. Mi cartera está en mi auto por favor revíselo... Llame a mi jefe él le dirá quién soy...

Al llegar al hospital nuevamente fue colocada en su habitación, pero Virginia no paraba de gritar, así que tuvieron que sedarla. La doctora y todo el personal estaban totalmente consternados con todo lo sucedido. En sus años de trabajo jamás habían visto un caso similar. De qué manera había ganado su confianza, aprendió los horarios y planificó fríamente cada uno de los detalles para escaparse de allí. Sólo esperó el momento propicio para concretar esa casi exitosa fuga.

Al día siguiente Virginia despertó y a los minutos recibió la visita de la doctora, quien se encontraba mejor luego del golpe recibido en la cabeza, esta vez ella venía acompañada de dos enfermeras:

— ¿Cómo estás Virginia? —preguntó la doctora con tranquilidad.

— ¿Cómo sabe mi nombre si yo no se lo he dicho? —replicó ella.

—Tú eres paciente nuestra hace dos años.

—Lo siento pero me debe estar confundiendo con alguien más. Yo iba de paso por esta ciudad con destino al norte, tenía reservada una habitación en un lujoso hotel y a esta hora de la mañana debería estar en una importante reunión de negocios.

Por un instante a la doctora Valencia le pareció estar escuchando las mismas palabras que salieron de su boca hace dos años atrás. Virginia mantenía la mirada distante y hablaba como si nunca la hubiera visto en la vida.

—Perdón tal vez nos hemos confundido —dijo siguiéndole la corriente— ¿Cómo te llamas entonces?

—Virginia... Virginia Valencia.

HISTORIA 35
TRONO DE CRISTAL

El día que menos esperaba y sin que nadie lo notara, ella cayó a tierra quedando escondida entre la hierba. Lentamente el viento, el polvo y el pasar de los días la cubrieron mientras perdía sus fuerzas para luchar. Poco a poco comenzó a rendirse ante el sol y la tierra, hasta que llegó la lluvia y su piel se cubriera completamente de barro. Cada día que pasaba, atada e impotente frente a su destino, se enterraba sin poder moverse; se descolgaba de esta realidad para ser parte del oscuro infra mundo.

Escapó a las caricias del sol entrando a la oscuridad, alejada del aire. La tierra y el agua eran ahora sus dueños y golpeaban cada día su diminuto ser. La humedad carcomía su carne y desgarraba sus huesos hasta morir. Sin sangre en su cuerpo y ya sin vida en su corazón, se partió. Abrió su pecho para entregar su último aliento a la oscura sin razón, al destino que la colocaba a pulgadas bajo tierra, que la condenaba al descanso eterno.

Pero su esencia no era morir en esa fosa terrenal, carcomida y mal oliente. Así que luchó con su último suspiro y volcó su corazón partido y doliente. Lo lanzó a los brazos de la esperanza, para que la resucitara lentamente. El milagro más oculto acontecía, mientras en el exterior nadie lo notaba. Nadie podía ver que poco a poco, no sería más un alma moribunda y que su fuerza interior la hacía abrirse paso hacia la luz.

Después de varios días, cuando todo el mundo la daba por perdida; ella asomó un brazo en medio de la hierba y sus manos nuevamente encontraban el sol. Su cuerpo se estiraba para abrazar el calor del día y la suave brisa primaveral. Ella sacudía la tierra de sus hombros y se incorporaba con nuevas fuerzas.

Quien pensaría que en medio del prado, a pesar de la tormenta y sobreviviendo al inclemente clima, después de ser golpeada, azotada y derribada, ella podría recoger su alma y levantarla tan alta como la luna en el cielo. Ahora se vestía de capa y pintaba sus pálidos labios de color otra vez. Colocaba calzado en sus pies y elegantemente se abría paso entre la multitud que se agolpaba para observarla. Ella destacaba su silueta y dejaba notar su inconfundible perfume floral lleno de juventud.

Nadie negaba su belleza, ni la brisa se atrevía a despeinar su cabello. Su dorada cabellera libre al viento, reflejaba la luz del sol como espejo. Su sedosa piel, fresca y mojada por el rocío de la mañana, recuperaba su color que alguna vez desapareció en la tierra reseca. Sin embargo tan pronto se hacía presente en la multitud expectante, su vida ya tenía contadas las horas, los días y ella sabía su final.

Pero aún tenía una función que cumplir en esta vida y no descansaría hasta realizarla. Fue tomada en brazos y llevada a un trono de cristal rodeado de agua, fue colocada frente a todos en un lugar de privilegio para ser observada. Admirada y envidiada por todas, permanecía durante horas sin abandonar su trono, sin dejar de ver su reflejo en el cristal.

Lentamente los días dejaron sentir el paso del tiempo y su peso. Ella ya no era tan observada y su exterior perdía su belleza inicial. Sabía que estaba cerca del último paso de su vida y lo enfrentó, luchó contra sus fantasmas y contra el miedo a la muerte y al cambio. Ordenó sus cosas, maquilló su cara por última vez y pintó sus labios. Se vistió de gala con su mejor vestido y humedeció sus manos resecas. Se sentó en su trono de cristal a ver pasar a la gente y saludarla, por última vez antes de partir a su morada final. Aceptó su destino porque ya había cumplido su propósito en esta vida y a la mañana se marchitó.

HISTORIA 36
CONGELA MI CORAZÓN

Desde lejos su edificio reflejaba el intenso brillo del sol, las delgadas paredes absorbían el calor de la tarde y la obligaba a mantener las ventanas abiertas y el ventilador encendido al máximo. Sin duda era uno de los veranos más calurosos en más de cincuenta años. El aire seco quemaba incluso a la sombra, mientras el sudor de su piel formaba líneas húmedas que mojaban su ropa.

Ana permanecía sentada en la sala con la vista fija en el horizonte, mirando a través de la ventana. Las cortinas estaban abiertas y podía observar la avenida sin que nadie la viera en la distancia. Estaba impaciente y ansiosa de que don Eduardo, el conserje, llegara pronto. Ana había conseguido que él le subiera las bolsas de hielo que el muchacho de los despachos traía desde la tienda de la esquina. Luego ella las echaría en la bañera y con un ventilador empujaría el aire frío por el pasillo para temperar en parte su departamento.

Ella procuraba no salir más de lo necesario a la calle, todo lo que pudiera comprar por teléfono lo hacía, y algunas cosas se las encargaba al conserje a cambio de una buena propina. El dinero no era una preocupación para ella, perfectamente podría sobrevivir un par de años sin tener la necesidad de trabajar. La procedencia del dinero era su verdadero secreto; aunque para el resto de la gente ella era una excéntrica que había recibido una importante herencia. Esa mentira era su pantalla para no despertar sospechas.

Quien la viera, nunca podría sospechar de una mujer tan menuda y sencilla. Con su linda cara podía cautivar a cualquiera y con sus encantos naturales siempre conseguía lo que quería. Pero le aterraba tener que salir a la calle y cuando lo hacía, escondía sus lindos ojos verdes detrás de unos enormes lentes oscuros. Parecía paranoica, siempre mirando atrás por sobre sus hombros, siempre acelerada y sobresaltada. Quienes alguna vez se habían parado a su lado hubieran notado el sutil temblor de sus manos; un movimiento continuo y desesperante que normalmente pasaba desapercibido.

El timbre sonó haciéndola saltar de su asiento y devolviéndola de su estado letárgico en el que se encontraba. Ana fue a abrir la puerta sabiendo que era don Eduardo, porque ya había visto pasar al muchacho de la tienda. Normalmente lo seguía con la mirada, contando sus pasos desde el almacén hasta su edificio. Luego seguía contando hasta escuchar sonar el timbre de su departamento. Eran casi trescientos pasos, doscientos ochenta y nueve para ser exactos. Ella abrió la puerta y lo vio parado cargando las cuatro bolsas de hielo.

—Con eso es suficiente por hoy don Eduardo, muchas gracias.

Ana le recibió las bolsas y fue directamente al baño a colocarlas en la tina; mientras la puerta se cerraba a sus espaldas con el suave empujón que ella le había dado. Mientras avanzaba por el pasillo, el sonido de la cerradura encontrando su destino y el sutil golpe de la madera contra el metal, le devolvían la tranquilidad que segundos antes había perdido.

¿Por qué Ana vivía atemorizada? ¿Por qué la simple idea de tener que salir a la calle o que alguien tocara a su puerta la preocupaba tanto? Paso a paso el miedo se alejaba, mientras el frío de las bolsas enfriaba sus manos. Colocó las bolsas en la bañera sobre las otras cuatro bolsas que había puesto algunas horas antes.

Eran casi las tres de la tarde y el viento helado del ventilador comenzó a inundar el cuarto trayendo algo de calma a sus pensamientos. Ana se sentó nuevamente en la sala esperando que un nuevo día pasara frente a sus ojos y que los minutos acabaran con ese calor sofocante que envolvía todo. Ese día se cumplían tres meses de haber llegado a ese lugar, prácticamente no tenía comodidades ya que el lugar era alquilado. El dueño se lo entregó sólo con un par de viejas sillas y una mesa desgastada en el comedor. Las verdes cortinas deslavadas que colgaban a un costado de la barra de fierro oxidada, apenas bloqueaban los rayos del sol. Mientras uno que otro mueble adornaba el resto del departamento sin cuadros ni mucha decoración.

Ella subsistía con lo mínimo y al fondo del closet guardaba las dos maletas con las que había llegado a ese lugar. Por supuesto que una traía su ropa, pero la otra guardaba su más preciado secreto. Escondido entre las ropas, los fardos de billetes se apilaban uno sobre otro; casi cien millones de pesos que eran tanto un dicha como una maldición. Esa era la causa de sus miedos y sus sobresaltos.

Ese departamento era el tercer lugar en el que ella estaba después de un año escapando de su destino, y no serían muchos los días que esperaba permanecer allí. Las sombras de su pasado la perseguían día y noche, sus sueños se veían interrumpidos constantemente, mientras el calor de los días se transformaba en sofocantes noches de desvelo.

Una nueva noche se iba y la luz del día acompañaba una nueva jornada de calor insoportable. La rutina comenzaba nuevamente, una llamada matutina para pedir víveres y luego sentarse frente a la ventana esperando que las horas pasaran. Ana sabía que no soportaría mucho tiempo más ese ritmo, sabía que los días estaban contados para su estadía en ese lugar.

El calor comenzaba a aumentar nuevamente y el día prometía ser un infierno otra vez, una nueva jornada parada frente al ventilador intentando escapar de la desesperante sensación de encierro y calor. Las imágenes de su pasado recorrían su memoria, mientras sus ojos permanecían en el horizonte buscando entre las caras de la gente, las facciones del único hombre que podría dar con ella en cualquier momento.

Ya pasaban de las tres de la tarde y se levantó de su asiento para ir a revisar cuánto hielo quedaba. Aún cuando había suficiente para pasar el resto del día y la noche, ese sentimiento paranoico e inseguro le hizo sentir que necesitaba más. Levantó el tapón de la tina para que escurriera el agua y quedara sólo el hielo, luego colocó nuevamente el tapón en su lugar.

Ana se levantó y llamó al conserje para encargarle más hielo y otros insumos. Don Eduardo aceptó la solicitud y a los cinco minutos ella lo veía pasar desde su ventana en dirección al almacén de la esquina. Las manos de Ana temblaban de la impaciencia de verlo salir con el encargo y comenzar la cuenta de sus pasos de regreso al departamento. Con impaciencia se llevaba las manos a la boca mordiéndose las uñas y parándose de su asiento inquieta y ansiosa.

Al fin lo vio salir por el umbral del almacén y comenzaba a contar los pasos de don Eduardo. A los cincuenta pasos él ya había cruzado la calle y se encontraba en la vereda que daba a la entrada de su edificio. Aunque sabía muy bien que la cuenta era casi exacta, siempre se quedaba sentada en la silla con la mirada hacia la calle, hasta que sonaba el timbre de su puerta.

Su corazón se aceleraba, la impaciencia comenzaba a embargarla, la ansiedad comenzaba a socavarla por dentro, sumergiéndola en un mar de desesperación inexplicable para los demás. Sólo en su corazón se alojaba tanta angustia y esperanza al mismo tiempo, tanta expectación y tan profunda desolación como un abismo frío, oscuro y vertiginoso.

Ana contuvo la respiración esperando el anhelado sonido frente a su puerta. Pero esos segundos se convirtieron en una eternidad y no eran sólo sus ansias ni su paranoia, simplemente don Eduardo se había demorado más de lo habitual. Ana se levantó de su asiento y se dirigió hacia la puerta y a medio camino del pasillo el timbre la hizo sobresaltarse.

Un pálpito extraño la invadió, por un instante sintió que no debía abrir la puerta, que algo siniestro la esperaba tras esa barrera de madera. Se detuvo frente a ella y el timbre sonó. Al abrir la puerta apareció la figura reconocible de don Eduardo cargando las cuatro bolsas de hielo y los otros paquetes. Ana llevaba el dinero en sus manos y le entregó los billetes al tiempo que recibía las heladas bolsas.

—Gracias don Eduardo, mañana lo molestaré nuevamente.

—No es ninguna molestia, estoy para servirle.

Y no lo decía sólo por ser caballero, sino también por la propina que recibía cada vez que le hacía algún favor a la muchacha. Tampoco Ana era generosa por naturaleza, pero sin tener más dinero que billetes de gran valor, estaba obligada a serlo. Ana se giró y empujó la puerta con sus pies mientras caminaba por el pasillo esperando el anhelado sonido de la puerta al cerrar. Por un momento sintió un vacío en el aire, como si ese golpe jamás hubiera llegado.

Dejó las bolsas en la tina como cada día, y se frotó las heladas manos contra su blusa de algodón. Al salir nuevamente del baño y mirar hacia la entrada, se dio cuenta que la puerta jamás se cerró y parado bajo el dintel se encontraba su peor pesadilla. Su ex novio estaba en la entrada, mirándola de pies a cabeza.

—Me ha costado meses encontrarte —le dijo con una sonrisa burlona— pero al fin ya estoy aquí preciosa... tráeme algo helado para tomar que este calor me está matando.

Era imposible imaginarse que después de tanto esfuerzo por librarse de él, aparecería de la nada frente a su puerta. Apenas podía moverse, sus pies estaban clavados al suelo. Con mucho esfuerzo fue a la cocina y le sirvió un vaso de agua con hielo. Al volver sus manos temblaban por la impresión y la rabia.

Cuanto le hubiera gustado arrojarle el vaso a la cara y sacar desde su interior toda esa rabia para decirle que se fuera y no volviera jamás.

— ¡¡Cómo... tanto tiempo lejos y me recibes sólo con un vaso de agua?! ¿Acaso con el dinero que me robaste no te alcanza para tener algo mejor para beber?

Él arrojó el vaso contra la muralla y en dos tiempos la golpeó en la cara con su pesada mano. Ana cayó al suelo sin decir una palabra, sabía que hablar sólo empeoraría la situación. En silencio recogió los pedazos de vidrio y mientras secaba el piso con un paño, recordaba el infierno que había vivido a su lado.

No podía permitir que se repitiera todo su pasado nuevamente, si no ponía fin a esa situación ahora, sería su perdición. Sin meditarlo mucho y con su corazón encendido en rabia, al volver a la cocina tomó el cuchillo más grande y filoso que había.

Mientras se armaba de valor para enfrentarlo, miraba incansablemente su reflejo al borde del cuchillo. Estaba segura que podía dar ese paso para librarse de una vez por todas de él. Respiró profundo y volvió a la sala mirándolo fijamente. Temblando en una mezcla de rabia y nervios, se paró frente a él amenazándolo con el cuchillo.

— ¡Quiero que te vayas y no vuelvas más!

Una carcajada burlona salió de boca de él en respuesta a la amenaza. Él comenzó a acercarse confiado de la debilidad de Ana. Con un movimiento rápido, intentó arrebatarle el cuchillo de las manos; pero al no conseguirlo fácilmente, él se abalanzó contra ella sin medir las consecuencias.

Esta vez, al contrario de lo que muchas veces hizo, Ana no bajó los brazos como él pensaba y el arma se clavó profunda y directamente en su corazón. Ninguno de los dos esperaba ese desafortunado final. Su cuerpo sangrando se inclinó hacia ella, mientras él la miraba con la vista perdida en el infinito. Ana podía sentir el calor de la sangre cayendo por sus manos, mientras él se tornaba cada vez más pesado en sus débiles brazos. Finalmente lo dejó caer sobre el piso del pasillo.

Ella se arrodilló llorando al lado del cuerpo sin vida, sabía con toda certeza que él estaba muerto y que ya no debía temer. Pero también sabía que no podía recurrir a la policía para dar aviso de su infortunio. Era el precio a pagar por ser una prófuga de la justicia. Si bien ese mismo sujeto tendido en el suelo de su departamento, la había llevado por el camino de las drogas y la vida fácil;

ella había decidido fielmente cambiar su destino. Fue por eso que en su último asalto a un banco, Ana decidió tenderle una trampa. Finalmente ella escaparía y él fue encarcelado.

Después de ese día ella comenzó a huir sin destino claro, quedándose en lugares sencillos y poco llamativos; intentando no despertar sospechas. Sin embargo nunca pensó que él escaparía de la cárcel.

Mientras esos recuerdos del pasado se desvanecían, su tímida personalidad y la perturbadora situación en la que se encontraba, la llevaron a hacer otra locura. Con total frialdad y mucho esfuerzo, arrastró al hombre hasta la tina del baño. Trajo todo el hielo que tenía en la casa y lo puso sobre él hasta cubrirlo por completo. Cada centímetro del cadáver estaba tapado dentro de la tina y ella volvió al pasillo a limpiar el charco de sangre que había quedado.

Sabiendo que no podría ocultarlo allí por mucho tiempo, Ana se sentó por largas horas llorando y maquinando qué hacer con el cuerpo en la bañera. Unas horas más tarde, cuando el final del día se acercaba, llamó a la tienda para encargar algunas bolsas más de hielo, así podría mantener el cadáver helado toda la noche mientras decidía como deshacerse de él. Varios minutos después sonó el timbre y ella corrió a atender; era el muchacho de la tienda que había venido personalmente a entregarlo. Tanto hielo encargó en esa oportunidad, que el conserje lo hizo pasar directamente a su departamento.

— ¿Dónde lo coloco señorita? —preguntó atentamente el joven.

—Llévalo a la tina del baño por favor.

Tan concentrada estaba planeando como deshacerse del cuerpo, que olvidó que el cadáver estaba a la vista. Tampoco había limpiado el charco de sangre en el piso del baño. Ana reaccionó tardíamente y quiso detener al muchacho, pero no alcanzó siquiera a abrir la boca antes que él entrara al baño. Él caminaba a ciegas cargando las bolsas en brazos frente a su cara, al dar el primer paso al interior del baño, se resbaló en el charco rojizo y gelatinoso, cayendo de espaldas y golpeándose la nuca contra el piso.

El joven no se movía, yacía tendido, inmóvil y sin vida en el piso ensangrentado. Esa seguidilla de sucesos desafortunados no sería cosa fácil de explicar, quién le creería. El mismo día, dos muertes accidentales en su departamento. Tenía casi la certeza que a su ex novio nadie lo vendría a buscar, pero al muchacho de la tienda, lo más probable era que sí.

Todo estaba tan confuso y perturbador que sólo se le ocurrió repetir lo mismo realizado anteriormente; colocó el cuerpo en la bañera y lo tapó con hielo hasta arriba. Esta vez limpió el piso y cualquier rastro de sangre que hubiese quedado.

Ahora más que nunca necesitaba tener una coartada para que nadie viniera a preguntar por el muchacho, así que después de unos minutos fue a la tienda.

— ¿Por qué no ha llegado mi pedido de hielo aún? —dijo Ana al dueño de la tienda.

⌐—Pero si fue despachado hace más de una hora —respondió extrañado el tendero— me comprometo a enviar una nueva orden lo antes posible.

Mientras Ana estaba allí se fijó en las máquinas congeladoras, eso le dio una nueva y torcida idea. Al día siguiente compró un congelador similar al de la tienda y colocó ambos cuerpos en el interior de la máquina. Su afán por borrar todo indicio de la estadía de ellos en su departamento comenzaba a tejer una red más compleja. Por algunas semanas todo estuvo bien y sin complicaciones. Ana abría a diario las puertas del congelador para cerciorarse de que ambos estaban totalmente congelados.

Una mañana temprano sonó el timbre, Ana ya se sentía más confiada, ya no sentía miedo a quien estuviera tras su puerta. Pero al abrir se encontró frente a frente al hermano de su ex novio, una persona muy similar a él, prepotente, violento e iracundo.

— ¿Sorprendida?, vengo a buscar a mi hermano.

Ana guardó silencio, en parte por la sorpresa de verlo ahí y en parte por el miedo de que se descubriera lo que escondía en su sala.

—No he visto a tu hermano hace más de un año.

—No es difícil dar contigo, me bastó con describirte un poco con el conserje para que me dijera en qué departamento podría encontrarte, y ¿me dices que mi hermano no pudo dar contigo? No te creo... ¿Dónde está?

—Ya te dije que no lo veo desde ese día.

Ella continuaba negando una y otra vez que lo hubiera visto.

—La verdad no sé qué le has hecho a mi hermano, pero lo averiguaré. Fue a la cárcel por tu culpa y lo único que ha hecho todo este tiempo es seguirte la pista. Hace unas semanas me contó que ya tenía un dato seguro y no he sabido nada de él desde entonces. Si yo di contigo no puedo creer que él no haya venido antes que yo.

—Ya te respondí —dijo ella intentando mantener firme la voz y no bajar la mirada— no sé nada de él, de sus problemas o de donde ha estado, sólo quiero dejar mi pasado atrás y hacer mi vida nuevamente.

— ¿Qué hay del dinero? Mi hermano asegura que tú te quedaste con el dinero de su último trabajito.

Ana respiró profundo antes de contestar, quería parecer totalmente convincente al momento de responder.

—Mira a tu alrededor ¿No crees que si tuviera ese dinero no estaría en un mejor lugar que este?... ¡No he visto a tu hermano y espero no volver a verlo en mi vida!

Ella cerró la puerta con todas sus fuerzas y el portazo retumbó en el vacío de la habitación. De verdad que ver al interior de su departamento era deprimente, pero nada cambiaría la opinión del hombre sobre el asunto. Ella sabía que el sujeto volvería en el momento menos pensado y que no podía escapar tan fácilmente esta vez.

Ana compraba hielo cada día para mantener el congelador lleno hasta el borde y el pedido de esa tarde estaba cercano a llegar. Ana se sentó frente a la ventana para ver cuando pasara el muchacho de la tienda con rumbo a su edificio. Poco después don Eduardo, el conserje, llegaba a su puerta con el encargo. Pero en esta ocasión Ana había pedido el doble de hielo acostumbrado, una parte la dejaría en el congelador, la otra la pondría en la tina para pasar el calor de la tarde.

A lo lejos ella divisó al nuevo muchacho de los despachos que venía con rumbo a su edificio. No parecía ser tan joven como el anterior y su cuerpo era más robusto y fornido que su antecesor. Aún así apenas se le veía la cara detrás de las bolsas de hielo que cargaba en sus brazos. Ana estaba atenta al timbre, esperando ansiosa que don Eduardo le subiera su pedido. El timbre sonó y al abrir se encontró con el nuevo despachador de la tienda.

—Buenas tardes le traigo su pedido —dijo el muchacho con una sonrisa.

—Gracias ¿y don Eduardo? —preguntó Ana extrañada.

—Como el pedido era muy pesado para él, me indicó que se lo subiera directamente a su departamento.

Ana permaneció en silencio, parada frente a él sin reaccionar.

— ¿Y el otro muchacho? —preguntó finalmente Ana.

—Hace días que no aparece y nadie ha sabido nada de él. Yo entré a trabajar recién esta mañana y mucha gente me ha preguntado por él.

Ana sabía bien que el joven estaba más tieso y congelado que mástil en el ártico, pero al menos con ello desviaba las sospechas de su desaparición. Ella lo hizo pasar con las pesadas bolsas y le indicó donde estaba el baño para que las dejara dentro de la tina. Al darse vuelta para cerrar la puerta, el hermano de su ex pareja estaba parado justo en el umbral. Ana se sobresaltó al verlo, intentó cerrarle la puerta pero él colocó su pie frenándola, luego le dio un empujón haciéndose camino para entrar.

Ambos discutían acaloradamente, él recorría el departamento empujando los pocos muebles que tenía y abriendo las puertas de las habitaciones. Mientras tanto, el hombre de los pedidos había sacado el tapón de la tina para que se desocupara del agua que aún tenía y luego abrió las bolsas de hielo para vaciarlas adentro.

El sujeto había recorrido cada rincón del departamento y finalmente entró tan apresurado al baño, que golpeó de paso al hombre de la tienda. El despachador respondió al empellón con un manotazo, lo que encendió los ánimos de ambos y se trenzaron a golpes violentamente. Entre los forcejeos, el despachador sacó el pica hielo, mientras el otro sujeto que no venía armado, hacía uso de lo que estuviera a la mano para defenderse. Comenzaron a dar vueltas por el departamento, el hombre con el pica hielo estaba muy descontrolado, mientras que el otro tomó una lámpara y se la lanzó. Luego corrió a la cocina en busca de un cuchillo y empuñándolo se le paró enfrente, la lucha era a muerte.

El despachador tomó al paso un florero arrojándoselo y cuando el otro sujeto se agachó para esquivarlo, se le acercó velozmente y le acertó un puntazo en el estómago. El hombre cayó al suelo mientras la sangre brotaba. Cuando su atacante se le acercó para herirlo nuevamente, él reaccionó lanzando el cuchillo y clavándolo directo en la garganta del despachador; la profunda herida lanzaba un chorro de sangre por todos lados.

El hermano de su ex novio se acercó al hombre gateando de rodillas y lo remató en el suelo. Inesperadamente Ana que había presenciado toda la pelea, tomó una estatua de piedra y lo golpeó en la cabeza, desnucándolo. Su departamento era ahora un mar rojo de sangre y dos muertos más se sumaban a su tragedia. Era como una maldición y Ana estaba totalmente al borde de la locura.

En forma mecánica y totalmente choqueada por lo sucedido, ella realizó el mismo procedimiento anterior; limpió minuciosamente las murallas y el piso, luego acomodó ambos cuerpos en la bañera. Después casi incrédula y aún desconcertada, se sentó en medio de la sala simplemente a contemplar el suelo. Así pasaron las horas sin comer ni beber nada, ella simplemente no reaccionaba. Su vista se mantenía mirando al suelo con las ventanas abiertas aún hasta después del anochecer.

Ana se quitó la ropa mientras el viento helado de la noche comenzaba a correr por los pasillos de su departamento. Pero a ella parecía no importarle, estaba ausente y absolutamente perdida. Donde escapara, los fantasmas de sus muertos la seguirían, la culpabilidad de su pasado flotaría para mostrarle al mundo su culpa. Sólo sentía remordimiento y desesperación. Sus manos azuladas comenzaban a ponerse rígidas, su piel helada ya no retenía el poco calor de su cuerpo desnudo. Las horas avanzarían sin detenerse hasta llevarse todo el calor de la habitación hasta que el nuevo sol se levantara.

Los días pasaron y el intenso olor puso en alerta a los vecinos, quienes llamaron a la policía. Al llegar ellos abrieron la puerta con la ayuda de don Eduardo, pero no se veía a nadie por ningún lado; el repulsivo olor revolvía el estómago y estaba esparcido por cada habitación. Las ventanas estaban abiertas y el ventilador permanecía encendido. Tras recorrer la sala, se dirigieron al baño desde donde venía el mal olor. Al entrar encontraron los dos cadáveres con tres días de descomposición en la bañera. Mientras en la sala, el agua se filtraba desde el congelador grande, al abrirlo encontraron otra macabra escena; mezclado entre hielo y sangre, había dos cadáveres más.

Después de eso decidieron revisar cada rincón del departamento y adentro de cada mueble. En el closet encontraron el bolso lleno de dinero, mientras que dentro del refrigerador de la cocina estaba ella. Parecía dormida pero en realidad estaba muerta y desnuda, con un papel escrito entre sus manos que decía:

—La muerte me rodea, no tengo salvación, llévense mi cuerpo y congelen mi corazón.

HISTORIA 37
LIBERACIÓN NOCTURNA

La puerta se cerró tras de él y la luz roja del cuarto oscuro se encendió. El trabajo de un día completo recorriendo la ciudad, estaba sobre el mesón listo para ser revelado. David dejó revelando el nuevo rollo que traía, mientras en la penumbra del cuarto revisaba otros negativos de días anteriores. La fotografía era su trabajo y su pasión, no se imaginaba haciendo algo diferente aunque para muchos podría ser sólo un pasatiempo. Capturar la realidad en su cámara y plasmarla sobre el papel era una manera de robarle un segundo a la vida y perpetuarlo en el tiempo. Era la manera de mantener vivo un instante sobre el blanco rectángulo de papel, mientras los colores quedaban sólo en la memoria de quien había llevado ese instante en su cámara.

Luego de colocar el negativo en la ampliadora y disparar el haz de luz, el líquido revelador actuaba lentamente sobre el papel fotográfico que llevaba dormida la imagen latente de su trabajo. Al principio parecían ser sólo manchas, pero luego las luces y sombras aparecían paulatinamente en la blanca hoja mojada. El encuadre era perfecto, la silueta que estaba en el primer plano era clara y nítida, pero a David no le pareció bueno el paisaje del fondo ya que estaba muy desenfocado.

Mientras la foto anterior se secaba, él colocó en el líquido la siguiente hoja que había ampliado. Se trataba del mismo lugar pero esta vez el fondo estaba nítido y con la armonía de tonos que a él le gustaba. Pero los detalles mostraban algo de lo que no se había percatado al momento de hacer la toma. Había una oscura silueta escondida en medio de los arbustos y un reflejo blanco le daba un brillo extraño.

David amplió la imagen tanto como la máquina se lo permitía, la escena captada era totalmente insólita y confusa. Si estaba en lo cierto la difusa figura, mostraba una escena muy perturbadora. Muchas veces las sombras y luces en una fotografía suelen parecer formas especiales que en realidad no existen. Pero en esa ocasión la luz del día era perfecta, esa tarde de verano con intenso sol no debía reflejar formas extrañas entre los matorrales, sin embargo aquello parecía un hombre con un cuchillo en sus manos y una mujer tendida en el suelo.

David no podía despegar sus ojos de esa figura. Pensando si era su imaginación la que estaba yendo demasiado lejos. Necesitaba estar seguro, así que decidió sacar una copia de cada foto tomada ese día en el parque. Luego de ampliar todo el material y constatar que nada extraño aparecía en las demás tomas, sino que sólo era ese instante peculiar el que escondía el misterio que debía resolver.

Sólo una persona podía ayudarlo en esa extraña situación, su amigo Ricardo, teniente de la división sur de homicidios de la ciudad. David le llevó la ampliación y los negativos a su amigo; quizás ellos con sus instrumentos de alta tecnología y sus años de experiencia podrían dar respuesta a la incógnita. Al principio Ricardo mostró el mismo escepticismo, pero después de varios análisis, concluyeron que las fotografías estaban en lo correcto; la escena se trataba de un asesinato.

David les indicó exactamente donde había tomado la foto para que los investigadores realizaran los peritajes correspondientes. En cosa de horas todo se había transformado de una simple corazonada a un caso policial. Sin restricción para publicar las imágenes, David no demoró en encontrar un medio que se interesara en el exclusivo material y en breve su fotografía ya estaban publicada en la prensa.

Así la noticia del horrible asesinato a plena luz del día tenía una imagen captada por un aficionado. Lo que David no sabía hasta ese momento es que esa situación estaba conectada a una serie de asesinatos similares en la ciudad. Él había tenido la fortuna de captar el horrible instante aquel día recorriendo la ciudad. Ahora como centro de atención de la brutal coincidencia, él también era solicitado por los medios.

Comenzó a aparecer en entrevistas en radio y televisión, y obviamente debía dar declaraciones a la policía cooperando en todo cuanto pudiera aportar a la investigación. El teléfono no paraba de sonar cada día, David se sentaba por horas buscando en sus antiguas fotografías algún otro fenómeno escondido o alguna situación diferente. Pero finalmente siempre volvía a la tan nombrada imagen del asesinato.

Algo comenzó a suceder en su interior con todo eso; algo que lo hacía sentir privilegiado de ser quien hiciera la polémica toma. Ahora su pasión por las fotografías artísticas ya no lo satisfacía, ya no encontraba valor alguno en una fuente de agua bien iluminada o en la casual mirada de un ave hacia su lente mientras descansaba en una rama. David necesitaba encontrar algo distinto detrás de la cámara, algo que encendiera nuevamente su sangre y su pasión.

Unas semanas después, cuando la atención sobre él ya había disminuido bastante, una prestigiosa agencia le ofreció a David una considerable suma de dinero, si era capaz de conseguir fotos similares a su primer acierto noticioso. Sin duda era una excelente oferta y un gran reconocimiento por su trabajo. Sus antiguos motivos de atención, plazas, edificios arquitectónicos con historia, lugares especiales dentro de la ciudad, captados siempre en blanco y negro. Daban ahora paso a morbosas situaciones ocurridas en la misma ciudad; muerte y desolación serían desde ese día el centro de su atención.

David comenzó a comunicarse con sus contactos policiales, para intentar ser siempre el primer fotógrafo en llegar a las escenas de asesinatos brutales y cosas similares. Al contrario de lo que cualquiera pudiera pensar, su nuevo enfoque estaba muy lejos de ser algo rutinario, ya que todos los días suceden cosas extrañas en la ciudad. Día a día su nuevo trabajo se volvió algo adictivo, morboso y sin escrúpulos; ya no había nada que lo impactara, se había transformado lentamente en una persona insensible e indolente.

Tras cada imagen que capturaba no había una persona para él, no había un padre o una madre o un ser humano, simplemente era un objeto inanimado para fotografiar. Cada día David quería ver más sangre, más muertes y ser testigo de más cosas extrañas a su alrededor. Y sin darse cuenta, todo eso comenzó a ser una necesidad insaciable y enfermiza, no podía controlar esa sed de capturar las escenas más insólitas y llegar a ser reconocido por su trabajo tétrico y morboso. Pero los altos y bajos de la vida siempre van cambiando de ritmo y con el paso de los meses le tocó a David estar abajo.

Esas habían sido unas semanas muy difíciles, por varios días no había sucedido nada especial en las calles y la larga espera comenzó a desesperarlo. Tal era su agonía y su anhelo de presenciar algo sangriento, que salió a caminar por las calles esperando que el azar lo guiara hacia algo espantoso. Con cada persona que veía pasar a su lado, se imaginaba una forma diferente de muerte. Algo muy fuerte estaba creciendo en su interior, algo que estaba ahogándolo, consumiéndolo vivo y que no podía esperar más tiempo por salir a la luz.

Era una noche solitaria y fría, el invierno traía a diario una bruma espesa y húmeda que mojaba las calles. Pero David sentía que esa atmósfera era la más indicada para que las cosas sucedieran en la oscuridad de la noche. Él tomó su cámara y la colocó oculta entre los arbustos, enfocando hacia un solitario asiento en el parque. Esperó por horas a que alguien en la oscuridad de la noche se hiciera presente y se sentara en ese banquillo.

Hasta que llegó ella, una mujer de cabello oscuro, delgada y en tenida deportiva. Una mujer que se tomaba horas de la noche para trotar despreocupada, no importando qué clase de clima hubiera. Ella se sentó frente a él, con la vista hacia el suelo, cansada de correr, inspirando profundamente para recuperar el aliento.

La cámara tenía conectado un disparador remoto de alto alcance. David comenzó a acercarse sigilosamente hacia ella. Sólo el sonido de la brisa y las gotas de agua que suavemente caían entre las ramas de los árboles lograban percibirse en el silencio. Él la sujetó con su brazo izquierdo, levantando su cabeza para evitar que ella gritara; mientras en la mano derecha empuñaba un filoso cuchillo de caza. David alzó su mano dejándola caer con fuerza sobre ella. Cada golpe que le dio fue como una enorme lanceta de avispa directo al corazón de su víctima.

Ella era la primera, la que le mostró el camino de su perversa y sedienta mente; ella le abrió la puerta a su oscura ansiedad de muerte y a la cara oculta de su apacible vida de fotógrafo. Bañado en sangre trajo su cámara para fotografiarla más de cerca, su adrenalina fluía como hacía mucho tiempo no lo hacía, él había iniciado un viaje vertiginoso y excitante. Una sensación de dominio y control absoluto se había apoderado de él, se sentía como un semidiós del parque; dominador de cada ángulo de su muerte. Una tras otra las tomas quedaban guardadas en su cámara, única testigo del nacimiento de un asesino.

David tenía las pulsaciones a mil, mientras sostenía la ensangrentada cámara frente a su obra maestra; ese era el inicio de su liberación, era el comienzo de su nuevo vivir. Hasta ese momento se había sentido atado a las acciones de otros, sumergido en los deseos de otros. Pero ahora había sido él quien mutilara ese cuerpo, quien decidió dónde dar el primer golpe, fue él quien decidió el momento y la forma de su muerte. Lo que sentía era indescriptible, abrumador y envolvente. Casi no podía esperar a llegar a su laboratorio a revelar las fotos que había obtenido, y así en la oscuridad de la noche, entre la bruma húmeda del invierno gris, desapareció del lugar sin dejar pistas.

Horas después mientras David revelaba las fotos, al ver las imágenes de la secuencia en que él le daba muerte a la mujer, éstas no lo complacían en absoluto. Sintió que era como ver escenas de una película de la cual ya sabía el final. Pero al ver las otras fotos de su víctima agonizando era diferente lo que sentía; su inmovilidad le permitió obtener las mejores fotografías de la noche. Sin duda sentía que su trabajo estaba alcanzando un nivel muy especial, era el único que tendría la suerte de verla en ese preciso instante, cuando el alma deja el cuerpo agónico.

David se sentía vivo y completo, con el poder de capturar un momento único, el instante perfecto del viaje eterno. En su interior se encendieron nuevamente los recuerdos de ese momento único, un éxtasis profundo y electrizante. Pero que a la vez se desvanecía fácilmente con la misma rapidez que su aliento se iba. Unos pocos minutos de satisfacción ya no eran suficientes para él.

Como una adicción fuera de control, comenzó a buscar formas extrañas y maneras novedosas de repetir ese momento único, cruel y enfermizo. Al principio sólo era algo que sucedía sin planificar, sólo era algo que él hacía para callar ese llamado interno que lo impulsaba. Pero se dio cuenta que más importante que la acción realizada, lo que él necesitaba era que su obra post mortem trascendiera, debía ser reconocida como algo único, especial y deslumbrante. Nada conocido podría ser mejor que capturar la sencillez de la muerte; ya que ella no tenía prejuicios, miraba por igual a ricos y pobres, a jóvenes y viejos.

Desde ese momento, tras ocho asesinatos cometidos; una nueva evolución sucedió en David. Su vida se transformó en un minucioso estudio del comportamiento humano previo a una muerte inesperada. De día seguía a los elegidos y los fotografiaba a la distancia. Fotografiaba los lugares que recorrían, sus pasos, sus gestos y toda su rutinaria vida. Luego por las noches cuando volvían a sus casas, se convertían en sus presas y sus trofeos.

David descubrió que la mayoría de las personas hacen lo mismo cada día, caminan por las mismas calles, van a los mismos lugares; aprenden una forma única de hacer las cosas y la repiten una y otra vez. Son esclavos de la rutina, esclavos que necesitaban ser liberados. A David sólo le tomaba un par de días saber qué harían y anticipaba sus movimientos repetitivos, para sorprenderlos de una manera muy particular.

Cuando los interceptaba en los parques o las plazas, les dejaba una fotografía en los asientos. Cuando era en los estacionamientos les dejaba una foto junto a la puerta de sus autos. Al llegar a sus departamentos colocaba la imagen en las rendijas de las puertas. Siempre en el lugar más visible para que ellos pudieran encontrarla y verse a sí mismos en cualquier momento de sus rutinarias vidas.

Sus víctimas se sorprendían tanto verse fotografiados, que no alcanzaban a darse cuenta cuando él se les venía encima como un rayo, dándole muerte en el lugar. Esa era su firma por la que comenzó a ser reconocido y buscado; el fotógrafo asesino. Su forma de firmar siempre era la misma, en el lugar del asesinato dejaba una foto del acechado tomada en el día y días después mandaba a la prensa las fotos de la víctima tomadas la noche de su asesinato. Su centro de atención no eran escenarios sangrientos o mutilaciones exageradas y llenas de ira, más bien le gustaba captar ese instante de paz que a él le inspiraba la muerte.

Ya habían pasado más de dos años desde su primer asesinato y a pesar que se había convertido en un experto acosador. Sentía en su interior que aún no alcanzaba la perfección de su trabajo.

Una noche de invierno brumoso después de haber seguido a su nueva víctima por semanas, David la esperaba impaciente a que volviera a su departamento. Sabía que debía llegar en cualquier momento, pero miraba una y otra vez su reloj ya que se estaba demorando mucho más de lo habitual. A ella la había seguido mucho más que a otras víctimas, tenía en su mente un escenario totalmente inesperado para ella. Ya estaba cansado de fotografiar personas en los parques, estacionamientos o callejones poco iluminados.

En esa ocasión quería lograr algo mucho más arriesgado y artístico. Quería herirla de gravedad antes que ella terminara de subir las escaleras para llegar a su departamento y que se desplomara muerta en los peldaños. En su mente ya había dibujado la silueta de ella con los pies hacia arriba y una de sus manos extendida hacia abajo, mientras la otra descansaba sutilmente en su pecho tapando la mortal herida. La sangre caería por los peldaños como una cascada con el último suspiro de la mujer.

David estaba totalmente obsesionado con ella, su cara angelical y su piel de porcelana lo habían cautivado desde el primer momento. Sus ojos grandes y su mirada tierna le darían un sentido armonioso y artístico que había buscado por años. Incluso había bautizado esa obra como *"La caída de un ángel"*.

Pero la impaciencia lo invadía, ya había colocado la fotografía tomada el día anterior en el último peldaño de la escalera. Esperaría a que ella la recogiera y cuando se incorporara nuevamente él le daría una estocada limpia directa al corazón. Pero al ver que los minutos transcurrían, David regresó a las escaleras para sacar la foto y dejar todo para otra oportunidad. No era la primera vez que echaba pie atrás en uno de sus planes, pero era la primera vez que estaba tan ansioso por concretarlo que sus manos temblaban sin parar.

David recogió la foto al final de las escaleras y al instante oyó los gritos de dos policías que aparecieron de improviso apuntándole. Era una trampa, de algún modo insospechado había sido descubierto. No tenía tiempo para pensar en cual había sido su error después de más de una treintena de asesinatos.

Sin dar pie a que lo atraparan, David se abalanzó con todas sus fuerzas contra la puerta de un departamento, la cual se abrió sin oponerle resistencia. Corrió hacia la ventana sabiendo que estaba en un quinto piso y que no podía saltar desde esa altura. Pero como él siempre estudiaba muy bien los lugares donde cometía sus asesinatos, sabía que el edificio tenía una escalera de emergencia por la cual podría escapar. Así que rompió la ventana y salió hacia ella.

Al mirar hacia abajo se dio cuenta que había dos patrullas cerrando ambos lados del callejón; entonces se vio obligado a subir a la azotea. Peldaño a peldaño subía con la adrenalina fluyendo por sus venas, desde abajo escuchaba las voces de los policías que le gritaban; pero él continuaba subiendo sin parar hasta llegar al final.

Después de subir diez interminables pisos hasta la azotea, para su fortuna no había nadie en ella. David se acercó a la orilla del edificio para mirar a su alrededor y se dio cuenta que frente a él, una construcción cercana le ofrecía la única salida posible, pero estaba demasiado lejos. La distancia era de unos tres metros hacia el lado y un piso más abajo de donde se encontraba; era su única salida así que debía intentarlo si quería escapar.

A lo lejos se escuchaban las voces de sus perseguidores cada vez más cerca. David se armó de valor, se alejó lo más posible del borde tomando suficiente distancia y tras respirar profundamente, corrió con todas sus fuerzas para saltar hacia el otro lado. Sus piernas se estiraron lo más posible, mientras en el aire David sentía como si todo pasara en cámara lenta. Su cuerpo estuvo a centímetros de llegar al otro lado, pero sus piernas golpearon fuertemente contra el muro y se sujetó como pudo de la cornisa; la mitad de su cuerpo estaba colgando y sus manos apenas lo sostenían.

La adrenalina estaba corriendo a mil por sus venas y eso le dio fuerzas para lograr subir nuevamente al techo. Abrió la puerta de servicio del edificio vecino que daba a las escaleras internas del pasillo y comenzó a bajar nuevamente hasta llegar sin problemas hasta al piso trece. Sus adoloridas piernas ya comenzaban a inflamarse por el golpe. Al girar por el pasillo, David escuchó un grito que fue opacado por un disparo y luego sintió el metal golpeando su cuerpo. Segundos después rodaba escaleras abajo sin poder detenerse. Instintivamente sujetó la cámara muy apegada a su cuerpo para evitar que se dañara.

Al golpear contra el piso, David sentía un punzante dolor en medio de su pecho y veía con horror la sangre brotando abundantemente de la herida. Sabía que su momento había llegado, sentía que su aliento se volvía más delgado a cada instante. Con la muerte tocando su puerta, sintió la urgencia de encender nuevamente su preciada cámara. Si ese era el final de su obra, quería ser capaz de fotografiar su propia muerte.

Encendió la cámara con mucha dificultad y la programó para hacer una toma automática a diez segundos; por un instante pensó en los titulares que saldrían en la prensa la mañana siguiente y mientras su mente se llenaba de imágenes que realmente nunca vería publicadas, sintió el inconfundible y lejano sonido del disparador y la luz del flash de su cámara, fiel cómplice y testigo de sus atrocidades que finalmente se despedía de él.

HISTORIA 38
LA PUERTA DE LOS DESEOS

Estaban todos atentos escuchando mientras yo les contaba la historia de la vieja mansión en la colina que poseía un pasillo encantado.

—A la medianoche del solsticio de invierno, aquel que se atrevía a recorrerlo, debía contar los pilares de los pórticos a medida que avanzaba por él. Desde la entrada hasta el final tiene veinte pilares, pero si tienes suerte y la magia de la noche te llevaba a contar veintiuno, aparecerá una puerta oculta en el último portal del pasillo. Sin dudarlo debes entrar a ese portal mágico y buscar en la habitación un cofre de madera donde debes colocar un papel escrito con tu mayor deseo. Al cabo de dos días ese deseo se cumplirá, pero al tercer día alguien vendría a cobrar un favor a cambio de tu deseo. Se dice que a los hombres se les aparece una mujer y en el caso de las mujeres un hombre.

Nadie en el grupo se sorprendió, de una u otra forma todos habían escuchado esa antigua leyenda pero ninguno de nosotros lo habíamos intentado.

— ¿Cuántos se atreverían a hacerlo? —fue mi pregunta.

Nadie respondió, todos nos miramos a las caras y a un mismo tiempo comenzamos a reír a carcajadas. Pero Diana me miró con un dejo de curiosidad y con evidentes ganas de saber más sobre el tema.

Mientras nos íbamos a casa, ella se acercó para preguntarme detalles de esa misteriosa historia.

— ¿No pensarás que es verdad? —le dije.

— ¿Y si lo fuera? —me respondió con total decisión.

Su osada actitud me dejó pensando por un instante. Todos habíamos escuchado alguna vez esa historia, pero no conocíamos a nadie que lo hubiera intentado alguna vez. Además el solsticio estaba a tres días, por eso había elegido contarles esa historia.

—Si quieres averiguarlo —le dije resuelto— te acompaño esa noche para que pruebes suerte, nada pierdes con intentarlo; cómo sabes si se abre la puerta para ti... Y si sucediera ¿cuál sería tu deseo?

—Eso es secreto o no se cumple —me respondió Diana riendo.

Chocamos las manos para cerrar el trato y esperaríamos hasta ese día sin contarle a nadie, éramos cómplices en esa emocionante aventura. Los días pasaron muy rápido y pronto eran las once de la noche del día en cuestión. Siempre me he preguntado por qué estos asuntos suceden a las doce de la noche. Pero ahí estábamos, en la vieja mansión cruzando el amplio y oscuro jardín. Al fin encontramos el pasillo del que hablaba la leyenda y nos miramos sorprendidos, pero temerosos a la vez.

— ¿Estás lista?

Ella me miró un poco asustada, pero era adicta al peligro.

— ¿Tienes todo lo necesario? —Le pregunté— recuerda que sólo te puedo acompañar hasta aquí... la leyenda dice que sólo una persona puede intentarlo esa noche...

—Si sé —me dijo con tono exaltado y temeroso.

Me besó en la mejilla y se giró; bajó la mirada y comenzó a caminar por el pasillo contando cada uno de los pilares. Seguía calmadamente, mientras a lo lejos la veía como paso a paso avanzaba. Al llegar más allá de la mitad del recorrido, las sombras la escondieron completamente, ya no se veía ni su silueta. Los minutos se hacían eternos y me comencé a inquietar. Diana se estaba demorando mucho en regresar. Pero luego pensé que si ella me diría que todo era cierto, entonces se iba a demorar un buen rato para darle credibilidad a sus fantasías.

— ¿Estás bien? —le grité para obligarla a que me respondiera.

Pero ella no respondía y ya había conseguido molestarme. Así que me animé a realizar el mismo recorrido dispuesto en descubrirla. Mientras avanzaba por el pasillo mi vista se acostumbraba poco a poco a las penumbras, de pronto la vi tendida en el suelo. Entonces corrí hasta ella pensando que estaba fingiendo estar desmayada, pero por más que le hablaba Diana no reaccionaba. La levanté en brazos sujetándola con fuerza y salimos de la mansión.

Ya en el jardín con el aire fresco en nuestras caras, le hablé suavemente hasta que despertó y me abrazó con todas sus fuerzas sin decir nada.

— ¿Qué pasó?... ¿Viste algo?... ¿Era verdad todo eso?...

Ella me miró a los ojos y tras un suspiro me dijo:

—No hay veintiún pilares sólo los veinte de siempre, pero estaba tan concentrada que al llegar al final me pareció ver algo y me asusté; intenté gritar pero la voz no me salió y después no supe nada más.

— ¿Estás bien para irnos? —le pregunté más aliviado.

—Sí, vayámonos —me respondió aún con voz temblorosa.

La acompañé hasta su casa y luego me fui a la mía. Toda esa situación me había dejado exhausto y esa noche dormí profundamente. Al día siguiente ella no fue a clases y pensé que por el incidente de la noche anterior, así que después de clases fui a visitarla. Su madre me recibió en la puerta sin hacerme pasar.

—Está muy resfriada —me dijo— quizás mañana se sienta mejor.

Al día siguiente fue a clases como siempre, se veía lo más bien aunque no alcanzamos a hablar antes de entrar a clases. Durante la primera hora de la mañana, mientras todos estaban en sus salas, se dejó oír un desgarrador grito en el patio de la escuela. Una alumna del curso medio estaba muerta a los pies de las escaleras, nadie sabía qué había sucedido, sólo la encontraron tendida en el suelo sin vida.

El alboroto fue general, ella era una de las más populares y lindas del colegio; pertenecía al coro al igual que Diana. Todos estaban consternados; nunca había pasado algo similar. Las clases se suspendieron esa mañana y todos lloraban a la desafortunada muchacha. Pero Diana parecía estar en otro mundo, no mostraba sus sentimientos a pesar que ella la conocía más de cerca que yo.

— ¿Qué te pasa Diana? ¿Te sientes bien?

—Tomaré su lugar en el coro —me respondió balbuceando— tendré que aprenderme todas sus canciones...

Evidentemente ella no estaba bien, tenía la mirada perdida y lejana. Todos tomaron rumbo a sus casas, pero el grupo de coro fue citado a reunirse de manera especial, dado que su compañera, la voz más destacada del grupo había fallecido. El coro haría una presentación especial en su memoria, el director se les acercó muy dolido y les dijo:

—Sé que es difícil para ustedes hacer esto después de lo sucedido esta mañana, por eso las he citado con prontitud, para saber quienes participarán y así designar alguien para la voz principal pasado mañana...

Entre sollozos y lágrimas todos levantaron las manos en señal de apoyo y se ubicaron en sus respectivos puestos para el ensayo; mientras tanto el director designó a Diana y a Elizabeth para la prueba de voz. Tras unos minutos de ensayo, Diana evidenció no estar bien de su voz, su reciente resfriado le impedía estar en un cien por cien para el puesto vacante.

—Creo que será Elizabeth nuestra nueva voz principal —dijo el director— espero que lo entiendas Diana, pero tú sabes que soy muy exigente.

Diana no dijo nada en ese momento, sólo tomó sus cosas y se despidió de todos resignadamente. Al finalizar el ensayo, todos se retiraron a sus casas, pero Elizabeth se quedó a repasar los últimos detalles de la presentación. El salón de música se encontraba en el tercer piso del edificio, repentinamente se sintió un fuerte crujido en todo el salón y el techo se desplomó sobre los que aún quedaban. El director quedó atrapado detrás de la tarima del coro, pero Elizabeth fue alcanzada por una viga que golpeó una de sus piernas.

Era el segundo accidente en un mismo día; providencialmente esta vez no fue fatal, aunque Elizabeth debió ser hospitalizada. A la mañana siguiente les informaron a todos lo sucedido y los citaron a ensayar esa tarde al gimnasio, ahora Diana era designada como la voz principal. Sin embargo, a pesar de anhelarlo con tantas ansias, la noticia no pareció sorprenderla; era como un bloque de hielo, nada la hacía sonreír. Tal vez era comprensible, ya que ella no había conseguido el puesto por méritos propios, sino por las desafortunadas circunstancias de esos días.

Diana ensayó esa tarde como nunca lo había hecho antes, con mucho esfuerzo pero sin corazón. Mucha técnica y perfección en la ejecución de cada frase, pero ese estremecimiento que te causa el canto que proviene del alma, no estaba presente. El director la llamó aparte y le habló a solas para no avergonzarla.

—Sé que es duro lo que ha sucedido a tus compañeras, pero debes ser fuerte y dar lo mejor de ti mañana.

Diana agachó la cabeza un instante y luego lo miró con los ojos llenos de rabia diciendo:

— ¡Yo no soy como ellas!... ¡Nunca seré como ellas, nunca cantaré como ellas!... ¡Yo puedo ser mucho mejor, mañana se lo demostraré y todos verán lo equivocados que están de mí!...

Diana tomó su bolso y se retiró llorando; el director no esperaba esa reacción de parte de ella, pero no lo consideró grave dado los sucesos por los que habían pasado, todo estaba muy tenso así que les dijo:

—Mejor descansen por hoy y mañana temprano nos reunimos en la misa, den lo mejor de ustedes en memoria de su compañera, sé que ella se hubiera sentido halagada de escucharlos entonar estos himnos.

El colegio cerró temprano sus puertas para efectuar los preparativos, la misa y el funeral comenzarían temprano y no habría clases después en señal de luto. Me encontré con Diana en el pasillo y me ofrecí a acompañarla a su casa, pero ella en su nueva actitud se negó diciéndome que debía volver a ensayar. Yo sabía que nadie más estaría allí, que era una obstinación de su parte seguir practicando.

La seguí sin que se diera cuenta y la vi entrar al gimnasio; encendió las luces y la mesa de sonido. Colocó la pista de ensayo una vez más y comenzó a cantar. Su voz se oía dulce y melodiosa como nunca antes, las horas pasaban y ella seguía ahí ensayando.

De pronto los instrumentos comenzaron a emitir sonidos extraños, se sentía como si las cuerdas de los violines se cortaran una a una. Diana guardó silencio un momento y miró hacia el iluminado rincón; el sonido se detuvo y ella continuó cantando con toda la fuerza de su corazón.

Nuevamente comenzaron los ruidos de cuerdas cortándose, pero esta vez no pararon; las cuerdas de todos los violines, chelos y contrabajos se cortaban. El ruido era estremecedor, Diana dio un grito terrible de espanto y la silueta oscura de un hombre se hizo presente en el lugar. El hombre se acercó a ella como flotando en el aire, lentamente colocó su mano sobre su cara y luego de unos segundos desapareció. Diana cayó al suelo y corrí a ayudarla, comencé a hablarle y a moverla pero no despertaba.

La tomé en brazos y la senté en la gradas; ella abrió sus ojos lentamente pero una nube blanca opacaba el café de su iris.

—Por favor enciende la luz —me dijo aterrada.

—Pero Diana, está encendida —respondí extrañado.

— ¡No, mentira!... ¡Todo está oscuro!... ¡No veo nada!...

Aunque me costara aceptarlo, todo lo sucedido esos días era demasiada coincidencia tras nuestra experiencia en la mansión. Busqué una respuesta entre líneas al preguntarle:

– ¿Qué hiciste Diana?... ¿Qué pediste esa noche?

—Sólo pedí ser la mejor cantante del coro —me respondió estallando en un mar de lágrimas y desconsuelo.

Sus palabras corroboraron mis más profundos miedos. Comprendí que la leyenda se hizo realidad para Diana esa noche y el pago de su deseo fue entregar su vista, a cambio de la más hermosa voz que jamás había escuchado. Por más que la abrazara e intentara consolarla, sabía que nada cambiaría lo sucedido. Sabiendo que nadie nos creería lo que pasó, decidimos no hablar de ello jamás y eso se convirtió en nuestro secreto por siempre. Lo que aún no termino de entender es cómo a veces, los deseos más simples, pueden convertirse en los más desafortunados si se los busca con envidia y vanidad.

HISTORIA 39
METRÓPOLIS

Siempre he vivido aquí, esta es mi ciudad, el lugar que me vio nacer y que me ve vivir. Cada día soy parte de la multitud que recorre sus calles y sus rincones. Hoy al llegar la noche, miré desde lejos las luces que encierran mil misterios. Escuché entre las sombras gritos y risas, nunca silencio. Encontré amores y desamores, siempre una aventura. Esta noche desde lo más alto de la ciudad, cerré mis ojos para verte en mis recuerdos, para encontrar tu perfume entre la fría brisa, para ver en mi memoria tus ojos y tu piel.

Pero no pude encontrar las huellas de tus pasos que se alejaron de mi lado, tampoco respondiste cuando grité tu nombre con dirección a los vientos. La ciudad escondió tu silueta, ocultó tu dulce boca y tu sonrisa. Sólo la luna sabe donde reposa tu sombra y se oculta de mis ojos. Sentado en mis recuerdos, veo las estrellas alejándose hasta el horizonte y cada historia que escribimos se desvanece lentamente.

La lluvia comenzó a caer lentamente y los minutos se convirtieron en horas esperando una señal. La tinta de mis pensamientos se desvanecía con el agua y caía por los techos y mi piel. Recorrió las calles sin dirección alguna, manchando las puertas y las ventanas de cada lugar que conocimos. Esperaba que fueras real, pero estás ausente de cada espacio que ocupo, ni siquiera eres un fantasma que recorre mi mente atormentándola. Tampoco tu reflejo ilumina mis ojos perdidos en el horizonte púrpura, nada me queda de ti a qué aferrarme, ni siquiera el sonido de tu nombre.

La lluvia sigue golpeando mi cuerpo y me rindo ante la incertidumbre, las sombras del pasado nublan mis sueños y me obligan a callar. La esperanza de un nuevo amanecer junto a ti al fin ha muerto y mis suspiros apasionados, se consumen al despuntar el alba. La noche pierde su fuerza y se entrega al comienzo de un nuevo día, te busqué con mi corazón en las manos y se partió en pedazos. Las lágrimas se convirtieron en sangre y crucé la línea del dolor una vez más. Regresé del hades para ver el cielo abriendo a los primeros rayos de sol.

Doy vuelta la página escrita con tinta de pasión y recuerdos dolorosos, recorro con mi vista la ciudad que algún día nos unió y que hoy me muestra nuestro último adiós. Un adiós silencioso, sin palabras, perdido entre los sonidos ocultos y desolados, sonidos de la mañana cuando inicia un nuevo día. Cavé una tumba para mi corazón y enterré sus pedazos destrozados.

Siempre habrá historias que contar, siempre un comienzo y un final. Estas calles que me vieron nacer, florecer y morir, hoy me ven resucitar. Abracé el silencio por un corto tiempo, sólo para olvidar que te conocí. Cobijé el dolor junto a mi pecho, mientras tu cara se perdía en la multitud. Esta fría mañana de invierno comienza iluminando mis ojos cansados y somnolientos. Pertenezco a cada rincón de esta Metrópolis, en ella vivo cada día como si fuera el último de mi vida, escribiendo en mis líneas melancólicas los recuerdos vivos que dejo ir.

HISTORIA 40
EL OBITUARIO

Cada noche me siento frente al mismo escritorio, enciendo el computador, ordeno lo que está encima. Los lápices, las notas, archivos y documentos. Me sirvo un café muy cargado para despertar y leo los emails que han llegado. Sé muy bien que no tendré reuniones hoy, porque a la única junta que voy, es la aburrida y monótona evaluación mensual. Hoy al igual que cada noche, revisé el listado de personas fallecidas. Ese soy yo, el columnista nocturno sin fama detrás de los obituarios.

Uno a uno debo ordenarlos e intentar que no falte espacio para ellos. El problema es cuando muchas personas decidieron morir el mismo día, peor aún; cuando nadie aportó a mi lista de fallecidos y me siento un completo inútil. Nunca he encontrado el nombre de un familiar o un amigo, por eso me llenó de espanto al leer el séptimo nombre de la lista de hoy.

—Ricardo Alonso Morales Mckee, ¡Ese es mi nombre!

Inmediatamente miré hacia todos lados, pensando que alguien me estaba jugando una broma. Seguramente debía estar mirando, esperando ansioso a observar mi reacción. Pero por más que busqué al responsable, nadie me miraba. Volví revisar la lista detenidamente, pero estaba correcta. No podía dejar que ese asunto me atrasara, así que escribí todos los nombres de la lista, dejando ése para el final. Aún pensaba que todo eso era una broma de mal gusto.

Tras terminar fui donde el supervisor de edición y le conté lo que pasaba, hasta donde él sabía, todo estaba bien con la nómina.

— ¿Cómo que está bien? —le dije— ni pensarlo... ¡Mi nombre no puede estar publicado en el obituario!

Sólo tenía una persona a quien recurrir, uno de mis contactos trabajaba en la oficina de registro nacional; si existía alguien que se llamara igual que yo, debería estar registrado. Llamé inmediato a mi amigo, pero el teléfono marcaba y marcaba sin que él contestara. El tiempo se acababa y la columna debía cerrarse pronto, pero yo la estaba retrasando.

Fui nuevamente con mi supervisor tratando de explicarle nuevamente la situación, pero fue en vano. Me miró a los ojos y dijo:

—Tienes dos opciones; publicas la columna y si es un error, mañana se escribirá una disculpa pública para enmendarlo. Segundo: No la escribes y si realmente existe alguien que se llama igual a tú, te despido. La decisión es tuya, tienes cinco minutos para cerrar la columna.

Yo no sabía qué hacer, mi trabajo estaba en juego si no la publicaba. Pero si lo hacía y realmente se trataba de un error, me sentiría mucho peor. Qué pasaría con las personas que me conocen al ver mi nombre escrito allí ¿y si lo leía mi madre? La noticia podría matarla de la impresión. Mañana estaría escribiendo el nombre de mi madre en esa columna por culpa de un error. El tiempo avanzaba y la cabeza me daba vueltas pensando en una solución, estaba totalmente desorientado y confundido con toda esa situación.

— ¿Qué es lo peor que pasará si me equivoco? —me pregunté una vez más— me echarán de aquí, perderé un trabajo patético del cual estoy totalmente aburrido.

Me senté nuevamente frente a mi computador y escribí las palabras que mi instinto me dictaba. Había tomado una decisión definitiva y me apresuré a imprimir las copias para que las firmara el supervisor. Él me miró sin leer el contenido, intentando adivinar en mi mirada alguna señal, algún sentimiento de culpa, alguna indecisión de mi parte.

— ¿Qué habrá decidido hacer con esto? ¿Qué habrá escrito? —seguramente eran las preguntas que pasaban por su cabeza.

Salí de la oficina esa madrugada pensando mil cosas al respecto, recién mañana sabría si me había equivocado o no; si mantenía mi trabajo o pasaba a ser un cesante más. Con tantas preguntas en mi cabeza, sentí que iba a ser difícil dormir tranquilamente; así que pasé a un bar por unos tragos. Al poco rato me había olvidado de todo; al final ya estaba hecho. A esa hora se estaba plasmando en tinta y nadie pararía las imprentas por el error de un columnista desconocido.

El asunto es que no publiqué mi nombre ese día y acerté, nadie se llamaba como yo. Pero de todas las cosas que pensé esa noche, hubo una en la que no medité profundamente.

— ¿Y si era una señal divina, una especie de advertencia de Dios para mí?

Si lo hubiera pensado mejor, no hubiera cruzado esa esquina con luz roja y hoy no estarían publicando mi obituario.

HISTORIA 41
SÁNDWICH DE QUESO

Hoy desperté muy tarde, no sé si no programé el despertador o lo apagué sin darme cuenta. El asunto es que no alcancé a desayunar en mi casa y salí a la oficina. En el trayecto al menos no tuve retrasos, pero cada cierto tiempo, mi estómago reclamaba su cuota de alimento matutino. El maldito gruñía de tal manera que sentía la mirada de las personas sobre mí. Intenté ignorar ese ruido gutural imaginando que había tomado un rico café con un sabroso sándwich de queso.

Al salir de la estación del metro cercana a mi oficina, sentí en el aire el olor al pan recién horneado que venía del almacén. Ese aroma envolvente sacudió mis sentidos y humedeció mi boca, deseando por un instante hincarle el diente a una crujiente pieza de pan.

Pero ya era tarde para detenerse, era mejor subir a mi oficina, marcar la tarjeta de entrada y luego en algún momento de la mañana salir a comprar. La mayoría de mis compañeros lo hace así, y aunque no es mi costumbre mis tripas reclamaban tanto, que lo mejor sería bajar al almacén a comprar algo rico para desayunar.

Rápidamente encendí mi computador, colgué mi chaqueta, saqué algo de dinero de mi billetera y me encaminé a la puerta de salida, con la sabrosa imagen de lo que compraría para saciar mi hambre.

A metros de llegar, aparece mi jefe por el pasillo, con una cara de enojo poco común en él —Algo debe andar mal— me dije e hice como que iba a otro sector de la oficina para que no me viera salir. Aproveché esa desviación obligada para saludar a compañeros de trabajo que generalmente no visito.

Cuando vas poco a los puestos de trabajo de otros, te sientes como visita, pero debía hacer el tiempo preciso para que mi jefe volviera a su oficina. Saludé a todos, algunos con su cara me decían:

— ¿Y éste que viene a hacer acá...?

Infaltable el compañero que se te queda conversando de cosas poco importantes, pero que por cortesía no puedes dejar de escucharlo. Mientras con mi cara llena de risa, oía sus palabras sin ponerle atención. En ese momento mi estómago sonó nuevamente de manera estruendosa. Sentí inmediatamente como los colores se m subieron a la cara.

—Parece que alguien no desayunó...

Sólo le sonreí lleno de vergüenza, aunque por dentro decía:

—Pero si no me hablaras tanto, hace rato que me hubiera ido a comprar algo para comer...

Corté la conversación y me encaminé a la salida nuevamente. Mi jefe ya estaba de vuelta en su oficina y pude salir sin problemas ni retrasos. El único almacén en dos cuadras, era también famoso por sus sándwich a pedido. Variedades de quesos, jamón, salame, jamón de pavo, lo que uno pidiera. Pero en mi mente sólo llevaba presente una imagen, un crujiente sándwich con doble queso.

Al entrar había una inmensa fila para llegar al mesón de atención, me coloqué como todos a esperar mi turno. Mientras miraba alrededor pensando si valdría la pena cambiar ese pan soñado por unas galletas u otra cosa para comer. Quizás venir más tarde sería lo mejor, pero con lo que me había costado salir, mejor me armé de paciencia y esperé mi turno.

Finalmente mi turno llegó y con voz casi agónica dije:

—Sándwich con doble queso.

El hombre del mesón me pasó el vale para pagar en caja y ahora la fila se trasladaba a la zona de la caja. La verdad que la fama del negocio era mucha, todos compraban allí.

Al fin cancelé y retiré del mesón mi bolsa. Salí del almacén y emprendí el trote para recuperar el tiempo perdido. Llegué a la esquina cuando la luz ya estaba amarilla y al ver que pronto caía la roja aceleré mi trote para cruzar.

A mitad de calle solté la bolsa con el sándwich. Mi corazón se exaltó al ver que mi desayuno rodaba por la calle. Sin parar de correr y al ver que los autos se me venían encima, con un fuerte puntapié lo hice cruzar al otro lado de la calle y lo recogí al llegar a la vereda.

Afortunadamente no había perdido mi delicioso desayuno. Mi corazón casi se salía de mi pecho. Pero ya faltaba poco para saborear su textura y saciar mi hambre matutina.

Entré sin ser visto a la oficina, me preparé un café y coloqué el pan en el escritorio donde estratégicamente nadie pudiera verlo. Me alisté sacándolo del envoltorio y grande fue mi sorpresa al encontrar que no era lo que había pedido.

No era mi exquisito sándwich de doble queso, éste era de queso y salame. Me senté ahí meditando en qué hacer ahora, debía tomar una decisión, regresaba a cambiarlo al almacén o le hacía caso a mi estómago.

—Grrrrrr,... él respondió.

Similar al gruñido de un animal a punto de atacar, después de esa aventura, mejor lo comía sin reclamar. Aunque alguien, en algún lugar del vecindario estaba en la misma situación que yo, contemplando sándwich doble queso, cuando pidió queso y salame.

Al pensar en eso me reí, le di el primer mordisco a esa combinación de sabores que nunca había saboreado... Mis ojos debieron iluminarse tras la primera sensación en mi boca.

—Definitivamente exquisito... desde hoy sólo pediré queso y salame.

HISTORIA 42
LAS PUERTAS DEL SOL

A lo lejos se escuchaban nuevamente los gritos de los monos saltando entre las ramas de los árboles, mientras la caravana cruzaba uno de los cientos de senderos que se dibujaban a través del espeso bosque. El viento cálido mecía suavemente las hojas húmedas de los milenarios árboles que nos rodeaban. Mientras el murmullo casi silencioso del río se escuchaba entre los sonidos de la selva. El canto de las aves, los chirridos de las cigarras y el croar de las ranas en el estanque, todo unido en una sinfonía multiforme y al colorido cuadro que se dibujaba frente a nuestros ojos.

Esa era la cuarta semana que llevábamos explorando esos territorios selváticos y aún había provisiones suficientes para varios días más. Pero los guías parecían confundidos y temerosos por algo en particular. De vez en cuando se miraban misteriosamente como esperando que algo se nos apareciera desde lo profundo del bosque. Estaba seguro que no era sólo una sensación personal, tenía casi la certeza que mientras recorríamos esos lugares olvidados, una especie de código se podía ver en sus miradas, sin duda algo les preocupaba.

El grupo avanzaba por la espesa selva, el sol se escondía tras los frondosos follajes, pero ya debía ser cerca de las cuatro de la tarde. El calor era bloqueado en parte por la húmeda selva, pero el sudor nos mojaba por completo la ropa. El grupo estaba compuesto por dos guías, cuatro cargadores, dos arqueólogos, dos botánicos y yo, un aventurero historiador adicto a los viajes. En mi vida había recorrido los parajes más hermosos y los más inhóspitos, los más helados y los más desérticos de toda la tierra. Siempre había un motivo para salir a explorar esta bondadosa tierra.

Éramos once personas inmersas en la selva espesa casi inexplorada, pero muy bien conocida por nuestros nativos compañeros. En nuestro peregrinar encontramos muchas especies de animales que nunca habíamos visto, todo el entorno sobrepasaba con creces todas mis expectativas. Aunque después de cada agotadora jornada, mis piernas ya no eran capaces de moverse un centímetro más. Al menos yo no roncaba como lo hacía el doctor que nos acompañaba, Frank Dalton, un inglés que tenía un doctorado en botánica y estaba recopilando muestras de especies nativas.

Intentar describir la vegetación que nos rodeaba era algo muy difícil, cosas como esas sólo las había leído en libros de botánica y aún así se quedaban cortos en muchos detalles, todo era maravilloso. Los sonidos, el aire y el clima eran algo inimaginable, sin duda esa era una experiencia extraordinaria y única.

De un instante a otro, mientras seguíamos avanzando por esos parajes y el sol de la tarde comenzaba a descender en la lejanía, se produjo un desolador silencio, seguido de un estruendo que obligó a las aves a volar de los árboles. La tierra comenzó a temblar y los animales corrían despavoridos como una enloquecida estampida, mientras nosotros nos afirmamos de lo que podíamos. Después de largos segundos de movimiento, que más bien nos parecieron interminables minutos, todo se detuvo y la calma volvió otra vez.

Nuestros guías y los cargadores de la caravana estaban de rodillas en el suelo, dando gritos y levantando las manos al cielo como una oración desesperada. Uno de ellos se levantó diciendo:

—Ustedes no son bienvenidos en estas tierras. Deben irse lo antes posible, antes que suceda algo peor...

Sus palabras me hicieron dudar por un minuto de la continuidad de nuestra expedición; pero el espíritu que nos unía era el de enfrentar toda clase de peligros y a lo desconocido. Así que después de discutirlo entre todos, continuamos caminando contra las advertencias de nuestro guía nativo. A no poco de andar, desde el espesor de los árboles se escuchó un zumbido y uno de los exploradores cayó al suelo; luego varios zumbidos más surcaron el aire y a cada uno de nosotros nos llegó un dardo que nos derribó en cosa de segundos. El pinchazo apenas lo sentí en la piel, pero casi inmediatamente sentí las piernas pesadas y mi vista comenzó a nublarse hasta que ya no pude sostenerme en pie.

Lentamente mis ojos comenzaron a abrirse y a dejar atrás la oscuridad en la que se habían sumergido, mis brazos estaban adoloridos y al mismo tiempo adormecidos como mis piernas. No sé cuánto tiempo permanecimos inconscientes. Pero desde donde estaba vi como uno a uno fuimos despertándonos atados a gruesos postes de bambú. Cuando al fin pude distinguir las formas más allá de dos metros de distancia, me di cuenta que estábamos rodeados de nativos. Para mi sorpresa sólo cinco de los once que conformaban la caravana permanecíamos allí; no veía a los guías, ni a los cargadores por ningún lado.

Un hombre de la tribu se me acercó hablándome en su dialecto, mientras alguien atrás de mí tradujo cada una de sus palabras. La voz me era familiar y al girar mi cabeza para verlo, me di cuenta que era uno de nuestros guías. Él caminó hacia el frente mostrándose por completo. Estaba vestido como todos en ese lugar; era evidente que él también pertenecía a esa tribu al igual que el resto de los nativos que estaban en nuestra expedición.

Sin darnos cuenta habíamos sido emboscados por ellos, atraídos como moscas a la miel; fuimos seducidos y cegados por la hermosura de esos parajes, atrapados por nuestro propio afán de aventuras. Con un profundo pesar en mi corazón, bajé la mirada muy avergonzado de haber sido engañado tan fácilmente y pregunté:

— ¿Para qué nos has traído a este lugar? ¿Qué ganas tú con tenernos aquí?

Él tomó mi cara levantándola para que lo viera directo a los ojos y me respondió:

—Soy Tiki Samoa, hijo de la tribu Paplinko, guerreros y guardianes de esta selva; protectores del santuario dorado de Las Puertas del Sol. Ustedes han sido traídos a este lugar para saciar la sed de Kulsa, dios y protector de nuestro pueblo y para calmar su ira contra nosotros...

Miles de palabras vinieron a mi cabeza en ese momento, no sabía qué decir, no sabía si gritar de rabia o rogarle por nuestras vidas. Sólo sabía que nada de lo que le dijese lo convencería de soltarnos. Esas eran sus creencias, era su forma de comprender los sucesos de la tierra y nosotros éramos la solución a sus problemas. Sólo esperaba descubrir pronto el alcance de sus palabras tan severas.

Comencé a hablarle del motivo de nuestra expedición, de los estudios que estábamos haciendo y que no veníamos a destruir ese maravilloso entorno. Pero mientras más me esforzaba en explicarle nuestra visión de la vida, más grande era esa sonrisa burlona pintada en su cara. Quizás muchos antes que nosotros hicieron exactamente lo mismo; e intentaron desesperadamente convencerlo de que los liberara ante la muerte inminente.

Al final y muy en el fondo, yo sabía que nada lo haría cambiar de parecer y guardé silencio bajando la mirada otra vez; él levantó mi cabeza señalando a la distancia la silueta de un cercano volcán humeante. Miré a mis compañeros intentando que alguno me dijera algo que explicara nuestra situación, pero nadie entendía nada. Todos estaban tan confundidos y desesperados como yo; ellos ponían sus esperanzas en mí pero yo no podía hacer nada por salvarnos.

Lo que quedaba del día pasó rápido mientras permanecíamos atados a esos postes, sin embargo los nativos nos dieron de comer en abundancia y saciaron nuestra sed. Parecíamos ganado siendo alimentado para el matadero; nunca, desde que habíamos comenzado esa expedición, habíamos comido tan bien como ese día. Había frutas y carnes en abundancia; carne de ave que parecía ser alguna especie de faisán; la inconfundible carne de jabalí, que yo ya había probado en otras ocasiones y frutas muy jugosas que ni siquiera sabía su nombre o a qué me sabían. Sólo sé que eran un manjar de reyes.

La noche ya caía, por lo que calculaba que serían más de las ocho. Mientras el sol bajaba rápidamente, la luz rojiza del volcán a la distancia se hacía más notoria. Llevábamos casi un mes en esos lugares y jamás nos dimos cuenta de su presencia. Quizás porque la mayor parte del tiempo estábamos inmersos en el gran bosque, y ahora que la vegetación era menos espesa, lo podíamos ver con todo su esplendor. Con danzas alrededor del fuego que nos iluminaba, los nativos dieron inicio a su ritual, mientras al son de cánticos desbordantes, ellos también comían y bebían en abundancia.

Luego de varias horas el fuego seguía encendido; y entre los pasos danzantes de la tribu, un alarido se dejó escuchar desde una de las chozas. Un personaje vestido entero con pieles se hacía presente en medio de las danzas. El chamán levantó sus manos al cielo gritando y luego de algunos giros como un remolino, las bajó señalando a dos de nuestros compañeros. Ellos eran Alexander Stuart, un joven arqueólogo inglés y Alfred Sannen un botánico belga que por primera vez salía en una expedición similar. Obviamente ellos eran los más jóvenes de nuestro grupo.

Los hombres más fuertes de la tribu los soltaron de los postes y los obligaron a beber un fuerte licor nativo. Cuando ya no podían tragar más y pensamos que los soltarían, los voltearon boca arriba y seguían forzándolos a beber más licor. Una vez que estaban embriagados, los soltaron para que caminaran como zombis entre la multitud. Alexander se descompuso al punto de vomitar y desplomarse al suelo casi inconsciente. Por su parte Alfred, que siempre hacía alarde de su resistencia a los licores fuertes, se mecía intentando mantenerse en pie; mientras que los nativos lo empujaban de un lado a otro.

Luego de unos minutos que se divirtieron con ellos y por indicación del chamán, los colocaron sobre una especie de altar de piedra. Ambos estaban tan ebrios que ni siquiera necesitaron amarrarlos para que se mantuvieran quietos. Entre los gritos de la multitud, el chamán levantó un cuchillo enorme y afilado, en ese momento todos guardaron silencio por un instante, hasta que el cuchillo cayó sobre el pecho desnudo de Alfred. La expectante multitud estalló en gritos y danzas nuevamente, mientras el chamán le sacó el corazón, lo levantó hacia el cielo oscuro de la noche y lo lanzó al fuego ante la exaltación de toda la tribu. Luego fue el turno de Alexander.

Después de esa escena sangrienta, el chamán volvió nuevamente a su choza y todo continuó como antes; la música, las danzas y la abundante comida. Nosotros estábamos atónitos ante semejante espectáculo. Tan perplejo estaba, que no vi hacia donde llevaron los cuerpos de nuestros fallecidos compañeros. A esa altura no me hubiese extrañado que luego fueran parte del menú; ya que nos habían advertido de ciertas tribus caníbales, pero no recordaba haber escuchado jamás de los Paplinko.

En mi embriaguez y mezclado con los sonidos de los tambores y los gritos de los nativos, me pareció escuchar a mi amigo David Estuardo decir:

— ¿Cómo escaparemos de nuestra condenada suerte?

En efecto, sólo quedábamos tres de nuestra expedición y no había ninguna esperanza de que corriéramos diferente suerte a la de nuestros compañeros. Sólo era cosa de tiempo para que nosotros pasásemos por el mismo afilado cuchillo. David y yo habíamos viajado juntos por muchos años a diferentes lugares; nos conocíamos hacía más de quince años. Él era arqueólogo y un adicto a las aventuras al igual que yo. Cada vez que nos ofrecían emprender un nuevo viaje, no tardábamos en aceptar y unirnos a los recorridos más insólitos.

En esa ocasión, sin embargo, los organizadores de ese viaje éramos nosotros. Nos habían hablado de ciertas historias de templos escondidos y tribus con rituales muy particulares, lo que nos llamó fuertemente la atención. David contactó a Frank quien seleccionó a dos destacados jóvenes en la universidad en la que él impartía clases. Antes de comenzar nuestro viaje investigamos a las mencionadas tribus que habitaban en esos peligrosos lugares. Por esa razón decidimos integrar a nuestro equipo a nativos y guías del lugar que conocieran los senderos y los dialectos, pero nunca pensamos que ellos mismos nos traicionarían de ese modo.

La noche había pasado lentamente y ya comenzaba a aclarar, aunque yo calculaba que faltaba alrededor de una hora para el amanecer. Mis ojos apenas se abrían del todo y mis compañeros habían dormido algunas horas más que yo. Nuevamente el chamán vestido con sus pieles salía de su choza dando órdenes a sus hombres. Muchos de ellos estaban embriagados y se levantaban con dificultad, mientras que otros, que al parecer conformaban una especie de guardia porque sus vestimentas los diferenciaban de los nativos comunes, habían permanecido sobrios. Ellos nos desataron y nos trasladaron por senderos que iban en ascenso a través del bosque, caminamos entre rocas, árboles y helechos hasta llegar a un nuevo lugar al costado de una cascada.

En un pequeño espacio llano se levantaba un altar de piedra y bambú, algunos metros más adelante, frente a la cascada había un portal de piedra perfectamente orientado hacia la salida del sol y completaba el matutino paisaje, el volcán humeante que se encontraba en la lejanía directamente frente a nosotros.

Durante toda la noche sólo había pensado en las mil maneras de escapar, pero viendo el nuevo entorno que nos rodeaba, podía darme cuenta que nada de lo que había planeado daría resultado. Luego de unas palabras del chamán colocaron a nuestro amigo Frank en el altar y sin mucha ceremonia, sólo unos cuantos gritos dirigidos al volcán, el chamán alzó su cuchillo y lo mató. Su sangre caía por una canaleta de bambú hasta llegar lentamente al río para luego caer por la cascada.

Ahora era el turno de David, quien me miraba con ojos resignados, aún incrédulo de lo que estábamos viviendo.

—Espero que sea lo más rápido posible —dijo sin esperanzas de escapar de ese destino trágico que nos había tocado.

Mi garganta se apretó, no pude decirle absolutamente nada, yo estaba choqueado y expectante. Sólo esperaba un milagro para que ambos pudiéramos salir de esa situación con vida. Por un instante recordé una de nuestras expediciones a África, donde David se había contagiado con una extraña bacteria que lo tuvo al borde de la muerte; o en otra ocasión donde fuimos al polo norte y quedamos atrapados en una tormenta blanca que casi nos congela. En esa oportunidad el más perjudicado fui yo, que perdí dos dedos de mi pie izquierdo por congelamiento. Pero aún así habíamos sobrevivido para contarle al mundo las maravillas ocultas de nuestra tierra.

Pero eso era totalmente diferente, no dependía de nuestra voluntad el sobrevivir, ni siquiera de alguna destreza. Aún cuando lográramos zafarnos de las ataduras y escapar, qué rumbo podríamos tomar, cómo atravesaríamos esa selva impenetrable y sobreviviríamos sin comida. Volví mi mirada a David observando con mucho dolor en mi corazón como lo colocaban sobre el altar. Los guardias lo sujetaron firmemente, David gritaba y se movía como una culebra. El chamán volvió a repetir los mismos movimientos anteriores y esas palabras en su lenguaje dirigidas al volcán, y dejó caer el cuchillo dándole muerte sin piedad, para luego arrojar ambos cuerpos cascada abajo.

El único sobreviviente era yo y seguramente por ser el líder del grupo me habían reservado para el final. La claridad de la mañana era cada vez mayor, el sol estaba más cerca de su aparición y todo indicaba que ese sería el momento preciso para mi muerte. El sol aparecería tras las montañas frente a mí, atravesaría el portal de piedra iluminando el altar que entregaría mi sangre a su dios Kulsa. Ellos me colocaron sobre el altar amarrado con los brazos y piernas extendidas; el chamán de la tribu hizo un rito diferente al realizado para mis compañeros. Comenzó con una danza y una especie de oración repetitiva, seguramente estaba esperando que cayera ese primer rayo de luz sobre el altar.

En medio de ese rito un sonido subterráneo se dejó oír, la tierra comenzó a temblar con mucha fuerza y el macizo altar se movía de un lado a otro, y sin mayor aviso el volcán que se veía en la distancia, frente a nosotros, explotó violentamente. Todo se tornó en caos, el movimiento de tierra era tan fuerte que nadie se sostenía en pie, mis ligaduras se soltaron y sentí como se liberaban mis manos y pies. A cada instante el temblor se incrementaba más y más, los nativos se colocaron de rodillas levantando sus manos y sus ruegos desesperados hacia el volcán rugiente.

Yo permanecí inmóvil esperando el momento preciso para escapar. No sabía hacia donde iría, pero al menos debía intentarlo, debía aprovechar esa oportunidad aunque sólo sirviera para demorar mi destino el tiempo que fuera necesario. La calma volvía lentamente a la planicie, la tierra se calmaba y cuando todos se disponían a retomar sus posiciones, yo salté del altar y corrí velozmente hacia la cascada. El sol nos dio en plena cara, ellos sólo pudieron ver mi silueta atravesando el portal de piedra y lanzándome cascada abajo ante la mirada atónita de los guardias de la tribu.

No sabía cuan profundo podía ser el estanque o lo elevada de la cascada, pero a esa altura ya nada me importaba, fue el salto más largo y elevado que había dado en toda mi vida. Mientras iba cayendo en el aire escuché un segundo estruendo que la desesperación y mi pronta entrada en el agua callaron por un instante; al salir nuevamente a la superficie, los gritos se mezclaban con el rugir del volcán.

Me dejé llevar por la corriente del río que varios metros más abajo se calmaba, ahí yacían flotando los cuerpos sin vida de mis desafortunados compañeros. Continué nadando a favor de la corriente hasta llegar a un puente dorado que cruzaba el río. Estaba todo cubierto de oro y sobre él se elevaba un templo con estatuas también de oro. Eso debía ser a lo que se refirió el guía que nos engañó al traernos a ese lugar; el grande e imponente templo dorado de Las Puertas del Sol.

El río atravesaba por debajo de la brillante construcción y continuaba sin parar varios kilómetros más abajo. A pesar de la hermosura de todo mi entorno, yo no podía detenerme ni un segundo a admirarlo, mi vida dependía de dónde desembocara ese río. Por más que miraba hacia atrás, al parecer nadie venía tras de mí; al menos eso ya era un gran alivio. A lo lejos se veía el volcán explosionando con más fuerza y un rugido se escuchaba entre el ruido selvático que había. Las aves volaban fugases, mientras los monos gritaban entre las ramas de los árboles. De manera casi imperceptible la tierra seguía moviéndose suavemente; todo era desolador.

Por la orientación de la pendiente, era evidente que la lava seguiría la cuenca del río directamente hacia donde yo me encontraba, arrasaría la aldea, el templo de oro y todo lo que se interpusiera a su paso. Sólo una pregunta estaba presente en mi mente en ese momento

— ¿Qué haré ahora?

Había conseguido escapar con mucha fortuna de los nativos y por la ubicación del sol, las montañas y el río, me sentía más o menos orientado. Sabía que no podía devolverme tras mis pasos, pero también sabía que nadie me esperaba en ningún lado y no tenía idea de dónde dirigirme. Tras pensar un momento, decidí salir del río y correr a través de la selva siguiendo de frente con el sol a la espalda.

Ya había perdido la noción del tiempo que llevaba corriendo, el sonido lejano del volcán ya no se sentía en mis oídos, ni tampoco el bullicio de los animales. Me sentía algo agotado y fatigado, cuando de improviso me encontré en medio de otra aldea. Todos los nativos observaron ese inesperado visitante que aparecía desde la espesura del bosque y se quedaba parado en medio de su campamento. Yo no sabía si pertenecían a la misma tribu que me había capturado, pero colocando atención a sus vestiduras, me di cuenta que lo más probable era que no.

Hubo un gran silencio por largos segundos, hasta que un hombre se me acercó e intentó dialogar conmigo en su lengua. Lentamente y sin que se asustara por mi acción, lo tomé del brazo y lo acerqué hacia un claro entre los árboles, para mostrarle a lo lejos la fumarola inmensa que manaba del volcán. El hombre dio voces inmediatamente a los demás habitantes de su tribu y corrieron cada uno a sus chozas en busca de sus cosas. Las familias completas se reunían en medio de la aldea tomando todo cuanto pudieran cargar ligeramente. Mayormente lo que se les veía llevar eran pieles y alimentos, sacos con frutas, carnes disecadas y hatos de ropas.

Yo me mantenía observando todo de manera expectante, impaciente y sin saber qué hacer o hacia dónde ir. El hombre que se me había acercado anteriormente, volvió con su familia y unos sacos de provisiones. Me hablaba en su dialecto y gesticulaba muy aceleradamente, pero yo no lograba entenderle nada. Luego me sujetó del brazo y me entregó sacos de cosas para que yo los cargara, cuando tomé los sacos me indicó por dónde continuar avanzando.

Yo estaba en medio de la multitud corriendo en dirección al río nuevamente, siguiendo al resto de los nativos con sus mujeres y niños. Atravesamos unos senderos muy transitados hasta llegar a la orilla donde había unas pequeñas embarcaciones de bambú que ellos mantenían atadas. En cada bote cabían perfectamente unas ocho personas más todos los sacos que ellos pudieran traer.

Al mirar a mí alrededor me di cuenta que todos los habitantes de esa tribu, caminaban ordenadamente por la orilla y subían a los botes como si hubieran estado esperando que aquello pasara durante mucho tiempo. Nuevamente el hombre que me había entregado los sacos se me acercó indicándome a cual bote yo debía subir. Le entregué la carga para que él la acomodara en la embarcación y cuando todos se habían subido a sus respectivos botes, él les grito unas frases en su dialecto.

Al parecer todos tenían muy claro hacia donde se dirigían, ya que no nos esperaron a pesar de ser los últimos en zarpar. Una vez listos nosotros también, el hombre volvió por el sendero hacia la aldea y en cosa de algunos minutos, volvía con una mirada satisfecha, quizás de ver que nadie se había quedado atrás. Se subió a la embarcación y los hombres que lo acompañaban comenzaron a remar río abajo. Era en una verdadera migración masiva de toda una tribu a causa del volcán en erupción.

Al fin después de largos minutos navegando, el sol alumbró nuestras caras dejando atrás la espesura de la selva, luego el río desembocó en una península por la cual continuamos navegando. Poco más adelante yo podía ver al resto de los habitantes de esa tribu que se enfilaban por aguas más profundas.

Una a una las embarcaciones llegaron a mar abierto y continuaron navegando hasta llegar a una isla cercana donde hicieron una pausa de algunos minutos. A nuestras espaldas la destrucción ya era total, las cenizas, la lava y el fuego arrasaban todo a su paso. A la distancia yo miraba incrédulo la siniestra escena, agradeciendo por mi vida. De un momento a otro yo me había convertido de sacrificio humano para un dios, a ser el salvador de los Ikirumi, la tribu de navegantes que me cobijó desde ese día junto a ellos.

HISTORIA 43
LA PUERTA DE LA LUNA
(Secuela de la historia "Las puertas del sol")

El corazón aún me latía aceleradamente, podía sentir como la sangre corría por mis venas y punzaba fuertemente en mis sienes. Mi cabeza parecía que estallaría en cualquier momento, mientras un sudor frío mojaba mi espalda. El mar nos llevaba a través de sus inquietas olas y sólo ellos sabían a dónde íbamos. En gran medida yo me sentía custodiado y a salvo, aunque no niego que aún no me reponía de la impresión de esas caóticas últimas horas. Aún así miraba con algo de resquemor a los nativos con los que habíamos abandonado la isla; ya antes me había confiado de los guías que contactamos y todo había terminado en un gran caos.

También llevaba muy fresco en la memoria el recuerdo de los eventos desafortunados por los que había pasado y que finalmente me habían llevado hasta allí. Hacía unas pocas horas yo era parte de una expedición junto a cuatro personas más, dos botánicos y dos arqueólogos dentro de los cuales estaba mi amigo David. Juntos habíamos organizado ese viaje y contratamos a seis nativos que nos sirvieron de guía y como cargadores de nuestras provisiones. Pero después que ellos nos engañaran y nos llevaran prisioneros a su aldea, terminé convirtiéndome en un afortunado sobreviviente.

Tenía una pena inmensa por haber perdido a mis compañeros y mucho más profunda por mi amigo del alma David. Quien hubiera pensado que nuestra aventura encontraría semejantes vueltas y que al final del recorrido, sólo uno de nosotros quedaría vivo para contar nuestra historia. A la distancia aún se apreciaba el volcán humeando mientras nos alejábamos cada vez más de esa selva. Atrás quedaban los recuerdos, los hermosos parajes y la visión de ese grandioso templo cubierto de oro.

El sol ya se encontraba bastante alto, por lo que asumí que era cerca de mediodía. La gente que compartía su bote conmigo me miraba y se sonreían, toda esa situación me hacía sentir demasiado incómodo, pero a la vez feliz de haberlos conocido y que me salvaran la vida. Poco a poco nos acercábamos a una nueva isla que parecía ser mucho más pequeña que la anterior, pero por algún motivo ellos habían escogido ese lugar para arribar.

Una vez en la costa, desembarcamos y comenzamos a trasladar todo lo que traían en los botes al interior de la isla. Ellos iban delante de mí caminando entre los árboles, abriéndose paso entre la selvática vegetación como si supieran con toda certeza hacia donde se dirigían. Finalmente llegamos a una planicie que ya estaba edificada. Al parecer los Ikirumi, como después supe que se hacían llamar, esperaban ese evento hacía mucho tiempo, y lo avanzado que estaba la construcción de la nueva aldea daba cuenta de eso.

El mismo hombre que me sacó en su embarcación hasta llegar a esa isla, ahora me ubicaba en una tienda provisoria hecha de pieles, mientras el resto de los nativos seguían transportando sus cosas desde las embarcaciones a la nueva aldea. Quise levantarme para ayudarlos pero me fue imposible, las personas de la aldea se me acercaron, me rodearon trayendo dátiles y frutos para que yo comiera y descansara. Mi estómago agradecía sus bondades ya que llevaba horas sin comer bocado y tenía mucha hambre a pesar del enorme banquete que habíamos comido la noche anterior.

Al fin después de un par de horas, ya habían trasladado todo lo necesario al interior, y cada uno con sus familias se habían instalado en sus chozas. Mi nuevo amigo Teiki, que tan gentilmente me facilitó su tienda de pieles, se acercó para compartir algo de las frutas que me habían traído los demás. Luego de permanecer sentados unos minutos sin decir nada, él me tomó del brazo para que me levantara y lo siguiera. Con una alegría inmensa reflejada en su cara, me llevó con el jefe de la tribu Ikirumi, se inclinó ante él y yo agaché mi cabeza en muestra de agradecimiento.

Ambos comenzaron a dialogar muy fraternalmente, yo no entendía nada de lo que ellos decían, pero a través de sus gestos pude comprender lo agradecido que su pueblo estaba por haberlos alertado a tiempo del desastre. El jefe se levantó de su asiento y comenzó a gritar a su gente, el resto de la aldea comenzó a acercarse y a escuchar detenidamente sus palabras, luego que terminó de hablarles cada uno siguió haciendo sus labores. Finalmente cuando todos los nativos se instalaron en sus chozas, los hombres de la aldea ayudaron arduamente en construirme una a mí también. Después de un tiempo me enteré que ese gesto había sido por orden explícita del jefe.

A pesar de las dificultades para comunicarnos, ellos me acogieron como uno más de la tribu y me hacían sentir cómodo en ese nuevo hogar. Esa noche dormí cansado por el viaje pero intranquilo por las imágenes que aún se hacían presentes en mis recuerdos. Ver a mis compañeros sacrificados y sus caras sin esperanza al momento que el cuchillo atravesaba sus pechos, me hizo despertar varias veces por la noche con sobresaltos. Sin duda eso sería algo que me costaría dejar atrás.

Los meses pasaron y cada día me sentía más parte de su tribu; yo los acompañaba en sus jornadas de cacería, en la pesca y en otras labores diarias que ellos realizaban. Debo reconocer que era un completo ignorante en esas materias. Muchas veces eran más los peces que espantaba que los que lograba pescar y en varias ocasiones estuve a punto de ser alcanzado por jabalís salvajes mientras huían de las flechas y lanzas de los guerreros. Pero poco a poco comencé a mejorar mis habilidades de cazador hasta ser capaz de conseguir mi propia comida.

Algunos meses me tomó llegar a aprender su extraño dialecto, pero eso me ayudó mucho más para hacerme entender y comprenderlos a ellos también. Lo único que me diferenciaba de ellos era que no me estaba permitido participar de sus ceremonias y rituales. Pero no era algo que me molestara, yo estaba tan a gusto compartiendo cada día con ellos y aprendiendo sus costumbres, que no quería volver a mi vida anterior. Casi en el olvido estaban mis recuerdos de la civilización, las comodidades de una casa o del transporte urbano. Sentía que estaba viviendo un sueño en un paraíso y que jamás quería despertar; ahora ellos eran mi familia.

Teiki me había ayudado mucho en ese proceso de integración y siempre me recordaba lo agradecido que estaba por haberlos alertado a tiempo para escapar. De él aprendí todo acerca de los Ikirumi, ellos eran una tribu pequeña pero muy unida; rara vez entraban en conflictos con otras tribus pero se entrenaban a diario para la lucha, la caza y la pesca.

—No estar en guerra no significa no estar preparado para ella —me decía Teiki y yo le encontraba toda la razón.

También le pregunté acerca de los Paplinko, aunque ya tenía bastante claro cuál era su principal preocupación. Teiki me contó que en pocas ocasiones debieron enfrentarlos para defender sus tierras y aunque eran enemigos cercanos, hacía tiempo que estaban en un pacto de paz mutua. Ellos estaban más concentrados en acallar la ira de su dios Kulsa que en enfrentar o conquistar a otras tribus. A pesar de eso, los Paplinko o los hijos del fuego como los llamaba Teiki, no le temían al hombre civilizado. Muy por el contrario habían sido muy hábiles para aprender sus costumbres y su idioma, para acercarse a ellos como amigos y luego traicionarlos. Eso era algo que me había quedado demasiado claro después de mis cortas semanas junto a ellos, pero de no haber sido por esa situación jamás hubiera conocido a esa nueva tribu.

También aprendí que Ikirumi significaba guerreros de la luna. Quizás por eso cada mes ellos celebraban una ceremonia la noche en que la luna llena hacía su aparición. Yo había visto por varios meses cuando los guerreros de la tribu salían temprano rumbo a la selva y no volvían hasta el día siguiente. Pero a pesar de mi naturaleza aventurera y mi curiosidad nunca los seguí a escondidas, respetaba mucho la privacidad de sus rituales, aunque ganas no me faltaban de averiguar qué hacían o dónde iban.

Las semanas volvían a pasar rápidamente, el otoño y el invierno habían pasado y el día de la ceremonia de la luna había llegado otra vez. Pero según mis cálculos esa noche también correspondía al equinoccio de primavera en ese hemisferio. Era el momento en que la noche tenía la misma duración que el día. Con ello también se iniciaba la primavera y según lo celebraban muchas tribus alrededor del mundo, era el inicio de la temporada de la fertilidad.

Tal como yo lo esperaba, los preparativos para esa noche eran muchos más de los vistos otros meses y toda la tribu estaba involucrada en tareas diferentes a las que había presenciado en oportunidades anteriores. Los guerreros más adultos reunían a los jóvenes y los vestían con vistosos atuendos ceremoniales, para ellos había llegado el momento de la iniciación como guerreros de la tribu. Por otra parte aquellos que ya eran guerreros, pero que aún estaban solteros, también eran vestidos con atuendos diferentes. Las doncellas de la tribu, por su parte, eran apartadas desde la mañana para prepararlas para esa noche.

Mientras yo observaba todas las cosas que hacían, los banquetes, las vestimentas y los adornos colocados en las entradas de las chozas, el jefe de la tribu se me acercó. A esa altura yo comprendía perfectamente el dialecto.

—Ya han pasado nueve lunas llenas desde que llegaste con nosotros —me dijo— hoy es tiempo que te unas a tus hermanos.

Al principio no me di cuenta del alcance que tenían sus palabras, primero pensé que se trataba sólo de una invitación a ser parte de la celebración. Pero cuando vi a Teiki acercarse con un atuendo similar al que llevaban los guerreros solteros, me di cuenta que en realidad me estaban ofreciendo la oportunidad de incorporarme definitivamente a los guerreros de su tribu. Al ser parte de los guerreros iniciados, también yo estaría esa noche dentro del grupo de hombres aptos para ser elegidos por las doncellas para casarse.

A diferencia de otras culturas y opuesto incluso a mis propias raíces, para los Ikirumi eran las doncellas las que elegían a su marido, entre la multitud de jóvenes sin desposar que aún había. Claro que el orden en que ellas realizaban su elección también dependía de su estatus dentro de la tribu. Ver la realización de esa ceremonia iba a ser algo muy diferente en mi vida junto a ellos. Sin duda que cuando inicié mi viaje no estaba en mis planes desposarme aún, y para ser sincero quizás nunca hubiese pensado en hacerlo. Siempre privilegié mi vida aventurera y desorganizada antes que la formación de una familia. Pero estaba tan agradecido que no podía negarme, menos ahora que me sentía uno más de ellos.

Teiki me ayudó a colocarme las vestiduras para la ocasión, unas túnicas nuevas teñidas de rojo, con un cinto alrededor que tenía incrustaciones de piedras brillantes. Como yo tampoco había sido iniciado como guerrero Ikirumi, debía realizar ambas ceremonias ese mismo día, así que primero me reunieron con los once jóvenes que serían iniciados en esa oportunidad. Según mis cálculos era casi mediodía cuando salimos de la aldea con rumbo a la selva; cada uno llevaba una lanza, un cuero con agua y los pies descalzos.

Toda la tarde caminamos por largos senderos, subiendo y bajando cuencas sin comer alimentos, sólo concentrados en cánticos y meditaciones. Luego de varias horas de recorrido, nos llevaron hasta el río donde debíamos llenar los cueros con agua e intentar cazar dos peces. Afortunadamente yo ya me había acostumbrado a salir con ellos en esas tareas, por lo que no me fue difícil conseguir mi propio alimento. Después de capturar los dos peces cada uno, había que prepararlos al fuego, pero sólo uno lo podíamos comer en ese momento y el otro debíamos guardarlo para más adelante.

Una vez saciados y con los cueros llenos de agua, volvimos al sendero principal donde nos esperaban los guerreros y nos entregaron sandalias nuevas, ese era el símbolo del comienzo de nuestros nuevos pasos en la vida. Con ellas caminamos otras largas horas por la selva hasta que finalmente llegó la esperada noche. Los once jóvenes iniciados fueron llevados de vuelta a la aldea, donde debían entregar sus pescados al jefe de la tribu el que los recibiría como nuevos guerreros Ikirumi. Mientras a mi me llevaban a reunirme con los guerreros solteros para dar inicio a la segunda ceremonia. Sin duda que esa era la que me tenía más preocupado y expectante.

Luego de reunirme con los otros siete guerreros solteros de la tribu, los que también cargaban un pescado en sus manos; nos llevaron a otro lugar donde nos dieron algo más de comer y de beber. El chamán de la tribu hacía unas oraciones y unos movimientos con unas ramas que simbolizaban la fertilidad y la fuerza de su sangre guerrera. Seguimos nuestro recorrido por la selva y mientras nos acercábamos a nuestro destino, la luna aparecía imponente en el horizonte y el camino se despejaba del espesor de la selva.

Frente a mí se encontraba la segunda construcción más hermosa que había visto desde iniciada esa aventura. Un extraordinario lugar recubierto de láminas de plata de extremo a extremo, era un gran templo erigido a la majestuosa luna. Yo había recorrido lugares arqueológicos muy renombrados con mi amigo David, grandes civilizaciones en México, Perú y Egipto, pero ese templo sobrepasaba en belleza a muchas construcciones que había visto. Lo más sorprendente de todo, es que era un templo totalmente vigente. Jamás me imaginé que esa sencilla tribu alejada de la civilización tuviera a su haber semejante maravilla. No podía evitar demostrar mi asombro al ver como el resplandor de la luna iluminaba nuestros pasos, mientras el son de los tambores se hacía cada vez más alto.

Cuando llegamos a las puertas del templo, nos colocaron en círculo y sobre nuestras espaldas colocaron una capa blanca que nos cubría la cabeza. Las hermosas doncellas salieron desde el interior del templo, vestidas con relucientes túnicas blancas y velos que adornaban su cabeza. Ellas se ubicaron frente a nosotros mientras los nervios se apoderaban de mí. Ellas se nos acercaron trayendo bandejas de plata reluciente y en ellas debíamos colocar el resultado de nuestra pesca del día. Una vez llenas las bandejas, ellas colocaron brazaletes en nuestros brazos, símbolo del comienzo de ese ritual.

Ese sólo era el inicio de la ceremonia para que ellas pudieran vernos bien. Luego me enteraría que ellas sabían con anticipación a quien elegirían y que sólo los guerreros eran los que permanecían con la incógnita hasta el final. Cada una de las doncellas tomó nuevamente una bandeja y se encaminaron a través de un portal todo cubierto de plata que reflejaba la luz de la luna; era la llamada Puerta de la Luna. Ellas debían pasar una a una por el portal y dar la vuelta alrededor de todos nosotros quitándole la capa de la cabeza a uno de los guerreros por cada vuelta que se concretara.

Ocho vueltas se realizaron alrededor nuestro y yo estaba al final de la fila más nervioso que nunca. Al verlas caminando entre nosotros sólo podía pensar en quién sería la doncella que me escogería. En todos esos meses había conocido a muchas de ellas aunque no había puesto mis ojos sobre ninguna en particular. Al terminar de descubrirles la cabeza a todos, ellas debían caminar nuevamente por el portal. El orden en que ellas desfilaban ya había sido sorteado previamente y sería ese el mismo orden en que cada una de ellas elegiría a un guerrero. Una vez que cruzaran nuevamente la Puerta de la Luna se encaminarían al final de la primera parte de la ceremonia.

Al salir por el portal la doncella de turno nos rodearía otra vez y se sentaría en las piernas de su hombre elegido. En ese momento el guerrero debía responder a la elección con un beso en la frente si aceptaba o con uno en la mano si no le correspondía. La joven que era aceptada se levantaba en compañía de su futuro marido y juntos entraban al templo donde el chamán celebraría el ritual nupcial. Por el contrario la joven no correspondida debía volver al final de la fila y tenía la opción de escoger a otro guerrero o desistir de su intento de nupcias hasta el año siguiente.

Yo había visto con mucha expectación y alegría como los jóvenes se elegían mutuamente y pasaban frente a mí en dirección al templo. En ese momento la mujer más hermosa de las doncellas de la tribu se encaminaba hacia mí. Mi corazón latió con fuerza al ver como Vikeya, que en su lengua nativa significa la flor de la mañana, se sentaba en mis piernas pidiéndome en matrimonio. En ese momento entendía todo lo sucedido ese día, Vikeya era la hija del jefe de la tribu, sin duda mi participación en ese ritual no era una coincidencia solamente. Pero eso era algo que me tenía sin cuidado, sin duda ella era la mujer que yo hubiera elegido como esposa.

Si bien habíamos compartido mucho cada día, yo había sido muy respetuoso de sus costumbres y jamás me acerqué a ella con otras intenciones, además de sólo saber que ella era la hija del jefe de la tribu, la colocaba en un sitial más alto. Pero cuando dos almas destinadas a estar juntas se conectan, nada las puede separar. La miré a los ojos y la besé en la frente aceptando su propuesta. Sus ojos brillaban de alegría y mi corazón palpitaba a mil de la emoción. Juntos nos levantamos y comenzamos a caminar hacia las puertas del templo. Ahí me encontraba yo, convirtiéndome en parte de los Ikirumi, en esas tierras donde alguna vez casi pierdo la vida, ahora finalmente encontraba a mi gran amor.

HISTORIA 44
SANGRE EN LA NIEVE

La sombra de tu recuerdo apareció esta mañana en mi habitación y una muerte blanca a mi memoria. Quien pensaría que te vestirías con manto nevado para besarme de traición, y podrías mi corazón en tus manos blancas para atravesarlo con una daga. Tu filoso cristal atravesó de lado a lado mi pecho cortando mi respiración, y tu gélido aliento congeló mis labios que no volverán a besar.

Nunca pensé que así sería el final de mis días. Morir en tus manos mientras dormía sedado en tu perfume de amor. Amante mía, dulce veneno de mi corazón. El velo de tus mentiras cubrió mis ojos y eternamente los cerró. Nada pude hacer ante tus engaños, ocultos tras el encanto de tu voz. Nada podrá devolverme a la vida en mis horas más oscuras, mientras reposo en mi lecho de dolor.

La sangre en tus manos cae lentamente en la nieve que cubre el prado. El rojo que brota de mi corazón, pinta el horizonte hasta perderse en el infinito de esta triste agonía. Jamás pensé que en tus manos moriría y que en tus brazos acabaría mi vida.

Lentamente mis ojos se cierran para olvidar tus recuerdos. Si hubiera otra vida nunca más te encontraría, ni quisiera ni conocerte. No reconocería el movimiento suave de tus manos, ni tu tierna y cálida mirada. Evitaría tus dulces labios llenos de locura, siempre envueltos en pasión; me escondería de tu cuerpo lascivo, pecaminoso y entregado al deseo. Dejaría mi alma lejos de tu abismo de muerte, alejado de tu traicionero puñal de hielo.

Mientras mi espíritu encuentra reposo muy lejos de ti, mi vida se escapa de este sufrimiento gélido, blanco y trastornado. Antes estuve cautivo en tus cadenas de desolación, engañado y confundido; ahora lentamente se corroe el metal hasta romper mi prisión terrenal, hasta liberar mi alma del tormento absurdo de tu malvada presencia.

Nunca más seré tu esclavo, ni tu amante, ni tu compañero en este viaje. Mientras un río rojo inunda mi blanco tormento y el frío cierra mi corazón; olvido el momento en que te conocí como si nunca hubiera sucedido. Ese día no existe en mi recuerdo, ni el calendario lo mostrará jamás. Las estrellas se esconden en la víspera y el sol no saldrá para alumbrarlo al alba.

Nunca te conocí, nunca me enamoré de ti; ni tus besos me inundaron, ni mi cuerpo guardó tu perfume, ni en las noches frías dormí a tu lado. Mi sangre cálida derrite la nieve mientras recorre prados y montañas, hasta llegar más allá del mar que me contiene, donde mi piel cubre los valles y quebradas.

Mi sangre recorre los bosques nevados quitando la suave escarcha de sus follajes fríos. Que mi muerte se haga vida y evidencie tu traición. Un día volveré sin recuerdos en mi mente y mi espada hará justicia; mientras duermas no estés tranquila ni descanses, porque la sangre que vacía mi corazón, ahora demanda tu vida.

HISTORIA 45
LA DAMA DEL LAGO

El aire templado de la noche me invitaba a abrir las ventanas para que la brisa de la noche acariciara suavemente mi piel. Desde la cabaña se podía ver claramente la superficie del lago reflejando la luz de la luna. Ya casi había olvidado cómo se veía ese paisaje por las noches de luna llena, ya que hacía más de ocho años que no iba por esos lados. Esa cabaña pertenecía a mis padres y en mi niñez, durante las vacaciones de verano, era el lugar habitual para escaparse por dos meses. En ocasiones mis padres nos llevaban unos días en invierno, para disfrutar del apacible entorno del bosque, de los árboles altos y la vegetación abundante.

A veces cuando uno se ausenta de algún lugar por mucho tiempo, al verlo nuevamente uno se vuelve a enamorar o se desencanta completamente al descubrir que esos recuerdos guardados en la memoria son diferentes a la realidad. Lamentablemente tendría que esperar hasta el otro día para volver a recorrer los alrededores a la luz del sol y saber si mis recuerdos me ayudarían a reencontrarme con ese hermoso lugar. El viaje había sido tan largo que apenas llegué a ver la puesta del sol tras las colinas del occidente.

El aire cálido del verano fluía por las habitaciones renovando el ambiente que olía a polvo y encierro. Quién diría que al final sólo la muerte de mis padres podría traerme de vuelta a ese hermoso lugar. Y pensar que hace unos pocos meses ellos habían estado allí, frente a ese mismo lago, disfrutando de la última visita a esos lugares. La vida es tan frágil que cuando menos se lo espera, la llama se extingue y el alma vuela al infinito, dejando esa pila de huesos y carne que vuelven a la tierra.

Encendí las luces exteriores y cambié también aquellas ampolletas que estaban quemadas, luego conecté el refrigerador nuevamente a la corriente y lo abrí para que se fuera ese olor a húmedo. Afortunadamente cada vez que mis padres iban dejaban todo limpio y guardado. La única suciedad que había era el polvo que se había acumulado en esos meses. Por un instante mientras me dedicaba a limpiar y a barrer las habitaciones, me pareció escuchar un susurro en el exterior. Era como dos personas conversando, pero cuando me asomé por la ventana, no había nadie. Entonces salí de la cabaña para estar seguro, pero no había nadie en los alrededores.

Entré nuevamente para continuar ordenando y aseando; después de ese agotador viaje yo sólo quería comer algo y descansar plácidamente hasta el otro día. Regresé a la cocina para comenzar a guardar los víveres que había traído con el fin de estar un par de semanas allí. Por más hermosos recuerdos que tenía de mi niñez, no estaba en mis planes inmediatos hacerme cargo de ese lugar. Por el contrario, muchas veces había recriminado a mis padres por no venderlo. Desde mi punto de vista, significaba más un gasto que una inversión ya que ni siquiera lo arrendaban. Toda vez que algún amigo de ellos lo quería usar, sólo les bastaba con pedirlo prestado con anticipación y mi padre les entregaba las llaves para que lo usaran. Lamentablemente ellos ya no estarían para hacerse cargo de las cosas, ni para disfrutar de su pequeña cabaña.

Mientras barría la sala y sacaba las cenizas acumuladas en la chimenea, por segunda vez escuché ese extraño ruido que parecía un susurro lejano. Era como una especie de zumbido que me obligó a dejar lo que estaba haciendo en ese momento y a guardar silencio. Pero entre el ruido que hacían las ramas de los árboles al mecerse por el viento y los sonidos de grillos y ranas cantoras que se percibían alrededor, no logré escuchar nada fuera de lo común, aquel sonido constante, molesto y repetitivo había cesado nuevamente.

Continué haciendo mis labores pero esta vez una extraña intranquilidad me invadía, era una sensación difícil de explicar. Era un sentimiento triste y desolador como si hubiera un profundo vacío en mi interior. No era una necesidad de algo, tampoco la tristeza de estar en la cabaña de mis padres y que ellos no estuvieran más a mi lado. Estaba seguro que tampoco era un llanto ahogado por su pérdida, ya que había llorado a mares desde el mismo día que me avisaron que habían tenido un grave accidente. En ese momento no necesité saber más detalles, algo en mi interior me avisó que los había perdido para siempre.

Pero eso era diferente, era como si una voz interna o la voz de algo a mí alrededor, quisiera hablarme o intentara comunicarse de alguna manera. Eso me mantenía muy inquieto y expectante. De un instante a otro la sensación se hizo más fuerte, mi corazón estaba muy agitado latiendo con mucha fuerza, casi a punto de salir de mi cuerpo. Comencé a sentirme sofocado, me faltaba el aire; miraba a mi alrededor sin poder encontrar una explicación a lo que me causaba esa agonía.

La temperatura de mi cuerpo subía y subía, comencé a sentirme como una antorcha encendida. El calor invadía todo mi ser, mis manos comenzaron a sudar sin parar y mis latidos hacían fluir una gran cantidad de adrenalina por mis venas. Nunca en mi vida había experimentado esa sensación desesperante, casi suicida. Sentía mis ojos pesados y mi piel estaba completamente mojada en sudor. Las ganas de gritar me invadían y mis manos comenzaron a temblar; casi no podía mantenerme en pie y mis piernas se doblaban cada vez más.

Me senté un momento para recuperarme de mi malestar, pero fue peor; el calor de mi cuerpo aumentaba y mis fuerzas flaqueaban hasta hacerme caer. Estaba tendido en el suelo pero sin perder la conciencia y comencé a arrastrarme hacia la puerta. Con los codos y brazos me impulsaba poco a poco hasta que finalmente alcancé la manilla y pude abrir la puerta para salir y respirar profundamente el aire de la noche. El bosque estaba claro, la luna brillante penetraba la espesura de los árboles y provocaba reflejos en el agua del lago.

Pero mi agitación no disminuía, así que me arrastré desde la entrada en dirección al agua. Me sujeté de la baranda del sendero que conectaba la cabaña con el muelle y me impulsé hasta colocarme en pie nuevamente; paso a paso avancé hasta llegar al borde del muelle. Aún sofocado y casi sin aire, me quité la camisa y los zapatos para me dejarme caer al agua. Sin duda que eso debería calmar esa sensación extenuante y apagaría ese fuego que sentía.

Durante largos minutos nadé bajo la luz de la noche, dejando que el agua fría apagara mi piel encendida en llamas. Nuevamente ese susurro gutural retumbó en mis oídos y me invadió el pánico. Me encontraba a unos cincuenta metros de la orilla y el ruido se sentía tan claro como el agua; lentamente ese sonido se convirtió en una voz que me llamaba desde las sombras. Mi nombre se escuchaba nítido al viento, mi corazón se aceleró por el miedo y comencé a nadar con total desesperación hacia la orilla. El agua agitada se ponía cada vez más helada, como si de un momento a otro se fuera a congelar.

En ese momento sentí una corriente de agua gélida que pasó bajo mis pies y comenzó a arrastrarme lejos llevando mi cuerpo hacia el centro del lago. Mis piernas se entumecían, mis manos desfallecían al intentar mantenerme a flote. Las fuerzas se me iban agotando y decidí dejarme llevar por la corriente hasta que todo se detuvo. Eso parecía sólo un mal sueño, una oscura pesadilla que me rodeaba y me aprisionaba sin salida. Nuevamente el murmullo acallaba, el agua se calmaba y volvía a su temperatura normal.

Me acerqué lentamente al muelle hasta llegar exhausto y salí del agua para volver a la cabaña. Caminé por los tablones resecos hasta llegar al sendero, cuando a cinco metros de llegar a la cabaña, la silueta de una mujer parada en el umbral de la puerta se hizo visible, ella estaba totalmente vestida de negro. De algún modo extraño, mi corazón sabía que era ella quien había susurrado mi nombre hace unos minutos atrás, que era ella quien había causado tal estrago mí alrededor, era ella la causante de tan irreal desorden.

Algo en mi interior me impulsaba a hablarle, pero mis palabras se encerraron en la oscuridad; yo estaba totalmente petrificado, sin habla y sin movimiento. Su fuerte presencia agitaba el aire y lo consumía completamente; su perfume a flores secaba el ambiente y penetraba en lo más profundo de mí, hasta controlarme totalmente. Ella comenzó a acercarse a mí y con cada paso que daba su presencia me invadía. Saqué la daga que siempre llevo en mi cinturón y se la mostré amenazante, pero pareció no inmutarse y continuaba avanzando hacia mí.

La hoja de la daga reflejó la luz de la luna cuando la levanté para atacarla. Ella no se movió ni hizo ningún movimiento cuando se la enterré en el costado. Fue como enterrar un cuchillo en una cascada de agua, al retirar la daga de su cuerpo la hoja se volvió negra y se convirtió en cenizas como papel quemado en medio de una fogata. Sus ojos se encendieron en respuesta a mi osado ataque y con un soplido me lanzó al suelo. Mientras yo permanecía tendido sobre la hierba ella repetía una y otra vez mi nombre, y comenzó a acercarse nuevamente a mí flotando por el aire.

Ella levantó su mano izquierda, me sujetó con firmeza del cuello y comenzó a elevarme lentamente. El miedo me embargó por completo, sentía que el aire me abandonaba y que mi vista se nublaba. Mientras con su mano derecha, alzó lo que parecía un afilado puñal; la luz de la luna se reflejó sobre la hoja de frío y reluciente acero iluminando su cara. Ella tenía ojos negros y su piel era blanca como la nieve. Sus rasgos finos y definidos se grabaron en mi mente y en mi corazón; de manera que aún no logro explicar. Desde lo más profundo de mi ser y con la voz al borde de extinguirse le dije:

—Entiendo lo que estás sintiendo, yo también perdí a las personas que más he amado en la vida.

Ella se estremeció por un instante, parecía muy confundida por mis palabras a pesar de su naturaleza fantasmagórica y sobrenatural. Seguramente no esperaba que un simple mortal le dijera algo tan profundo y verdadero. Ella dejó de presionar mi garganta hasta liberarme, yo caí de rodillas sobre la hierba húmeda, mientras ella dejaba caer su arma. Ella permaneció inmóvil, confundida, como meditando en mis palabras. Entonces aproveché su estado letárgico y sin darle tiempo de reaccionar, me levanté y corrí hacia la espesura del bosque dejando atrás su figura oscura y sus ansias de matarme.

Yo corría bajo la oscuridad de la noche alumbrado suavemente por la plateada luz de la luna, me escabullí entre los árboles intentando dejarla atrás. Cada cierto tiempo miraba hacia atrás sobre mis hombros esperando no ver su silueta tras de mí. Mi corazón estaba tan agitado que tenía miedo que en cualquier momento estallara. Mi piel comenzó a sentir un calor envolvente que me consumía paso a paso. Sólo seguí corriendo sin detenerme, ocultándome tras los troncos y la hierba para poder recuperar el aliento. Pero mientras hacía esas pequeñas pausas, a lo lejos lograba ver su silueta que me seguía lentamente sin perder mi rastro y que era precedida de un aire sofocante que olía a pasto seco quemado.

Yo sabía perfectamente quien era ella. Muchas veces había escuchado su trágica historia que ahora volvía a mi memoria para ayudarme a comprender todo lo que estaba sucediendo a mi alrededor. Avancé otro largo trecho entre los senderos olvidados y las pendientes ocultas en lo profundo del bosque. Nuevamente hice una pausa para recuperar mis fuerzas y comencé a recordar la primera vez que había escuchado de ella. Ya habían pasado más de veinte años desde ese día alrededor de una fogata junto a algunos de mis amigos más cercanos. Mientras nos turnábamos para contar las mismas historias de terror que solíamos decir una y otra vez en toda ocasión, uno de ellos habló por primera vez de la oscura dama del lago.

—Ella recorre estos lugares —dijo mi amigo— los bosques, las quebradas y las orillas del lago con sus vestidos negros y su hermosa apariencia angelical. Se dice que es normal verla en las noches entre invierno y primavera. Los meses en que comienzan a aparecer los primeros brotes y la nueva vida germinan en el bosque. Nadie que se la haya encontrado cara a cara ha podido sobrevivir a su mirada asesina y cae paralizado en el mismo lugar.

Yo tenía quince años cuando escuché esa historia. Muchos años atrás un incendio de grandes proporciones, el peor que se recuerda en esos lugares, se propagaba por las laderas del cerro a las orillas del lago. Las llamas se veían a kilómetros y el humo se levantaba en una interminable columna que oscurecía el cielo. La hermosa mujer vivía muy cerca de ahí junto a su esposo y su hija pequeña. Ese día ella había ido al pueblo por suministros y al regresar, ella vio desde lejos el humo que se elevaba entre los árboles y su corazón se estremeció por completo. El sonido de las sirenas de bomberos se escuchaba a kilómetros, mientras las brigadas forestales y mucha gente, colaboraban en sofocar el fuego. Su casa se encontraba al borde de un acantilado y la única forma de llegar, era cruzando el bosque en llamas. Cuando vio la gran aglomeración de gente y los carros cerca del camino que accedía a su casa, entró en pánico.

—Mi esposo y mi hija están ahí —les dijo a los bomberos esperando de ellos su ayuda— ellos no podrán salir porque mi esposo se encuentra muy enfermo en cama.

Mientras ella les rogaba que los rescataran, nadie reaccionó a sus palabras. La verdad es que nadie la conocía, generalmente no era ella quien iba al pueblo sino su marido. Pero en esa ocasión, por la enfermedad de su esposo, ella debió ir por medicamentos y provisiones. Lamentablemente los que estaban en el lugar la confundieron con una mujer trastornada que vivía al otro lado del lago. Ella comenzó a gritar y se esforzaba por hacer que la ayudaran a sacarlos de allí, pero no consiguió hacerse escuchar. En un acto desesperado, ella se internó en el bosque corriendo por el sendero rumbo a su casa.

Los brigadieres que la siguieron se sorprendieron al ver que subiendo hacia un costado del acantilado había un estrecho sendero que terminaba en una pequeña casa escondida. Las llamas ya estaban al borde de la cabaña y el calor envolvía todo como un infierno abrasador. Al entrar en ella vieron al hombre que estaba postrado en cama, el humo ya comenzaba a entrar por las rendijas y el calor era sofocante. Al preguntarle por la mujer, él les respondió que ella había salido en busca de su hija. Cargando al hombre en brazos, los bomberos salieron de la cabaña para dejarlo en un lugar a salvo. Lamentablemente se demoraron demasiado tiempo en trasladarlo y al volver sólo encontraron las cenizas de la pequeña casa en el risco.

Por más que buscaron en todos los alrededores del bosque, nada se supo de la mujer y su hija. Finalmente el fuego fue sofocado tras largas horas de esfuerzo y arduo trabajo. Las cenizas y la desolación eran los únicos testigos del desastre que había arrasado tan hermoso paraje. Al día siguiente la niña apareció deambulando a las orillas del lago, desorientada, hambrienta, con sus vestidos rotos y llenos de hollín, pero afortunadamente no tenía heridas graves que lamentar. Al preguntarle por su madre, la pequeña les relató lo sucedido ese día del incendio.

Ellas corrieron por el sendero, pero el fuego les cortó el paso. Al verse rodeadas por el fuego y sintiéndose sofocadas por el calor y el humo, ellas llegaron al borde del acantilado. La mujer abrazó a su hija y ambas saltaron al lago desde lo alto del risco, tras sobrevivir a la caída, juntas nadaron hasta la otra orilla. La mujer le pidió a su hija que la esperara ahí un momento, mientras ella iba por ayuda; finalmente la ayuda llegó pero la mujer nunca más regresó y nunca se supo nada de ella.

Se decía que a veces la mujer aparecía a las orillas del lago con sus largos vestidos negros y mataba a aquellos hombres que no la querían escuchar; pero hasta ese día no había escuchado de nadie conocido que la hubiera visto con propios ojos. Pero esa noche cálida, yo era testigo de su fantasmal aparición. Todo eso llegaba a mi mente mientras corría por el bosque y me internaba cada vez más sin rumbo fijo, sólo seguía el sendero que iluminaba la luna hasta donde pudiera escapar de ella.

Hice una pausa tras unos árboles y la suave brisa pareció detenerse de improviso, las ramas que se mecían quedaron como petrificadas y los insectos que cantaban armoniosos a la luna callaron. El silencio profundo estremeció mi corazón, mis brazos se entumecieron del miedo pero mi piel estaba ardiendo. Mis pies estaban pegados al piso y el aire que respiraba se hacía cada vez más denso. La silueta de la mujer apareció nuevamente entre las sombras y su largo pelo negro reflejaba la luz mientras su cuerpo flotaba hacia mí.

— ¿Por qué me sigues, qué tienes contra mí?... Yo también conozco ese dolor de perder a quien se ama y quedar sólo sin rumbo, sin deseos de vivir.

Pero en esta ocasión mis palabras no tuvieron ningún efecto sobre ella y continuaba acercándose más y más hacia mí. Sacando todo el coraje desde el fondo de mi corazón, comencé a correr nuevamente entre los árboles y senderos poco transitados. Los árboles eran más pequeños en esa zona del bosque y de pronto me vi en medio de un claro donde apenas crecía la hierba. Sin darme cuenta, me encontraba cerca del acantilado donde el fuego había arrasado todo a su paso. Frente a mí estaba el lugar donde alguna vez estuvo su casa que fue arrasada por el fuego y que nunca más fue reconstruida.

Seguí corriendo con todas mis fuerzas porque sabía que ella estaba muy cerca. A unos metros del borde tropecé con un viejo bloque de cemento que estaba cubierto de hierba y musgo. Desde el suelo me arrastré para verlo más de cerca y me di cuenta que en él había un epitafio recordatorio en memoria de aquella mujer que nunca volvió a su casa después de ese día infernal. El monolito indicaba la misma fecha de hoy, pero hace más de setenta años atrás; ese día era el aniversario de aquel desastroso momento que le costó volver a ver a su querida familia.

La leyenda cobraba sentido frente a mis ojos, el corazón me palpitaba aceleradamente, el aliento volvía a faltarme y el aire se hacía irrespirable a mí alrededor. Se me erizaron los pelos del cuerpo y sentí su oscura presencia acercándose una vez más a mí; yo ni siquiera quería voltear a verla, porque sabía que ella estaba allí. Comencé a gatear hacia el borde, alejándome lentamente del monolito de cemento, sólo deseaba que ella no me siguiera, que no se hubiese percatado de mi presencia en ese lugar. Sólo rogaba que las sombras de la noche me mantuvieran oculto a sus ojos y que el recuerdo de ese lugar la distrajera para poder escapar nuevamente.

Mis ojos encontraron la imagen del lago al llegar al borde del acantilado, me volteé para mirar atrás; pero ahí estaba ella a unos cinco metros frente a mí. Sólo había una manera de escapar de ese lugar y del destino de muerte que me esperaba. Mientras ella se me acercaba cada vez más y sin pensarlo dos veces; me levanté, tomé impulso y salté al vacío. No sabía cuantos metros había hasta llegar al agua o la profundidad a la que caería, no me importaba nada. La caída me pareció eterna y finalmente mi cuerpo se sumergió en el lago. Al salir otra vez a la superficie, nadé sin parar la misma distancia que según la leyenda, ella habría recorrido hasta la otra orilla para escapar del fuego. Desde lejos yo escuchaba el susurro de su voz que se perdía en la soledad de la noche.

Esa fue la única vez que me encontré con ella y la verdad, no me gustaría repetir la experiencia otra vez. Pero muchas preguntas quedaron rondando en mi cabeza desde ese día, todas ellas sin respuestas. Mi corazón quedó prendido de un fantasma que sólo buscaba quitarme la vida; había sido tan intenso ese momento y tan reales las palabras que salieron de mi boca, que todos esos recuerdos me atormentaban hasta el día de hoy. Finalmente me quedé viviendo en la cabaña de mis padres y cada noche de luna llena abro las ventanas y veo el reflejo de su figura en el agua o al menos eso quisiera ver. Quisiera presenciar sus hermosos ojos una vez más, acariciar su blanca piel y besar sus rojos labios que casi me quitan el aliento.

HISTORIA 46
TRANSFORMACIÓN

En blanco como las hojas de mis historias antes de escribir cada relato. Como mi mente, antes de despertar del sueño eterno que me consume. Como la partitura de mis canciones, antes de escribirte una sonata. En blanco como mi corazón antes de conocerte, libre de todo sentimiento. Lejano, solitario y perdido, pero siempre en el camino escondido del sol. Oculto en sombras de reposo, vagando por calles desoladas y vacías.

Negro, como la tinta que escribe mis historias sobre hojas ansiosas. Como mis pensamientos, antes de dormir por las noches de tormenta. Como las notas que escribo para complacer tus oídos con mi melodía. Negro como mi corazón después de conocerte; atado y acongojado. Buscando el calor del sol que se aparta de mis ojos moribundos. Intentando reposar del cansancio de tu piel que derrama su sudor en mí.

Blanca era tu piel cuando te vi esa primera vez, deslumbrante. Como un ángel entrando por esa puerta, como una sinfonía de luz. Blanca sonrisa cautivante que escondía la tentación de tu lujuria y tu deseo. Cada vez que recuerdo ese momento, soy como un ánima en medio de la habitación. Una frase sin conclusión, una palabra sin razón, sin distancia en el tiempo y sin prisa para decir lo que pasaba por mi mente, por este corazón confundido.

Negra tarde en la que decidiste partir, con un cielo helado y triste. Como demonio desatado saliendo por esa puerta, como danza entre las sombras. Negras mentiras escondidas, prisioneras de tu boca, tentando mis labios. Fantasma perdido que se presenta en mis pensamientos nublados. Las palabras toman sentido y las frases acaban en más mentiras. Huyendo, escapando libres de la prisión que las mantenía escondidas.

Blanca tela sobre la que pinté mis sueños, donde tú eras el centro de inspiración. Tela blanca como leche, que dejó su palidez al trazar mis colores en tu textura. Donde mis pinceles ilustraron un pasado brillante, encendido en luces. Digno de la galería del cielo, adornado por la última estrella de la mañana. Bañada en el rocío de mi pecho, que abrazó tu cuerpo hasta desfallecer. Blanco manantial de amores que fluyó sin tiempo, sin barreras, sin fin.

Fue negra la noche siguiente, entre sábanas vacías, sin tu aroma floral. Dulce como frutas de estación maduras, simple como la fría soledad; donde los matices palidecieron y se perdió el color de tus pasos en mí. Estrella fugaz que cayó del cielo al abismo para perderse de mis ojos. Rodeada del aroma de mi piel, que se impregna en tus manos vacías. Negra conciencia que te atormenta cada día, fugitiva del amor perdido.

El almendro se pinta de flores blancas, pero rosas negras hay en tu jardín. Los brotes del prado se elevan a la blanca luz del sol que les da calor. Mientras, las raíces se esconden en la negra tierra buscando ocultarse. La nieve blanca encuentra su río cristalino hasta descender al oscuro mar. Como la oruga se oculta en sombras antes de transformarse en mariposa; mientras más blanca sea mi alma, más negro es tu recuerdo en mi memoria.

HISTORIA 47
PUNTO SIN RETORNO

Cada día es un privilegio salir a escena y estremecerme con los aplausos, sentir la adrenalina subiendo y fluyendo a través de mí dándome fuerzas. Nuestra vida es muy especial. Viajamos a cada lugar que podemos; recorremos provincias y regiones durante todo el año. Así es la vida del circo, es la vida que hemos elegido vivir, aunque algunos no nos entiendan.

Aunque cada noche presentamos el mismo espectáculo, todos los días no son iguales y normalmente son pequeños detalles los que hacen la diferencia. Igual que en la vida, pequeños momentos que la hacen emocionante. Al menos eso pensaba hasta ese sábado que un duro golpe sacudiría nuestras vidas. Me duele relatar los detalles de lo sucedido, pero si no lo hago nunca me entenderán.

Mi hermano Gustavo era el primer trapecista de nuestro circo, nuestro amigo Benjamín el segundo, mientras que yo el aprendiz que les ayudaba con cada detalle del show. Algún día sería mi oportunidad de estar allí con ellos, por ahora sólo aprendía de los mejores.

El día anterior ya habíamos tenido dificultades con un par de cuerdas flojas, sin embargo al finalizar cada función revisamos todo para el día siguiente. Pero Benjamín era muy osado, él quería mejorar rápidamente sus destrezas y ser mejor que todos los trapecistas. Tenía tantas ganas de salir a escena, que se demoró sólo tres meses en aprender lo necesario, cosa que a muchos les toma un año de mucho esfuerzo.

Esa noche estaban los cinco trapecistas en la pista. La malla de seguridad ya estaba extendida y las luces apuntaban al cielo de la carpa. La música creaba un ambiente especial e invitaba al público a dirigir su atención sólo a ellos.

Benjamín era el encargado de iniciar el acto y cruzó primero al otro lado con un doble mortal y una llegada impecable. Todo era maravilloso, habían pasado diez minutos de la más prolija presentación; sin duda la mejor en mucho tiempo. El público permanecía expectante, en silencio absoluto y dando fuertes aplausos entre saltos y acrobacias.

Era el momento del salto más complejo de la noche. Doble mortal con cuatro trapecistas a la vez en el aire. Todos estaban balanceándose, sincronizándose, esperando el momento preciso para realizarlo. Primero debía salir mi hermano Gustavo, mientras a medio camino, lo hacía el tercer trapecista; luego Benjamín saltaba al centro, al tiempo que el cuarto trapecista se impulsaba.

Por una fracción de segundo mi hermano pasó a llevar al tercer hombre. Un simple roce lo sacó de trayectoria provocando que cayera a la malla. Benjamín ya venía de regreso y al girar, encontró que en la plataforma central nadie lo recibiría. Intentó evitar soltarse, pero sólo consiguió agarrarse con una mano. Cuando el tercer trapecista cayó a la malla, desplazó uno de los soportes de seguridad. La red amortiguó su caída, pero luego se desplomó con la fuerza del impacto.

La gente dio un grito de espanto. Todos corrieron para intentar levantarla de nuevo, pero es una tarea que toma varios minutos realizar. Mientras en la altura, Benjamín se mantenía sujeto de una mano intentando sostenerse y no caer. Todos gritaban, el público mayormente.

Mi hermano se lanzó a la ayuda. Colgado del segundo trapecio, se balanceó hasta llegar lo más cerca de él.

—Impúlsate Benjamín —le gritó.

Mientras su cuerpo se acercaba peligrosamente colgado sólo de los pies. Con las manos extendidas hacia Benjamín, sólo esperaba que él se acomodara y se lanzara para sujetarlo. El vaivén del trapecio los alejaba una vez más y nuevamente los acercaría para un siguiente intento. Benjamín se impulsó dando un gran brinco alcanzando los brazos de Gustavo que firmemente lo atraparon. El impulso fue suficiente para lanzarlo hasta el otro lado, a salvo de todo. Pero no así a Gustavo. El movimiento oscilante lo descolocó y sus piernas comenzaron a deslizarse, sólo se escuchó ese grito de espanto y horror, muchos evitaron mirar.

¿Qué pasará por la mente de alguien al verse cayendo al vacío? ¿Qué se hace cuando te acercas al suelo y nada puede impedirlo? Cuando estás en un punto sin retorno donde sólo un milagro puede salvarte; te conviertes en un prisionero del destino, quedas encarcelado en las manos de los sucesos.

Al momento de verlo en el aire hubiera querido extender mis manos y recibirlo en su caída. Hubiera querido que no pesara más que una pluma o una hoja otoñal y que su cuerpo flotara hasta el suelo. Sólo deseaba volver el tiempo atrás y cambiar esa cadena de sucesos infortunados. Quería abrazarlo y decirle que todo estaría bien.

Pero al ver sus ojos moribundos, mi garganta se hizo un nudo y las mil cosas que tenía para decirle quedaron cautivas sin poder expresarme. Sólo lo abracé fuertemente, quería tenerlo cerca de mí por esos últimos minutos, antes que la muerte se lo llevara en su carro negro. Esos últimos momentos comprendí lo frágiles que somos. Cuántas veces fue él quien me cuidó; mi hermano mayor, mi escudo. Ahora se iba, viviendo la pasión de su vida hasta el último suspiro de vida.

Por eso cada vez que subo a la plataforma siento que está ahí, observando lo que hago, sosteniendo mis manos y dándome impulso cada noche. Eso me da confianza para seguir adelante, sabiendo que aprendí del mejor, del menos egoísta de todos, del más esforzado y paciente amigo, mi hermano. Ahora cada aplauso que recibo es para los dos, donde quiera que él esté.

"Escrito el 2007 y dedicado a la memoria de mi primo y amigo Alexis Moreno, al cumplirse un año más de su fallecimiento. Un amigo alegre y lleno de vida... Dios te tenga en sus brazos"

HISTORIA 48
IRREVERSIBLE

Con el tiempo la vida nos enseña que hay decisiones incomprensibles que cambian la dirección de nuestros destinos; que existen caminos que jamás deben ser recorridos y que hay senderos que es mejor evitar. Pero cuando alguien se arriesga a recorrer esos peligrosos caminos y sigue avanzando sin retroceder, normalmente termina en un callejón sin salida, sin amigos y muchas veces sin las personas a quien ama.

Si se conociera el final de cada camino no existirían los errores, pero la vida sería monótona, aburrida y sin gracia. Esa era la visión de Antonella, vivir día a día sin importar hacia donde la llevaría su camino y cada vez que se sentía repitiendo las mismas acciones una y otra vez, hacía algo para romper esa rutina. Muchas veces el simple hecho de teñir su pelo de color diferente o cambiar la posición de los muebles de su departamento, le daba la tranquilidad interior de haber roto esa monotonía. Cada día al recorrer las calles de la ciudad se sentía una esclava de las circunstancias, sabiendo que estaba obligada a cumplir las mismas reglas que todos su alrededor. Así que cada cierto tiempo inventaba rutas nuevas para ir a su trabajo o salía más temprano con el sólo fin de no estar amarrada al tiempo. Ese era también uno de los motivos por los que no se había ido a vivir con su novio, ella necesitaba su propio espacio en el cual sentirse libre aún.

Día tras día su mente intentaba resolver el misterio que la envolvía; inventaba situaciones que existían sólo en su cabeza, aunque esa vida paralela sólo estuviera en su mente. Ella necesitaba creer que cada día al quedarse en el departamento de su novio, un nuevo mundo se abría para ella. Aunque cada noche al acostarse, su realidad fuera la misma; triste, vacía e interminable;

como si el tiempo se hubiera detenido en un torbellino que la obligaba a dar vueltas y vueltas sin parar.

Pero una mañana al despertar al lado de su novio Vicente, se quedó observándolo detenidamente, examinando cada ángulo de su cara, la redondez de su barbilla y sus pómulos marcados; miraba con toda calma los detalles de su pelo, sus orejas y manos. En ese momento ella se dio cuenta de que él no era el mismo de cuando lo había conocido, sentía que de una u otra manera los meses junto a él habían cambiado su aspecto.

Ella se levantó silenciosamente, sin despertarlo y fue al baño para tomar una ducha caliente. Mientras el agua caía por su cabeza y recorría todo su cuerpo desnudo, ese pensamiento obsesivo seguía rondando su mente. Era como gotas de tinta vertidas en un recipiente de agua caliente; expandiéndose rápidamente hasta teñirlo todo. Al terminar de ducharse, Antonella se envolvió en una tolla y se paró frente al espejo empañado por el vapor de agua; mientras se secaba miraba su cara de uno y otro lado.

—*Estoy segura que él está diferente, en cambio yo sigo igual, es como si los años no pasaran por mí.*

Pero estaba equivocada, porque a cada instante de nuestras vidas, todos los días, a cada segundo cambiamos. En su afán por obtener respuestas a su banal curiosidad, ella volvió a la cama y despertó a Vicente.

— *¿Tú me amarías si yo fuera diferente?* —Preguntó cuando abrió los ojos— *¿Me amarías si yo fuera otra persona?*

—No podría amar a otra persona que no fueras tú —contestó él un poco extrañado por la pregunta y aún somnoliento— Si fueras diferente no me habría fijado en ti, porque ya no serías tú realmente. ¿Por qué lo preguntas?

—*No, por nada* —respondió ella un poco desconcertada y no conforme con la respuesta.

Sin embargo en silencio guardó una pregunta más complicada aún; una interrogante que la atormentó todo el día; al recorrer las calles con su mirada perdida; al subir al metro y avanzar en dirección a su trabajo. Aún en su oficina mientras trabajaba frente al computador, esa pregunta rondaba sus pensamientos. Las horas pasaron y ese gusano en su cerebro permaneció carcomiendo su conciencia. Hasta que finalmente, esa noche de vuelta en el departamento de Vicente, al estar con él en la intimidad, lo dejó escapar de su boca.

— *¿Podrías cerrar los ojos e imaginar que yo soy otra mujer?*

Vicente quedó muy impactado por sus palabras.

— ¿Qué acabas de preguntar?... ¿Qué está pasando contigo Antonella?

—*Nada, sólo quiero que pienses que soy otra mujer ¿Acaso tiene algo de malo eso?*

—Después de todo el tiempo que hemos estado juntos —le dijo Vicente mientras se levantaba de la cama enojado y se arropaba con su bata— ¿Ahora vienes con estas locuras superficiales? Estás muy equivocada, el amor entre nosotros es mucho mayor que las apariencias; el que no vivamos juntos aún no quiere decir que no quiera estar contigo o que me imagine mi vida con otra mujer...

Sin saber qué hacer o cómo explicar lo que estaba sintiendo, se puso a llorar desconsoladamente, no sabía cómo expresarle lo que estaba sucediendo en su interior. Ese pensamiento estaba muy arraigado en su mente. Ella le pidió disculpas y se acostaron nuevamente a dormir. Aunque después de apagar las luces ella permaneció despierta gran parte de la noche. Sabía que lo sucedido había abierto una puerta difícil de cerrar, por su mente sólo desfilaba la idea de escapar, huir lejos de todo lo conocido, desaparecer de la tierra y que nunca más se supiera de ella.

Antonella se levantó silenciosamente antes que amaneciera, con suerte durmió un par de horas mientras pensaba en lo que haría ese día. Ella salió sin despedirse de Vicente, aunque a él no le extrañaba nada de lo que ella hiciera, ya estaba acostumbrado a muchas de sus actitudes y locuras. Simplemente para él, ese había sido uno más de sus caprichos; aunque esta vez él no le daría en el gusto.

Ella salió del departamento sin rumbo fijo, sólo se dedicó a caminar por las calles sin pensar dónde la llevarían sus pasos. La fría mañana humedecía sus mejillas que aún recordaban las huellas de las lágrimas derramadas. Sus ojos brillosos, fatigados y somnolientos miraban al horizonte sin encontrar donde acabaría ese peregrinar. Apagó su celular para no atender ninguna llamada y después de muchas vueltas por la ciudad, decidió no ir a trabajar ese día y volver directamente a su departamento. Al pasar el umbral de su puerta, ella sabía exactamente lo que haría.

Como cada tarde Vicente la llamó y se preocupó mucho al no poder comunicarse con ella. Ya antes habían discutido por sus caprichos, pero nunca había dejado de responder sus llamadas; a lo mucho le enviaba un mensaje de vuelta diciéndole que no quería hablar con él, pero jamás apagaba su teléfono. En vista que no le respondió las llamadas durante toda la tarde, él decidió ir a su oficina; pero al preguntar por ella en la recepción, le informaron que ese día no se había presentado a trabajar. Vicente sabía que algo no andaba bien, era un mal presentimiento extraño y angustiante; así que decidió ir al departamento de ella esperando encontrarla allí. Pero al hablar con el conserje, él le dio la mala noticia:

—La señorita Antonella dejó su apartamento durante el día. Me pidió que le avisara cuando llegara el camión de mudanza y al irse, dejó un sobre sellado para el dueño del departamento con las llaves. Los hombres de la mudanza cargaron todas sus cosas en un par de horas y finalmente se fue sin dejar ninguna dirección... estaba muy apurada y casi ni se despidió... realmente fue algo muy repentino.

La cara de Vicente reflejaba toda la angustia que estaba sintiendo en ese momento, casi no podía creer lo que había sucedido, pero en el fondo esa era exactamente una de las cosas típicas de ella. Quizás se había aburrido de vivir allí y había encontrado otro lugar mejor; seguramente cuando se sintiera cómoda lo llamaría para avisarle. Pero los días pasaron y Vicente seguía sin saber nada de ella, era como si la tierra se la hubiera tragado completamente. La situación había dejado de ser algo típico de ella y Vicente decidió dar aviso a la policía por presunta tragedia. Colocó carteles en lugares públicos, intentó localizar a algún familiar o alguien que la conociera por más tiempo que él; hizo todo cuanto estuvo a su alcance hacer, pero sin obtener resultado alguno. Antonella simplemente había desaparecido.

Las semanas se transformaron en meses; pasó el invierno, la primavera y el verano, y Vicente poco a poco se fue resignando a que jamás la volvería a ver. Pero cada vez que él veía a una mujer parecida a ella, su corazón se aceleraba al máximo, para luego caer en un vacío enorme que recalaba en su pecho al darse cuenta que no era ella. El otoño ya presagiaba un frío invierno y las hojas cubrían las calles y los parques. Sus amigos lo alentaban una y otra vez a salir y conocer a alguien que lo hiciera olvidar su desamor, pero cada vez que alguna salida podía ser realmente importante, algo sucedía, algo interfería con una linda velada y esa posibilidad de llenar nuevamente su corazón se esfumaba.

Al completar un año de que Antonella desapareciera, Vicente llevó un ramo de flores para arrojarlas al borde del río donde una fría tarde se conocieron. Él quería cerrar el ciclo de su pasado y dejar atrás de una vez todo lo sucedido, aunque muy en su interior siempre habría un pedazo de su corazón para ella.

Ya habían pasado un par de meses desde esa tarde en que Vicente decidió sacar ese recuerdo de su vida. El día había estado lluvioso y helado, la noche era propicia para tomar un trago que le subiera la temperatura, al menos esa era su intención cuando entró a ese bar. Pero después de un par de tragos se dio cuenta que frente a él había una mujer que no le quitaba los ojos de encima. Primero sus miradas se cruzaron entre la multitud y luego de unos minutos él decidió acercarse a conversar.

— ¿Aceptarías que te invite un trago y algo de compañía?

Ella aceptó ambas. Su nombre era Alicia y algo en ella le recordaba a su Antonella, aunque ya había escuchado de sus amigos que esas cosas solían suceder. Que por más que intentara olvidarla, siempre vería algo de ella en otras mujeres.

—Siempre después de una pérdida se busca reemplazar a esa persona con alguien muy similar en apariencia o en personalidad.

Pero eso era algo que Vicente no quería hacer, él quería conocer a alguien totalmente opuesta. Así que mientras él la miraba detenidamente, observaba sus finas facciones y recorría con su vista cada detalle, en su mente se repetía una y otra vez lo diferentes que eran. Aún así, algo en su manera de sonreír lo estremecía y algo en su forma de mirar le recordaba a su querida Antonella. Después de mucho conversar ambos se sentían muy a gusto hablando de sus vidas y de sus sueños. Alicia hacía muchas preguntas, como toda persona curiosa de saber el pasado de quien tiene enfrente, pero había cosas que Vicente evitaba decir.

A las horas después, ambos ya estaban pasados de copas y reían por cualquier cosa; desde ese momento Vicente no dudó en sincerarse cada vez más, al punto de contarle lo sucedido con Antonella. Mientras él hablaba, cada palabra reflejaba que Vicente aún la amaba, era algo inevitable; pero Alicia lejos de molestarse con la situación lo seguía escuchando atentamente y sin interrumpirlo. La conversación se tornó en un monólogo cuyo único tema era ella, hasta que Vicente se dio cuenta lo que hacía y guardó silencio un momento.

—Perdona —dijo avergonzado— lo menos que quería era terminar hablando de ella, pero comprenderás que necesitaba desahogarme.

—*No te preocupes* —dijo ella mientras se le acercaba al oído— *Yo haré que la olvides.*

Con tanta convicción lo dijo que Vicente se estremeció completamente y se levantó de un salto de su asiento.

—Jamás la olvidaré —dijo molesto mientras golpeaba la mesa— nunca podré sacarla de mi mente.

Vicente se dio media vuelta y se encaminó hacia la puerta tambaleándose de ebrio mientras hacía el intento de abotonar su abrigo. Alicia lo seguía de cerca gritando y llorando, afirmándose de las sillas intentando no caer al suelo.

—*Al menos te pido una oportunidad* —decía Alicia a sus espaldas— *ya verás que yo podría llegar a amarte mucho más que ella.*

—A penas me conoces —dijo Vicente dándose vuelta hacia ella— ¿Cómo entonces puedes hablar de amor? ¿Qué sabes tú de lo que yo siento por ella o de la intensidad con ambos nos amamos?

Alicia guardó silencio y bajó la mirada. Vicente salió a la calle mientras la lluvia caía copiosamente, Alicia lo siguió en silencio y a la distancia lo vio subirse a un taxi y perderse en la oscuridad de la noche. La lluvia ocultaba sus lágrimas, pero la amargura en su corazón no se la llevaría ni la tormenta más grande de la tierra.

Al día siguiente la lluvia había parado por completo, pero la mañana permanecía nublada, húmeda y helada. Vicente aún sentía el malestar de esas copas de más de la noche anterior, pero no era su costumbre faltar al trabajo por muy mal que se sintiera. Un café muy cargado y un sándwich lo harían recuperar el semblante. Aunque su mente aún permanecía atada a las palabras de Alicia. Él se colocó el abrigo y salió en dirección a su trabajo; pero al llegar a su auto, encontró una nota sujeta al parabrisas. Lo abrió rápidamente y al mismo tiempo lo dejó caer de sus manos paralizado por la impresión. Era un mensaje de Antonella.

—*Perdóname por haber desaparecido así de esa manera; sé que no es justo lo que he hecho y que no debería pedirte nada, pero aún te amo. Quisiera que nos viéramos hoy a las siete de la tarde en nuestro lugar; si no vienes lo entenderé, pero te estaré esperando. Con amor Antonella.*

Volvió a recoger la nota antes que el viento se la llevara. Su corazón comenzó a latir aceleradamente, una combinación de alegría y rabia chocaban en su interior. Sabía con toda certeza que esa no era una broma. La letra y la forma especial en la que la carta estaba firmada eran indiscutiblemente de ella. Después de leerla un par de veces más, Vicente sintió que tenía todo claro en su vida nuevamente. La angustia de esos meses y el vacío que sentía en su corazón se alejaban; sabía que si se encontraban, volverían a estar juntos otra vez; porque a la única persona a quien podría perdonarle esa locura era ella.

Ese día las horas pasaron muy rápido y ya se acercaba el tan esperado momento del reencuentro. Lo único en que Vicente pensaba era en ver su cara nuevamente, estrecharla entre sus brazos y besar sus dulces labios. Deseaba sentir su perfume embriagante y perderse en su mirada una vez más. A cada instante, a cada segundo sentía su corazón más y más agitado, como si fuera un adolescente camino a su primera cita. Él entró al bar que habían bautizado como *"su lugar"*, ya que fue allí precisamente donde se conocieron.

El lugar no había cambiado mucho, a pesar que sólo volvió a visitarlo un par de veces desde su desaparición, con toda la esperanza de encontrarla allí sentada. Por eso ese momento era tan mágico para Vicente; quien había soñado con ese instante cientos de veces.

Desde lejos la vio sentada de espaldas a la puerta, con las manos entre cruzadas sobre la mesa y con la cabeza levemente inclinada hacia delante, como era su costumbre. Vicente se colocó frente a ella y quedó atónito al ver que ella llevaba una máscara que le cubría la cara. La imagen con la que escondía su cara era la foto que se habían tomado la noche en que se conocieron. Vicente se sentó frente a ella sin quitar su vista de la máscara, sabiendo que el humor de ella siempre había sido fuera de lo común. Sin embargo sentía que esa broma había llegado demasiado lejos; una rabia incontenible crecía en su interior como un volcán a punto de estallar. Antonella permanecía en silencio y Vicente no soportó más, se levantó de la mesa y se dio media vuelta para irse.

—*Espera amor... espera...* —dijo ella antes que él emprendiera la huída.

— ¿Qué es todo esto Antonella?... —respondió Vicente volviéndose violentamente hacia ella— Desapareces por más de un año y luego apareces de la nada, me escribes para que nos juntemos, y ahora vienes aquí con esa ridícula máscara para burlarte de mí ¿Qué crees que estás haciendo?

—*Perdóname* —le contestó ella sin quitarse la máscara— *te amo tanto que tenía miedo que te enamoraras de otra mujer. Pero ahora me doy cuenta que lo nuestro es más grande que cualquier circunstancia. Perdóname por todo el tiempo que he perdido de estar contigo...*

Vicente se acercó a ella hasta colocar su mano sobre la máscara, pero antes que la pudiera sacar de su cara, ella le sujetó la mano.

—*Espera un momento... ¿Realmente quieres ver mi nueva cara?*

— ¿Nueva cara dices? —Vicente soltó la máscara de inmediato y dio un paso hacia atrás mientras un escalofrío recorrió su cuerpo— ¿Qué has hecho? ¿Quién eres realmente? La verdad es que te desconozco... Ya no eres la persona de quien me enamoré...

Vicente dio media vuelta y se alejó del lugar muy desconcertado, dejando atrás a Antonella y su máscara. Él salió del bar y caminó varios metros lejos de donde se habían reunido, pero la intriga lo obligó a devolverse y esperar escondido a que ella saliera para seguirla. Ella salió del bar y caminaba sin mirar hacia atrás, llevaba la máscara en la mano mientras avanzaba aceleradamente. Vicente la seguía a distancia pero no podía ver su cara, luego de veinte minutos de perseguirla, la vio entrar a una clínica muy particular. Las puertas se cerraron tras de ella y él se escabulló siguiendo sus pasos.

Escondido en los rincones observó cada paso que ella dio hasta llegar a una sala donde la atendieron. Ella permaneció adentro cinco minutos y salió llorando desconsolada, corrió por el pasillo hasta la entrada y se fue sin darse cuenta que él la había seguido. Esa era la oportunidad que Vicente estaba esperando para averiguarlo todo. Sin demorar más, él entró en la misma sala de la cual ella había salido y allí se encontró de frente con un doctor.

Vicente estaba algo nervioso, no sabía de qué manera explicarle lo que estaba pasando. Pero finalmente encontró las palabras para hablar con aquel cirujano especialista en estética facial. Vicente le explicó que la mujer que acababa de salir era su novia e inmediatamente él bajó la mirada y se colocó algo nervioso.

—Necesito saber ¿Por qué salió llorando de aquí?

El doctor algo dubitativo guardó silencio un momento antes de explicarle con mucho pesar las razones tras el desconsuelo de Antonella.

—Cuando ella vino a la clínica la primera vez hace más de un año, la verdad es que no entendí cómo una mujer tan hermosa podía necesitar una cirugía para ser feliz. Sin embargo por más que le insistí para que desistiera de hacerla, ella estaba tan decidida que pensé sería mejor que se atendiera conmigo y no con cualquier inescrupuloso. Pero ahora ha vuelto arrepentida porque quería revertir la operación, quería volver a tener su antiguo aspecto pero eso es imposible. Por más que me esfuerce, ella nunca volverá a tener sus antiguas facciones.

Vicente se mostraba algo confundido, la verdad que sin ver el nuevo rostro de ella no podía tener una imagen diferente de Antonella. El doctor sin decir más palabras sacó del archivero la ficha médica y se la entregó. Vicente extendió su mano para tomar las fotos que el hombre le entregaba, en ese momento sintió un enorme vacío en su interior y un estremecimiento que lo sacudió por completo, ya que sabía que ella no sólo había cambiado en apariencia; modificar su rostro también había cambiado su interior. Pero jamás pensó que esa nueva cara sería el rostro de Alicia.

Apenas podía sostener las fotos en su mano, con suerte se mantenía en pie. Sin duda que la extraña aparición de Alicia en su vida le había devuelto las esperanzas de superar la pérdida de Antonella, pero ahora que todo tenía un sentido macabro y egoísta, le sería muy difícil volver a amarla. Según le había contado el cirujano, cinco meses le tomó a ella la recuperación después la operación. En ese lapso de tiempo, lo que él más amaba de ella, su esencia y su fragilidad, también se habían perdido.

Cada foto que él había guardado junto a su amada, ahora eran de otra persona, de una total desconocida y aunque pudiera fingir que todo estaba bien, no podría sobrellevar la triste realidad. Su dolor estaba más allá de la razón, Vicente había sufrido mucho por toda esa situación. La pérdida del amor, la incansable búsqueda y el interminable sentimiento de esperanza que ahora se diluía en una profunda confusión.

Desde ese día Vicente desapareció sin dejar rastros y ahora sería ella quien lloraría la partida de su amado. Ya habían pasado unos días cuando el teléfono de ella sonó; su corazón se aceleró al pensar que sería Vicente. Pero esa alegría momentánea se esfumó al darse cuenta que era el cirujano que la había operado, quien la llamaba y necesitaba que se dirigiera a la clínica urgente. Nuevamente su cara se llenó de alegría al pensar que había una solución para recuperar su antigua apariencia y que al fin el doctor la operaría para lucir como era antes de esa locura.

Los minutos que la separaban de las noticias se hicieron eternos; al llegar a la clínica entró raudamente corriendo por los pasillos y antes que recuperara el aliento, el doctor le entregó una carta para ella. Era de Vicente y decía:

—Te amo y nunca dejé de amarte aunque no estabas aquí conmigo, me había resignado a tu pérdida y hasta tenía predispuesto mi corazón para volver a amar. Pero nunca imaginé que volverías a romper mi corazón, que jugarías con mis sentimientos para saciar tu egoísmo. Sin embargo no puedo ocultarte la decisión que he tomado. No me verás hasta en seis meses más, cuando al igual que tú sanen mis heridas por la operación, aunque no creo que con eso sane mi corazón. Yo también he cambiado mi rostro para ser alguien diferente, sólo así tú sabrás lo que siento ahora y yo sabré lo que estás sintiendo tú. Te buscaré cuando todo esté bien, pero ¿Sabrás reconocer quién soy yo?...

La carta terminaba con esa frase de despedida; el doctor no tenía fotos del nuevo aspecto de Vicente, él se las había llevado consigo; no había nada que le mostrara a Antonella cómo sería su nuevo rostro o cómo poder reconocerlo. Los días se convirtieron en semanas y las semanas pasaron a ser meses y el tiempo del anhelado regreso se había cumplido. Ella lo buscaba siempre tras cada mirada, en cada hombre que se cruzaba en su camino, pero no lo encontraba. Muchos hombres la invitaron a salir y ella accedió pensando que se trataba de Vicente; pero pronto se daba cuenta que no era él. Su corazón ya no sabía a quién amar y sus labios ansiaban encontrarlo. Esa tortura la estaba matando y la consumía lentamente hasta el alma.

Cada día que pasaba era una incansable búsqueda entre la multitud; una locura descontrolada que no soportó más. Ella volvió a la clínica para sacarse esa máscara de mentiras. Antonella había quedado atrás en el pasado y ahora Alicia pasaría a ser otro rostro olvidado. Vicente no volvería a ella y si lo hiciera algún día, tampoco sería el hombre a quién ella amó. Si el destino los uniera en algún momento no se reconocerían y desde ese día serían sólo dos desconocidos para siempre, caminando la senda de una decisión irreversible.

HISTORIA 49
LA VIDA ES UN CARRUSEL

Ella lo veía pasar una vez más oculta desde su ventana, él siempre iba apurado y bien vestido; parecía todo un caballero, con porte, estilo y prestancia, sin duda se veía que era un buen partido. Cada vez que veía su espalda perderse en la esquina un suspiro escapaba de su boca. Cerraba los ojos y se imaginaba besándolo, caminando con él de la mano.

Cada día, sin falta, ella se preparaba para contemplarlo pasar frente a su casa. Le escribía cartas de amor que jamás le entregaría, imaginaba encuentros casuales y escenas románticas llenas de pasión que sólo existían en su mente. Siempre se preguntaba qué pasaría si a esa misma hora ella saliera por la puerta y se lo encontrase cara a cara.

—¿Qué me diría él? ¿Se daría cuenta que existo?

Mil escenas pasaban por su mente, miles de palabras sin pronunciar, palabras perdidas en el abismo de su boca, ocultas sólo en sus pensamientos. Hasta que un día comenzó a armar planes de cómo acercársele, cómo producir un encuentro que los obligara a presentarse o al menos a mirarla. Una tarde ella se preparó para ese instante, dejó la manguera en el ante jardín y esperó la hora indicada para salir a regar y cuando él pasaba justo frente a cada. Fortuitamente un chorro de agua saltó hacia él mojándole parte de la cara.

—Uyyyyy perdón —le dijo ella.

Él la miró sin decir palabra y continuó caminando, sólo hizo un gesto con su mano para indicarle que no se preocupara. No demostró ni una pizca de enojo, ni un poco de molestia o al menos algo que le hubiera permitido a ella llegar a su lado, secarle su mojada cara con delicadeza y conversar con él. Todos sus planes, aquello que por varios días imaginó que sucedería, se desvanecían.

Otra tarde, ella buscó otra oportunidad de acercarse a él. Esta vez se perfumó y se apresuró en llegar a la esquina antes que él. Se asomó sigilosamente y lo vio venir desde lejos. Permaneció impaciente intentando escuchar sus pasos al acercarse y cuando pensó que él doblaba, ella apareció de improviso. Pero no era él, era otro hombre que venía delante de él y ella tropezó aparatosamente con el sujeto, quedando enredada en sus brazos. La vergüenza hizo presa de ella, y lamentaba el hecho de que él la hubiera visto sin haber sido sus brazos los que la recibían.

Después de ese bochornoso suceso, durante dos tardes más ella se dedicó sólo a verlo pasar desde su ventana. Tras esas cortinas blancas con la mirada oculta, observando su lindo caminar y una vez más un suspiro profundo salía románticamente de su interior.

A la tarde siguiente ella se dirigió a la tienda para hacer las compras del día, a lo lejos divisó una figura muy familiar y mientras se acercaba se dio cuenta que era él. Con los nervios que sentía sólo atinó a cruzar la calle sin que él la viera pasar. Desde la vereda de enfrente lo vio pasar presuroso con un ramo de flores en su mano, no iba con su ropa habitual, sino que iba de jeans, zapatillas y una camisa informal.

Decidió seguirlo algunas cuadras y su corazón se sintió herido al verlo entrar a una casa. Esa casa era de una señora que ella conocía, que tenía una hija preciosa, mucho menor que ella. Entonces todos sus sueños rodaron por el suelo, todas sus fantasías se fueron a negro y volvió muy triste a la tienda para hacer las compras. Se devolvió a su casa por la ruta más larga sólo para evitar pasar frente a esa casa, para no sentirse más triste.

Poco antes de llegar a la esquina cercana a su casa una de las bolsas se le resbaló de la mano. Un hombre se detuvo para ayudar a levantarla y luego continuó caminando delante de ella. De pronto el joven de buen parecer sale doblando la esquina y choca de frente con el sujeto. Ella entre impactada y de puros nervios dejó escapar una gran risotada, él rojo de la vergüenza pidió las disculpas al hombre con que había tropezado.

Ella se había quedado ahí mirándolo, él traía el ramo de flores en la mano y la miró diciéndole:

—Parece que a mí tampoco me resultó esa estrategia

Ella se sintió pillada en absoluto y se ruborizó completamente.

—No te preocupes —le dijo él acercándose— me hubiera gustado mucho que te hubiera resultado.

Extendió su mano entregándole las flores, mientras que ella definitivamente no entendía lo que sucedía.

—¿Pero no eran para tu novia?

—¿Qué novia? Yo no tengo novia.

Ella le explicó lo que había visto calles más allá después de haberlo seguido.

—Esa es la casa de mi tía y su hija... —dijo él— ¿De verdad que no te acuerdas de mí?

Ella puso atención a esos ojos y un velo cayó de su mirada.

—¿Eres Felipe?

—Sí, veo que al menos no olvidaste mi nombre.

Ella estaba totalmente nerviosa sin decir nada. Pero recordó todo sobre él. Por años él la había invitado a salir ante su rotundo —NO— él le mandaba recados y le escribía cartas de amor; hasta que un día sin más se fue. Ahora la vida lo había cambiado por completo, era otra persona; muy guapo, encantador y todo un caballero, su tono de voz era muy agradable y tierno.

—¿Aún dirás que "no" a una invitación a salir? ¿Seguirás diciendo que estás muy ocupada?

Ella no pudo negarse a esa invitación como a tantas otras, eso no lo había anticipado; si lo hubiese reconocido antes seguramente no se hubiera fijado en él. Pero el carrusel de la vida da las vueltas tan rápido que nos sorprende y nos coloca en la posición menos pensada, el día menos esperado.

HISTORIA 50
MADRUGADA PRIMAVERAL

Era la madrugada de un 27 de Octubre del año 1974, una triste primavera. Una madre soltera daba a luz en su casa, el niño no quiso esperar más para venir a este mundo y cambiar la estrella de dos jóvenes padres. Él reclutado muy joven, en el servicio militar desde el golpe de estado, ella aún estudiando en las mañanas y trabajando duro por las tardes.

Esa madrugada tras horas de labor, la abuela recibió al pequeño en sus manos y lo limpió. Pequeñito, muy llorón y con fuerzas frente a la vida que lo recibía. Esa madrugada la habitación se iluminaba con ese pequeño ángel. Tan esperado y tan sufrido, pero al fin estaba allí en los brazos de su madre, destinado a cambiar su futuro de pobreza por un horizonte nuevo.

Creció llevando en su camino una estela de bendiciones para otras personas, compartiendo con su música y con sus palabras esa forma de ser tan particular. Siempre avanzando contra cualquier adversidad, frente a cualquier cosa, sin retroceder, aunque las vueltas de la vida le jugaran en contra.

Un explorador de tierras nuevas, un aventurero; siempre pionero, haciendo camino y abriendo puertas cuando todo se veía cerrado. Cuando todo estaba derrumbado, para él era tiempo de reconstruir, profeta en tierras lejanas, extranjero de la vida, siempre de paso.

Esa madrugada de primavera, en brazos de mi abuela nací yo, el orador de este libro que anuncia palabras desde el corazón, espacio que se ha transformado en el reflejo de otros que han vivido similar suerte. Este rincón donde los sentimientos fluyen como ríos caudalosos; a veces tristes hasta romper el alma, a veces felices hasta saciarla, palabras que hacen volar y siempre llegarán más allá de su destino.

"27 de octubre, dedicado a mi familia, padres, hermanos y a todos los que quiero"

HISTORIA 51
AMANTES A LA DISTANCIA

Mi corazón se quema mientras permanecemos así, tan distantes y sin poder mirarnos. El calor aumenta alrededor de mí, al sentir el roce del viento tibio que simula ser tu piel. Rodea mis manos y mi cuerpo obligándome a sacudir mis ropas lejos.

El toque de tus manos imaginarias acaricia mis pasillos ardientes. Valles que algún día recorriste con tus labios humedecidos de pasión, mientras mis ojos admiraban el paisaje de tu desnuda espalda. Cuando tu cabello flotaba entre sábanas de locura y el sol se escondía, ocultaba su rostro para no ver tanta pasión navegando entre olas de amor.

Sudor agotador que enlazaba nuestras manos hasta dormir cansados, saciados de tanto sentirnos y viajarnos, de recorrernos y besarnos sin parar. Recuerdo ese lugar donde un minuto era una eternidad y los latidos se hacían tan altos, que el silencio se acababa con la estampida de tu corazón danzante. El lecho donde el baile de tu cadera mecía mi cuna suavemente, hasta hacerme dormir extasiado. Donde la fuente de mis labios, descubría la sequedad de tus tierras, volviéndolas valles inundados de placer, paisajes cautivos de nuestros deseos.

¿Qué otro río podría saciar la sed de mi piel, sino la llave de tu manantial? ¿Qué otros besos te transportarían fuera de tu cuerpo, hasta ver la luna caer y esconderse tras montañas sombrías? Siempre seremos amantes de nuestro amor, porque nadie nos enseñó a decir adiós sin tener un reencuentro, nadie nos enseñó a decir nunca más.

Cuando a la distancia tu cuerpo necesita de mí, el mío también gime por ti; cuando piensas en mis ojos puestos en tu cuerpo, mi mirada ya te había visto. No importa cuánto tiempo pase, siempre será el mismo llamado de pasión; ese golpe directo al corazón que estremece nuestras manos separadas.

Si alejaran mi cuerpo y mi piel de tu lado, sin mis besos te enfermarías. Si mi alma fuera atada al fondo del mar, volvería del abismo para saciarte. Como dos mentes y un sólo cuerpo, cuando piensas en mí, yo ya te pensé mil veces. Cuando sueñas con mis ojos, yo ya cerré la mirada para retener la luz de tu cara en mi memoria; para llevarte cautiva y hacerte esclava de mi piel.

Soy una víctima de tu deseo que encadena mis pasos y me lleva a ti. Sigo el sendero de esa dulce locura que me guía hasta tus brazos, ansioso de tus besos que desencadenan noches inolvidables y lujuriosas. Noches que están en mi memoria junto a ti, reposando y descansando de la agotadora carrera que siempre nos une. Como la lluvia llega siempre a su tierra, así absorbo tus gotas de sudor, hasta saciar mi piel de tu perfume floral. Extasiado de tus caricias, con tus manos de porcelana, suaves y delicadas.

Te abrazo a la distancia, mientras tú abrazas mi recuerdo lejano. Mientras sueñes conmigo yo estaré presente en tu lecho y tú serás mi deseo. Siempre seré tu amante que espera tus pasos temerosos, mis ojos serán los testigos y tu boca será mi cómplice de este destino que siempre será un pecado. Pasión que sólo entienden los que han vivido un momento tan intenso.

Ya es tarde amada mía, el sol comienza a revelar nuestra piel desnuda. Es tiempo de partir nuevamente por caminos separados, hasta que el fuego se encienda una vez más. Cuando me llames y me escuches venir, cuando me acerque lentamente a ti para tocar tus labios secos que gritan en silencio por mi piel. Cuando mi barco zarpe hasta tu costa para reposar con la marea alta, dejando exhausto de placer todos tus sentidos, como los recuerdos del ayer.

HISTORIA 52
NOCHE DE RECITAL

El día ha llegado, semanas de larga espera se han reducido sólo a horas, la tensión y las ansias de estar pronto allí se perciben en el aire, este recital será extraordinario. Las entradas están guardadas en mi billetera, la cámara cargada y lista para ser usada, pero el reloj no avanza suficientemente rápido. Ya quisiera estar allá compartiendo con la multitud y no aquí trabajando, haciendo que las horas se acorten y que el tiempo se reduzca.

Ya no aguanto más la espera y voy a hablar con mi jefe.

—Necesito irme antes... voy al recital.

Me mira con cara de asombro.

—Ándate —me responde— yo también voy así que puedes irte no más.

De haberlo sabido antes le hubiera pedido el día libre. Pero bueno, se cierra todo, se guardan las cosas y paso a buscar a una amiga a su departamento. Seguramente en 10 minutos estaremos en el estadio, porque no está tan lejos de donde ella vive.

Todos al auto y tras algunas cuadras de avanzar sin problemas, lo infaltable cuando quieres llegar, una increíble congestión vehicular. Eran cuadras y cuadras antes de llegar al estadio. Me metí por una calle, luego por otra, pero no se veía ninguna ruta directa libre de taco y lo más probable era que la razón fuera el mismo recital.

Muchas calles estaban cortadas. Poco a poco la paciencia de mi amiga se perdía, que diferente se veía ahora, gritando como loca a los autos que avanzaran, que se movieran, realmente era otra persona. Y ahí estaba yo, acelerando poco a poco mientras se movían los autos. En un arranque de enojo y al ver la histeria de mi amiga, salí de la pista y decidí tomar una nueva ruta, pensando que estaría más desocupada.

Tras varias cuadras vi desfigurarse la cara de ella al ver un nuevo taco, habíamos avanzado mucho más y faltaban pocas cuadras para llegar. Pero desde ese punto era imposible llegar a nuestro destino, así que estacioné el auto y caminamos las cuadras que faltaban hasta el estadio. Las calles cerradas nos conducían lentamente hasta nuestro destino, la gente alrededor llevaba el mismo objetivo, alcanzar un trozo de música esa noche.

Una vez adentro los minutos se hacían interminables, el frío aumentaba, el sol bajaba lentamente en el horizonte anunciando en anhelado inicio. El ambiente se hacía cada vez más intenso, las ansias y los nervios al máximo. Todo estaba listo y cada instante se llenaba de un sabor muy particular, no cabía otra sensación en el cuerpo que no fuera las ganas de comenzar.

Las luces se apagaron, los gritos de la multitud estremecieron el lugar, en medio de la oscuridad comenzaron los destellos de las cámaras resplandeciendo. El estruendo de los aplausos y la expectación, terminaron en una locura en el instante mismo en que se escuchó el primer acorde musical. Ya estaban ahí, ya había comenzado, los pelos se ponían de punta y la piel se erizaba.

La sensación de estar rodeado de miles de personas que sienten como tú, la misma emoción y el son de las canciones escuchadas mil veces en una radio, ahora en vivo. Frente a mí, junto a mí, entrando por mis oídos y recorriendo mi cuerpo, haciéndome sentir como flotando en un mar de notas estruendosas, armónicas, románticas y melodiosas.

Cada canción conocida y cantada. La adrenalina nos lleva a saltar, a cantar y gritar con todas las fuerzas, hasta cansarnos, hasta dejarnos extasiados de emociones. La noche avanza traicionera y nos hace ver que ya todo ha terminando, aunque no quiero que acabe. Quiero llevarme ese momento en mi piel y esconderlo en mi memoria.

Ellos salen al escenario por última vez para cantar una de mis canciones favoritas. Terminando la velada y dejando atrás todo por lo cual llegamos hasta aquí, esas sensaciones encontradas de un espectáculo que permanece para siempre. El ticket de la entrada se guarda como recuerdo, las fotos, las grabaciones, los gritos y el estremecimiento más adictivo que me obligará a venir nuevamente, cada vez que ellos se presenten en algún lugar, me acordaré de ese recital.

HISTORIA 53
EL CAMINO DE TUS SUEÑOS

Fuera de tu mente viajan incontenibles, escapan raudos libres de la piel, como una estampida salvaje dejando la selva de tu realidad. Así vuelan tus sueños hasta llegar a la tierra de las fantasías, donde nada es real. Mientras duermes viajas por lugares escondidos, superfluos e imaginarios; lugares de parajes violetas, donde el tiempo no existe más. Donde los ruidos se han perdido y las calles flotan como senderos dorados.

Mientras duermes, recorres caminos nuevos y senderos de amores, carreteras de pasiones que te llevan a la misma perdición. Nada anticipa lo que encontrarás tras el muro de tus ojos dormidos; tras la puerta gris de tu conciencia. Ya no existe tu voluntad, sino que eres llevada de la mano, en medio de la enigmática realidad y esos paisajes conocidos sólo por ti.

Poco a poco ese sendero tiene formas y colores que observas desde tu balcón; mientras, tus miedos afloran y te hacen sentir frágil como cristal. Perdida en medio de un desierto, sola frente al amarillo reinante, anhelando encontrar un oasis para saciar la sed irreal que te quema.

El sudor de tus noches ya no tiene sentido al llegar la mañana y mientras abres tus ojos mirando la soledad que te rodea, te invade mi recuerdo. Tan real era ese sueño, que trajo la piel de tu amado hasta tu cama. Y sus besos, ahora marchitos, te arrancaron el aliento de lo más profundo; haciéndote sentir viva y reconfortada. Haciéndote sentir amada en una danza ardiente de pasión sonámbula, donde no hubo límites que respetar.

Sueños agotadores que te recuerdan que algún día estuve allí a tu lado, rozando tus labios encendidos en rojo carmesí, llenos de rubor y fuego. Maldito sueño que te recuerda que has perdido un pedazo de tu piel y de tu esencia, maldito sueño que se aleja mientras amanece.

Intentas soñarme nuevamente, pero esa imagen ya se ha ido. Mis pasos caminaron firmes por el umbral de los recuerdos escondidos; dejados allí por tu corazón confundido que algún día dijo: —ya no más. Corazón que ahora reclama el dominio de lo extraviado, que desea la posesión de lo que dejaste ir.

Quisieras retornar a esos sueños encantados y a las poesías dedicadas, donde eras princesa entre los valles y un hada alada que volaba sin cesar. Donde eras amante y protagonista del amor de tu vida, amor cautivo, enredado en giros del destino. Y después de un día eterno, de horas interminables, una vez más la noche cae en la ciudad y temes recostar tu cansado ser. Tienes miedo de verme sólo en tus recuerdos, miedo de no poder palpar mis manos y de no dormir abrazada al calor de mi pecho.

Siguiendo el camino de esos sueños que te llevan a la locura, a despertar en sábanas de deseo contenido. Un éxtasis imaginario te acerca a mi lado, te hace pensar en mí recorriendo tus valles, que alguna vez fueron campos donde corría libremente.

Quisieras que este sueño se hiciera realidad y cambiar los pasos que te alejaron de mí, por saltos que te acerquen a mi lado, sin perder tiempo, sin un adiós. Tus fantasías vuelan hasta llegar al puerto que las hizo realidad y deseas recobrar el amor perdido, el tiempo detenido y los besos tan amados. Cuando realmente despiertes de ese sueño, cuando vuelvas a la realidad, desearás ver a tu ángel flotar hasta alcanzarlo y retenerlo para no perderlo nunca más.

HISTORIA 54
¿CAMINAR O ESPERAR?

En sus veinte años piloteando aviones jamás había tenido un accidente, pero siempre hay una primera vez para todo. A pesar del aterrizaje de emergencia, había salido casi ileso del accidente. Con el golpe se había lesionado una de sus piernas; lo peor era que la radio estaba averiada y ahora se encontraba perdido en pleno desierto, sin provisiones y poca agua.

La única certeza que tenía es que se encontraba a kilómetros de algún poblado o de alguien que lo pudiera socorrer. En esa situación de incertidumbre y desesperación, no sabía qué era lo mejor, si esperar pacientemente que la ansiada ayuda llegara en algún momento o caminar y acercarse a cualquier lugar donde hubiera gente.

Son esas encrucijadas de la vida, donde ambas alternativas se ven buenas, pero que sólo una será realmente la acertada y la otra puede significar la perdición. Decidió esperar un tiempo prudente, al fin al no llegar a su destino ni responder la radio, alguien debía dar la alerta. Pero las horas pasaban y el clima comenzó a volverse amenazante, el sol se ocultaba tras densas y oscuras nubes. Aún así continuaba haciendo mucho calor y el agua estaba pronta a acabarse. Al parecer, esperar no había sido lo correcto.

Se levantó y comenzó a caminar hacia la ruta, que a su parecer, lo acercaría prontamente a algún poblado. El dolor de su pierna había disminuido un poco mientras descansaba, pero a medida que avanzaba el dolor aumentaba. Sin embargo, estaba convencido que esa sería la decisión correcta; ya había perdido mucho tiempo en el mismo lugar esperando nada y ahora era tiempo de avanzar. Al menos si fallaba en esa aventura, tenía la tranquilidad que lo había intentado.

Ya llevaba dos horas de camino, su cantimplora ya estaba seca y las nubes oscuras amenazaban con dejar caer una lluvia tempestuosa en cualquier momento. Sin duda que eso empeoraría todo. El dolor que iba en aumento, le hacía imposible aumentar su velocidad. A cada paso que daba se agudizaba más y más; el calor, la fatiga y todas las contrariedades que había encontrado en esa aventura, eran motivo suficiente para renunciar y dejarse morir.

Él se sentó un momento en pleno desierto, sofocado y sudoroso. Mientras, la tierra desquebrajada por la sequedad, lo hacían sentir triste, solo, tan vacío y seco como el mismo desierto, sentía que su vida era un completo desastre. Se había esforzado tanto por llegar a algún lado, pero a esa altura de la vida se sentía sin motivación. Comenzó a pesar todo lo que había sacrificado para llegar hasta allí; puso toda su vida en una balanza.

Era tiempo de un cambio radical en su vida, era el momento de jugársela por algo más para su futuro. Se levantó con más ánimo, pero sin muchas fuerzas y apresuró sus pasos por sobre el dolor. Con cada paso quería demostrarse que podía ganarle esa mano al destino, no se dejaría vencer por las circunstancias. Ese esfuerzo sería la señal de que él merecía tener otra oportunidad en la vida.

Su boca seca se le tornaba amarga, sus párpados cansados se cerraban, mientras las horas de gran esfuerzo hacían estrago e su cuerpo. El dolor de su pierna ahora se había transformado en una pequeña fiebre que lo invadía. Comenzó a tener visiones extrañas, veía sombras y apariciones de personas, que él sabía que no eran reales pero que el sofocante calor colocaba frente a sus ojos.

Él continuaba caminando, mientras sus pasos se tornaban cada vez más pesados y dificultosos. Qué daría en ese instante por algo de agua, por estar recostado sobre la hamaca de su patio. Afortunadamente las nubes cada vez más densas, le brindaban una sombra refrescante que aliviaba en parte su tormento. Ya había perdido la noción de las horas que llevaba caminando y comenzó a pensar que había sido un grave error el aventurarse en esa caminata. A esa altura, ya ponía todo lo que hacía en duda.

Las decisiones que había tomado, ya no le parecían las correctas; se sentía mareado y con pocas fuerzas para mantenerse en pie; finalmente sus piernas flaquearon y cayó de rodillas sobre la desquebrajada planicie. Cerró los ojos con la cabeza agacha y se entregó a su suerte. Se sentía derribado, no sólo físicamente, sino desde su interior, se sentía sumido en la derrota.

Se encontraba preso de las decisiones tomadas y sin vuelta atrás, sin opción de retornar al punto departida. El calor que subía desde el suelo terminaba por ahogar su aliento; el sudor salado que caía por su frente llegaba hasta sus labios resecos, causándole más sed y más desesperanza; prácticamente ya no tenía saliva para tragar y sin poder incorporarse, se desmayó.

En la lejanía de su inconsciencia, sintió un refresco sobre su cuerpo; la lluvia comenzó a mojar su agónico ser. El agua caía hasta su boca quitando lentamente el amargor y la sequedad de su boca. Él se acomodó boca arriba para recibir de pleno esa bendición del cielo. La fiebre disminuía y poco a poco sintió que nuevas fuerzas llegaban a su cuerpo con esa lluvia milagrosa. Ahora se daba cuenta que había tomado la decisión correcta aunque todo hacía suponer que no.

Después de algunos minutos pudo incorporarse nuevamente y a lo lejos vio lo que parecía ser un poblado. No estaba muy cerca, pero al menos estaba allí y sus esperanzas revivían. Sólo bastaba esforzarse un poco más hasta llegar a ese lugar y encontrar la ansiada ayuda. Una palabra ¿Caminar o esperar? Fue la decisión que cambiaría el rumbo de su vida.

HISTORIA 55
EN BOCA DE LOBOS

Las siluetas de la gente ya se habían perdido de las calles oscuras de la noche y el agua de la lluvia se llevaba consigo la sangre de sus heridas que caía por su cuerpo. Hacía varios minutos que sangraba de su brazo izquierdo; la bala aún estaba ahí manteniendo abierta la carne desgarrada. Pedro sabía muy bien que había perdido mucha sangre, pero no podía ir a un hospital para atenderse porque harían muchas preguntas y seguramente llamarían a la policía por tratarse de una herida de bala. Pero a cada instante se sentía más débil y al borde de perder los sentidos, debía encontrar ayuda antes de que fuera demasiado tarde. El sujeto que le disparó seguramente lo dio por muerto y era mejor que siguiera pensando igual.

Pedro se dirigió a una clínica privada que conocía, esperaba tener la suerte de ser atendido sin preguntas. Con la pistola escondida entre sus ropas, entró lo más normal que pudo y sin que nadie lo advirtiera se ocultó en una sala. Buscó en todos los estantes hasta reunir todo lo necesario para curar su brazo. Tenía gasas, pinzas, bisturí y mucho alcohol sobre un mesón. Luego se escabulló por el pasillo caminando lentamente hasta que se encontró de frente con una enfermera de turno. Pedro simuló que se desmayaba encogiendo levemente las piernas y apoyando su brazo en la muralla. La mujer lo vio encorvarse y se apresuró a ayudarlo, en ese momento Pedro la sujetó de la cintura y le mostró su placa.

La primera reacción de ella fue salir corriendo pero Pedro ya la había sujetado por el brazo firmemente. Esta vez desplazó levemente su chaqueta hacia atrás hasta mostrarle el arma que llevaba en la cintura y le pidió silencio. Ella se mantuvo quieta y expectante, estaba muy temerosa y tenía razonables dudas de que fuera un detective real, pero una vez que entraron en la sala de donde él había salido, le explicó todo lo sucedido:

—Estábamos en plena investigación por un caso y alguien nos disparó desde la oscuridad, vi a algunos de mis compañeros caer a mi lado y también a mí me alcanzó un disparo, pero logré escapar justo antes que hubiera una gran explosión.

Ella se mostraba incrédula y temblorosa, sabía que una placa y una pistola no lo convertían en un policía.

—Sé que es difícil de creer pero estábamos muy cerca de desbaratar un gran contrabando de armas y si el que nos traicionó me dio por muerto, quiero que siga creyendo lo mismo hasta recuperarme y volver tras las pocas pistas que nos quedan —Pedro hizo una pausa mientras ella le quitaba la camisa ensangrentada— sólo te pido que saques la bala, sutures la herida y me mantengas escondido unas horas, luego desapareceré.

La enfermera asintió con la cabeza y lo preparó para extraerle la bala con mucho cuidado. Pedro apretaba los dientes mientras la sangre volvía a salir desde su brazo. Cuando ella terminó de suturar su herida, él se recostó sobre una camilla. Ella lo vio tan convencido y a la vez tan disminuido que decidió seguir ayudándolo y no decir nada a nadie. Escondió las ropas ensangrentadas y salió unos minutos de la sala. Al regresar traía con ella suero y una camisa limpia. Colocó el suero en el brazo de Pedro y puso la camisa cerca de la camilla.

—Intente dormir unas horas, esto le hará sentirse más recuperado. Cuando despierte diríjase por el pasillo hasta el fondo y luego doble a la izquierda encontrará una salida de emergencia. Salga por ahí y nadie lo verá.

Pedro sólo veía su silueta a contraluz mientras lentamente sentía que su cuerpo se volvía cada vez más pesado hasta desvanecerse. Así permaneció por algunas horas. Cuando despertó aún sentía el dolor en su brazo, pero la hemorragia había cesado. Encontró la camisa que la enfermera le había traído e hizo como ella dijo para salir de allí sin que nadie lo detuviera.

La noche aún no se terminaba pero lentamente comenzaba a aclarar en el horizonte. Mientras caminaba por las húmedas calles, a su cabeza venían mil rostros y buscaba en sus recuerdos alguna pista que hubiera pasado por alto; algo que le revelara quien era el traidor o quién se beneficiaría con su muerte.

Quién habrá sido el cobarde que les había disparado desde la oscuridad. El recuerdo de ver a sus compañeros caer a su lado permanecía en su memoria y el sonido de los disparos aún resonaba en sus oídos. Pedro se refugió cual prófugo huyendo de la justicia, en una pensión de mala muerte, donde sólo se veían prostitutas, borrachos y uno que otro extranjero refugiado. Así pasó algunos días, permaneciendo oculto y dejando que todos creyeran que en realidad había muerto en la emboscada.

La búsqueda de los cuerpos proseguía en curso en los alrededores del muelle, aunque con menor intensidad. La explosión había desmembrado la mayoría de los cuerpos por lo que sólo habían identificado a tres de los cinco policías desaparecidos aquella noche. Pero esa ventaja era algo que Pedro desconocía aunque su instinto lo estaba guiando correctamente. Sólo salía de noche para no ser visto y recurrió en secreto a cada uno de los contactos conocidos del bajo mundo que pudieran darle alguna valiosa información.

Esa noche Pedro despertó sobresaltado, la pesadilla de lo sucedido aquella noche en el muelle lo atormentaba a cada instante. Pero esta vez recordó un detalle muy singular de lo sucedido, aunque no tenía la certeza si era real o sólo parte de su sueño. Después de escuchar el primer disparo se giró para ver de dónde venía el ataque, alcanzó a ver la silueta de quien les disparaba pero todo estaba muy oscuro. Entonces algunos disparos dieron sobre unos barriles de combustibles al costado del muelle y se produjo la explosión. En ese momento según sus vagas imágenes creyó ver al atacante con un impermeable morado con capucha y mangas negras. Esa sin duda era una gran pista como punto de partida, aunque posiblemente su memoria le podía estar jugando en contra. De todas formas era lo único que tenía para empezar.

Con el pasar de los días y tras indagar con todos los medios a su alcance, las alternativas se redujeron rápidamente a cinco empresas que usaban ese tipo de impermeables. Tres de ellas se encontraban cruzando la ciudad, una frente al muelle donde le dispararon y a media cuadra de ahí, una agencia de repartos de correspondencia era la última posibilidad. La lógica indicaba que cualquiera de los dos puntos más cercanos al ataque podía estar vinculado con la emboscada.

Pero debería esperar hasta la noche para continuar su investigación si quería pasar desapercibido. Esa misma tarde en las noticias señalaron que una nueva víctima había sido identificada en la explosión del muelle y se temía que el último cuerpo sin encontrar hubiese sido arrastrado mar adentro por la corriente marina. Desde ese momento todos los operativos de rescate serían suspendidos en el sector del muelle. Sin duda que esa era la mejor noticia para Pedro, ahora tenía dos pistas que investigar y el muelle estaría despejado para moverse con libertad.

La noche llegaba nuevamente para cubrir sus pasos; hacía frío y la lluvia que había caído intermitente en días anteriores, amenazada nuevamente con azotar la ciudad. Bien armado y ya recuperado de su herida, Pedro se dirigió primeramente a la agencia de correos. Era más pequeña y más cercana al muelle que la otra industria, por lo que sería más práctico comenzar por ahí. Al llegar todo estaba tranquilo y rápidamente se aventuró a saltar la reja principal sin ser visto. La lluvia comenzó a caer a raudales haciendo el piso más resbaladizo, pero al mismo tiempo el ruido de las gotas al golpear el asfalto le ayudaba a ocultar el sonido de sus pasos al desplazarse.

Sigilosamente se adentró en el garaje donde se suponía estaban los vehículos de reparto, pero grande fue su sorpresa al encontrar sólo enormes cajas de madera que llenaban toda la bodega. Al fondo, en una oficina apartada, se veía la luz encendida y se oían voces. Pedro se acercó silenciosamente a las cajas intentando ver el contenido de alguna de ellas. Buscó en la oscuridad hasta encontrar una barra de acero con la que hizo palanca hasta romper uno de los embalajes y descubrir la peligrosa carga. Las cajas estaban llenas de armas automáticas, sin duda ese era el cargamento que no habían podido encontrar en su investigación.

Las pruebas estaban frente a sus ojos, pero aún le faltaba saber quién estaba detrás de ese contrabando. Comenzó a caminar en dirección a la habitación iluminada, pero sin darse cuenta pasó a llevar la barra de acero a su lado, al caer al suelo el ruido se escuchó hasta la calle y al girarse para escapar, se encontró con un tipo que le dio un puñetazo en pleno rostro. El golpe lo tiró al suelo, fue muy sorpresivo como para reaccionar; rápidamente se levantó para pelear con él; ambos daban y recibían golpes sin darse tregua. El sujeto le acertó una patada en el costado lastimándole la pierna y obligándolo a inclinarse. El siguiente golpe lo recibió en pleno rostro y Pedro cayó de espaldas sobre el húmedo piso del galpón. El hombre se lanzó sobre él golpeándolo en la cara reiteradamente, hasta dejarlo sangrando y aturdido.

Una vez que logró inmovilizar a Pedro, el sujeto llamó a sus compañeros, los que tomaron al detective arrastrándolo hasta una silla cercana y lo ataron. Entre los ruidos y voces que escuchaba, le pareció reconocer una de ellas y aunque le costara creerlo, tenía casi la certeza que era la voz de Alonso, uno de sus compañeros. Pedro agachó la cabeza y cerró los ojos para concentrarse; siempre tuvo la corazonada que tenía que ser alguien interno y corrupto quien estuviera involucrado en semejante complot y ahora todo indicaba que era Alonso. Tráfico de armas, corrupción, asesinato y quizás en cuantos delitos más estaba envuelto. Ahora todo tenía sentido para Pedro por muy duro que pareciera.

Hace unos meses cuando recién comenzaron a tener grandes avances en la investigación, Alonso su compañero solicitó ser asignado a otro caso. De esa manera se mantuvo al margen de la investigación y fuera de toda sospecha. Pedro levantó la cabeza y se quedó mirando fijamente la silueta del sujeto, esperando que por algún milagro se tratara sólo de una coincidencia. Pero de pronto las luces del galpón se encendieron y la claridad reveló cada rasgo inconfundible de la cara de su colega. Alonso se acercó sin demostrar una cuota de arrepentimiento.

— ¿Sorprendido? —Dijo de manera prepotente— y aún no has visto nada... Pensé que habías muerto esa noche en el muelle, en realidad parece que todos lo pensaron; porque la búsqueda de tu cadáver terminó hace varios días. Así que ya nadie te busca. Podría dispararte ahora mismo y nadie se enteraría jamás de que estabas vivo. Pero esperaré un tiempo más para hacerlo, primero hay que cerrar este asunto y luego se me ocurrirá qué hacer contigo.

La lluvia continuaba cayendo ruidosamente afuera, las luces se apagaron y se encendieron un par de linternas que se acercaron a él. Los mismos sujetos que lo ataron a la silla ahora lo llevaban a otra bodega más pequeña que estaba al interior del galpón. Al entrar en la habitación vio a contraluz que había otra persona en el suelo amarrado a un pilar. Cuando se acercaron lo suficiente ellos le iluminaron la cara para que lo viera bien.

— ¡¡Alonso?!! —exclamó Pedro lleno de sorpresa e incredulidad— ¿Pero qué clase de broma es esta?...

Una carcajada burlona se dejó oír en toda la habitación.

—Toma asiento junto a tu amigo, sé que te mereces una buena explicación de lo que está pasando aquí.

El hombre cuyo rostro era idéntico al de su compañero se paró frente a él, con una sonrisa complaciente y lleno de orgullo dijo:

—Hace seis meses que comenzamos a investigarlos minuciosamente a ambos, seguimos sus movimientos diarios y vigilamos sus patéticas y rutinarias vidas. Hace dos meses raptamos a tu compañero para suplantarlo y lo alejamos de ti pidiendo la asignación a otro caso. Eso apartaría toda sospecha de él y te impediría darte cuenta que esta cara es en realidad sólo una máscara...

Mientras decía esas palabras descubrió su verdadero rostro, arrojando la máscara frente a los pies de Pedro; ya no necesitaba ocultarse tras ella, ya que en cuestión de minutos todo el complot estaría finiquitado.

— ¿Me recuerdas Pedro?

Pero por más que lo intentara no lograba traer a su memoria dónde había visto antes esa cara; aunque tenía la certeza que si lo conocía de algún lado.

—Que mala memoria tienes... Hace cinco años fui uno de los veinte aspirantes a su escuadrón de elite. Como ves, fue un error haberme rechazado, es evidente que soy mucho mejor que todos ustedes. Escuadrón Lobo Solitario —dijo de manera irónica con una sonrisa en la cara— ahora serán sólo perros apaleados.

Pedro no le quitaba los ojos de encima y se tragaba todas las ganas de responderle, el maldito había matado a sus compañeros y ahora se jactaba de estar por sobre ellos y sobre la justicia.

—Y pensar que estuve a punto de ser un fracasado como ustedes dos —terminó de decir esas palabras mientras le hacía una seña a sus compañeros.

Ellos amarraron a Pedro al mismo poste que Alonso y luego rociaron bencina en las paredes de la bodega y cerraron la puerta de la habitación dejándolos a oscuras. Ahora Pedro lamentaba no haber hablado lo que estaba pasando con alguno de los superiores, su miedo a que fuera un complot interno lo llevó a trabajar solo para esclarecer el caso. Pero ya estaban las cartas echadas y ahora debía ver la manera de salir de allí con vida. Lo primero era despertar a su compañero, así que lo empujaba con el hombro intentando que reaccionara. Le hablaba y lo movía con fuerza hasta que finalmente despertó.

—Alonso, soy yo Pedro, ¿puedes oírme?...

—Si... Pensé que jamás volvería a escuchar tu patética voz —dijo bromeando como era su costumbre— ¿Dónde estamos?

—En algún lado cerca del muelle. Ellos acaban de irse pero volverán y en la otra habitación hay cajas llenas de armas automáticas, las mismas que por meses habíamos investigado.

— ¿Por qué huele a bencina? —dijo Alonso aún un poco aturdido.

—Ellos rociaron todo el lugar. No sé que se traen entre manos, pero es mejor que tengamos un plan para cuando hayan vuelto... Amigo, de verdad llegué a pensar que eras tú el que estaba detrás de esto; pero ahora está todo claro. Lo malo es que como no sabía en quien confiar, no le avisé a nadie que vendría a este lugar; así que estamos solos en esto.

—Como en los viejos tiempos —respondió su compañero algo más repuesto.

Pedro se encorvó para alcanzar algo de su pierna derecha y luego lo deslizó a las manos de Alonso; era una pequeña daga que les serviría para cortar las amarras. Una vez que se liberaron comenzaron a revisar todo el entorno de la pequeña bodega; pero no había otra salida por donde escapar. Sólo encontraron unas cadenas que podían usar para defenderse.

—Cuidado, vienen de vuelta.... volvamos al pilar donde nos amarraron para que no sospechen.

Alonso escondió las cadenas atrás de él y sentó junto a Pedro simulando que aún estaba inconsciente. No habían podido armar un plan de escape, así que desde ese momento todo sería improvisado; pero tenían la confianza de que juntos ya habían enfrentado situaciones similares y habían salido adelante. Las luces se encendieron y los cuatro conspiradores armados entraron nuevamente a la habitación. Uno de ellos se dirigió a un rincón para instalar un pequeño aparato, al parecer se trataba de un dispositivo incendiario. Mientras los otros dos se colocaron frente a ellos.

—Nunca pensé que me serían tan útiles —dijo el líder, mientras los otros dos miraban complacidos sujetando sus armas— ya vinieron a ver el cargamento de armas y el dinero ya está en mi cuenta; lo que ellos no saben es que esas armas nunca saldrán de aquí. A los dos minutos que crucen por esa puerta todo esto explotará con ustedes adentro.

En ese momento Pedro se dio cuenta que tendrían sólo una oportunidad de escapar de allí y sería enfrentándolos antes que abandonaran esa habitación.

—Ya me imagino los titulares de los diarios —dijo el sujeto de manera irónica— Dos policías corruptos mueren en gran incendio... Caso de corrupción y contrabando de armas es resuelto por investigador privado, que irónicamente fue rechazado por el cuestionado escuadrón hace cinco años atrás— su muerte será mi ganancia y mi reconocimiento público, así me desharé de ustedes, de los compradores y de las armas.

Alonso fingiendo que lentamente despertaba de su inconsciencia, comenzó a murmurar en voz baja. Eso obligó al líder a acercarse para escuchar lo que decía, en ese instante desde su espalda sacó las cadenas y lo golpeó fuertemente en la cara. Se incorporó de un salto, torció las cadenas haciendo una especie de lazo con el que apresó el brazo del sujeto obligándolo a botar su arma. Pedro se incorporó rápidamente y antes que reaccionara el sujeto que estaba más cerca de ellos, le clavó la pequeña daga en la garganta y lo despojó de su arma. El líder se soltó de las cadenas y corrió a ocultarse detrás de unas cajas desde donde comenzó a disparar. Los otros dos hombres también se pusieron a resguardo disparando incansablemente.

Pedro y Alonso se refugiaron hacia el fondo de la habitación tras unos tambores de metal vacíos. Al menos ya eran dos contra tres y habían conseguido un arma cada uno para hacerle frente. Pero debían evitar que los sujetos salieran de la habitación y los dejaran encerrados. Alonso disparó a los focos, dejando todo a oscuras y luego se desplazó por una de las orillas sin disparar para no revelar su ubicación en la oscuridad. Pedro hizo lo propio pero en sentido contrario, eso les daría dos frentes de ataque y confundiría a los sujetos.

Con uno de los sujetos en la mira, Alonso disparó directamente a su cabeza, de inmediato una lluvia de balas se vino sobre él obligándolo a esconderse tras unas cajas. Del otro lado Pedro seguía avanzando agazapado en la oscuridad para tener un buen ángulo desde donde disparar. Entre tantas balas, alguna de ellas encendió el combustible que habían rociado dentro de la habitación; el fuego comenzó a expandirse rápidamente mientras los disparos continuaban de ambos lados. Todos estaban atrapados en la habitación y las cajas que contenían municiones comenzaron a estallar por el fuego; las balas silbaban por el aire, hasta que una bala perdida golpeó a Alonso en la pierna.

Pedro se levantó y con certero disparo logró matar al tercer sujeto que se encontraba en un rincón de la habitación. El líder corrió fuera de la habitación, mientras las llamas ya eran peligrosamente amenazantes, Pedro disparó el resto de su carga intentando darle al sujeto mientras huía, pero no lo logró. Las cajas con municiones continuaban explotando y todo podía estallar en cualquier momento. Pedro se acercó a Alonso que estaba tendido en el suelo, lo sujetó por el hombro y ambos comenzaron a avanzar entre las llamas para salir de ese lugar lo antes posible.

Ya habían avanzado gran parte del galpón cuando el sujeto volvió a entrar por el frente disparando una ráfaga de balas sobre ellos. Una de las balas pasó rozando a Alonso quien trastabilló, mientras otra hirió a Pedro en una pierna y ambos cayeron al suelo. Pedro ya no tenía balas sólo confiaba en su habilidad y en la daga que aún llevaba consigo. El hombre al verlos caídos y sin la posibilidad de escapar se acercó confiadamente a ellos sin dejar de apuntarles.

—De una u otra manera ustedes no saldrán de ésta con vida, tal vez las cosas no salieron como yo las esperaba, pero de cierta manera aún me favorece todo esto.

El sujeto levantó el arma lentamente apuntando a Pedro listo para dispararle. A lo lejos seguían escuchándose las pequeñas explosiones y el calor del fuego acercándose se hacía más presente. Las llamas iluminaban la cara del sujeto, sus ojos llenos de ira reflejaban los brillos del fuego a la distancia y una sonrisa de satisfacción se dibujaba en su oscura cara.

El disparo hizo eco en la habitación, los tres permanecieron quietos por un instante hasta que Pedro dejó caer de su mano la daga que empuñaba firmemente. El sujeto dio un paso al costado y luego se desplomó frente a ellos. Pedro estaba estupefacto, al escuchar el disparo no sintió dolor y por un momento se dio cuenta que jamás había pensado en morir de esa manera. Alonso se las había arreglado para apuntarle al hombre con el arma escondida entre sus ropas y afortunadamente había acertado justo a tiempo.

Pero aún no estaban a salvo, el fuego se extendía rápidamente por todo el galpón y la carga de explosivos era un peligro latente. Ambos se ayudaron para levantarse y lentamente caminaron los metros que los separaban de la ansiada libertad. A medida que avanzaban sus fuerzas disminuían pero se daban ánimo mutuamente para continuar adelante. El dolor en ambos era tremendo y sus heridas iban dejando un rastro de sangre atrás de ellos.

Una vez afuera alcanzaron a caminar unos diez metros más apoyados uno en el otro; la lluvia continuaba cayendo alrededor mojando sus cuerpos heridos. La sangre que caía de sus cuerpos se mezclaba con el agua diluyéndose en la oscuridad de la noche. Las llamas a sus espaldas se elevaban unos tres metros por sobre la liviana construcción y mientras ambos contemplaban el infierno que habían dejado atrás, todo explotó en mil pedazos lanzándolos al suelo con mucha fuerza.

Pocos minutos después, se escuchaban a la distancia las sirenas que anunciaban que la ayuda venía en camino. Afortunadamente para ellos ya todo había terminado, el complot y las mentiras que los habían envuelto estaban disueltas. Mientras a sus espaldas las llamas lentamente consumían todo alrededor, en su interior tenían la tranquilidad de haber resuelto el misterio y el caso finalmente estaba cerrado.

HISTORIA 56
¿POR QUÉ NO PUEDO CREER?

El calor no me dejaba dormir, en todo momento mis pensamientos están atados a ti. Nada en lo que quiera poner mi atención me resulta. Coloqué algo de música para distraerme, pero cada canción que sonaba tenía un sentido muy especial que me acercaba a ti.

Aumentando mi tormento, el destino llevó a mis oídos esa canción que tantas veces me cantaste diciendo que era lo que realmente sentías. Esas palabras que representaban cada sentimiento que tu corazón quería expresar, pero que tus labios temerosos, guardaban celosamente sin saber por qué. Ese silencio tortuoso, que fue formando murallas alrededor de mi corazón.

Me vestí, aunque fuesen las tres de la mañana y salí a caminar por las calles solitarias, buscando algo que me rescatara de esa situación tan angustiosa. Dirigí mis pasos sin rumbo, para no tener límites en mi avanzar; coloqué mi corazón en hielo para congelar mis sentimientos por ti. Puse mis recuerdos en el olvido para poder ver todo con claridad, pero la paz interior es difícil de encontrar amando de esta manera.

El corazón ciega la vista y nubla los pensamientos más radicales, te impide ser objetivo y te lleva a creer sin cuestionar nada. Dejé las sombras del pasado a un lado y cerré la puerta de la ilusión, cada detalle sólo hacía preguntarme: ¿Por qué no puedo creer? ¿Por qué ahora todo suena tan vacío y lejano? ¿Por qué se siente tan frío?

Sólo quisiera dejar los recuerdos muy lejos y que no seas mi sombra, que no persigas mis pasos mientras avanzo, que ya no sigas a mi lado. Intenta mirar tus sentimientos, profundo en tu corazón. ¿Podrías asegurar que no será todo igual otra vez? ¿Que yo no soy sólo un capricho para ti? ¿Me podrías asegurar que esta vez, tus manos me anhelan más que todo en este mundo?

No hay caminos escritos en el amor, sólo los destinos que trazamos día a día con nuestras acciones. Los edificios que construimos con besos y caricias; son elevaciones de cristal, frágiles como una rosa y a la vez más fuertes que cualquier tormenta.

Mirando las estrellas sobre mí, tenía la certeza que dormías tranquilamente en tu lecho, que tus ojos descansaban sin saber el duelo que llevo dentro de mí. ¿Será que el silencio, es la mejor cura para mis males y mis dudas?

Mientras camino veo que mi pasado es mi futuro y me detengo aquí, frente al río que baña la ciudad, aguas que se llevan los pensamientos más turbios. Con ellas se van verdades a medias, promesas falsas y corazones rotos, con ellas desaparecen alas marchitas sin destino, atadas a mentiras y deseos de engaños.

Sé que no podrás ver mi cara otra vez y que quizás nunca cambiarás; pero ya no quiero escuchar frases perdidas entre el viento y mis oídos. No quiero escuchar más palabras vacías de deseos sin cumplir. Quiero sentir que te mueves, que te acercas a mí, ver que corres y que tu corazón se desespera por alcanzarme ahora que me marcho. Si tus acciones fueran más que tus palabras, volvería a creer en ti.

Mis pasos me llevan de vuelta a casa para recostarme sobre mi cama y quisiera preguntarte ¿Por qué motivos te levantas en las mañanas? ¿Quién te ha dado las fuerzas para continuar? ¿Por qué te sientes sola?

Si no fue por mi recuerdo, entonces he sido desterrado lejos de tu corazón; abandonado entre las noches de lluvia; dejado en el abismo del olvido lejos de tu piel. Vuelve hoy a mí y convierte mis palabras en polvo con tus acciones. Desmiente estos pensamientos vacíos y ayúdame a creer nuevamente en ti, porque mis pasos se alejan cada día más y no sé como volver.

HISTORIA 57
UNA CARTA EN EL CAMINO

Hoy miraba las hojas caer sobre el camino, era otoño alrededor, pero en mi corazón aún mantenía el calor, el amor y la pasión del verano. Casi siento el fuego de sus labios ardientes quemando mi boca deseosa.

Camino ligero y sin apuro, mientras sólo ella está en mis pensamientos. Me paré frente a su casa sin que ella supiera, pasé la reja sin golpear y le dejé una carta escrita con la tinta de mi corazón. En ella dibujé las letras más cautivantes que pudiera encontrar, sólo necesito que su corazón comprenda que no puedo vivir sin ella.

Espero amada mía, que al leer esa carta, tu corazón se encienda y prenda en llamas deseando correr a mis brazos sin tardanza. Que tu piel arda y recuerde esas noches de verano, donde el roce de nuestros cuerpos no tenía límites de tiempo.

Ahora recorro nuevamente el camino que me lleva a casa, donde preparo cada detalle para su bienvenida. Coloco velas encendidas en cada rincón de la habitación, para que me dejen ver su silueta y sábanas de seda en mi cama con el perfume que enamora sus sentidos al entrar. Champaña en hielo para celebrar ese encuentro mágico, y sobre bandejas de plata adornadas, manjares que deleiten su paladar. Sólo quiero que su boca deguste sabores diferentes al que encontrará en mi piel

Mi boca reclama sus besos estancados y delira esperando este momento. La música suave inunda el ambiente de armonías que la invitan a bailar, a enlazar sus manos con las mías, a danzar esta melodía de amor. Sólo espero amor mío, que encuentres esa carta y vengas pronto a mí, porque todo está listo, todo está preparado para este ansiado momento de amor.

Poco a poco, el sol reposa sobre las montañas y la luz se aleja al fin de los cielos; ahora espero impaciente el delicado sonido de sus manos tocando mi puerta. Mientras, mis pasos dan vuelta por la habitación anhelando su llegada, sabiendo que mis palabras siempre son claras y sus respuestas eternas.

La hora avanza y mi amada seguramente ya ha leído mi invitación y ha guardado cada letra en su corazón que palpita intensamente ahora. Se ha cambiado su ropa de enamorada, para vestir de pasión y de locura. Ha perfumado su cuerpo de deseo y ha preparado todo para no volver. Sabiendo que esta noche no se acaba hasta la última vela apagada y que todas las estrellas se esconderán antes de que sus ojos se cierren.

Su cuerpo cansado encontrará reposo sólo al comenzar un nuevo día y la música parará cuando las aves de la madrugada comiencen su tonada. Cuando todo vuelva a la tranquilidad, ella suspirará mi nombre al dormir y respirará mi alma mientras descansa de su agotador viaje de pasión. Yo abrazaré su espalda desnuda para dormir rendido junto a ella, sumergido en sus besos y agotado de sus caricias, saciado de su piel.

A lo lejos ya siento su perfume que le antecede y me alisto a recibirla, siento sus pasos caminando entre hojas secas, abriéndose paso hasta mí. Ahora sé que ha leído mis palabras y su respuesta la ha traído a mi lado. Me paro frente a la puerta esperando el toque suave de su mano. Mi corazón se acelera con impaciencia, mis latidos invaden mis oídos, mi piel no espera a tocar su piel y mi boca ya desmaya por sus besos. Las sensaciones más diversas dan vueltas por mi pecho entregado, sabiendo que en segundos abriré esa puerta y veré los ojos de mi amada.

HISTORIA 58
RECUERDOS DE UN ATARDECER

El vaivén de la silla mecedora, producía un sutil crujido en las maderas del piso; su cuerpo se balanceaba suavemente descansando a la luz de la tarde. Sus ojos grises por los años, estaban perdidos en el horizonte mientras recordaba. Sus pensamientos lejanos en el tiempo, permanecían sumergidos en las imágenes de su vida.

Pocas veces se había sentido tan nostálgica, ausente y hasta miserable. El fantasma de sus caminos olvidados siempre la atormentaba. Qué daría por saber hoy, cómo hubiese sido recorrer otros senderos, que su vida hubiese tomado otros rumbos y haber podido vencer sus absurdos miedos, atravesando las barreras que ella misma construyó.

Cuando realmente quiso hacer ese cambio importante, el rumbo de su vida se le había ido de las manos y ya no podía regresar sobre sus pasos, ni revertir las malas decisiones tomadas. Entonces se vio obligada a enfrentar su destino sin mirar atrás, sin pensar jamás que el tiempo finalmente le daría la espalda.

Ella se sentía incompleta y abandonada a pesar de haber sacado adelante sus metas personales con gran esfuerzo; pero en la vuelta de la vida perdió al gran amor de su vida, el único que realmente la hizo sentir íntegra y realizada en todo. Esa decisión de abandonarlo la marcaría para siempre ya que las circunstancias la obligaron a dejarlo.

Pero a pesar de lo sucedido, no podía quejarse de lo que le deparó su destino, ya que su vida siguió adelante después de él. Se casó con otro hombre, tuvo hijos que llenaron ese vacío y al final después de muchas dificultades entre ellos, se separó. Ella siempre pensó que con otro hombre superaría la pérdida del amor de su vida, pero no fue así. Su corazón, su mente y su alma siguieron ligados a ese recuerdo para siempre.

Con el pasar de los años, sus hijos se convirtieron en la fuerza de su vida, ellos eran el motivo para continuar viviendo cada día. Cuántas veces sólo quiso morir y olvidar todas las dificultades a su alrededor; pero al ver a sus pequeños niños reír, sacaba fuerzas nuevas y se esforzaba más por superar cada inconveniente. Si tan sólo hubiera tenido ese mismo valor cuando era más joven, entonces todo sería muy diferente.

Un par de veces vio a su gran amor caminando por la calle, pero ella giró la cara hacia otro lado y no quiso hablarle. La vergüenza la invadía y prefería estar sumergida en las sombras de la duda sin saber nada de él, que exponerse a los detalles de un pasado olvidado para ella. Pero en el fondo de su corazón siempre hubiera querido saber si se había casado, si realmente había logrado encontrar otra persona en su vida, o si corría igual fortuna que ella, luchando contra el destino y las vueltas de la vida.

Lentamente el sol bajaba en el horizonte, mientras ella contemplaba las flores de su jardín y admiraba la simpleza de la vida alrededor. Las lágrimas comenzaron a brotar y a humedecer sus ojos, recorriendo lentamente sus marchitas mejillas y cayendo en sus manos marcadas por el paso de la vida.

Qué daría por sentir esos suaves besos nuevamente después de tanto tiempo y perderse en sus ojos por largas horas. Qué daría por sentir esa pasión perdida que jamás pudo volver a experimentar en otros brazos y volver a tocar su piel. Mientras ella continuaba meciéndose, sacó un pañuelo para secar las lágrimas de su cara y cerró los ojos por un instante. Sólo quería ver su rostro una vez más en la distancia de sus recuerdos.

Con mucho esfuerzo le pareció dibujar sus ojos brillantes escondidos en su memoria; esa mirada tierna y cautivante que la hacían volar lejos. Su silueta se dibujó completamente recostada a su lado y lleno de pasión al amar. Lentamente aparecieron los rasgos de él para completar esa anhelada visión del pasado. Su nariz y sus dulces labios, la redondez de sus mejillas y su pelo desordenado. Esa cara de ángel que ahora sólo estaba presente en sus recuerdos, su sonrisa encantadora llena de alegría. Con él podía liberarse, evadir los malos momentos y olvidarse de todo. Al mismo tiempo, tenerlo cerca la hacía sentir muy temerosa de perderlo.

Ese miedo la alejaba de él de manera inconsciente, resistiendo a entregarle todo su corazón. Aunque sabía que sin él nada sería igual en su vida, lo mantenía cerca pero no tanto como para enamorarse perdidamente y perder el control de sus sentimientos. Sin darse cuenta ella lo fue alejando poco a poco con sus actitudes, hasta que un día él ya no estaba más a su lado. A veces conversaban, pero el curso de sus caminos se alejaba cada día, hasta llegar a no verse más.

Ya no recordaba el perfume de su piel, pero sí la sensación que causaban sus roces; ya no sentía la dulzura de sus labios, pero claramente los necesitaba. Lo odiaba por haberla dejado, pero odiaba aún más su joven cobardía y ese egoísmo que la mantuvo siempre a distancia, temerosa del amor y sin entregarle libremente todo su corazón.

Las últimas aves de la tarde regresaban a sus nidos en los árboles, el atardecer comenzaba a acercarse y el sol descendía rápidamente en el horizonte, mientras su suave calor se alejaba poco a poco. Ella cerró los ojos nuevamente, intentando recordar por un instante esa última noche que pasaron juntos, En ese momento ambos sabían que no volverían a verse nuevamente y se amaron con total entrega y pasión. Por unos minutos ese recuerdo rompió las barreras de la realidad, llevándola a sentir el calor de su amor invadiendo cada rincón de su ser. Esos minutos eternos en que se amaron fugazmente, esa pasión verdadera bajo la luz tenue de la luna. Con manos entrelazadas y cuerpos danzantes al amparo de la noche, mientras sus besos rompían el silencio con gran pasión.

Ella no quería dejar de recordar ese momento pleno de su vida. Pero finalmente la última imagen de esa noche llegaba nítida a su memoria. Ellos se despidieron en la madrugada con un último beso que selló sus destinos por caminos separados y partió sus corazones para toda la vida. Ambos recordarían esa noche por siempre y si hubieran tenido una nueva oportunidad de reencontrarse, la hubieran aprovechado sin dudar y nada en el presente hubiese sido igual. Pero ese momento jamás llegaría.

En un instante todo se desvaneció en su memoria; el vaivén de la silla cesó de manera abrupta y el silencio invadió nuevamente la casa. Mientras la imagen de su vida cerraba la puerta desapareciendo en el horizonte con un largo suspiro; el pañuelo húmedo por las lágrimas cayó al suelo sin más testigos que el frío atardecer. Sus latidos abandonaron su corazón, mientras su aliento se perdía acompañado por la última luz del sol que sus ojos pudieron ver.

HISTORIA 59
HÉROES DE ARENA

La ciudad llora entre lágrimas de sangre; cada día es más difícil vivir, a cada instante la maldad estremece mi ciudad, mis calles y rodea mi hogar. No hay rincón que se sienta seguro en medio de la oscuridad de la noche. Incluso en quienes yo confiaba han caído de su pedestal; decepcionante es verlos ahora sumidos en corrupción, vendidos por dinero en sus manos. Aquellos que juraron honrar y sanar esta tierra, ahora son sólo sombras.

No hay quien escape a la condenación de mi ciudad. Algunos miran para el lado, otros cierran sus ojos para no ver y tapan sus bocas para no hablar. Pero por la espalda murmuran y se quejan, sin hacer nada por ayudar. Hipócritas cobardes, son peores que la escoria de esta ciudad maltrecha.

Quiero ver un amanecer reluciente, pero a mi alrededor sólo encuentro basura; quiero encontrar una mano amiga en el camino, pero sólo encuentro guerra y desolación. ¿Dónde están los héroes de mi niñez? ¿Dónde la amistad verdadera?

Camino entre soles ardientes por las calles desnudas, buscando protección y cobertura. Miro al cielo púrpura, desprovisto del oxígeno que tanto necesito. Escucho más ruidos industriales y menos cantos de pájaros matutinos. Mis plazas verdes se tornaron grises y las fuentes se han secado.

Casi no encuentro compasión ni ayuda desinteresada a mi alrededor. Aquel que necesita, no tiene una mano sincera para estrechar, los altos han caído para ser menos que el polvo que sacudo de mis pies. No quiero sus rastros en mi cuerpo, no necesito sus palabras adornadas, ni sus promesas engañosas, hablan mentiras sabiendo que nunca cumplirán. Construyen sabiendo que no terminarán de edificar, blufean con descaro; sin temor de sus maldades, sólo les interesa llenar sus bolsillos.

Mis héroes se han vuelto arena, mientras la marea sube y los lleva lejos, desarma sus construcciones grano a grano y derriba sus muros. Nada quedará de ellos, sobre sus rodillas dobladas caerán avergonzados y serán como la paja en la trilla, que una vez apartado el grano sólo sirve para ser quemada. No verán la luz de la justicia porque se esconden en la oscuridad, para tapar su asquerosa suciedad y la inmundicia de su corrupción.

Cuando sean derribados aparecerá el justo para contrastar con sus mentiras; lo intentarán aplastar, y aunque la bondad intente prevalecer, ya nadie cree. Mientras la ciudad gime por paz, en cada rincón nace la desesperanza. La noche se llena de disparos, sangre en las manos, robos, violación, muerte y perdición. Toda la maldad parece dar más frutos que las pocas buenas obras que intentan resplandecer.

Necesito verte plantar vida, quiero verte cuidar y regar lo sembrado, y edificar nuevamente una nueva esperanza. Vivimos en la misma ciudad y nunca he visto tu cara resplandeciente; quiero verte sonreír y disfrutar. Deja tus temores a un lado y avancemos juntos. Que nazca una nueva fuerza en tu interior que te convierta en un héroe anónimo; que no busques ser aplaudido, sino que ayudes por bondad y por amor.

Quiero ver relucir esta ciudad con un cielo cada vez más limpio, sin egoísmos, que nadie niegue un vaso de agua al sediento. Quiero sentir el aroma de las flores que plantaste y sentir tu calor fraternal; que cuando tú no tengas, alguien extienda su mano para socorrerte. Quiero ser tu héroe y que tú seas el mío y el de muchos más en esta ciudad. Para que se extienda una sonrisa entre las calles, llegue a las oficinas, atraviese por plazas y poblaciones; una sonrisa que llene una mesa vacía y sea alimento que regocije el alma, haciendo de ésta una mejor ciudad.

HISTORIA 60
ESPERADO DESCANSO

Una brisa suave otoñal mecía las ramas de los árboles, era una noche agradable a pesar de ser las once de la noche. Las estrellas centelleaban alegres sin luna que opacara sus colores vigorosos. Para Francisco, un día más de trabajo había terminado y retornaba a casa exhausto. Las extensas horas laborales y el doble turno que estaba haciendo hacía una semana, lo tenían al borde del colapso. Al entrar a su casa a penas podía levantar los pies para avanzar hasta su dormitorio y sólo deseaba recostarse sobre la cama para recuperar sus fuerzas.

Dejó caer el maletín por el pasillo y unos pasos más adelante, arrojó la camisa mientras se acercaba a su cama. Sin desatar los cordones de sus zapatos, se los sacó de un tirón y los lanzó a un costado del velador. Encendió la radio para escuchar algo de música suave, apagó la luz y se tendió sobre la cama con los pantalones puestos. Sus párpados se cerraron pesadamente y el sueño lo venció con la rapidez que un fósforo se consume en la oscuridad.

Ya habían pasado unos cuarenta minutos, cuando un susurro en su oído lo despertó repentinamente. De un salto se incorporó asustado, sorprendido por lo que había escuchado. Su corazón estaba agitado y su cuerpo sudoroso, Francisco sintió el frío viento que entraba desde afuera. Encendió la luz, apagó la radio y se asomó a mirar por la ventana. Las calles estaban vacías y nada extraño pasaba afuera; luego recorrió la casa desde su dormitorio hasta la puerta de entrada; pero todo estaba bien.

—Quizás estaba roncando muy fuerte o me ha dado por hablar dormido —se decía mientras caminaba de vuelta al dormitorio, recogiendo el maletín y la camisa que había tirado a su llegada.

La inquietud de ese susurro rondando en su interior lo mantenía alerta; estaba casi seguro de que había escuchado una voz hablando directamente a su oído. Pero Francisco estaba demasiado cansado para conjeturas fantasiosas, sólo necesitaba descansar un poco más y recuperar fuerzas. Al regresar al dormitorio sintió nuevamente la brisa fría que entraba por la ventana.

La temperatura de la noche había descendido notoriamente, así que se puso una sudadera para cubrir su torso desnudo y cerró la ventana. Sin apagar la luz se tendió sobre la cama y cerró los ojos intentando no dormirse. Pero el sueño lo venció.

A los pocos minutos su cuerpo se mecía al vaivén de su respiración y la saliva fluía por su boca empapando el lugar donde reposaba su cara. En medio de ese placentero descanso, Francisco despertó de un gran salto. Nuevamente había escuchado ese susurro en su oído, muy nítido y demasiado real para ser un sueño. Él se incorporó y al mirar hacia los pies de la cama yacía una aterradora silueta gris dibujándose al fondo de la habitación.

Francisco quedó totalmente paralizado, se puso pálido como una mota de algodón. Sus gritos de espanto quedaron contenidos por el pánico. Ni una palabra salió de su boca. No sabía si estaba realmente despierto o dormido; miraba alrededor buscando alguna respuesta a esa interrogante. Intentó moverse hacia un costado de la cama, pero sus músculos agarrotados no le respondían. En ese preciso instante, una ráfaga de viento recio abrió la ventana de un golpe y la luz del dormitorio se apagó como una vela en medio de la tormenta.

La figura incorpórea comenzó a acercarse y a resplandecer iluminando toda la habitación. Francisco ya había recobrado la movilidad de su cuerpo y se deslizó lenta y suavemente por la cama en dirección a la puerta. Cuando sintió que tenía el espacio suficiente y el valor para correr hacia el pasillo. A poco de avanzar, la aparición espectral se le colocó por delante y detuvo abruptamente su escape.

Balbuceando, con su mandíbula temblorosa y sus manos frías como hielo, intentó emitir alguna frase comprensible, pero su garganta estaba apretada. Gotas de sudor frío recorrían su espalda, los segundos se hacían una eternidad y tras un largo esfuerzo, al fin pudo dejar salir dos frases entre dientes:

— ¿Quién eres?... ¿Qué quieres de mí?

Un viento envolvente ingresó a la habitación trayendo consigo una niebla blanquecina que hizo que el espectro comenzara a tomar una forma más definida. Al menos ya se denotaban facciones humanas en su cara y un cuerpo femenino se contorneaba lentamente entre la bruma espesa.

Sin emitir palabras, la silueta fantasmal levantó una de sus manos invitándolo a seguirla por el pasillo. Francisco se armó de valor para seguirla y con cada paso que daba; la brisa que lo envolvía con un roce suave y delicado que se llevaba todos sus temores. La siguió mientras ella levitaba por la sala en dirección a la puerta trasera que daba directo al patio. La figura femenina atravesó la puerta envuelta en la niebla, mientras él se apresuró a seguirla abriendo rápidamente la puerta al jardín.

La noche se sentía húmeda y la bruma que se levantaba en su patio, era ahora más espesa y tenebrosa. Ella continuaba avanzando hacia el fondo del jardín y él la seguía de cerca como hipnotizado por su invitación seductora. Un cúmulo de niebla se formó delante de ellos, como si las nubes hubiesen descendido de los cielos y se hubieran posado en aquel lugar.

Ambos se internaron en la niebla y a poco de avanzar, Francisco se dio cuenta que ya no estaban en el patio de su casa. La bruma los transportó en un viaje misterioso hasta un viejo cementerio, lúgubre y abandonado. La imagen resplandeciente de la mujer le antecedía, y ambos seguían avanzando entre las lápidas y los nichos. Recorrieron senderos olvidados dejados a su suerte, llenos de hierba seca por doquier.

Los bordes gastados de las lápidas sobresalían con ángulos irregulares. Los epitafios desteñidos casi eran ilegibles en la penumbra de la noche. Cruces quebradas, flores marchitas y restos de velas consumidas por el tiempo. Finalmente ella se detuvo frente a una pila de escombros y levantando su brazo derecho, le señaló los restos de una tumba destruida. En ese preciso instante, en un abrir y cerrar de ojos, ella desapareció dejando tras de sí un resplandor que iluminaba todo alrededor, mientras la niebla lentamente se disipaba.

La duda había quedado prendada en los pensamientos de Francisco ¿Cuál sería la razón de haber sido trasladado hasta allí? Él se acercó cautelosamente a observar la tumba y escarbó con delicadeza entre los pedazos desmoronados y olvidados por el tiempo. Entre los escombros húmedos, encontró una cruz caída y una lápida rota con una inscripción aún legible que decía:

—*Ana Mariela Ortega Ruiz 1950 - 1979.*

No había nada más escrito en ella, ni un epitafio, ni una frase que hablara más de ella. Al seguir escarbando en medio de los escombros gastados, Francisco encontró un medallón de plata que había perdido su brillo por el paso de los años. A un costado tenía una especie de traba que le permitió a Francisco abrirlo y descubrir en su interior el retrato de una mujer junto a su hija. La foto estaba gastada por los años y era imposible reconocer las caras.

Pero unos detalles le llamaron la atención sobre la tapa del medallón. Tenía grabado cuatro letras en el borde, ubicadas a la misma distancia entre sí, como si fuera un diagrama de puntos cardinales, y en el centro un extraño símbolo. Las letras eran las iniciales del nombre grabado en la lápida, A.M.O.R y el símbolo en el centro le pareció conocido, pero no recordaba exactamente dónde lo había visto.

Francisco estaba muy concentrado examinando los detalles de aquel objeto y buscando algo más entre los escombros de la tumba. De pronto la sensación de sentirse observado lo estremeció por completo. Los vellos de sus brazos se erizaron, mientras un aire frío recorrió toda su espalda. La niebla envolvente humedeció todo su cuerpo y pudo escuchar ese susurro tenebroso en su oído nuevamente. Su alma pareció paralizarse, su corazón parecía latir en cámara lenta como llevado por el lento movimiento de un caracol.

—Encuentra las respuestas —escuchó con total claridad.

En un abrir y cerrar de ojos logró se rompió ese instante tenebroso y dando un gran grito de espanto, despertó sobre su cama. Estaba completamente mojado por un sudor frío y sus latidos acelerados al máximo. Francisco respiró profundo hasta normalizar su respiración, mientras el viento frío ondeaba las cortinas de la habitación.

En su mente intentaba convencerse que ya había dejado atrás tan angustiante pesadilla. Pero al moverse hacia un costado de la cama y abrir la palma de su mano, de entre sus dedos apretados se escapó el medallón de sus sueños.

Francisco se levantó con dirección al baño para mojarse la cara e intentar calmarse. En repetidas ocasiones fue de la cocina al baño, del baño al dormitorio y viceversa. Cual león enjaulado, no sabía hacia donde caminar; no entendía nada de lo sucedido. Luego volvió a la cama para intentar dormir, pero se dio mil vueltas sobre ella sin poder conciliar el sueño.

Se levantó nuevamente decidido a averiguar más sobre aquella mujer. Se preparó un café bien cargado para mantenerse despierto. Encendió su computador y comenzó a buscar información sobre aquel símbolo inscrito en el medallón. Francisco sabía que en algún lugar había visto esa imagen y tenía que ver con runas o algo así. Después de largos minutos buscando en internet viendo cientos de imágenes que desfilaron frente a sus ojos; al fin encontró exactamente lo que buscaba. Se trataba de un símbolo rúnico formado por dos caracteres; R y U.

Se interesó tanto en el tema que toda gota de cansancio se alejó de su cuerpo y se dispuso a seguir en busca de la verdad. Algo en su interior lo alentaba a seguir adelante y encontrar las respuestas. Minutos más tarde encontró unos interesantes estudios del Futhark, que es el equivalente rúnico al abecedario.

Futhark significa susurro de los dioses.

Lo que Francisco asoció inmediatamente con el susurro misterioso que lo había despertado. La combinación de letras RU inscritas en el medallón, también tenía un significado legendario.

RU, algo misterioso o secreto.

—Esto no puede ser una coincidencia, esto está realmente relacionado.

Francisco reposó su espalda en el asiento con las manos entrelazadas sobre su cabeza y respiró profundo con la vista perdida en el techo de la habitación. Muy en su interior sabía que no estaba equivocado, que todo tendría sentido al final. Pero la cantidad de información que había encontrado era muchísima; así que debía ordenar los datos de alguna manera lógica.

Jugando con el medallón en las manos y poniendo atención en las demás letras talladas en el metal; supuso que cada una de ellas debía tener un segundo significado y no sólo representar el nombre de la mujer a quien perteneció. Buscó una hoja blanca sobre la cual tomar notas de que encontraba.

A, es la runa Anzuz y significa mensaje... el mensaje es un llamado, un llamado a una vida nueva —hizo una pausa y prosiguió— *M, es la runa Mannaz y representa el Yo, porque el punto de partida debe ser siempre uno mismo.*

Todo podía estar relacionado o mezclado, así que prosiguió analizando las letras de las inscripciones; los resultados eran cada vez más reveladores.

O, es la runa Othila y significa una separación radical. Esta es la época de separar los caminos —citaba el texto— *R, es la runa Raido y representa la rueda que marca los viajes, tanto físicos como espirituales.*

—Veamos... Un mensaje o un llamado a un vida nueva... el punto de partida soy yo mismo... habrá una separación radical de caminos y un viaje físico... o espiritual...

Francisco se quedó en silencio, contemplativo; era tan claro para él lo que los símbolos decían, que lo aterraba y lo hizo pensar que quizás estaba yendo demasiado lejos con todo eso. Confundido por completo pero intrigado a la vez, sólo necesitaba recordar un detalle muy importante.

—Pero, ¿dónde he visto el símbolo en el centro del medallón?

Cerró los ojos para buscar en su memoria esa imagen lejana y de pronto todo en su mente parecía claro como el agua. Corrió a buscar el almanaque universitario del año 1979; año en que se graduó de su carrera. Subió al ático para desempolvar antiguas cajas con libros y recuerdos. Abrió el almanaque y rápidamente encontró las fotos que lo transportaron a esos años de su vida. Por varios minutos se quedó recordando a sus compañeros y vivencias de la vida universitaria.

Una a una recorrió las antiguas páginas de más de treinta años, mientras los recuerdos volvían a él como en aquellos tiempos. Miraba las caras de sus compañeros en las fotografías y se acordaba de algunos nombres y de las anécdotas compartidas. En medio de los recuerdos encontró la foto que tanto buscaba. El símbolo en el medallón era parte de un emblema de fraternidad y en la foto encontrada el emblema era llevado por una compañera de Francisco.

En realidad, ella siempre quiso ser más que una compañera o amiga, pero era mayor que él por varios años. Francisco, vanidoso y ególatra, no se expondría a las burlas de sus compañeros por salir con una mujer cinco años mayor. Así que más allá de compartir las clases, él no tenía ningún interés en ella. A pesar de eso, ella siempre intentó conquistarlo. Cuando él faltaba a clases le prestaba los apuntes y siempre estaba atenta a lo que él hacía o necesitara. Tan insignificante era ella para él, que ni siquiera recordaba su nombre.

Un recorte de diario amarillento cayó de entre las hojas del libro; cuando Francisco se agachó a recogerlo, el medallón se deslizó caprichosamente desde su bolsillo cayendo sobre la hoja de papel. La mirada de él se centró en el titular que decía:

Universitaria se suicida el día de su graduación... Ana Mariela Ortega...

En ese momento su cara se transformó completamente; de la alegría y la nostalgia de los recuerdos, pasó abruptamente a un pánico indescriptible. Un enorme sentimiento de culpa le sobrevino. Los malos recuerdos ocultos en el baúl de su memoria, aquellos que se había prometido olvidar afloraban como un manantial de aguas tormentosas.

Recordó entonces los sucesos de ese día. Después de la ceremonia de graduación todos los compañeros fueron a celebrar a un pub. También iba Mariela, como le gustaba que la llamaran. Ella no le despegó la vista de encima en toda la noche, situación que ya tenía incómodo a Francisco. Entre tragos y risas, él se levantó de su asiento y caminó en dirección a ella ante la mirada expectante de todos sus compañeros. Pero en el último segundo estando a sólo medio metro de ella, Francisco abrazó a otra mujer que estaba cerca besándola en los labios apasionadamente.

Mariela sintió que su mundo subía a las nubes al momento que él se acercaba y que se desmoronaba en mil pedazos el verlo en brazos de otra. Su corazón partido había recibido la última estocada de desprecio e indiferencia de parte de él. Ella salió corriendo del lugar y después de ese episodio Francisco nunca supo más de ella. Hasta ese momento, al leer esa página que extrañamente estaba oculta entre sus cosas.

Un escalofrío recorrió su espalda. Las luces comenzaron a parpadear hasta que la habitación se oscureció por completo. Al instante una niebla espesa inundó el cuarto totalmente y en cosa de segundos, la silueta espectral que se le había aparecido horas antes, tomó forma frente a sus ojos.

—Al fin has encontrado las respuestas —dijo ella.

Al mirarla a los ojos Francisco la reconoció de inmediato. Sin duda era ella, Mariela, su compañera que siempre lo había amado; aquella que constantemente era presa de las burlas de los demás, de todos quienes se daban cuenta de su devoción hacia él y de la indiferencia que Francisco demostraba.

Pero antes que él dijera palabra alguna, antes que pudiera expresar la pena y el arrepentimiento que estaba sintiendo en ese momento; la figura tenebrosa de la mujer lo sujetó firmemente de los brazos. Las manos frías de la mujer se dejaron sentir profundamente hasta los huesos. Lo arrastró a través de la niebla de vuelta al antiguo cementerio donde yacía su olvidado cadáver.

Francisco luchaba con todas sus fuerzas por soltarse y escapar de ella; pero era inevitablemente llevado por la mujer hasta su tumba. Aunque el tiempo pasara y el olvido tapara con polvo la memoria de la muchacha; ella al fin conseguía vengarse del traidor a quien amaba. Aquel que destrozara su corazón y culpable de la horrible decisión de quitarse de la vida. Ahora Mariela encontraba el deseado descanso de su alma, abrazándolo hasta la muerte.

HISTORIA 61
EL SILENCIO EN MI CORAZÓN

Hay un vacío entre mis sentimientos y mis pensamientos; un instante blanco buscando mil razones para hablar, pero en ese momento sólo encontré argumentos para callar. Mantuve el hermetismo y cerré los sonidos de mis labios para ti, para mí y para todo el mundo; para todos los que miren y quieran escuchar.

Mis latidos hacen eco en mi interior como una caverna húmeda y vacía, donde el único sonido palpable, son las gotas de sangre atravesando mi corazón. A la distancia veo los recuerdos de ese amor incomprensible; imágenes lejanas de momentos recorridos en el tiempo. Figuras cercanas desprovistas de barreras, listas para ser llevadas por el viento del olvido.

Sin embargo, las atesoro, las mantengo junto a mí y no las quiero dejar ir. Desde el día que vi tus ojos opacar el sol en plena tarde, te amé; te llevé en mis brazos recorriendo los límites de la pasión y el deseo. Del ocaso a la madrugada besé tus labios y los encaminé por jardines de colores, por parques de verano que mostraban su verde fulgor. Pero el dulce aroma pronto se acabaría y las hojas se secarían cayendo a tierra para teñir el suelo de color marrón.

Los prados nos vieron caminar de la mano y conversar al viento mil sueños; nos vieron callar y besarnos con pasión bajo la brisa, mientras el sol se alejaba lentamente, trayendo a la luna y dejando nuestro amor expuesto a las estrellas. Pero el tiempo es vil y traicionero, embaucando sin piedad al corazón que le sigue ingenuo. Las horas nos han dejado prendidos de recuerdos lejanos y rompiendo nuestros lazos al amanecer.

Los días pasan llenos de espera y desconsuelo, los minutos pasajeros sólo nos llevan a extrañarnos más y más. El reencuentro nunca ha tardado tanto en llegar a su puerto y lo esperaba impaciente cargado de nuevos besos y caricias para ti. Aún anhelo esas promesas renovadas y vivir nuevas noches junto a tu piel. Deseaba disfrutar una tarde en la playa y un atardecer junto a las olas del mar, hasta romper el silencio de la noche en tu piel.

Ese era el momento perfecto para nosotros; el destino nos había unido nuevamente en el camino, pero tus pasos incrédulos interfirieron en tu andar. Abandonaste mis manos sin que pudiera reaccionar. Sólo vi tus pasos alejarse de mi lado, mientras tus huellas se secaban en el húmedo jardín. Querías olvidar la razón y eludir ese sentimiento inexplicable que nos unía. Decidiste correr con desespero, rompiendo e tu huida aquellos recuerdos que hoy te atormentan.

El tiempo es sabio en su larga espera y madura los sentimientos en la lejanía; rompe los miedos y quita las penas. Recorre los rincones más ocultos y nos libera. Pero no sin antes enfrentarnos a nuestro pasado en una pelea de vida o muerte. Cada error se volvió en nuestra contra y no encontramos las razones, ni los motivos reales del por qué abandonamos lo que pudo ser eterno. Los recuerdos dañan más que el olvido y hoy pretendes retornar por lo perdido.

La primavera avanza sin demora y los días pasan muy rápido sin ti, mi piel se resquebraja pidiendo que tus besos húmedos la recorran; que llegue la lluvia tardía de tu perfume e inunde la soledad de mi pecho. Mientras yo te extraño cada día más, tú alimentas tus sentimientos con mis recuerdos. Miras a tu alrededor el vacío que ha dejado la partida y quieres volver para recuperar ese amor verdadero que un día estremeció tus sentidos.

Sólo un amor libre que regresa, es digno de perdón y aceptación. Por eso abro mis brazos a tu regreso y te cobijo con mis besos, te entrego mi corazón nuevamente como si nunca lo hubieses dejado.

Restauramos lo perdido queriendo recuperar el tiempo dejado atrás, tus manos vuelven a mi espalda desnuda y mis caricias regresan a tus caderas. Ya no soy un extraño en tu corazón, sino que vuelvo a ser el dueño de tus latidos.

Hoy me siento a contemplar todo en silencio y enmudecido desespero, muero por gritar tu regreso a los vientos, pero me callo en la incertidumbre de la noche. Este vacío blanco me aterra y deja mis manos vacías como si no estuvieras. Quisiera oír tu llamado pronto y escuchar tu voz romper todos mis miedos. Pero mientras dure este silencio en mi corazón, no podré tener libertad, aunque mis deseos ya están a tu lado y mi alma ha retornado a tu jardín.

HISTORIA 62
EL TIEMPO QUE TE LLEVO CONMIGO

Ella aún no lo sabía, pero su cuerpo le intentaba mostrar el milagro que crecía en ella; a cada paso, a cada hora, algo no parecía bien, algo diferente le sucedía. Buscaba en su corazón, la medida exacta de sentimientos para compartir. Pero no comprendía que ciertas cosas en su vida ya no eran como antes y que estaba envuelta en un amor pasajero que le restaba el aliento.

El ritmo de sus días ya era suficiente para completar cada hora de su atareada vida. No quería a alguien con ella el resto del tiempo; era egoísta su forma de pensar, pero era sincera y prefería mantener su libertad, su espacio y su tiempo. Sin embargo la vida resta horas y trae sucesos que ya no se manejan.

Esa mañana lo supo, cuando recibía los exámenes de parte del médico.

—Usted no está con stress, usted está embarazada...

Esas palabras que tanto temía desde siempre, ahora golpeaban sus oídos y entraban en su espacio de libertad. Prácticamente ya podía ver el curso de los sucesos por venir. Meses de malestares, viendo cada día como crecía y crecía dentro de ella, hasta que el tiempo se cumpliera y trajera consigo su pequeño fruto a sus brazos.

La primera pregunta lógica siempre es la misma.

—¿Está seguro doctor? ¿No habrá algún error?

Pero la respuesta era tan obvia, que sólo le bastó con ver la cara del médico para darse cuenta que no había errores. Sin embargo, a pesar de esos primeros pensamientos antagonistas, desde dentro brotaba una sonrisa nerviosa que se convertía lentamente en una felicidad mayor que cualquier cosa.

Con ello se cerraba un ciclo para ella, alcanzaría un rol diferente, una etapa que ya comenzaba a hacerla sentir orgullosa, comenzaba a sentirse madre. Como un torbellino repentino que envolvía su vida, ahora ya no pensaría sólo en ella, ya serían dos. Claro el padre del bebé aun no lo sabía, pero para ella era lo de menos. No esperaba nada de él, habían salido por mucho tiempo sin mayores compromisos y no pretendía que esa noticia fuera el motivo que los obligara a tenerlo.

Durante el resto de la tarde, caminó pensando en muchos detalles. Nombres, ropa, incluso calculando la fecha en la que debía nacer; cada detalle se volvió en una experiencia única. Al fin llegó a su casa y lo llamó para que se juntaran, necesitaba contarle todo con urgencia. No sabía cuál sería su reacción, aunque ambos habían conversado el tema anteriormente, pero nunca lo planificaron.

Al contrario ella siempre le restaba importancia a la conversación, cambiaba el tema e incluso se molestaba mucho de su insistencia. Pero esta vez era diferente y mirándole a los ojos tímidamente, dejó escapar palabras, que le hicieron entrar en un mar de sensaciones.

—Estoy embarazada...

Él se levantó de su puesto, feliz y emocionado por semejante noticia, la abrazó y besó con mucha pasión, ni ella había imaginado lo que sus palabras causarían. Al fin sintió un alivio, por no llevar esa noticia escondida por más tiempo. Desde ese día ambos tenían otra mirada, eran cómplices en esa tarea y cada detalle los hacía más uno, cada día era una etapa más por superar.

Los meses pasaron rápidamente y su forma esbelta al fin se perdió, llevaba consigo el fruto de un amor maduro que llegaría en breve a sus vidas. Una tarde, emocionada por el corto tiempo que le restaba por dar a luz, ordenó las cosas que su primogénito vestiría y pensando en todo eso, le habló al oído, tal como si fuera a comprender sus palabras adultas.

—El tiempo que te llevo conmigo hijo mío, ha sido largo y hermoso, pero vendrán días donde ya no te llevaré dentro de mí, sino que de la mano. Te veré comenzar a caminar, correr, saltar y disfrutar cada momento de tu vida Te escucharé reír y también llorar. Sólo quiero que sepas desde hoy, que frente a cualquier cosa que suceda, estaré ahí para sostenerte. Espero que Dios me dé fuerzas y sabiduría para enseñarte a vivir, que cuando te vea grande y crecido, pueda ver en ti mi alegría y en tus palabras el cariño que te entrego hoy.

Al terminar esas palabras llenas de emoción, las lágrimas corrieron por sus mejillas y sintió en su vientre el movimiento de su pequeño respondiendo. El momento había llegado y la trasladaron a la clínica para dar a luz. Todo estaba preparado, el pabellón los recibía al fin después de meses. Tras largas horas de preparación, dolores y quejidos el pequeño llegó. Con un llanto se dejó sentir en los pasillos entrando a esta vida para cumplir una labor. El pequeño fue entregado en sus brazos exhaustos que lo anhelaban y en esa primera mirada se encontraron después de tan larga espera.

HISTORIA 63
SINCERIDAD DE CORAZÓN

Ayer mis palabras salieron como flechas de mi boca hiriendo tu corazón, atravesaron el púrpura cielo, llenas con la rabia de mis pensamientos. Fui presa de mi orgullo y de mi enojo, como si no tuviera control sobre ellas, dejé ir esas saetas venenosas, porque no las quería junto a mí.

Quería dispararlas certeramente, pero nunca pensé herirte. Hubiera dado todo por recibirlas en tu lugar y caer muerto al instante. Mis manos intentaron arrancarlas prontamente de tu cuerpo, sin que las notaras, pero la herida profunda y sangraba ríos de decepción que no pude detener. Mientras escuchaba tu voz, no podía oír lo que decías. Sólo miraba tu herida y aunque no fui yo el que lanzó el primer ataque, yo lancé el que hizo más daño.

En pocos minutos ya estaba todo perdido entre nosotros. Era esclavo de mis dolorosas palabras y estaba encadenado a cada letra que sin pensar salió de mi orgullosa boca. Quisiera borrar ese instante y abrazarte con un mar de caricias, quisiera llevarte lejos y borrar lo sucedido. Pero he construido un muro de dolor a tu alrededor, imposible de atravesar.

No hay momento más triste, que querer revertir la piedra lanzada al aire o la flor cortada que se marchita. Querer restaurar los besos que se quitan y se van al olvido o el agua que cae en tierra seca y se pierde de la vista. Cómo recuperar la estrella fugaz que cruzó el cielo, al momento de cerrar los ojos.

Imágenes perdidas que son parte del pasado, así como el tiempo no perdona amor, sólo avanza y avanza dejando atrás recuerdos que quedan sólo en la memoria, instantes de nuestra vida, que permanecen sólo en el corazón. Así se escapa mi aliento, queriendo retroceder escenas del pasado y recuperar la magia de otro día junto a ti. Pero cuando me he dado cuenta, ya pasaron las horas, los días y los años, sin recordar cómo sucedió.

¿Dónde pondré mis sueños ahora que ya no estás? ¿Quién guiará mis pasos en la oscuridad? ¿Cómo miraré en el horizonte otro atardecer sin poner tu cara junto al sol y escuchar las olas rompiendo junto a mí? ¿Cómo vivir sin sentir tu cálida presencia?

Si mil años me tardara en encontrar tu perdón, recorrería ese tiempo infinito sólo para estar a tu lado una vez más. Si la muerte no bastara para encontrarte, moriría mil veces hasta conseguir llegar a tus brazos otra vez.

En el infinito silencio de mi boca, mis labios que alguna vez hirieron, buscan las palabras correctas para colocar una sonrisa en tu rostro; para iluminar tus ojos y mirar mi reflejo en ellos una vez más. Quisiera tomarte en mis brazos, curar todas tus heridas y borrar las cicatrices de mi estúpida actitud. Si me tardara la vida entera, te la daría toda para que me escucharas, ahora que mi sincero corazón te necesita, ahora que necesita tu calor de regreso a mí.

Déjame matar mi orgullo, para no tener nuevos tropiezos en mi camino junto a ti. Déjame edificarte una casa nueva, donde la tormenta derribó todo a su paso, quiero levantar un palacio para mi princesa. Sólo te pido que no me des la espalda, escucha que soy sincero al decir que nunca quise herirte, mi boca habla necedades cuando se siente sofocada por tu ausencia y mis manos te anhelan. Pero mientras callas te pierdo en ese eterno y cruel silencio.

HISTORIA 64
ALMAS CONECTADAS

Él se levanta todas las mañanas pensando en ella a la distancia. Mientras ordena sus cosas, las imágenes de ella lo invaden, ve su rostro en todos lados y en su cama vacía se esculpe la silueta de su cuerpo, pero sólo son recuerdos. Cuando sube a su auto la siente sentada a su lado. Mira hacia el horizonte y mientras ve el sol salir, se siente iluminado por la luz de su amada. Cada día es igual, y manejando a su trabajo, conversa con su recuerdo frases sin respuestas.

Ella se levanta cada día sintiendo la ausencia de su amado en su piel y en cada paso que da. Intenta hacer cosas para ver su cara y mantener ese recuerdo latente al cerrar los ojos. Mientras ordena lo ve a su lado acompañándola, él está sentado en su cama, recorriendo con su mirada su contorno deseado. Siente el calor de su piel y la suavidad de su voz lejana, pero sólo son palabras ausentes que quisiera escuchar.

Él intenta trabajar concentrado en sus tareas, pero al cerrar los ojos es rodeado por su imagen y su rostro angelical. Cada detalle vivido con ella lo inunda de recuerdos, cosas tan simples como el olor de su perfume o el sonido de su voz. El poder de su presencia es tan real, que a veces hasta siente sus manos acariciándolo o su mirada posada en él. Al llegar la tarde, vuelve a su casa rogando verla. Se imagina abriendo la puerta y encontrarla allí, sentada en su sillón, esperándolo.

Ella recorre largas distancias hasta su trabajo, a cada instante su pensamiento está en él. Nada tiene más importancia en ese momento que escucharlo hablar en su cabeza. El recuerdo de su tono de voz, esa pasión que transmite al conversar, incluso su silencio es especial. Nada se compara a estar junto a él, nada podría reemplazar ese momento. Durante la tarde lo siente dando vueltas a su alrededor, como el viento que la rodea; como mariposas revoloteando en primavera que sólo anhelan volar libres.

Él no duerme por las noches amarrado al sentimiento de verla otra vez. Sus deseos no terminan al entrar la madrugada y el vacío de su amada es tan fuerte, que dormir no es un descanso, sino que es una tortura, una maldición para su piel. Él quisiera arrancar esos sentimientos de su corazón, que esas imágenes se desvanecieran en el olvido y romper ese maleficio. Quisiera huir lejos con su amada sin que nada importe; escapar libres sin ese tormento que lo quema vivo cada día.

Ella piensa en la posibilidad de un encuentro casual mientras vuelve a casa. Lo imagina parado frente a ella con un ramo de flores, esperándola pasar. Pero llega a casa y la ilusión se desvanece, se pierde completamente al cerrar la puerta. Mientras espera la hora de dormir, contempla su cama imaginándolo recostado a su lado. Nunca pensó que lo extrañaría tanto o que lo necesitaría de esa manera. Jamás se imaginó que él llegaría a ser tan importante en su vida, aún en ese silencio y en la ausencia.

Él se levanta por las noches y abre la ventana para ver el cielo estrellado. La luna ausente como su amada, lo deja pensando en esas noches de otoño, esas noches encendidas por el fuego de su pasión. La primavera casi acaba y no desea comenzar el verano sin su amada. Cada madrugada de desvelo es el mismo pesar en su corazón, es tan fuerte su ausencia, que le hace darse cuenta que jamás había amado de esa manera.

Ella apaga las luces pero no sus pensamientos. Abraza la almohada e intenta buscar en cada centímetro de tela, algún lejano rastro de su perfume. Busca su piel, su cuerpo, pero el tiempo ha llevado consigo toda huella de su amado. Se levanta sin volver a esa cama traicionera que le niega su presencia. Es sólo un lecho vacío que olvidó la esencia del único que logró hacerla vivir. Era una muerta en vida antes de conocerlo y resucitó en sus brazos apasionados.

Una noche más avanza y un nuevo amanecer llega para ellos, mientras sus almas conectadas se necesitan. Bajo el mismo cielo sus pensamientos se conectan a la distancia. Ella besa al viento con suavidad, mientras él recibe la brisa de su intenso amor en su cara. Son dos almas que se buscan hasta que se encuentran nuevamente en el camino. ¿Coincidencia o destino? El asunto es que sin planearlo ahí estaban, cara a cara, cruzando sus miradas a través de la multitud.

Al verse a la distancia, sus ojos brillaron con más intensidad que el sol y los recuerdos ya eran una realidad. Sus cuerpos irradiaban el calor intenso y apasionado del reencuentro, el mundo ya no existía para ellos. A cada paso que los acercaba, eran como corrientes que estremecían sus cuerpos, cautivando su piel y todos sus sentidos. Ahora estaban frente a frente, sin muros ni distancias. Sólo bastaría un roce y ya no existiría nadie a su alrededor, el círculo se cerraba para los demás.

Sin muchas palabras, sólo un beso fue el inicio de ese momento que renacía la pasión que estuvo al borde de extinguirse. Ahora el fuego los llevaba lejos, solos nuevamente; presas del calor y de sus sentimientos retenidos. Esa noche sus cuerpos danzaron entre el éxtasis y las emociones; amándose hasta llegar el alba con el último aliento de su corazones. Almas cautivas desatadas, condenadas a vivir esa bendición que llamamos amor.

HISTORIA 65
UN BESO EN LA MEJILLA

Ese día el invierno había dejado caer su furia como nunca antes lo recordaba, la lluvia torrencial no había parado en todo el día. Ya eran las siete y treinta de la tarde y hacía mucho frío. Mis pies estaban entumecidos y con mucho esfuerzo había mantenido el calor de mis manos para poder escribir sin problemas. Ya había oscurecido hacía más de una hora, aunque ese día el sol se había mantenido oculto tras un manto de nubes tormentosas toda la tarde. La lluvia no daba tregua ni cinco minutos y aún seguía golpeando con fuerza las calles de la ciudad.

Mis clases ya estaban por terminar, y aunque había estado atento y anotado los apuntes de todo lo que dijo el profesor; mi pensamiento y todo mi ser estaban desde hace muchas horas lejos de allí, esperándola llegar. Esa noche mi novia volvía de su viaje de dos semanas y yo quería recogerla en el Terminal de buses a las ocho de la noche.

Al fin el profesor daba por finalizada la clase y rápidamente ordené mis cosas para salir lo antes posible. Me dirigí a la puerta de salida y al mismo tiempo mi amiga y compañera de curso salía de la sala junto a mí. Mientras ambos avanzábamos por el pasillo, nuestra conversación pasó del interesante tema de la clase a la inclemente lluvia que aún caía a nuestro alrededor.

Ambos íbamos en la misma dirección, así que nos acompañamos conversando todo el camino. Las cinco cuadras para llegar al metro se hicieron muy cortas para mí, caminábamos esquivando los charcos de agua y recibiendo el embiste oblicuo de las gotas de lluvia. Ninguno de los dos llevaba paraguas, sólo nos protegíamos de la lluvia con nuestras chaquetas impermeables y las delgadas capuchas que ellas tenían. Aunque debo admitir que a mí me agrada más caminar bajo la lluvia con mi cabeza despejada, y sentir como las gotas recorren mi cara. Pero el agua que caía ese día estaba tan helada, que no me dieron ganas de quitarme la capucha.

Al terminar nuestro recorrido, entramos juntos al metro bajando con mucho cuidado por los escalones mojados y el piso resbaloso. Pagamos nuestro pasaje y descendimos hasta el andén mientras el agua escurría por nuestra ropa. Yo comenzaba a sentir los pies más húmedos, pero nuestra caminata había conseguido entibiarlos bastante. Continuamos hablando de todo un poco, mientras esperábamos que pasara algún tren menos desocupado.

Hacía pocos meses que nosotros éramos compañeros en algunas clases y desde el principio ella me gustó mucho. Sus lindos ojos verdes acompañaban unas facciones muy finas y hermosas que me cautivaban, su voz era dulce y delicada y su carácter amistoso era muy parecido al mío. Tal vez ambos vimos en el otro un complemento perfecto y permanecimos cerca, sin hacer nada más que compartir el día a día y disfrutar de la mutua amistad.

Mientras más hablábamos, más cerca sentía su piel de mi piel. Era una sensación extraña de magnetismo que no había sentido en mucho tiempo. Yo miraba sus labios distraídamente y sentía que me perdía en el brillo de sus ojos. Miré sus manos que estaban enrojecidas por el frío y la humedad, mientras que las mías siempre guardaban calor para compartir.

Tomé sus pequeñas y delicadas manos sin segundas intenciones, sólo con el fin de entregarle mi cobijo. Mi piel se estremeció al instante que la toqué y me corazón se aceleró de una manera muy especial, aunque dudo que ella lo notara. La verdad en ese momento sentí que ella me gustaba más que nunca y que era una persona por quien valía la pena jugársela.

Pero había un gran problema que daba vueltas en mi mente más que en mi confundido corazón. No podía dar pie a cualquier situación sentimental, porque yo tenía novia y precisamente en ese instante iba a buscarla de su viaje. Y a pesar que yo nunca comenté mi situación sentimental con mi amiga, no me parecía justo el momento para mencionarlo.

Al fin un tren más vacío pasó y nos subimos al carro que se detuvo justo frente a nosotros. Al ingresar notamos que todos los asientos estaban ocupados, aunque para nosotros no era tema, ya que ambos coincidimos en que era muy incómodo sentarse con las ropas mojadas. Así que buscamos un rincón que estaba más seco y nos sentamos en el piso del vagón, como lo hacen muchos universitarios desinhibidamente para conversar a gusto.

Sus labios rojos se movían suavemente, mientras su dulce voz, sus ojos y su perfume invadían todos mis sentidos, haciendo de mi pecho una tormenta de sentimientos encontrados. Su cara mojada por la lluvia irradiaba una paz que me envolvía por completo.

Mi corazón latía con más fuerza que nunca mientras conversábamos tan cerca y en un instante sin darnos cuenta, entre risas y palabras, guardamos silencio. Nos miramos intensamente cara a cara y nuestros ojos completaron las palabras silenciosas que fluían. Sentí como si en mi interior una cascada de sentimientos se desbordara sin límites. Era como las escenas románticas del cine, donde el silencio de los protagonistas da paso a la música de fondo que culmina en un beso de antología.

Pero eso era la vida real y era nuestro momento. Como si la gente alrededor nuestro no existiera, como si estuviéramos solos en el universo sin nada alrededor. No era necesario decir absolutamente nada, sólo me bastaba con acercarme, tomar su suave cara entre mis manos y besar sus labios que estaban listos para recibirme.

El instante no podía ser mejor para nosotros, pero muy dentro de mí me invadió el temor y el recuerdo latente de mi novia detuvo cualquier reacción de parte mía. Mi racionalidad pudo más que mi instinto y mis impulsos se detuvieron al instante, se congelaron con sólo colocar su cara y su nombre en mi memoria.

Más poderoso de lo que yo sentía por mi novia, fue mi profundo sentido de lo correcto. Ese absurdo remordimiento que me estaba carcomiendo por dentro. Me alejé levemente de ella simulando un estornudo, rompiendo ese momento mágico sin decir nada; yo sabía perfectamente que nunca más volvería a tener una oportunidad como la ofrecida esa noche.

Me levanté del suelo lentamente y sólo pude decirle que ya estaba pronto a llegar a mi estación. Le extendí mi mano para ayudarla a levantarse, mientras mi mente estaba hecha un desastre y mi cuerpo realizaba la acción contraria a la que mi deseo me impulsaba. Por dentro maldecía mi mala suerte, y esa reacción infantil y moralista por hacer lo correcto.

Ella me extendió su mano y la ayudé a pararse, nuevamente sentí ese magnetismo que venía desde sus manos atravesando hasta el fondo de mi corazón. Por mi mente pasó fugazmente la imagen perfecta para poder reanudar esa instancia con ella:

—Dile que aún es temprano y que la puedes acompañar hasta su estación.

Mientras seguía luchando con mis labios para que pronunciaran esas palabras, en mi mente pensaba que incluso si ella lo quería, yo podría acompañarla hasta la puerta de su casa. Miré el reloj despreocupadamente y sin decirle cual era mi destino esa noche, logré invocar toda mi fuerza interior para decir:

—Sabes, aún es temprano, te acompaño hasta tu estación.

Sus ojos se iluminaron nuevamente, mi corazón se aceleró al punto que mis manos eran como una estufa encendida. Permanecimos de pie esta vez y seguimos conversando de cualquier cosa mientras nos mirábamos. A cada instante rogaba que el metro frenara de golpe, para que la inercia del movimiento la empujara directo a mis brazos.

Las estaciones pasaban muy rápido y ya estábamos pronto a llegar hasta el fin de nuestros caminos. Era el momento decisivo.

—Si le doy un beso ahora, la acompañaré hasta su casa y luego veré cómo soluciono lo demás. Si la dejo ir ahora, quizás no vuelva a tener una oportunidad como esta en mi vida, pero dormiré tranquilo esta noche.

El tren se detenía finalmente en su estación, las puertas se abrían frente a nosotros y descendimos junto con la multitud. Para mí no había nadie más en ese andén que ella, el perfume que respiraba era ella, la luz que me envolvía era ella, todo me tenía envuelto en su encanto de mujer. Quizás esperaba un segundo instante mágico que no llegó y aunque toda mi piel y mis labios rogaran por besarla, sólo pude despedirme con un tierno beso en su mejilla y un roce en sus manos mientras nos separamos en el pasillo.

Las puertas del carro se cerraron y el tren continuó su recorrido, mientras la gente subía por las escaleras. El silencio invadió en un momento el andén y sus ojos luminosos no me perdieron de vista mientras la observaba partir. La cobardía había triunfado, contra la osadía de hacer lo que realmente sentía.

Realicé el cambio de andén y me dirigí con prontitud hasta el Terminal de buses para esperar a mi novia. Ella había estado dos semanas lejos y necesitaba estar con ella, besarla y abrazarla; por más que las situaciones se orientaban hacia otro final, nada impidió que reservara mis besos y mis caricias sólo para ella.

Esperé pacientemente mientras la lluvia continuaba cayendo en la ciudad. El bus ya llevaba más de media hora de retraso. Todos los que aguardaban a sus familiares estaban a la expectativa, preocupados e impacientes. Ya había pasado más de una hora del tiempo de llegada y recién avisaron por los parlantes acerca del retraso del bus a causa del clima. Sin dar una hora exacta sólo dijeron que al menos serían dos horas de demora en total.

Yo estaba mojado completamente ya que cada cierto tiempo me acercaba al andén a ver los buses que llegaban pensando que podría ser ella. Volví a colocarme bajo techo otra vez y por mi mente aún pasaban las interrogantes y discusiones morales de lo sucedido. Si hubiera acompañado a mi compañera a su casa, aún hubiera estado a tiempo para recibir a mi novia allí. El momento crítico de más tensión se repetía una y otra vez en mi memoria.

Finalmente después de dos horas más tarde, el bus hacía su ingreso por la entrada sur del Terminal. Ella ya estaba de regreso, de pronto me di cuenta que su padre también había venido a recibirla; eso era extraño ya que hasta donde yo sabía, nadie de su familia vendría a buscarla, pero quizás por la intensa lluvia habían cambiado los planes.

Primero bajaron sus dos amigas con las que realizó el viaje y al verla aparecer en las escaleras, mi primera reacción fue acercarme corriendo a saludarla con todo mi amor. Ella colocó su mejilla para recibir mi beso de bienvenida y su abrazo, fue un cortés compromiso que al instante desmoronó mi mundo en pedazos.

Ella se acercó a saludar a su padre, mientras yo ayudaba a bajar su equipaje del bus, al volver me dijo que iría con él donde una tía, que si yo quería iba también. No comprendí en ese momento la real intención de sus palabras, así que accedí a acompañarlos pensando que serían sólo unas horas para volver luego a casa.

El transcurso del Terminal a la casa de su tía fue un recorrido muy silencioso, sus manos tibias se oponían a mis heladas y húmedas manos que esperaron bajo la lluvia una eternidad. La estadía en ese lugar fue un tormento que no me gustaría repetir jamás en la vida, su lejanía evidente era una señal inequívoca de que algo andaba mal.

Ese frío beso en la mejilla bajo la copiosa lluvia y el triste pasar de las horas, estaban lejos de esos cálidos segundos frente a mi compañera. Esa magia intensa llenó el verdadero sentido de estar vivo ese día tormentoso. Más adelante en la vida aprendería a responder asertivamente a mis instintos, pero ahora debía pasar el trago amargo de la decepción.

Esos instantes sin retorno permanecen en mi recuerdo con mucho pesar. No sólo por la situación o por dejar ir un momento que hubiera cambiado mi vida, sino porque a los dos días de volver de su viaje, finalmente mi novia terminaba conmigo. Y la única oportunidad real de encontrar un nuevo amor, desaparecía como las aguas de la lluvia de ese día.

HISTORIA 66
CITA A CIEGAS

Las tardes de oficina muchas veces son estresantes y vertiginosas, con mucho trabajo que hacer y poco tiempo para desarrollarlo, en esos días las horas se pasan volando y los compromisos deben cumplirse dentro de los plazos establecidos. Pero en ocasiones también hay días monótonos y aburridos en los que uno sólo quiere apagar el computador e irse para la casa. Son esos días donde más agradezco tener la libertad para conectarme a internet y chatear con amigos o amigas mientras las horas pasan lentamente y el día pareciera ser eterno.

Nuestros módulos de trabajo son deprimentes, tienen como un metro cincuenta de alto y separadores laterales que dan la sensación que se estuviera trabajando dentro de una celda o una caja. Están ordenados en filas de cuatro módulos y si uno no se levanta para hablar con un compañero de trabajo, pueden pasar largas horas sin conversar con nadie. Pero lo bueno es que son muy privados, incluso he visto compañeros que se han quedado dormidos sin que nadie lo note.

Esa tarde calurosa de verano habíamos vuelto temprano del almuerzo, ya que el sofocante calor de las calles contrarrestaba con el agradable clima que había en la oficina, gracias al aire acondicionado. También era una tarde bastante tranquila y los jefes estarían ocupados en reunión el resto del día. Yo me serví una taza de café para pasar el sueño que me da después del almuerzo y me puse a navegar por internet despreocupadamente.

—Mira quien se conectó al chat —dijo Alejandro, mi amigo y compañero de oficina.

Al mirar su computador y ver la foto de su amiga, quedé muy sorprendido; ella era una chica estupenda, con un cuerpo de modelo, piel bronceada y vestía un bikini muy sexy; pero en su foto sólo mostraba su cuerpo desde el cuello hasta las piernas. Mi primera reacción fue pensar que a pesar del lindo físico que ella pudiera tener, seguramente era muy fea como para mostrar su cara.

—Es súper simpática y tierna —dijo mi compañero— tal vez es lo que estas buscando como pareja para ti.

Sus palabras removieron ese velo vacío y superficial de mi cabeza haciéndome sentir culpable simplemente por pensar así. Quizás él tenía razón y viniendo la recomendación de alguien tan cercano comencé pensar que no sería mala idea conocerla.

—Puede ser —le dije— preséntamela para ver qué pasa.

Inmediatamente mi compañero la saludó por el chat, se escribieron un par de cosas y luego le comentó que invitaría a alguien más a la conversación. Ella aceptó y ya estábamos los tres conectados. Cuando ya nos habíamos preguntado algunas cosas, Alejandro gentilmente abandonó la conversación; en otras palabras nos dejó solos para que pudiéramos conocernos mejor. Presencialmente me cuesta ser muy directo con las mujeres, pero en el medio virtual eso cambia totalmente. Me gusta que fluya la comunicación y pasar un momento entretenido con quien está del otro lado del chat.

Cada cierto tiempo ella cambiaba la foto de su perfil de usuario, aunque todas las imágenes eran muy similares; fotos en las que ella aparecía muy sexy pero sin mostrar su cara. Conversamos ese día muy superficialmente y al cabo de unos minutos, me desconecté para continuar con un proyecto que estaba avanzando. Sin embargo la imagen de su silueta daba vueltas en mi mente y ese gusano de la curiosidad comenzaba a sembrar la ansiedad de saber más de ella. Finalmente faltando unos minutos para terminar el día de trabajo, me volví a conectar al chat, pero ella ya no estaba.

Al día siguiente muy temprano me conecté nuevamente esperando a que ella apareciera en cualquier momento. Conversamos de todo un poco, desde lo más trivial del día, hasta cuales habían sido las noticias del día anterior y después de un rato me atreví a preguntarle su edad.

—Treinta y tres años —dijo ella, un año mayor que yo.

Una sensación extraña me hacía sentir incómodo ¿Soltera a los treinta y tres años? Me pregunté intrigado, eso era algo fuera de lo común en mi círculo de amigos. Esa fue la segunda razón por lo que la situación me parecía muy extraña. Pero seguimos conversando de otras cosas; me contó que no trabajaba frecuentemente, a pesar de ser promotora de una importante marca. Eso le daba credibilidad respecto de sus fotos, ninguna marca prestigiosa contrataría una modelo que no fuera hermosa. Además yo no me atrevía a preguntarle por qué sus fotos no mostraban su cara.

Un par de días más nos comunicamos de esa manera, ella era bastante agradable para conversar y rápidamente me dio confianza para dar un paso más, y como la curiosidad me estaba matando, le ofrecí dejar de lado el chat y comunicarnos por teléfono. Por un instante se mantuvo sin responder, pero luego de unos segundos escribió su número telefónico para que yo la llamara. Mientras marcaba intenté imaginarme cómo sería su voz, pero al escuchar sus primeras palabras, su tono al hablar se sentía algo extraño. Inmediatamente ella se disculpó antes que yo lo insinuase siquiera.

—He estado con una gripe terrible y mi garganta está completamente inflamada, pero en realidad mi voz es mucho más encantadora que ahora.

Por un momento me pareció como si estuviera hablando con mi abuela por el teléfono, pero dejé de lado esa primera mala impresión y aunque me costaba asociar sus fotos sensuales con esa voz de anciana, continuamos conversando largo rato. Después de un par de días hablando a varias horas de la tarde por chat o por teléfono, me dieron ganas de conocerla en persona. Lo que mi compañero había dicho era cierto, ella era una persona muy tierna e interesante. En algún momento de la conversación me animé para invitarla ese fin de semana a salir y conocernos.

—Me hubiera encantado —me respondió ella— pero como escucharás esta gripe aún me tiene complicada, al menos por este fin de semana, pero con mucho gusto aceptaría más adelante.

Acepté su excusa pero con la condición de que esa invitación se concretara a la semana siguiente. Ella aceptó, así que en lo que respectaba a ese tema teníamos fijada la fecha para nuestra primera cita a ciegas. Durante los días del fin de semana no hablamos por teléfono, sólo nos conectamos unos pocos minutos. Tampoco fue posible comunicarnos al inicio de la semana, así que decidí llamarla durante la tarde del martes. Yo esperaba que su voz hubiese mejorado después del fin de semana, pero el cambio de voz no fue tan drástico como yo lo imaginaba, de hecho siendo muy radical con mi apreciación, a mí me parecía exactamente igual.

El resto de la semana pasó muy rápido y nuestras conversaciones ya no eran tan superficiales como al principio, todo apuntaba a que nos conoceríamos ese viernes. La expectación y los planes ya estaban concertados, sólo tenía que llegar el momento que terminara con todas las intrigas. La tarde del viernes pasó bastante rápido para mí.

—¿Qué harás al salir de la oficina hoy? —me preguntó mi compañero.

—Tengo una cita con tu amiga del chat —le respondí— ¿Por qué?

—Que bien, parece que las cosas van bastante rápido... Te lo preguntaba porque nos juntaremos con mi novia en un bar y ella iba a llevar una amiga.

Nuevamente la duda de concretar esa cita me asaltaba, había cosas que no cuadraban en mi cabeza pero la curiosidad del momento era más fuerte que mi instinto. Además el compromiso ya estaba hecho y si hay algo que nunca hago es faltar a mi palabra. La hora de salida había llegado y antes de salir a buscarla a su casa, la llamé para avisarle que ya estaba en camino. Me dirigí a mi auto bien perfumado, incluso había llevado una camisa para cambiarme en la oficina.

Mientras avanzaba por las calles, el recuerdo de sus fotos seductoras daba vueltas en mi cabeza. Estacioné mi auto y la llamé una vez más por teléfono para avisarle que ya estaba allí. Una a una desfilaban nuevamente por mi mente sus fotos como un recuerdo muy vívido en mi memoria y totalmente opuesto a lo que vi salir por su puerta ese día.

La saliva se me atoró en la garganta como un trago amargo difícil de pasar. Sentí un vacío en mi pecho decepcionante y traicionero. Con mucho esfuerzo mantenía la mirada arriba rogando que no fuera ella la mujer que yo venía a recoger. Su silueta no era tan contorneada como en las fotos, su estatura no superaba el metro sesenta, muy distante de la altura promedio de una modelo.

Vestía jeans azules, mal teñidos con anilinas baratas y se estiraban como diez centímetros por sobre sus caderas. Hacia arriba llevaba una chaquetilla de mezclilla, muy fuera de lugar con el calor que hacía. Pero mi decepción no paraba allí, bajo la chaqueta vestía una blusa blanca muy ajustada, que no sólo dejaba ver que sus pechos no eran los redondos y firmes de las fotos, sino que tampoco tenía esa cintura esbelta como pretendía hacerme creer. Prácticamente parecía que no tenía cintura que lucir, era como un tronco de árbol, parejo y recto.

Volví a tragar saliva rogando nuevamente al cielo que no fuera ella la cita a ciegas de esa velada, que ojalá fuera alguna amiga que venía a decirme que ella aún no estaba lista, que por favor la esperara. De hecho no me hubiera molestado esperar algunos minutos o hasta una hora con tal que no fuera ella mi cita. Hasta que al fin llegó a mi lado y con una fallida voz imitando a Marilyn Monroe me dijo:

—Hola Guapo.

Definitivamente y para mi mala suerte era ella, esa inconfundible voz hacía eco en mis oídos, estremeciéndome completamente. Su cara era como porcelana, pero sus manos y el cuello estaban arrugados como si hubiera estado por horas debajo del agua. Tenía pelo corto, tornándose grisáceo con largas canas que nacían desde la raíz.

Evidentemente no era modelo y dudo mucho que alguna vez lo hubiese sido, tampoco podía tener treinta y tres años, ya que se veía mucho mayor. Y para colmo de mis males, sus dientes parecían haber sido lanzados al azar en su diminuta boca que apenas dibujaba unos diminutos labios. Ni con el trago más fuerte, podría borrar esa imagen de mi cabeza.

Yo estaba totalmente horrorizado, sólo quería morir en ese mismo instante o despertar de una vez de esa pesadilla. Caballerosamente continué sufriendo en silencio y le abrí la puerta de mi auto para que subiera.

— ¡Qué caballero, galanes como tú ya no se encuentran tan fácil!

Cada palabra que ella pronunciaba me hacía sentir más miserable aún. No podía estar pasándome eso, mi día viernes se convertía en un verdadero suplicio. Sólo pensaba en la manera más fácil de no arrancar el auto y dejarla allí plantada; de alguna forma tenía que zafar airoso de eso sin ánimo de ser cruel ni superficial. Ella se sentó y cerré su puerta, me di la vuelta y entre al auto también. Recién me estaba acomodando cuando para torturarme más aún, ella se llevó las manos a los pechos y los deslizó de manera sensual desde arriba hasta su cintura diciendo.

—Ves, este es mi cuerpo, tal como en las fotos.

Esa frase mató todo el concepto de sensualidad y todos los sinónimos que conozco de algo agradable. A leguas se notaba que ella no era la fiel representante de esas fotos. Debo confesar que hasta ese momento yo me merecía absolutamente todo lo que estaba pasando, porque de una u otra manera ya lo presentía. Yo siempre he sido desconfiado y más aún en esas situaciones poco convencionales, desde el principio dudé de toda la situación, pero jamás pensé que habría un abismo de distancia entre lo esperado y la persona que se había subido a mi auto esa tarde. Así que tenía guardada una carta bajo la manga para esa ocasión.

Con su nombre y dirección conseguí averiguar a través de un amigo que trabaja con registros de personas, la verdadera edad de esa mujer; aunque al principio yo no podía creerlo cuando me lo dijo, era tanta la diferencia que yo tenía que comprobarlo con mis propios ojos. Pero mientras lo vivía en carne y hueso, tristemente pensaba en que debí haber hecho caso a mi certero instinto de supervivencia y haber desistido de mi capricho por conocerla en persona. Tragué saliva nuevamente para retener esa rabia contenida y ese volcán que estaba por estallar en mi interior.

—Como te conté en la semana —le dije— yo trabajo en una agencia de datos de personas y he averiguado que tú edad no es la que me dijiste; tu verdadera edad es cincuenta y cuatro años.

Al enrostrarle su vil mentira sin más preámbulo, ella no mostró ni una pizca de vergüenza o arrepentimiento. Muy por el contrario, hábilmente y con total frialdad argumentó contra la información que yo le estaba aseverando.

—La verdad es que para las citas a ciegas siempre uso el nombre de mi hermana mayor y recién hoy tendría la oportunidad de decírtelo.

Jamás en mi vida había experimentado tal grado de descaro, toda esa situación sobrepasaba los límites permitidos del engaño y ya no aguantaba las ganas de bajarla del auto. Pero algo más habíamos averiguado de su vida con mi amigo. Ella tenía un hermano mayor de sesenta y dos años, si era capaz de mentirme respecto de él ahora, en mi propia cara, esa sería mi excusa de salida de toda esa situación.

—Sé que tienes un hermano mayor también. ¿Qué edad tiene él?

—Cuarenta y dos años —respondió mintiendo nuevamente.

Desde ese momento mis palabras cambiaron de tono, yo estaba muy enojado conmigo mismo por dejar que esa situación llegara hasta ese nivel.

En qué momento pude pensar que los datos que habíamos averiguado de ella con mi amigo estaban equivocados; realmente no podía resistir tal grado de descaro y engaño para salir con alguien como si no se fuera a darse cuenta de la realidad. No sé realmente qué palabras usé pero no tardé en desenmascarar toda esa mentira acerca de su edad, su hermano y sus falsas fotos.

Ella me miró fijamente sin mostrar una pizca de remordimiento y con los ojos llenos de rabia me dijo:

— ¡Eres un poco hombre!... no mereces que salga contigo.

Y haciendo un ademán de desprecio se giró hacia el costado y se bajó del auto azotando la puerta con todas sus fuerzas. Una parte de mí, muy escondida, en lo más profundo de algún lugar de mi corazón, sintió lástima por ella. El resto de mi ser daba gracias al cielo por haberme evitado esa mala velada, todo gracias a que tenía los argumentos precisos para salir airoso de esa situación.

Sin darle más vueltas al asunto y sin siquiera intentar mirarla por el espejo retrovisor, arranqué el auto y me fui lo más rápido que pude. Subí las ventanas del auto a pesar del calor de la tarde, coloqué la música al máximo de volumen y di un grito de rabia que tenía contenido hacía largos minutos.

Mientras conducía de vuelta a mi casa, pensaba en lo triste de lo sucedido; ella en su cabeza aún tenía veinte años menos. Ella había construido todo un mundo de fantasías alrededor y vivía haciéndole pensar a los demás sus palabras. Escondida tras fotos falsas, tras vivencias diarias inventadas de eventos y pasarelas inexistentes, relatos de viajes y aventuras que seguramente jamás había vivido. Pero ¿Cuál era el verdadero sentido de todas esas mentiras? Para qué engañarse si la realidad ineludible se nos aparece cada día frente al espejo.

A las pocas cuadras de manejar con la música alta ocultando mis gritos y mis maldiciones, no aguanté las ganas de llamar a mi compañero Alejandro, el gestor intelectual de ese horrendo encuentro. Aún escucho su risa a través del teléfono y las carcajadas burlonas que acompañan por siempre mis pesadillas cuando sueño con ella, cuando recuerdo los detalles desagradables e inolvidables de esa triste cita a ciega.

HISTORIA 67
CERRANDO EL CÍRCULO

Su mirada se pierde en el horizonte observando cómo la tarde cae, mientras, sus pensamientos ya no están en la habitación, flotan lejanos como el viento. Las imágenes de su pasado vuelan libres, perdidas en suspiros de su corazón ansioso, intentando construir una realidad difusa y fugitiva en sus recuerdos. Ya desea que sea mañana y que la noche se haga día para verlo otra vez, para encontrarse con su pasado cautivo en la distancia y librarse del engañoso olvido.

Ella ha soñado con su rostro mil veces, ha soñado con sentir sus manos, con el roce de su piel. Tantos años han pasado que hasta su cara le parecerá extraña de volver a ver. Ella tenía sólo cinco años cuando lo vio por última vez, cuando él desapareció de su vida para nunca más volver. Nunca más oyó su voz pronunciando el dulce nombre de su pequeña princesa, nunca más la sostuvo en sus brazos hasta verla dormir, disfrutando cada momento junto a su niña. Él, que había prometido estar por siempre a su lado, pero que se alejó.

Sus pasos ya se han ido en el recuerdo, están escondidos en el pasado y su pequeña niña ya creció. Hoy es una mujer, queriendo recuperar un pedazo del tiempo olvidado, intentando robarle al pasado los instantes que la vida no le entregó. Mientras los minutos avanzan vertiginosos, acercándola cada vez más a ese encuentro, ella cierra sus ojos para tener en su memoria esos recuerdos confusos, esos momentos únicos e interminables, que quizás no son tal como ella los imagina.

Aquellos paseos de la mano, mirándolo hacia arriba como un gigante protector; esas risas sin fin en un parque de diversiones, abrazada a su gran espalda. Rodeando su cuello con sus manitos tan pequeñas y escuchándolo reír, respondiendo al llamado de su voz de trueno, que la cuida y la resguarda. Voz que se ha perdido entre sonidos lejanos de la ciudad y el tiempo, sonidos sin rostro que intentan hacerse realidad sólo por esa noche. Entre helados y algodones flotan sus risas al unísono, llevadas al viento, enlazadas entre juegos y canciones, saltando entre la hierba del campo.

Parada sobre sus pies, danzaba ese vals que en su memoria recuerda bien, con giros y melodías que parecen sueños, con remolinos de colores y la fantasía de la música que los envolvía. Hacia el cielo esos ojos parecen dos luceros y su sonrisa era el sol de mediodía, recuerdos del ayer arrancados del olvido y cobijados junto a su nostálgico corazón.

Era tan pequeña cuando lo vio partir, que no entendía nada de lo que sucedía; al principio pensó que sería un viaje corto como siempre lo hacía, pensó que sólo sería un instante sin su padre. Pero el tiempo comenzó a mostrarle que jamás lo vería nuevamente, que se fue para no volver. Nunca más recibió un llamado de él, ni siquiera unas pocas letras escritas de su mano. Atesoró por años cada pequeño recuerdo, cada detalle que pudo esconder, pero su pequeña y frágil memoria ya no sabía si era verdad o sólo un vívido sueño.

La última mirada, el último instante cerca de él ni siquiera pudo estar junto en sus brazos; ni siquiera fue un adiós, sólo vio su cara a través de la ventana del taxi mientras se alejaba en la distancia. Sólo vio sus manos agitándose desde dentro del vehículo en movimiento, mientras sus ojos cristalinos, llenos de alegría por ver a su princesa, se entristecían por el forzado adiós. Mientras, ella corría para alcanzar lo inalcanzable, sin poder retenerlo junto a ella. En el horizonte se perdía su figura, dejando un vacío que nunca ha podido cubrir.

Pero mañana será el momento del reencuentro, ella cerrará el círculo inconcluso de su vida y llenará ese rincón con una palabra verdadera y con repuestas necesarias. Aunque sea dolorosa esa verdad, ella saciará su corazón para siempre y recobrará la libertad para seguir avanzando, ella tendrá la libertad de perdonar. ¿Se acordará de su pequeña, al verla llegar de improviso junto a él? ¿Cómo serán sus ojos hoy? cuando el tiempo ha trabajado su mirada. Al verla allí contemplativa, daban ganas de abrazarla fuertemente y hacerla sentir que no estaba sola para dar ese paso.

Quién estará allí para sostenerla si se derriban sus murallas y si es de la alegría que brotan sus lágrimas, quién será el vaso que se llene de ellas. Cuando mañana el viento levante el polvo de lo que estaba enterrado, ella avanzará confiada hacia el futuro y cerrará el círculo de su pasado.

CONTENIDO

www.ingramcontent.com/pod-product-compliance
Lightning Source LLC
Chambersburg PA
CBHW050923030726
47503CB00007BB/2444